Où le vent te mène

Du même auteur
aux Éditions J'ai lu

Pionnière au Montana, *J'ai lu* 3970
Tendre trahison, *J'ai lu* 4127
Sous les cendres de la passion, *J'ai lu* 4424
Le chant de la louve, *J'ai lu* 4782
Impitoyable, *J'ai lu* 5019
Une passion nommée Anna, *J'ai lu* 5761
Orages sur la plaine, *J'ai lu* 5850

Rosanne Bittner

Où le vent te mène

Traduit de l'américain
par Louise Drac

J'AI LU

Titre original :

TAME THE WILD WIND
Bantam Books,
a division of Bantam Doubleday, Dell Publishing Group Inc.

PREMIÈRE PARTIE

1

1846

— Voici un cadeau pour toi, mon fils. Garde-le précieusement.

Alexandre Beaumont tendit à son garçon de dix ans un collier de griffes d'ours.

— Merci, père.

Une expression de pur ravissement illumina les yeux verts de l'enfant. Il saisit le bijou pour l'admirer de plus près. A cet instant précis, la sirène du bateau à vapeur à bord duquel ils remontaient le Mississippi lança un mugissement dont l'écho lugubre se répercuta sur les eaux fangeuses du fleuve.

— C'est ton grand-père sioux qui m'en a fait cadeau. Tu sais l'amitié qui me lie depuis toujours à la tribu de ta mère, poursuivit Alexandre.

Eperdu d'admiration, Vince caressait les griffes d'ours, geste qui raviva le souvenir de son grand-père. Il ne l'avait rencontré que deux fois car les Sioux, qui vivaient dans la région du cours supérieur du Missouri, déplaçaient souvent le camp pour suivre le gibier. Par ailleurs, l'invasion croissante des colons blancs les avait forcés à émigrer à l'ouest du fleuve.

— Je le garderai précieusement, promit Vince.

Son père étant français, ils dialoguaient dans cette langue, qu'il maîtrisait autant que l'anglais et le sioux enseigné par sa mère.

— Sa tribu tient ton grand-père Mocassins en si haute estime que j'ai dû lui offrir un grand nombre de chevaux, de fusils, quantité de tabac pour obtenir la main de ta mère, Yellow Beaver. Les Sioux rechignaient à la donner à un Blanc, bien qu'ils me sachent indien de cœur, comprends-tu ?

— Oui, père, je comprends.

Vince nourrissait une admiration éperdue pour son père le trappeur, rêvait d'avoir sa taille colossale, sa force et son adresse. Il vivait avec ses parents sous un tipi qu'ils déplaçaient au cœur des forêts. De temps à autre, ils s'embarquaient tous trois dans ces merveilleux voyages sur le Mississippi pour aller vendre les fourrures. Plonger dans l'univers des Blancs constituait pour le garçonnet une expérience magique.

Sa mère, en revanche, n'aimait pas ces expéditions. Elle détestait le bateau où la fumée et le vacarme l'indisposaient ; elle se défiait des Visages pâles nombreux à bord ; elle supportait difficilement de loger dans les meublés de Saint Louis où le toit empêchait le Grand Esprit d'entendre ses prières. Sans oublier les femmes blanches en robes bigarrées et chapeaux extravagants, qui la dévisageaient, murmuraient derrière son dos, quand ce n'étaient pas les hommes qui l'insultaient. Par chance, les Blancs redoutaient Alexandre Beaumont qui se transformait en ours enragé quand on le contrariait ou qu'on insultait les siens.

— J'ai attendu pour te l'offrir que tu sois en âge de comprendre la valeur de ce collier, mon fils. Mocassins s'est battu contre l'ours avec son seul coutelas. Il a été grièvement blessé mais c'est le fauve qui est mort. Un an plus tard, il en abattait un autre d'une flèche. Pourtant, il révère l'esprit de l'ours et remercie ces bêtes de s'être livrées à lui pour lui fournir leur chair, leur ample fourrure et lui avoir valu tant d'honneurs. Remercier l'esprit de l'animal qu'on vient de tuer, c'est la coutume chez les Sioux qui croient que toute chose est dotée d'une âme. Quand j'ai pris sa fille pour épouse, j'ai promis à Mocassins d'enseigner à notre descendance les croyances sioux.

Vince s'adossa à la rambarde du pont supérieur du *Glory Girl* qui mordait les eaux de ses aubes, remontant le Mississippi en direction des forêts profondes du Nord. Le voyage à Saint Louis avait rapporté une coquette somme. Il est vrai que tout l'hiver, son père avait chassé sans relâche, posant des pièges innombrables pour capturer castors et renards, tuant quantité de cervidés pour compenser la chute du cours de la fourrure de castor. Cet effondrement tracassait d'autant plus Alexandre que, trappeur depuis toujours, la chasse était le seul moyen de subsistance qu'il connût. Allait-il être contraint de s'enfoncer plus loin vers l'ouest pour trouver davantage de cerfs ? Se mettre à chasser le bison dont les Blancs commençaient à apprécier la peau ? S'il tardait encore à partir vers l'ouest, c'est parce que Yellow Beaver redoutait de quitter les forêts qu'elle connaissait si bien, de s'éloigner de son père et de sa tribu.

Il est vrai que Yellow Beaver souffrait de mélancolie. Deux enfants étaient nés après Vince, pour mourir quelques semaines plus tard. Vince n'oublierait jamais les pleurs et les lamentations de sa mère quand, l'un après l'autre, elle avait porté en terre les nourrissons. Elle n'avait plus que lui, désormais, et mère et fils se chérissaient tendrement.

Il enfila le collier, bien lourd pour son cou encore frêle. Sa mère le trouvait grand pour son âge et prédisait qu'il serait un jour bâti en colosse, comme son père. Pour l'heure, il n'avait d'Alexandre que ses yeux verts. Il se demandait à quoi cela ressemblait d'être un Blanc, de vivre cette vie, et rêvait d'être comme son père un homme blanc qui vit en Indien.

— On pourra essayer de retrouver Mocassins, quand on aura atteint Fort Snelling, père ?

— Pourquoi pas ? Nous n'allons pas tarder à prendre la direction de l'ouest, nous aussi, pour chasser le bison. Nous le rencontrerons là-bas. Ta mère ne devrait pas être si triste de changer de territoire. Yellow Beaver est une épouse remarquable, une bonne mère, et j'ai peur de ne pas lui donner tout le bonheur qu'elle mérite en l'obligeant à vivre loin de son peuple, ajouta-t-il, allumant sa pipe. Elle ne s'est toujours pas habituée au bateau et se terre dans un coin de l'entrepont, avec le paquetage. Tu as remarqué ?

Vince répondit par un sourire et lança :

— Je descends lui tenir compagnie. J'en profiterai pour lui montrer mon collier. Tu crois que ça la fera encore pleurer ? ajouta-t-il, soudain grave.

Alexandre contempla son fils d'un air pensif. Il avait bon cœur, ce petit.

— Ta mère pleure beaucoup trop. Peut-être que si elle n'avait pas perdu ses deux bébés…

Lui aussi, il avait souvent le cœur serré et se reprochait de la mener par monts et par vaux, ce qui expliquait que les nouveau-nés n'aient pas survécu. Par bonheur, Vince était doté d'une forte constitution et d'une santé de fer.

— Si elle pleure, cette fois ce sera de joie parce que je t'ai fait cadeau du collier de ton grand-père. Elle s'empressera de te parler du légendaire Mocassins, ce qui la rendra heureuse. Descends vite le lui montrer !

Quand Vince partit à toutes jambes et disparut par une écoutille qui descendait dans le ventre du vapeur, Alexandre s'appuya au bastingage pour faire le point. Il avançait en âge, et chaque hiver, quand il fallait chasser pour se nourrir, transporter le bois pour le feu, lutter contre le froid mordant pour poser les pièges, traquer le gibier, la vie à la dure lui devenait de plus en plus pénible. Fallait-il se sédentariser, alors qu'il ne connaissait que la vie de trappeur ? Yellow Beaver s'y adapterait-elle sans trop de pleurs ?

Sadie Kelley aurait tant aimé que Matthew, son mari, soit près d'elle pour la naissance de leur premier enfant ! Mais leur religion l'interdisait : un homme n'assiste pas à un événement aussi intime de la vie d'une femme, voilà ce que lui avaient rétorqué Matthew et les voisines qui l'assistaient. Mais Sadie ne trouvait pas normal que Matthew Kelley ait le droit de semer la vie en elle, et n'ait pas celui d'assister à l'émouvant miracle de l'éclosion de cette vie.

Depuis le début, elle souffrait chez les quakers dont elle n'avait rallié les rangs que pour pouvoir épouser Matthew. Pourtant elle aimait son mari et, dans cette communauté religieuse, les gens étaient emplis de bonté, risquant leur vie pour faire avancer les droits de l'homme. Ce n'était pas leur amour pour l'humanité qui la chiffonnait mais les rigueurs de la Société des Amis qui l'étouffaient comme un carcan.

La petite fille qu'elle venait de mettre au monde apprendrait à vivre comme les quakers, à se vêtir simplement, à parler peu et à prier beaucoup. On lui enseignerait que la plupart des plaisirs de l'existence constituaient autant de péchés ; elle passerait maintes heures en méditation silencieuse pour guetter la voix du Saint-Esprit qui lui parlerait et guiderait sa conduite.

« Moi je veux tout simplement que tu ries et t'amuses librement », songea Sadie tandis que Mary Jane Withrow lui mettait le nourrisson entre les bras.

— Maintenant que nous t'avons fait ta toilette et que tu es décemment couverte, je vais chercher Matthew, dit-elle à la jeune mère. Cette superbe petite fille, comment l'appelleras-tu, Sadie ?

— Je ne sais pas. Je laisse mon mari choisir.

— Voilà la conduite la plus sage à tenir.

Quand les femmes qui l'avaient aidée à accoucher eurent quitté sa chambre, Sadie étudia son bébé, une ravissante petite fille. Cela lui rappela le temps où elle se regardait dans la glace, se demandant si les autres la trouvaient belle. Ses longs cheveux roux, son père les comparait à un soleil couchant. Elle était dotée d'une poitrine généreuse, d'une taille déliée et, en ce temps-là, elle se passait un soupçon de rouge sur les joues et les lèvres, portait de jolies robes. Quand elle allait au bal, les garçons la courtisaient.

Puis il y avait eu Matthew Kelley, jeune quaker très séduisant mais toujours tellement sérieux. Elle avait fait sa connaissance quand son père avait dû fuir New York et la prison pour dettes et s'était réfugié en Pennsylvanie avec sa famille. Sans le sou, ils avaient trouvé de l'embauche comme journaliers dans des fermes appartenant aux quakers. Matthew était le fils d'une des familles les plus riches du coin. Encore jeune écervelée, elle s'était follement éprise de lui... et retrouvée mariée à un quaker.

Malgré la bonté que lui témoignait Matthew, elle souffrait de ne plus porter de robes à la mode, de ne plus se farder, rire, danser, voyager — fantaisies désormais interdites. Aussi souhaita-t-elle d'autant plus ardemment que sa fille connaisse un jour cette liberté.

— Sadie ! s'écria Matthew en pénétrant dans la chambre.

C'était un homme grand et robuste, aux yeux et aux cheveux noirs. Il avait pris sa journée pour attendre la naissance, au lieu d'aller aux champs. Et Sadie eut le plaisir rare de voir son mari, d'ordinaire si plein de gravité, sourire jusqu'aux oreilles. Il se pencha sur le lit pour regarder sa fille.

— Tu ne la trouves pas adorable ? Elle est robuste et en bonne santé, Matthew.

Il acquiesça en effleurant la joue du bébé du bout du doigt.

— Et toi, comment vas-tu ?

— Je vais bien.

Avait-il seulement idée de ce qu'elle avait enduré ?

— Comment veux-tu l'appeler ?

Matthew se redressa et, croisant les bras d'un air pensif, contourna le lit pour se placer en face de sa femme.

— J'ai réfléchi, Sadie... Tu es dotée d'une énergie rebelle contre laquelle, je le sais, tu luttes. Prions pour que notre fille n'ait pas ce défaut ; pour que ce soit une enfant silencieuse qui prenne Dieu pour guide et qui te soutienne dans ta foi. Et c'est ce nom que nous lui donnerons... Sarah : la foi. Sarah Irene Kelley. Irene comme ma défunte mère. Cela te plaît ?

— Oui, ça me convient, fit Sadie. Elle s'appellera Sarah.

Une épouse ne se permet pas de critiquer son mari.

— Fort bien, fit Matthew en hochant la tête avant de poser un baiser sur la joue de sa femme. Merci de m'avoir donné une fille, Sadie. Dès que possible, on mettra le fils en route.

— Oui, fit Sadie, que la perspective d'une grossesse aussi rapprochée horrifiait.

Matthew lui tapota la joue et conclut :

— Je vais annoncer à nos aînés l'arrivée de ma fille.

Quand il referma la porte, une grosse larme roula sur la joue de Sadie.

Assis dans l'entrepont du vapeur, parmi les bagages, Vince contemplait sa mère qui, avec patience, brodait un motif de perles sur une paire de mocassins destinée à Alexandre. Elle maniait l'aiguille à la lueur d'une lanterne parce que la nuit était tombée et que, dans le coin des bagages, il faisait un noir d'encre. Qu'elle était jolie, sa mère, dans cette douce lumière ! Si seulement les Blancs pouvaient la traiter un peu mieux ! A les entendre, il fallait avoir honte d'être indien — et plus honte encore de n'être indien qu'à moitié. A Saint Louis, son père avait boxé un homme parce qu'il avait traité Vince de « sale métis » et de « pouilleux ».

— D'après ce que dit mon père, si on part vers l'ouest chasser le bison, on retrouvera sûrement grand-père Mocassins, annonça Vince dans l'espoir de réconforter sa mère.

— Souhaitons qu'il ne se trompe pas, soupira-t-elle, les yeux toujours baissés vers sa broderie. Tu as une foi totale en ton père, Vince.

— Bien sûr !

— Et tu as raison ! C'est un homme généreux. Je l'ai épousé en sachant que je risquais de ne plus jamais revoir mes parents mais je ne savais pas à quel point ils me manqueraient.

Yellow Beaver leva alors la tête et posa un long regard empli de nostalgie sur le collier de griffes d'ours qui ornait le cou gracile de son garçon.

— Rares sont ceux qui peuvent se vanter d'avoir tué un ours, armés d'un seul coutelas. Quel homme remarquable, ton grand-père ! Qui sait, tu feras peut-être un guerrier aussi accompli que lui.

C'est alors qu'un cri retentit :

— Les voilà !

Trois hommes fondirent sur eux. Leur uniforme bleu marine les désignait comme hommes d'équipage. La trop vive lumière de la lampe tempête qu'ils brandissaient arracha au sommeil les passagers qui dormaient dans l'entrepont, faute de moyens pour se payer une cabine. Ils accueillirent cette intrusion par des grommellements et une bordée de jurons.

— Ah, tu es là, mon garçon ! fit l'un des trois. Je t'ai vu sur le pont supérieur avec Alexandre Beaumont. Tu es bien son petit métis ?

— Oui, Vince Beaumont, c'est bien moi, fit le garçonnet en se dressant.

Le regard de sa mère s'emplit d'effroi.

— Désolé, petit, j'ai de mauvaises nouvelles.

Le cœur de Vince se mit à cogner douloureusement dans sa poitrine. Où était passé son père ? Le marin se pencha au-dessus de lui. Il avait la moustache tellement longue que les touffes dépassaient la largeur de son visage.

— Ton père est mort, mon garçon. Il s'est fait tuer… par des voleurs, je crois bien. Ils sont peut-être toujours à bord mais, bon Dieu, comment veux-tu qu'on les trouve ?

« Ton père est mort… » Terrassé par ces paroles fatidiques, Vince n'entendit plus, ne comprit pas la suite. Il fixait sa mère qui braquait sur l'homme en uniforme des yeux écarquillés par l'épouvante.

— Vous mentez ! Avouez-le ! hurla-t-elle aux trois hommes.

— Malheureusement, m'dame… Le corps est là-haut sur le pont, et on a besoin que vous veniez l'identifier avant de le mettre dans un cercueil. Je ne sais pas s'il vous reste un peu d'argent, car on lui a volé ce qu'il avait sur lui, mais il faudra l'enterrer au prochain débarcadère. Vous avez payé jusqu'à Fort Snelling ; on vous y mènera. Nous y serons dans trois jours.

Non, ça ne tenait pas debout, se révolta Vince. Son père, si grand, si fort... assassiné ? Alors qu'il ne l'avait jamais vu perdre un seul combat, même à main nue contre un adversaire armé ? Personne ne pouvait tuer Alexandre Beaumont. Impensable ! Et ces brutes qui venaient lui annoncer sa mort comme s'ils parlaient de la pluie et du beau temps !

— Je monte voir. Reste ici, maman, dit-il, s'efforçant de rester stoïque.

Emboîtant le pas aux hommes du bord, il se sentit tout à coup bien plus vieux. Leur indifférence lui donna l'espoir qu'ils avaient fait erreur. Evidemment, ce n'était pas le genre d'Alexandre de rester sur le pont, loin de Yellow Beaver, si longtemps après la tombée de la nuit... Il arriva au pont supérieur où s'était formé un attroupement. Les hommes du bord dispersèrent les badauds, élevèrent la lampe tempête au-dessus d'un homme qui gisait sur le dos. Ses yeux verts béaient sur le vide.

— Je l'ai trouvé près de l'écoutille qui descend à l'entrepont. Il a pris un coup de couteau dans le dos. Je me souviens qu'il portait une de ces ceintures où on cache l'argent. Envolée ! Les voleurs ont peut-être filé à la nage en l'emportant. Alors c'est bien ton papa, petit ?

Les larmes jaillirent, et Vince tomba à genoux, brisé. Comment était-ce possible ? Le matin encore, il recevait de ses mains le collier de griffes d'ours qui faisait sa fierté !

Une main le releva.

— On sait qui c'est maintenant. Ramenez le garçon à la cale. Enfermez-moi le corps dans un cercueil avant qu'il commence à sentir. Il s'y est mis, à ce cercueil, Haley ?

— Il ne tardera pas à être prêt, fit une voix.

On traîna Vince en haut de l'échelle plongeant vers le pont inférieur. Il tenta de repousser ceux qui le maintenaient. Bouleversé par la colère, la douleur, complètement désorienté, il refusait d'abandonner son père, étalé sur le pont, les bras en croix, mort. Et d'abord, qui l'avait assassiné ? Il fallait retrouver le tueur !

Les marins le conduisirent de force à sa mère. A la vue du visage hagard de son fils, elle lança la plainte lancinante et funèbre qu'elle avait hurlée à la mort de ses bébés. Ces lamentations déclenchèrent un concert de braillements de la part des dormeurs dérangés encore une fois. La plainte de Yellow Beaver s'élevait, scandant sa douleur. Un homme se dressa, lui empoigna le bras.

— Tais-toi, squaw. Tu vois pas qu'on essaie de dormir ?

Le jeune Vince, qui sanglotait doucement, recroquevillé à côté de sa mère, donna un coup de poing à l'homme, le menaçant d'une voix pareille à un grondement de bête féroce :

— Fichez la paix à ma mère, espèce de...

L'homme lâcha la mère, empoigna l'enfant à la gorge, l'envoya buter contre un tas de sacs de farine.

— Alors fais-la taire. T'as plus ton père pour te protéger, maintenant. Attention à ce que tu dis, môme !

Et il l'abandonna aux sanglots silencieux qui secouaient ses minces épaules. La terrible vérité des propos de l'homme frappa soudain Vince de plein fouet : non, il n'avait plus de père pour le protéger, lui enseigner la vie. Il restait seul avec sa mère. Revenant s'agenouiller à côté de Yellow Beaver, il la prit tendrement par le cou.

— Il ne faut pas faire de bruit, maman. On descendra avec nos affaires au prochain débarcadère et on vendra tout ce qu'on pourra pour enterrer père, et on le pleurera aussi longtemps qu'on voudra. Mais pour le moment, courage. Je te promets que dès que père sera enterré, on partira à la recherche de Mocassins et on retournera vivre avec les Sioux.

Les larmes de Yellow Beaver redoublèrent, silencieuses cette fois.

Il aurait aimé prier, Vince. Mais qui ? Le dieu des Visages pâles ? Wakan Tanka, le dieu des Sioux ? Une haine subite lui vint pour ces Blancs qui avaient assassiné son père et traitaient leur affliction, leur deuil, avec indifférence, voire mépris. Eh bien soit ! Il abandonnerait pour toujours l'univers des Visages pâles et deviendrait un guerrier sioux.

2

1855

Insupportable ! Sarah en aurait pleuré de rage ! Pourquoi l'obligeraient-ils à rester assise pendant des heures, avec interdiction de lever les yeux, d'échanger un mot avec les voisins pour se distraire ? Eh bien, tant pis ! Sans que ses parents s'en aperçoivent, elle coula un regard furtif aux quakers qui se recueillaient, tête baissée.

C'était l'heure de la méditation. Les yeux clos, les fidèles priaient le Saint-Esprit de se manifester à eux, de les guider. Mais à neuf ans, comment Sarah aurait-elle su ce qu'il fallait attendre ? Et s'il se décidait à lui parler, le Saint-Esprit, que faire ? Elle n'avait jusqu'alors rien senti, rien entendu, et l'envie de papoter, de rire et de jouer lui démangeait.

L'estomac d'un des fidèles se mit à gargouiller furieusement : c'était Lui, le Saint-Esprit !

Sarah tenta de se retenir de pouffer mais le gloussement se transforma en ricanement nerveux... se communiqua à Benny, son petit frère de cinq ans... et cessa tout net quand la main de son père s'abattit sur sa cuisse, la pinçant jusqu'au sang. C'était le signal : la correction qui attendait Sarah, dans la réserve à bois, serait terrible. Oubliée l'envie de rire : elle était au bord des larmes. A en croire son père, elle ne faisait que pécher. Il lui prenait des envies de fuguer... mais où ? Elle ne connaissait du monde que la petite colonie de quakers parmi lesquels elle vivait, et puis, elle aimait ses parents. Sa fuite leur briserait le cœur. N'empêche qu'elle en avait par-dessus la tête de toutes les règles de conduite qu'ils lui imposaient.

Enfin, un des quakers se décida à prendre la parole, proclamant avec force que les fidèles devaient veiller au respect de l'égalité entre les hommes.

— Nous devons nous insurger contre l'esclavage, pratique coupable, proclama l'homme inspiré.

— Amen, répondirent les quakers en chœur.

— Personne n'a le droit de traiter ses frères comme du bétail, comme s'il avait droit de propriété sur eux.

— Amen, répondirent les quakers.

— Nous devons envoyer les nôtres en mission pour enseigner notre religion aux Noirs et à ceux qui les réduisent en esclavage.

Sarah s'étonna du rayonnement qui émanait de celui qui avait pris la parole. Le mystérieux Saint-Esprit serait-Il réellement entré en lui pour s'exprimer par sa bouche, transmettre Ses directives à l'assemblée des quakers ? Ils le croyaient, les autres, parce que, chaque fois, ils l'écoutaient dans un silence religieux et se laissaient guider par leur frère inspiré.

— En allant porter le christianisme aux maîtres comme aux esclaves qu'ils asservissent, nous obéirons à la volonté du Christ et peut-être parviendrons-nous à sauver le pays de la guerre. Une chose est sûre : si nous tolérons davantage l'esclavage, la colère divine s'abattra sur notre pays.

— Alléluia ! s'écria un des membres de la congrégation.

D'autres prirent la parole à leur tour. Cela dura deux heures. Sarah écoutait avec curiosité, se demandant si le Saint-Esprit refusait de lui parler parce qu'elle était une méchante fille. Ne viendrait-il jamais la visiter parce qu'elle avait ricané pendant la méditation ? Une chose était certaine, en tout cas : à la fin de la prière, son père lui administrerait une bonne correction, l'accusant en plus d'avoir fait sortir son petit frère du droit chemin. Benny, lui, trop jeune pour comprendre, s'en tirerait avec une remontrance.

Benny ne recevait jamais de raclées. C'était le chouchou, le garçon. Un « accident » s'était produit à sa naissance, si bien qu'on avait dû aller à Johnstown, la ville voisine, chercher un docteur. Sa mère avait pleuré quand il lui avait annoncé qu'elle ne pourrait plus avoir d'enfants. Sarah détestait parfois ce petit frère ; surtout, elle en voulait à son père de le préférer.

Sa mère, elle, ne faisait pas de favoritisme et Sarah souffrait de la voir pleurer souvent, parfois sans raison apparente. Etait-ce le Saint-Esprit qui la châtiait pour on ne sait quel péché ? Sarah ne l'aimait pas beaucoup, cet Esprit; Il régentait un peu trop la vie des gens et la terrorisait.

La prière traînait en longueur. Elle avait lieu en plein air, et la chaleur croissante agaçait les mouches qui lui piquaient le cou et les chevilles sans qu'elle ose les chasser. Elle avait aussi un besoin de plus en plus pressant... Comment trouver le moyen d'échapper à la fessée? Avec l'aide de sa mère, la seule qui comprenait son envie de s'amuser? Quelques jours auparavant, elles étaient allées toutes les deux se baigner nues dans un lac voisin, ce qui était totalement défendu. Mais quel bonheur, cette complicité avec maman!

La prière prit fin. Sarah bondit de la caisse qui lui servait de siège et elle fonçait vers le petit coin quand son père la rattrapa:

— Suis-moi jusqu'à la cabane, Sarah Kelley!

— Mais père...

— Il n'y a pas de mais!

Morte de honte, elle se laissa traîner devant toute la communauté dont certains membres lui faisaient les gros yeux au passage.

— C'est dur de rester assise sans bouger et sans parler, père. Et puis l'estomac d'une voisine s'est mis à gargouiller... Je n'ai pas pu me retenir de rire, plaida-t-elle.

— C'était le Saint-Esprit qui s'apprêtait à se manifester en elle, petite insolente!

— Dans son ventre? Quelle drôle d'idée!

Matthew ne put contenir sa colère et pinça plus cruellement encore le bras de sa fille.

— Il est interdit d'insulter le Saint-Esprit, Sarah! Tout comme il est interdit de ricaner pendant la prière silencieuse.

Leur maison ne se trouvait qu'à quelques mètres de la chapelle. Ils eurent vite gagné la cabane.

— Mais père, j'ai envie de...

— Silence !

Elle se laissa pousser dans la cabane dont la porte claqua.

— Je regrette, Sarah, mais c'est toi, par ton indiscipline, qui me forces à t'administrer une bonne correction. Allez, penche-toi en avant !

Terriblement humiliée, les joues baignées de larmes, elle s'agrippa à un chevalet de scieur de bois pendant que son père décrochait du mur une palette de bois.

Il lui remonta ses jupons. Le coton de ses pantalons était trop mince pour émousser la douleur. Au premier coup de latte, elle eut un haut-le-corps, étouffant un gémissement. Deux, trois... six coups suivirent. La chair lui cuisait... Sept, huit... La planche allait finir par lui broyer les os...

Son père lui rabattit ses jupes sur les chevilles.

— A l'avenir, tu réfléchiras avant de ricaner pendant l'oraison. Souviens-toi que c'est parce que je t'aime que je te corrige, Sarah Kelley. Pour que grandissent en toi la foi et le respect. Lutte contre l'esprit rebelle qui te pousse à faire des bêtises. Prie pour t'amender, ma fille.

Il ressortit de la cabane. Sarah entendit sa mère protester :

— Ce n'est qu'une enfant, voyons...

— A neuf ans, on est en âge de distinguer le bien du mal. Et ne t'avise pas d'aller la consoler, Sadie Kelley : elle prendrait cela comme un encouragement à mal faire. Il faut qu'elle sache que nous sommes tous deux d'accord pour la punir. Et toi, ma femme, tu ferais bien de prier pour le salut de ton âme parce que c'est de toi qu'elle tient son esprit rebelle. Crois-tu que je n'ai pas deviné à quel point tu luttes pour garder la foi et te taire ? Prie, ma femme ! Prie pour ta fille et pour toi !

Sarah, qui observait la scène par un interstice de

la porte, vit son père s'éloigner avec Benny, abandonnant Sadie qui pleurait, le visage caché entre ses mains. Secouée de sanglots, la petite Sarah se demanda comment elle leur avouerait qu'elle s'était oubliée. Elle n'avait pas pu se retenir, pendant la correction. Ce péché lui en vaudrait probablement une nouvelle.

Ce jour-là, Sarah décida que quand elle aurait l'âge de se débrouiller dans la vie, elle s'enfuirait du domicile paternel à tout jamais.

Vince ne dormait pas. Quelle heure pouvait-il bien être ? se demanda-t-il, allongé sous le tipi familial. Chez les Sioux, où on se passait de machines à mesurer le temps, il était le seul à posséder une montre, héritée de son père bien-aimé. Sa mère et lui vivaient depuis neuf ans dans la tribu des Minniconjous où Yellow Beaver s'était remariée avec Five Crows, guerrier sioux dont elle avait une petite fille de trois ans, Many Flowers.

Grâce à Five Crows, Vince s'était transformé en un brave guerrier. Mocassins, son grand-père, avait complété sa formation en l'initiant à la spiritualité indienne. Ainsi Vince avait vécu l'expérience de l'étuve, cabane saturée de vapeur où les Indiens se purgent l'âme lors d'une séance purificatrice. Au cours de l'été, il endurerait sa première Danse du Soleil. Son grand-père serait très fier de lui, ce jour-là, tout comme l'eût été Alexandre Beaumont s'il avait été en vie.

Contemplant le trou de fumée ouvert sur le ciel qui s'éclaircissait, Vince poussa un soupir de contentement et se mit à rêver à la jolie Little Otter, sa « petite loutre ». A quatorze ans à peine, elle n'avait pas encore l'âge de l'épouser, lui qui en avait dix-neuf. Mais bientôt, très bientôt... Il l'admirait depuis deux ans déjà et son désir pour elle allait croissant. Comme elle était une Santee, il ne la voyait que quand leurs deux tribus se retrouvaient pour une chasse au bison ou la Danse du Soleil ou toute autre occasion spéciale. Mais pour obtenir sa main, Vince serait obligé d'offrir de nombreux chevaux, de donner maintes preuves de sa bravoure au père de Little Otter. Voilà pourquoi il s'était porté volontaire pour le supplice de la Danse du Soleil. Au cours de cette épreuve, il espérait également que le Grand Esprit lui révélerait l'animal-totem dont il prendrait le nom.

Evoquer Little Otter fouetta son désir. Il mourait d'envie de dénuder cette beauté en bouton, de se coucher entre ses cuisses, de la faire sienne. L'année précédente, lors d'un rassemblement, durant la danse de la couverture à laquelle s'étaient amusées les femmes, Little Otter lui avait jeté sa couverture, montrant à sa tribu qu'il avait ses faveurs. Ils étaient restés là-dessous un moment à parler de leurs familles respectives, à savourer le plaisir d'être tout proches. Vince l'avait embrassée sur la joue, sur les lèvres, et elle avait aimé le baiser, érotisme inconnu des Indiens.

Vince se considérait désormais comme indien et n'avait aucun scrupule à voler les chevaux des colons blancs qui envahissaient leur territoire. Néanmoins, il n'allait pas jusqu'à les tuer car il se souvenait des chasseurs blancs amis de son père qu'il avait connus quand il était enfant. Ces Blancs-là méritaient le respect. Notamment Jess Willett, trappeur bourru mais loyal, qui avait sauvé la vie à Alcxandre.

Un jour, pourtant, il lui faudrait se décider à se joindre aux Indiens qui tuaient les Blancs pour les empêcher d'envahir les territoires de chasse des Sioux. Cette perspective ne le ravissait pas. L'année précédente, justement, un Minniconjou de la tribu de sa mère avait, hélas, tué d'un coup de fusil une vache appartenant à un colon blanc. Le propriétaire s'en était plaint à l'armée qui avait envoyé un détachement de soldats pour tenter de rassembler tous les Minniconjous et retrouver parmi eux le coupable. Le commandant du détachement, un imbécile qui ne savait pas distinguer les tribus les unes des autres, avait attaqué au canon un camp d'Indiens Brules qui n'avaient rien à voir avec l'incident. Femmes et enfants avaient été fauchés par la mitraille. Les Brules s'étaient vengés en abattant les soldats jusqu'au dernier. Depuis ce malheureux incident, les Minniconjous vivaient dans l'angoisse d'une expédition punitive organisée par l'armée pour venger ses morts. Pour sa part, Vince ne se souciait que de savoir combien de temps encore il fallait attendre avant d'épouser Little Otter. Il irait alors vivre chez les Santees puisque la coutume permettait à la femme de rester avec sa tribu. Cela l'obligerait à quitter sa mère bien-aimée, Five Crows, leur petite Many Flowers et son grand-père Mocassins. Mais il était homme, en âge de se marier, d'engendrer des fils et de subvenir aux besoins de sa famille.

Il s'étira, se délectant de la sérénité de l'aube sur les rives de la Blue Water où ils campaient avec la tribu du chef Little Thunder. Ils se préparaient à une grande chasse. Les oiseaux gazouillaient quand, soudain, il décela un bruit insolite, celui d'un cliquetis métallique. Un cheval hennit. Vince se dressa, sur le qui-vive. Il enfila ses jambières en peau de cerf, s'approcha de la couche où dormaient sa mère et Five Crows. Il secoua son beau-père. Ce chasseur habile et robuste ouvrit les yeux et se dressa sur son séant.

— J'ai entendu un bruit étrange, lui chuchota Vince dans la langue sioux.

Five Crows s'habilla rapidement. Vince se détourna quand sa mère, réveillée, passa à son tour sa tunique. Fusil au poing, Five Crows et lui sortirent. Des voix, soudain, jaillirent de la nuit. Ils se retournèrent : la crête de la colline la plus proche était hérissée de soldats !

— Les tuniques bleues ! Aux armes ! Allons prévenir les autres. Il faut envoyer les femmes et les enfants à l'abri, ordonna son beau-père.

— Cours te mettre à couvert ! cria Vince à sa mère.

Il s'élança vers un autre tipi à l'instant où le sol se mettait à trembler. Les soldats étaient arrivés avec les canons tant redoutés !

Derrière lui retentit une explosion. Il pivota. La bouche à feu avait enfoncé le tipi de sa famille, alors qu'il venait juste d'en sortir ! Plié en deux, esquivant les projectiles qui volaient en tous sens, il hurla en regagnant la tente que le feu dévorait :

— Mère ! Many Flowers !

Dans le camp arraché au sommeil, les hurlements de détresse s'élevaient vers le ciel ; femmes et enfants couraient sans but ; des hommes criaient des ordres, tentaient d'atteindre les chevaux ; un Indien traversa le camp complètement nu. Les explosions se succédaient, striant l'air d'éclats de métal. Vince, lui, ne voyait que le tipi détruit, sa « maison » où quelques minutes auparavant, il s'était réveillé pour rêver paisiblement à la Danse du Soleil, à sa douce Little Otter. Les jambes flageolantes, foulant les braises sans en sentir la brûlure, il avança dans les décombres : sa mère et la petite Many Flowers gisaient, mortes. Alors il se redressa, brandit son fusil qu'il agita dans son poing.

— Nooooon ! hurla-t-il, fou de douleur.

La haine lui dévora le cœur, plus brûlante que les cendres qui lui carbonisaient la plante des pieds. Comme dans un brouillard, il courut aider femmes et enfants à échapper au carnage.

Tout s'était passé si vite que ses frères indiens n'avaient pas même eu le temps d'arriver aux chevaux, voire, pour un grand nombre, de saisir leurs armes. Comment gagner la bataille dans de telles conditions ?

Chassés par la vague déferlante des tuniques bleues, les Indiens battirent en retraite. Le camp fut détruit, les chevaux volés, les femmes et les enfants faits prisonniers. Comble de l'horreur, Vince vit périr d'un coup de fusil Five Crows mais aussi Mocassins, son grand-père qui lui avait tant appris, l'avait élevé avec amour ; un vieillard pourtant inoffensif. En quelques minutes, les Blancs avaient massacré toute sa famille... Il ne lui restait que Little Otter.

Rongé par la haine, il s'enfonça dans les collines, soutenant une vieille femme et une fillette qui pleuraient en silence. Une fois au sommet d'une crête, il se retourna : le village brûlait. Les soldats se soucieraient-ils d'enterrer les morts ?

— Que faire ? murmura-t-il, implorant l'esprit de son père.

Il avait la peau cuivrée, les longs cheveux noirs des Indiens... Des Visages pâles, il n'avait que les yeux.

Reniant pour la deuxième fois le monde des Blancs, il décida de devenir un Santee. Un brave entre les braves.

3

Octobre 1860

Un long frisson parcourut Sarah. Etait-ce le Saint-Esprit ? Non. Le froid ? Encore moins puisque, depuis quelques jours, l'été indien réchauffait si bien l'atmosphère qu'elle se passait de gilet, durant les réunions de prière. Non, c'était de délice qu'elle tremblait : Johnny Sommers venait de lui effleurer discrètement la main.

La première fois qu'il était apparu à la méditation, elle avait eu le coup de foudre pour ce beau garçon de dix-sept ans. Il arrivait du Kansas avec ses parents et ses quatre frères et sœurs cadets ; la famille, pacifiste, avait fui cet Etat mis à feu et à sang par la guerre avec le Missouri voisin, partisan de l'esclavage. Les Sommers s'étaient réfugiés auprès des parents de Mme Sommers et avaient monté un magasin de matériel agricole, ce qui leur avait permis de faire la connaissance du père de Sarah. Les préceptes des quakers avaient trouvé un écho en eux ; ils s'étaient mis à assister aux réunions. On y discutait essentiellement de la guerre civile qui semblait inévitable, et de la façon dont les quakers pourraient éviter de s'y mêler. Plusieurs Etats du Sud avaient déjà fait sécession, s'étaient emparés de forts appartenant aux Nordistes.

Loin de suivre les débats politiques, Sarah était obsédée par son amour naissant pour Johnny Sommers. Elle avait cru que son cœur allait éclater quand le jeune homme avait reparu à la prière. Il s'était assis juste à côté d'elle, dans la grange de la périphérie de Johnstown où les quakers avaient invité les gens de l'extérieur à se joindre à eux pour réfléchir.

Au bout de plusieurs minutes de méditation silencieuse, un quaker du nom de Simon Webster leur prédit qu'une période difficile se profilait.

— Il nous faut tenir bon contre la guerre, intervint un autre.

— Quand le conflit sera à notre porte, nous devrons refuser de nous en mêler, renchérit le père de Sarah.

Un silence s'ensuivit, les aînés attendant que le Saint-Esprit parle par la bouche d'un autre des leurs. Sarah s'enhardit alors à couler à Johnny un regard discret. Dans les yeux bruns du beau garçon dansa un éclair de malice. Elle ne put réprimer un sourire, que lui rendit Johnny dont le regard effleura sa poitrine. Pour la première fois, à quatorze ans, elle se sentit fière de sa féminité qui s'épanouissait.

Quand, enfin, s'acheva la réunion interminable, Johnny se pencha pour lui chuchoter au creux de l'oreille :

— Rendez-vous derrière la grange. Essaie de t'échapper.

Cette fois, l'excitation la gagna.

Un rendez-vous avec un si joli garçon ! Si ses parents savaient ! Tant pis, elle était prête à courir le risque. Son désir d'être elle-même, de goûter à la liberté ne l'avait pas quittée, malgré les séances de correction que lui valait encore et toujours sa spontanéité. D'ailleurs, à quoi bon s'assagir puisque Matthew Kelley n'avait d'yeux que pour Benny, le chouchou âgé de dix ans qui, lui, depuis tout petit, restait sage comme une image durant la prière, ce dont leur père était très fier.

A la fin de la réunion, hommes et femmes allèrent se saluer. Profitant de ce que Matthew conversait avec trois autres hommes tandis que Benny buvait leurs paroles, de ce que sa mère échangeait des recettes avec des voisines, Sarah se faufila vers la grange. La nuit tombait. N'était-ce pas de la folie, ce rendez-vous ? Et si Johnny s'était moqué d'elle ?

Il était là ! Adossé au mur de derrière, il fumait la pipe. A peine l'eut-il aperçue qu'un sourire étincelant illumina ses traits. La mèche de cheveux blonds qui lui retombait sur l'œil lui donnait un charme un peu voyou. Comment ne pas tomber amoureuse de ce jeune homme qui avait été témoin de violents conflits, avait traversé le Missouri, l'Illinois, l'Indiana, l'Ohio pour venir en Pennsylvanie !

— Salut, Sarah. J'ai bien cru que tu ne viendrais pas.

— Je... je ne savais pas si ce rendez-vous, c'était sérieux.

— Un rendez-vous avec la plus jolie fille de Pennsylvanie, bien sûr que c'est sérieux !

Se sentant rougir, Sarah se détourna en bredouillant :

— Ça, je n'en sais rien, Johnny, mais... merci quand même du compliment.

— Tu sais bien que tu es jolie. Quel âge tu as ? Quatorze ans ?

Elle acquiesça.

— Presque une femme. Je suis content que mes vieux et les tiens se connaissent, Sarah, mais toutes ces salades quakers, je n'y crois pas trop. C'est à cause des parents que je viens. Moi, la religion, ça ne m'intéresse pas vraiment et en plus, la guerre, je n'ai rien contre. En fait, si elle éclate, je risque de m'engager dans le camp des Fédérés. Ça doit être exaltant d'être soldat. Qu'est-ce que tu en penses ?

— Je... Ça me ferait de la peine que tu partes. Si tu étais blessé ou même tué...

Il tira sur sa pipe, s'avançant vers elle en roulant les épaules et insista :

— Ça te ferait de la peine ?

— Bien sûr que j'aurais de la peine ! s'écria-t-elle, le feu aux joues. Enfin je veux dire... tu es gentil et... on vient à peine de se rencontrer et...

— C'est bien de savoir que tu ne t'en fiches pas, ça me fait plaisir. Tu attendrais mon retour, Sarah, si je partais à la guerre ?

Il posa la pipe sur un gros caillou plat, à ses pieds.

— T'attendre ?

— Tu sais bien, quoi... Tu auras seize ans dans deux ans. Pendant ce temps, je risque d'être loin et ce serait chic de savoir que tu m'attendras, que tu m'écriras et tout...

— Pourquoi ? demanda Sarah, très troublée.

— Je ne sais pas exactement, répondit-il en haussant les épaules. Je te connais à peine mais tu es rudement jolie. Les garçons ne vont pas tarder à te tourner autour, à t'inviter à danser ! Moi j'aimerais être sûr ; qu'on devienne amis... et un peu plus, avant que la guerre éclate, ajouta-t-il en lui effleurant les bras. Je me disais qu'on pourrait... tu sais bien... parler un peu, tous les deux. Il y a bien un moyen... Ton père te trouve sûrement trop jeune pour un type de mon âge mais moi non. Et puis je sais que tu tiens déjà à moi, Sarah.

Il caressa son bras et murmura :

— Ces réunions de méditation, je parie que tu en as autant horreur que moi.

Elle qui avait gardé les yeux baissés osa enfin croiser son regard.

— Oh oui, je les déteste ! Comment tu le sais ?

— Je l'ai deviné. Ça ne t'arrive pas d'avoir envie de te laisser aller, de sauter, de danser, de crier, d'écouter de la musique, de vivre ?

Son cœur cognant dans la poitrine, elle joignit les mains :

— Oh si ! Johnny, si tu savais comme ça me fait

plaisir de t'entendre! Personne ne me comprend, ici. J'aimerais tellement voir du pays, m'amuser, découvrir! Mon père me sermonne sans arrêt parce qu'il me trouve indisciplinée. J'ai tellement de mal à rester en place pendant ces réunions interminables! Je crois en Dieu, mais rester immobile à attendre... Attendre quoi, d'abord? Le Saint-Esprit ne m'inspire jamais, moi! Et à toi, Il te parle?

— Pas que je sache. Et je t'assure que j'ai attendu qu'Il me souffle d'aller à la guerre! Ce serait tellement plus pratique pour l'annoncer à mon père!

Ils éclatèrent de rire et Johnny lui serra la main entre les siennes.

— Il y a une nouvelle réunion à la grange dans trois jours. Rendez-vous ici. Je trouverai une excuse pour venir voir ta famille. Mon père me force à faire des heures supplémentaires au magasin mais je m'échapperai aussi souvent que possible.

— J'aimerais bien! répondit-elle avec allégresse.

— Tu aurais intérêt à retourner avec tes parents avant qu'ils te cherchent.

Elle se prit à admirer ce jeune homme svelte, se demandant pour la première fois ce qu'elle ressentirait s'il l'embrassait.

— Il faut que j'y aille, murmura-t-elle en s'écartant. Simplement, je ne comprends pas pourquoi c'est moi que tu as choisie, Johnny. Tu ne me connais même pas...

— Pas besoin. Tes beaux yeux bleus me disent qu'on est du même avis sur bien des points. Il faudrait être fou pour ne pas apprécier une fille aussi jolie que toi. Tu trouves ça bizarre?

Soudain, elle entendit sa mère l'appeler.

— Il faut que je te laisse! Salut, Johnny.

— Salut, Sarah. Rendez-vous ici dans trois jours!

Sarah hocha la tête avant de détaler dare-dare. La suivant des yeux, Johnny se demanda si elle s'était déjà laissé embrasser par un garçon. Lui, il s'était roulé dans le foin avec une fille, là-bas, dans le Kansas, et ça lui avait rudement plu. Il aimerait bien recommencer avec Sarah Kelley mais elle était fichtrement jeune et c'était sans doute une de ces braves filles qu'il fallait épouser d'abord. Epouser la plus jolie fille de Pennsylvanie ne devait pas être désagréable, mais il préférerait s'en passer.

Pour l'heure, il était tout excité de partir à la guerre. Etre soldat, voilà un métier qui lui conviendrait : il aimait l'action, la nouveauté, et de plus, Sarah Kelley l'attendrait à son retour. Que rêver de plus !

Il ne se nommait plus Vince mais Tall Bear, Grand Ours, et de son animal-totem il avait la carrure, la taille impressionnante. L'honorable société des guerriers santees l'avait admis dans ses rangs qui ne comptaient que l'élite des braves. Pour en faire partie, il avait enduré plusieurs fois le supplice de la Danse du Soleil. Comme l'exigeait le rituel, il avait jeûné plusieurs jours avant, n'avait pas émis un cri lorsqu'on lui avait planté les crocs de fer dans les pectoraux et, suivant le rythme lent du soleil, il avait tourné autour du poteau jusqu'à ce que les broches s'arrachent de sa chair. Little Otter, présente à chacune de ces épreuves de courage et d'endurance, pouvait être fière de lui.

Au cours de sa dernière Danse, Tall Bear avait eu la vision d'un ours marchant dans les airs. Un corbeau lui était apparu, lui demandant s'il voulait être blanc ou brun. Choisir d'être brun lui permettrait de s'intégrer à la société des guerriers et de se gagner le respect de tous. S'il choisissait d'être blanc, il lui faudrait quitter les Santees pour réintégrer le monde des Wasicus, mais il ne pourrait plus vivre au sein de la valeureuse nation sioux.

Sans l'ombre d'une hésitation, Tall Bear avait choisi d'être brun et avait épousé Little Otter qui avait atteint ses seize ans. Il avait deviné juste : ses étreintes étaient un délice. Elle lui avait donné un fils, à présent âgé de deux ans, et il n'avait jamais été aussi heureux. De nouveau il avait réussi à s'intégrer, de nouveau il avait une famille. Certes, sa conscience le tourmentait quand il participait à des expéditions punitives contre des colonies de Blancs car il pensait à son père, à ses amis trappeurs, aux négociants qu'il avait rencontrés dans les villes où ils vendaient leurs peaux. Pourtant, c'étaient des Blancs qui avaient tué Alexandre, Yellow Beaver, sa sœur et son grand-père ; des Blancs encore qui envahissaient les territoires de chasse sioux sans se soucier des frontières, refusant tout contact avec les Sioux dont ils avaient peur, allant jusqu'à leur tirer dessus comme sur des bêtes. Quand il pensait à leur cruauté, Tall Bear jugeait légitime de voler leurs chevaux, leur bétail, d'abattre ces hommes qui s'appropriaient la terre des Indiens.

Il était heureux, parmi les Santees ; fier de son tout jeune fils, Running Fox, Renard qui Court, qui se faufilait partout avec l'agilité de son animal totémique. Mais que leur réservait l'avenir, à lui et aux autres enfants qu'il aurait avec Little Otter ?

— Le ragoût est prêt, Tall Bear, susurra Little Otter en s'approchant de lui par-derrière. Par ce froid, un homme doit manger copieusement pour se réchauffer et emmagasiner des forces.

Devant l'entrée de leur tipi, Tall Bear scrutait les collines environnantes recouvertes de neige, inquiet de la nouvelle colonie de Blancs qui s'était implantée à une dizaine de kilomètres à peine. Il se retourna vers son épouse, écartant les pans de la lourde houppelande en peau de bison qui le protégeait de la morsure du froid, en ce mois de janvier. Little Otter était sortie du tipi sans même se couvrir. Tout sourires, elle se glissa sous le manteau, enlaça la taille de Tall Bear qui lui souffla dans la langue sioux :

— Ma force et ma chaleur, c'est de toi que je les tire.

Il se pencha sur sa femme qui levait les yeux vers lui et lui prit la bouche en un long baiser voluptueux. Elle glissa les mains le long de ses hanches et, mutine, caressa sa virilité. Tall Bear gémit.

— Si tu continues, c'est toi que je vais vouloir dévorer.

— Je ne dirais pas non, mon bel époux. On n'a pas grand-chose à faire, quand tout est enseveli sous la neige, et puis quoi de plus agréable pour se réchauffer ?

— Entièrement d'accord, dit-il en pouffant, pressant son désir contre le ventre de sa femme.

Son ami Buffalo Bull, sorti de son tipi pour soigner ses chevaux, lui cria alors :

— Je sais ce que tu fricotes, Tall Bear ! Allez ! profite de ta femme avant l'arrivée du printemps qui nous forcera à être sans cesse dehors à chasser et à faire la guerre.

Eclatant de rire, Tall Bear poussa bien vite Little Otter dans le tipi. Assis par terre, Running Fox s'amusait à taper avec entrain sur un caillou avec une timbale en fer-blanc et ne fit même pas attention lorsque ses parents s'allongèrent ensemble sous des couvertures, près du feu où mijotait le ragoût. Little Otter émit alors de drôles de bruits ; Tall Bear et elle s'agitèrent sous les vastes fourrures qui les recouvraient. Sa mère gloussait-elle de bonheur ? Avait-elle mal ? s'inquiéta le petit, vite rassuré de voir que son père lui donnait mille baisers en remuant sur elle. Running Fox tapa sur son caillou de plus belle, aussi heureux que ses parents.

Pendant de longues minutes, Tall Bear savoura le plaisir de cette fusion amoureuse avec sa femme. Il délaça sa tunique de daim, et prit son sein encore gonflé de lait car chez les Sioux, on allaitait les enfants bien après trois ans. Puis il reprit la bouche en un baiser aussi brûlant que la vie qu'il répandit en elle. Ils reposèrent alors un moment, jusqu'à ce que Running Fox s'approche pour cogner le crâne de son père avec sa timbale.

— Hé là, mon bonhomme ! protesta Tall Bear en se détachant de Little Otter. Tu m'attaques ? Attends voir !

Relaçant ses jambières, il feignit de menacer son fils avec un petit bout de bois qui traînait.

Running Fox éclata de rire et se rua de toute la vitesse de ses petites jambes hors du tipi. Tall Bear eut tôt fait de le rattraper, lui assena une petite tape sur la tête avant de le soulever pour le ramener, gloussant de plaisir, auprès du feu.

— Tu prendras mal si tu sors sans pelisse par un froid pareil ! Assieds-toi et ne bouge plus. Il est temps de te sevrer pour que tu manges un peu plus de viande.

Il ébouriffa les longs cheveux noirs de l'enfant avant de revenir à Little Otter dont il admira le corps hâlé, les hanches solides. Il était fier d'avoir choisi une épouse aussi séduisante.

— Je mangerais volontiers de ton ragoût, maintenant.

— Comment peux-tu empêcher ton jeune fils de téter alors que son père fait pareil ? le taquina-t-elle.

— Parce que j'ai mes raisons, tiens !

Little Otter prit une cuillère en os de bison pour servir du ragoût dans une écuelle qu'elle tendit à son mari avec un sourire finaud.

— Tu es un brave, un guerrier fort et respecté, mon cher mari, mais sous les couvertures, tu es à ma merci.

— Exactement ! Ne le raconte à personne, surtout.

Il engloutit sa part de ragoût. Un vrai délice ! Si seulement ils pouvaient continuer ainsi à couler tous trois des jours paisibles ! Mais avec le retour du printemps, les Blancs afflueraient, décimant le gibier, semant la zizanie et menaçant la paix indienne.

4

1861

Sarah avait maintenant quinze ans et elle était folle amoureuse de Johnny Sommers, plus viril que jamais, à dix-huit ans. Comme ses parents la jugeaient trop jeune pour fréquenter un jeune homme, elle le retrouvait en secret, rendez-vous qui lui procuraient une grisante sensation de liberté. Johnny lui donnait le sentiment de sa propre importance. Elle était certaine qu'il l'aimait plus que son père et qu'il la comprenait.

Que de rêves ils faisaient ! Johnny lui avait promis de l'épouser et de prendre avec elle la route de l'Ouest pour s'établir sur des terres données par le gouvernement. Il en avait assez de besogner pour le compte de son père, contre un salaire de misère. Sarah comprenait. « Johnny est un paresseux. Pas moyen de le faire travailler correctement ! » se plaignait souvent M. Sommers à son père. Sarah, qui ne croyait pas un mot de ces reproches, n'osait défendre son amoureux. C'eût été révéler ses sentiments et elle ne voulait pas que ses parents sachent. Pas avant que Johnny et elle soient prêts à se marier, qu'ils aient des économies pour se bâtir une vie ailleurs, dans ces merveilleux territoires qui s'étendaient à perte de vue, à l'ouest du Mississippi. Elle savait Johnny capable de réussir tout ce qu'il entreprenait. Il avait tellement confiance en lui !

Ce jour-là, elle l'attendait au bord du ruisseau qui traversait le bois, derrière la maison Kelley. Ils avaient commencé par se retrouver une fois par mois ; comme depuis un an on lui accordait davantage de liberté, ils arrivaient à se voir plus souvent. Johnny racontait en général à son père qu'il voulait prier dans la solitude afin d'attendre que le Saint-Esprit lui souffle un message. Mensonge, évidemment ! Mais le jour où ils se marieraient, tous les mensonges seraient pardonnés !

Le pas d'un cheval se fit entendre. Le cœur battant, Sarah se lissa les cheveux. La dernière fois, Johnny lui avait glissé les mains sous la jupe en lui dévorant la bouche. Elle avait eu envie de caresses plus troublantes, mais, à présent, elle était terrorisée. C'était sûrement très mal. Sa mère, qui lui avait expliqué la conception, avait spécifié qu'une femme ne faisait « cela » qu'avec son mari et seulement pour lui donner des enfants. Jamais pour le plaisir.

Tirant son cheval par la bride, Johnny déboucha des taillis, un sourire radieux aux lèvres. Pourquoi ne pas avoir le courage de se donner à lui ? se disait-elle chaque fois. Mais si ensuite il ne voulait plus d'elle, l'accusait de n'être qu'une débauchée ? Que faire ? A qui demander conseil ?

Elle se jeta à son cou, gémit : « Tu m'as manqué, Johnny », et leurs bouches s'unirent. Ils ne se lassaient pas de s'embrasser. Enfin, il la souleva de terre et la posa sur l'herbe douce, au bord de l'eau. Il l'allongea et, tout en lui butinant les joues, le cou, la gorge, il lui pétrissait les seins, réveillant l'envie qu'elle avait de lui. Pourquoi ressentait-elle tant de plaisir quand il lui touchait les seins, quand il insinuait sa main sous sa jupe pour lui pétrir les cuisses, si c'était si mal ? Pourquoi aimait-elle tant ces caresses, tout en les redoutant ?

— Laisse-moi venir en toi, Sarah, implora-t-il entre deux baisers, glissant la main entre ses jambes. Je pars, peut-être pour ne jamais revenir. Je serai pour toujours ton premier homme.

Paniquée, elle s'écarta de lui.

— Tu t'en vas ? Où donc ? Pourquoi ne reviendrais-tu pas ?

— Sarah... dit-il, tentant de la rallonger dans l'herbe, s'il te plaît, ma tendre Sarah.

Le désir lui empourprait le visage, lui donnait le regard brillant.

— Pourquoi le ferions-nous si tu as l'intention de t'en aller ? Si tu ne reviens pas, je serai déshonorée. Et si je... si j'avais un bébé ? acheva-t-elle en se détournant pour cacher sa gêne.

— Enfin, Sarah, juste une fois, tu ne risques rien. Ça ne suffirait pas.

— On pourrait d'abord se marier, Johnny. Et qu'est-ce qui te force à partir ? Oh, Johnny... ne me dis pas que tu es décidé à t'engager ! Mon père m'a dit qu'il y avait eu une bataille à Fort Sumter, que le pays était en guerre.

Johnny se redressa et annonça avec fierté :

— Et moi je vais m'engager dans l'armée nordiste.

Le visage de Sarah se décomposa. Ce qui combla Johnny. Elle mettait un peu trop longtemps à se laisser séduire et, comme il refusait de se marier à dix-huit ans, il avait fini par céder à l'attrait de l'aventure de la vie de soldat, et voulait en profiter pour forcer sa belle à se donner.

— Tes parents ne seront jamais d'accord, Johnny.

— Raison de plus pour partir ! Tu es bien placée pour me comprendre. Je parie que si les femmes avaient le droit de s'engager tu deviendrais soldat toi aussi, juste pour te griser d'aventure.

— Tu ne m'aimes donc pas ? Qu'est-ce que je vais devenir à me languir de toi, à m'angoisser sur ton sort ? Ne me laisse pas toute seule, Johnny, je mourrais de chagrin.

— Bien sûr que je t'aime, Sarah. Je veux me marier avec toi et partir pour l'Ouest, comme on disait. J'ai envie d'un tas de choses mais, pour l'instant, c'est la guerre ; ils ont besoin de volontaires. Avant de prendre femme, il me faut sortir, voir un peu le monde. On aura besoin d'argent, toi et moi, et il paraît que le gouvernement paiera les soldats qui le veulent avec des terres. Et puis, c'est une occasion de me libérer de la tutelle de mon père sans que ça me coûte un sou. Repas, uniformes, armes : ils fournissent tout. Je reviendrai avec plus d'expérience, prêt à m'installer vraiment. Toi tu auras grandi, tu pourras te marier et j'aurai quelques économies, dit-il en lui prenant les mains.

Pourquoi ne lui avait-il pas annoncé ses projets avant de la coucher dans l'herbe pour la persuader de faire des bêtises avec lui ? se demanda Sarah, les yeux brûlants de larmes. Quand même, il l'aimait ; il le répétait si souvent. C'était sans doute par amour qu'il la voulait, avant de partir pour la guerre... Et s'il se faisait tuer ? Ne fallait-il pas saisir cette seule chance de s'unir, de communier dans l'amour véritable ?

Johnny Sommers, c'était le plus gentil, le plus loyal, le plus sincère des jeunes gens du coin. Il devinait mieux que personne les impatiences de son cœur.

— Je comprends ce qui te pousse à partir, Johnny. Tu m'écriras, dis ? Tu ne m'oublieras pas ?

— T'oublier ? s'écria-t-il en l'attirant à lui. Jamais, Sarah. Je ne t'oublierai jamais. Je t'écrirai. Tu seras fière de moi. Et quand je rentrerai, je serai capitaine... enfin gradé... peut-être que je resterai militaire, et on pourra se marier. Ce serait une chouette façon de voyager gratis. Ils ont des forts partout, là-bas, dans l'Ouest.

Chaque fois qu'ils se retrouvaient, il lui exposait un nouveau projet d'avenir. Mais il était encore jeune ; l'armée l'aiderait peut-être à se fixer.

— Peu importe ce que tu fais, où tu vas, Johnny, du moment qu'on reste ensemble.

Avec un sourire triomphant, il lui reprit la bouche pour un baiser si brûlant qu'elle comprit subitement l'urgence de se donner à lui avant de le perdre. Ainsi il lui reviendrait. Qui sait ? On ne se retrouvait pas forcément enceinte quand on couchait avec un garçon... Plus vieux qu'elle, il était aussi mieux placé pour le savoir. Peut-être avait-il fait ça avec d'autres filles de Johnstown ou du Kansas ? Piquée par l'aiguillon de la jalousie, elle décida de lui prouver qu'elle était capable de lui suffire. Elle se laissa allonger dans l'herbe, caresser à pleines mains.

— Oh, Johnny... Avant que tu partes, j'ai envie de te rendre heureux. Pour que tu te souviennes de moi et que tu te languisses de ta femme.

Il lui remonta ses jupes avec fièvre, glissa la main... Affolée de désir, tiraillée entre l'indécision, l'amour et la peur, elle était prête à se livrer à lui...

— Sarah Kelley !

Johnny se détacha d'elle, s'écarta d'un bond. Sarah eut juste le temps de voir son pantalon tendu qu'il tentait de dissimuler en tournant le dos. Pas le temps de s'appesantir sur ce mystère. Leurs pères se dressaient à quelques mètres du lieu de leurs ébats, le visage congestionné de rage. Sarah rabattit en vitesse ses jupons et se remit debout.

— Père ! Que... Qu'est-ce que... Comment nous as-tu trouvés ? bredouilla Sarah qui aurait voulu se glisser dans un trou de souris pour échapper à l'humiliation.

— Tu le sais très bien, ce qui m'amène ! Pour empêcher ma fille de se dévergonder et de perdre sa réputation et celle de sa famille. Heureusement que ton petit frère t'a suivie une fois jusqu'ici, qu'il a surpris tes rendez-vous avec Johnny. J'espère intervenir avant que ne se soit produit l'irréparable.

Benny ! Quel mouchard, celui-là ! Toujours à essayer de se gagner les faveurs paternelles. Comment son propre frère avait-il pu la trahir, jouer les petits saints et la transformer en pécheresse ?

— Elle n'a rien fait de mal, monsieur Kelley, s'insurgea Johnny, se plantant face aux deux hommes. Je n'ai fait que l'embrasser, rien de plus.

— Et c'est le fouet qui t'attend, pour ça, mon garçon ! beugla son père.

— Si tu crois que je vais te laisser encore me fouetter ! Je m'en vais, papa. Je m'engage dans l'armée nordiste. J'ai dix-huit ans et tu ne peux plus me dicter ma conduite.

Il sauta sur son cheval.

— Johnny ! s'écria Sarah en pleurant. Je t'aime.

— Je reviendrai te chercher, lança-t-il. Attends-moi.

Il enfourcha son cheval, et disparut au grand galop. Sarah sentit le sol se dérober sous elle. Tout s'était déroulé si vite. Elle s'apprêtait à se donner et, une seconde plus tard, il sortait de sa vie ! Secouée de sanglots, elle leva la tête vers son père, écrasée de honte, décontenancée.

— Je l'aime, père. Il... m'a promis le mariage.

— Mon fils change d'avis comme de chemise, la gronda Sommers. Il est têtu et désobéissant. Ce paresseux manque de cervelle. Je ne compterais pas trop sur son retour, petite. S'il file s'engager dans l'armée, il ne reparaîtra plus dans les parages, ni pour toi ni pour sa famille.

— Si, il reviendra !

Elle éprouvait de la compassion pour Johnny. Il lui avait montré les meurtrissures, les cicatrices laissées par les corrections infligées par un père trop strict. C'était en partie pour cette raison qu'elle l'aimait. Parce qu'il avait besoin de son amour.

— Tu as placé ta confiance dans un jeune étourneau qui n'a pas idée de ce qu'il veut de la vie, poursuivit Sommers. Mon fils me fait honte. Je regrette infiniment cet incident, Matthew, dit-il au père de Sarah. Mon fils a décidé de s'engager uniquement parce qu'il me sait opposé à la violence, et non par conviction. Et même s'il changeait d'avis, jamais il ne reviendra à la maison.

— Opposé à la violence, vous ? Dans ce cas, monsieur Sommers, comment pouvez-vous battre votre fils ? s'insurgea Sarah.

— Suffit, ma fille ! tonna M. Kelley. Comment oses-tu t'adresser à M. Sommers sur ce ton ? Un père fait ce qu'il peut pour dresser ses enfants, les engager sur le droit chemin. Tes corvées seront doublées et tu auras un surplus d'heures de méditation. Je t'ôterai la rébellion du corps à coups de ceinture sur les mollets. Depuis que tu te tenais plus tranquille, à la prière, on croyait que ton esprit rebelle s'était calmé mais tu ne faisais que nous duper pour avoir davantage de liberté et retrouver Johnny ! Eh bien, finie la liberté ! Dorénavant, c'est moi qui te surveillerai. Et maintenant, file à la maison !

Sarah renifla, essuya ses larmes et répéta avec fureur :

— Johnny reviendra, je me marierai avec lui et je partirai d'ici. Tu devrais être content, parce que tu seras enfin débarrassé de moi.

Elle partit en courant, se prenant à rêver de pouvoir elle aussi s'engager dans l'armée. Et si Johnny ne revenait pas la chercher, dès qu'elle serait un peu plus vieille, elle s'enfuirait.

En cette belle journée de juin, Tall Bear marchait dans l'immensité de la Grande Prairie, Running Fox juché sur ses épaules. Little Otter attendait un deuxième enfant et ils avaient décidé de partir deux semaines en excursion, de profiter dans la solitude familiale d'une liberté bien trop fragile. Les Blancs étant en guerre, ils avaient mobilisé à l'Est un grand nombre de soldats auparavant cantonnés dans le Dakota, si bien que les tuniques bleues les laissaient en paix.

L'absence de soldats signifiait qu'ils n'avaient plus à respecter les traités. Red Cloud, le grand chef des Ogalalas, ne s'en privait pas. Il avait d'ailleurs incendié plusieurs forts. Tall Bear songeait à rallier la tribu de Red Cloud.

— Viens par ici ramasser des fleurs pour t'en faire une couronne, lança-t-il à Little Otter qui lambinait derrière.

Tout heureuse, elle pressa le pas, trottinant vers Tall Bear dont elle tirait par la bride le cheval pie. Deux autres suivaient à la queue leu leu, chargés du paquetage emporté pour leur expédition.

— Occupe-toi des chevaux, si tu as envie que je cueille les fleurs !

Tall Bear descendit son fils de trois ans de son dos pour le percher sur celui de son cheval.

— Accroche-toi, Running Fox !

Le bambin se cramponna à la crinière en éclatant de rire tandis que son père prenait l'animal par la bride. Il dit à sa femme :

— Pourquoi ne rejoindrions-nous pas les rangs des Ogalalas dès la fin de l'été ?

— Tu tiens tant que cela à te battre aux côtés de Red Cloud ? demanda-t-elle.

— Possible, répondit Tall Bear, souriant jusqu'aux oreilles. Les risques ne sont pas si grands puisque Red Cloud a déjà mis en fuite un grand nombre de soldats et incendié plusieurs forts. A présent que les soldats ne sont plus là pour les protéger, les Blancs hésiteront à traverser le territoire de la Powder River pour aller dans le Montana chercher de l'or. Et là-bas, nous pourrons profiter un peu plus longtemps de la paix et de la liberté. Ta famille pourrait suivre. Ça ne te tenterait pas de déménager ?

Little Otter haussa les épaules :

— Mettons que oui, mais pas si ça t'oblige à partir pour la guerre.

Elle s'approcha, posa la main sur son torse nu. Par cette chaude journée, il ne portait qu'un pagne en peau de cerf, un bandeau de cuir brodé de perles autour du front et le collier de dents d'ours.

— Faut-il que tu partes pour cette contrée où les Indiens harcèlent sans cesse les colons ? As-tu oublié que tu es en partie blanc ? Je crois que, intérieurement, tu es malheureux de leur voler leurs chevaux, de leur faire la guerre, parce que tu les considères encore un peu comme ton peuple ; parce que ces gens-là sont différents des chefs des tuniques bleues qui nous attaquent avec leurs grosses bouches à feu.

— Oui, j'admets que souvent, ça me peine, avoua-t-il en caressant tendrement la joue de sa femme. Mais je déteste ces nouveaux Blancs, ceux qui viennent non pour troquer leurs marchandises mais pour nous voler nos terres.

— Réfléchis bien, Tall Bear, avant de nous entraîner vers l'Ouest en un aussi long voyage.

— Ce dont je suis sûr, c'est de mon amour pour toi, murmura-t-il avec tendresse. Contentons-nous pour le moment de profiter tous les trois de cette paisible solitude. Je compte tuer des chevreuils pour faire des provisions de viande. J'apprendrai à Running Fox...

Ils sursautèrent. Une détonation assourdissante interrompit leur conversation. Running Fox tomba de cheval. Un hurlement échappa à Little Otter : leur fils était étendu par terre, le crâne fracassé.

Frappé d'horreur, Tall Bear se laissa tomber à genoux, Little Otter, pétrifiée d'épouvante, ne bougeait pas. Avant qu'elle ait eu le temps de se baisser pour esquiver la balle, un deuxième coup de feu partit. Elle atterrit tout près de Tall Bear, dans l'herbe, un large trou sanglant dans le dos.

— Allez, montre-toi, l'Indien ! fit une voix. On est venus abattre les bisons et les délester de leur cuir mais tant qu'on y est, autant en profiter pour débarrasser le coin d'une autre race de vermine !

Un rire gras, vulgaire... Ces chasseurs de bisons avaient tiré sur sa femme et son fils comme sur de vulgaires lapins. Tall Bear fut pris d'une envie de vomir. Terrassé par l'horreur de ce drame, il gisait, immobile, dans l'herbe.

— Rudement belles bêtes, tes chevaux ! On se fera un plaisir de te les faucher, et ton paquetage avec, quand on t'aura liquidé ! beugla un comparse.

Bien au-delà des hautes herbes au milieu desquelles il se tapissait, Tall Bear remarqua un éboulis de rochers. Les voix venaient de derrière. Surtout, ne pas réfléchir, ne pas penser à Little Otter et à Running Fox ! Pas avant d'avoir réglé leur compte à ces assassins. Il devait d'abord retrouver son sang-froid et récupérer sa carabine. Ensuite, il abattrait ces brutes. Combien y en avait-il ?

— Venez donc me chercher, tueurs d'enfants ! leur hurla-t-il.

Pas de réponse. Ça les avait sonnés d'entendre un Indien parler leur langue !

— Tout ce que vous avez fait, c'est descendre une squaw et son petit... Je suis déguisé en Indien mais en fait je suis métis ; quant à la squaw : une de perdue, dix de retrouvées ! Pourquoi je descendrais des types qui m'ont débarrassé d'une harpie ?

Un ricanement fusa des rochers.

— Pourquoi vous me tueriez ? Je suis chasseur comme vous. Je pourrais vous indiquer les troupeaux de bisons ; vous conduire au village où vous troquerez du tabac contre des fourrures.

Un des tueurs se dressa au-dessus du tas de pierres.

— C'est bien vrai que t'es métis ?

— Evidemment, et je parle aussi français !

Il leur envoya une bordée d'injures dans cette langue, certains qu'ils n'y verraient que du feu. Un deuxième homme sortit de sa cachette.

— Nom de nom...

— Je ne suis pas armé, dit Tall Bear en émergeant des hautes herbes, mains en l'air.

Comme il se trouvait en terrain découvert, la seule solution pour récupérer son fusil accroché à son cheval, c'était de gagner leur confiance pour les inciter à s'exposer. Il attendait, sur ses gardes. Un troisième larron se dressa et, lentement, les trois barbus en pantalon et veste de daim crasseux s'avancèrent vers lui.

— Comment je pouvais le savoir, moi, que t'étais métis, mon vieux ? On te prendrait vraiment pour un Indien !

— Mon père était blanc, ma mère sioux. Je chasse habillé en Indien. Le meilleur moyen pour débusquer les bons troupeaux de bisons, c'est de s'habiller comme les Indiens, de se gagner leur amitié. En échange de tabac et de whisky, ils me fournissent un tas de précieux renseignements ; parfois ils m'aident à chasser. On prend la peau, on leur abandonne la viande et la carcasse.

Un pas... deux pas... Tout en les abreuvant de paroles rassurantes, il se rapprochait de son cheval et de sa carabine pendue à la sangle. Surtout, pas de mouvement brusque. Les gros tromblons des trois rustres paraissaient plus lourds, plus encombrants à manier que sa carabine à répétition.

— Jamais entendu parler d'Indiens qui aidaient les Blancs à chasser le bison, moi ! brailla l'un des trois.

Tall Bear jaugea l'ennemi : le premier, franchement obèse, serait le plus lent à tirer ; les deux autres, de taille normale, fusil sur l'épaule, avaient oublié leurs intentions belliqueuses, mais l'un d'eux portait à la ceinture un redoutable coutelas. C'est lui qui mourrait le premier. Mine de rien, Vince était arrivé à son cheval, attendant le moment propice. Bientôt ces trois hommes mourraient... sinon ce serait lui. A quoi bon vivre sans Running Fox et Little Otter ? Comment cette journée, qui avait commencé dans une telle sérénité, avait-elle si brutalement tourné au cauchemar ?

— Parce que vous ne savez pas y faire, avec les Indiens.

Les trois hommes étaient tout proches. Ils l'observaient avec méfiance. « Belle journée pour mourir », songea-t-il. Vif comme l'éclair, il arracha sa carabine au passant de cuir, braqua le canon sur le trio.

— Moi, en tout cas, je sais comment y faire, avec des saletés d'assassins blancs ! hurla-t-il.

Il les faucha comme dans un jeu de quilles. Ils tombèrent, une expression de stupeur sur le visage. Un des hommes tendit la main vers son tromblon. Tall Bear marcha sur lui, visa calmement et lui envoya une balle dans le crâne... Un autre le supplia d'avoir pitié.

— J'aurai autant pitié de toi que tu as eu pitié de ma femme et de mon fils !

Il appuya sur la détente, ayant visé l'homme entre les yeux. Son souffle se fit alors haletant : ces trois brutes de Blancs, il allait falloir les scalper, ce qui ne lui était jamais arrivé. Vérifiant à la ronde qu'il ne restait plus d'ennemi, il s'agenouilla, préleva le coutelas de l'un d'entre eux, puis leur découpa le cuir chevelu au ras du front. Brandissant ensuite les trois scalps dégouttant de sang, il poussa un long hurlement funèbre. Il fixa ses prises à un passant de la selle d'un des chevaux de bât. Alors seulement il s'abandonna à la douleur et rampa vers Running Fox, son fils adoré, Little Otter, sa bien-aimée dont jamais plus il ne serrerait le corps chaud dans ses bras. Leur deuxième enfant se mourait dans son ventre. Ses morts, il faudrait les envelopper dans une couverture pour les conduire au village où on leur donnerait une sépulture décente.

Le cœur brisé, il tomba à genoux. Jetant loin le coutelas du Blanc pour ne pas se souiller du sang impur, il sortit le sien de son fourreau attaché à sa cheville et, selon la coutume, s'entailla les bras, répandant son sang pour sa famille défunte. De collines en vallées se répercuta l'écho lancinant de ses lamentations.

5

1862

Sarah et sa mère se dirigeaient vers la boutique de produits agricoles des Sommers. Elles profitaient de ce que Matthew Kelley assistait à une réunion des quakers avec Benny. Sarah avait renoncé à contenter son père, se bornant à attendre que le temps passe jusqu'à ce qu'elle découvre le moyen de quitter la Pennsylvanie. De Johnny, pas une lettre.

Sa mère ne lui avait pas posé de questions, ne l'avait pas punie après l'incident : elle la comprenait, Sarah le lisait dans son regard. Aussi s'était-elle enhardie à lui demander la permission de se rendre au magasin pour prendre des nouvelles de Johnny. Peut-être les Sommers en avaient-ils ? Sadie Kelley avait trouvé sa requête légitime et proposé à sa fille de l'accompagner.

Une fois dans la boutique, Sadie bavarda avec Gertrude Sommers de tout et de rien. Sarah en déduisit qu'elles aimaient tout particulièrement ces jours où les hommes allaient seuls à la prière. Enfin, elles avaient quelques heures de liberté à elles. Si Sadie ne se plaignait jamais, sa fille était persuadée qu'elle était malheureuse.

— Où sont vos enfants ? demanda Sadie, surprise de ne pas voir les frères et sœurs de Johnny aider à la boutique.

— A la maison. Je tiens le magasin pendant qu'Herbert assiste à la réunion. Ah, si seulement cette guerre pouvait cesser ! D'autres jeunes quakers ont envie de s'engager et on a de plus en plus de mal à les en dissuader.

Sarah se dirigea vers le coin de la boutique où on stockait les barriques bourrées d'épices. Au-dessus, accroché au mur de planches, se trouvait un miroir qui lui renvoya le reflet d'une ravissante rousse aux yeux bleus. Chez eux, ils n'avaient qu'une glace destinée à Matthew et à sa femme. Bien qu'il fût interdit de l'utiliser pour s'admirer, Sarah avait réussi à s'y regarder en cachette, se demandant si elle était aussi jolie que le lui affirmait sa mère. Et ces taches de rousseur sur le nez... Comment la trouverait Johnny, s'il revenait? Son corps de seize ans avait changé, mûri. Ses seins s'étaient épanouis. Malheureusement, on la forçait à les bander pour les empêcher de pointer sous le chemisier, supplice épouvantable en ces chaudes journées d'été.

Enfin, elle se décida à surmonter son angoisse pour s'approcher du comptoir où sa mère bavardait avec Mme Sommers. Oserait-elle poser la question qui la tourmentait? Et si Mme Sommers le racontait à son mari, qui à son tour risquait de le dévoiler à Matthew Kelley...

— Je sais que mon mari vous a interdit d'évoquer Johnny en présence de ma fille mais Sarah est terriblement inquiète à son sujet, Gertrude. Je me demande si... A-t-il écrit? Va-t-il bien? Surtout n'en parlez ni à votre mari ni au mien. Ma fille tient vraiment à votre garçon, vous savez.

Gertrude jeta un regard inquisiteur à Sarah. Plus sévère d'aspect que sa mère, les traits plus quelconques et la mise plus stricte, elle cachait néanmoins une réelle bonté qui lui avait gagné l'amitié sincère de Sadie. Dans le regard de cette femme, Sarah lut une lueur de compréhension quand elle répondit:

— Johnny va bien, que je sache. Il ne nous a pas écrit pendant longtemps parce que l'incident du bois, derrière chez vous, l'avait rendu furieux.

Sarah en eut le feu aux joues.

— Nous nous disions simplement... au revoir, protesta-t-elle. Johnny m'a promis de m'écrire mais il ne l'a jamais fait. Il ne reviendra sûrement plus. J'étais sûre qu'il m'aimait. Je ne comprends pas.

Une larme roula sur sa joue.

— Jamais écrit ? s'exclama Gertrude en croisant les bras sur son buste drapé d'austère serge grise. Puisque tout cela reste entre nous, Sadie, permettez-moi de vous dire que M. Kelley vous a dissimulé certaines choses.

— Je ne comprends pas, fit Sadie qui posa une main réconfortante sur l'épaule de sa fille.

La porte s'ouvrit sur une cliente. Gertrude sortit de derrière le comptoir et murmura à Sadie :

— Suivez-moi un instant dans l'arrière-boutique.

Elle demanda à la cliente de patienter avant de conduire ses deux amies dans une petite pièce. Elle referma la porte.

— Vous n'avez reçu aucune lettre de Johnny ?

— Non. Mon mari prend le courrier tous les matins et jamais... Seigneur ! Si Johnny a écrit à Sarah, c'est que Matthew a subtilisé les lettres ! s'indigna-t-elle. Sarah lui a demandé à plusieurs reprises s'il en avait reçu ; il lui a toujours répondu non. Elle a même failli recevoir le fouet. Jamais je n'aurais cru Matthew capable de dissimulation !

Gertrude poussa un soupir et secoua la tête avec affliction.

— J'ignore combien il lui en a envoyé mais dans les quatre qu'il nous a écrites, il demande chaque fois des nouvelles de Sarah, car il lui a écrit plusieurs fois, sans jamais recevoir de réponse. Je me suis gardée de poser des questions parce que ni votre mari ni le mien ne veulent que nous parlions de Johnny. Mon mari doit le savoir, que M. Kelley déchire les lettres !

Sarah fondit en larmes. Sa mère l'étreignit tandis que Gertrude poursuivait en arpentant la réserve :

— Je vais écrire à mon fils pour lui expliquer la situation... à moins que tu veuilles lui écrire toi-même, Sarah. Tu n'auras qu'à me faire passer ta lettre. J'ai son adresse. C'est tout ce que je peux faire.

Sarah tendit les bras à cette femme secourable et la remercia en sanglotant de plus belle. Gertrude lui tapota le dos et échangea avec Sadie un regard compatissant.

— Il faut quand même que je t'avertisse, Sarah : mon fils a beau avoir bon cœur, on ne peut guère lui faire confiance. De plus, c'est une véritable girouette. Je sais que tu penses l'aimer mais j'ai peur qu'il ne fasse pas un bon mari. A ta place, je profiterais de son absence pour réfléchir. Qui sait ? S'il t'aime vraiment, il s'assagira peut-être. Je ne pourrais rêver épouse plus délicieuse pour mon fils. Espérons que son retour ne provoquera pas d'esclandre parce que vous savez comme moi, Sadie, à quel point votre mari peut se montrer opiniâtre.

— Et comment ! Merci du fond du cœur de nous avoir parlé de ces lettres, Gertrude, d'autant que rien ne vous y obligeait.

— Ma foi, les décisions de mon mari, je ne les approuve pas toujours.

— Johnny ferait un excellent mari, insista Sarah en reniflant. Il m'aime et c'est réciproque. Nous nous comprenons. Je lui écrirai une lettre, madame Sommers, et maman trouvera le moyen de vous la porter.

— Que Dieu te protège, Sarah, et mon Johnny aussi !

— Il faut laisser Gertrude travailler, dit Sadie à sa fille qu'elle poussa vers la sortie de secours après avoir chaleureusement remercié son amie. Et surtout, pas de démonstrations d'enthousiasme en présence de ton père, sinon il devinera qu'il y a anguille sous roche.

— Oui, maman. Comment te remercier pour ton soutien ?

Sadie ralentit le pas et s'arrêta devant sa fille. Elle n'avait révélé à personne que, depuis un certain temps, des douleurs atroces la faisaient souffrir, lui donnant un sinistre pressentiment.

— Quoi que tu fasses de ta vie, ma chérie, crois en Dieu, n'oublie pas de prier, mais aussi garde ton esprit d'indépendance dans la mesure où il ne te mène pas au dévergondage. Ne laisse pas les gens t'empêcher de vivre ou de danser, te dicter ta conduite, t'imposer un mari. La joie de vivre, le bonheur ne sont jamais mal. Aime qui tu veux ; profite de la vie. Tu es forte et belle, ce sont des atouts qui te permettront de réussir ta vie.

— C'est la vie que tu aurais souhaité vivre, pas vrai, maman ? demanda Sarah, surprise par tant de ferveur.

Mme Kelley se remit en route, lâchant :

— Je me suis engagée devant Dieu il y a des années. Ne revenons pas sur le passé. Il faut assumer ses choix, Sarah. Ton père est quelqu'un de bien et c'est en songeant à ton bien qu'il t'a élevée avec sévérité. Tu es jeune, pleine de vie, alors sois prudente, surtout au moment de choisir un mari.

— Je te le promets, maman. En ce moment, je suis sûre de mon amour pour Johnny, sûre qu'il m'aime. Tu ne m'en voudras pas si on part d'ici et qu'on se marie, n'est-ce pas ?

— Chaque chose en son temps, Sarah. Pour ma part, j'aimerais te garder auprès de moi un peu plus longtemps.

— Je resterai, maman.

Sadie hocha la tête, implorant en silence le ciel de protéger son enfant quand elle-même ne serait plus de ce monde.

Poussant un hurlement, Tall Bear dévala la pente au galop, fonçant droit sur la ferme. Il piétina les récoltes, arracha la corde à linge, détruisit la cage à poules...

Tout avait commencé par le vol de quelques œufs par un jeune guerrier en quête d'un mauvais coup. Le fermier s'était vengé et les Sioux avaient riposté. Tall Bear, assoiffé de vengeance depuis la mort des siens, n'avait pas eu besoin qu'on le pousse pour se joindre à ces raids contre les colons blancs, même s'il savait que certains fermiers étaient aussi innocents que Running Fox et Little Otter.

Quand il tourna son cheval vers la maison, il aperçut au bas du porche une femme penchée sur un cadavre, sans doute celui de son mari. Jusqu'à présent, il n'avait tiré sur des fermiers qu'en état de légitime défense. Fallait-il la tuer, cette fermière ? Il ne serait pas le premier Indien à le faire.

Poussant un cri de guerre, il fonça sur la femme, et il la dépassa. Non, il ne pouvait se résoudre à l'assassiner, même pour venger Little Otter. Son sang blanc le lui interdisait. Pour exprimer sa rage, il piétina les massifs de fleurs, renversant au passage un chaudron au-dessus d'un feu de camp. A l'instant où le contenu s'en répandait, un coup de feu claqua, une balle rasa l'encolure de son cheval. La bête se dressa sur ses pattes arrière. Tall Bear parvint à la maîtriser, fit volte-face et fila droit sur la ferme, déterminé à éliminer le tireur qui se cachait à l'intérieur.

La fermière abandonna son mort, remonta les marches du porche à quatre pattes.

— Non ! Non ! hoqueta-t-elle, croyant qu'il voulait la tuer.

La terreur qu'il lut dans son regard fit plaisir à Tall Bear. Il jeta un bref coup d'œil alentour. Ses compagnons saccageaient tout : récoltes, fermes et, après avoir mis le feu à une grange, décampaient avec vaches et chevaux. Mettant pied à terre, il arracha de sa ceinture un pistolet raflé à un autre fermier. La femme tenta de refermer la porte derrière elle. Il se jeta dessus de tout son poids et s'engouffra à l'intérieur. Il ne vit d'abord que la femme recroquevillée sur elle-même, puis un mouvement, sur la droite... Il pivota à la vitesse de l'éclair, tira.

Un petit garçon ! Il n'avait guère plus de huit ans et, quand il s'affaissa contre le mur, le gros fusil qu'il empoignait lui échappa. Une lamentation à glacer les os échappa à la mère qui se rua vers l'enfant dont l'épaule saignait. Epouvanté par son geste, Tall Bear était incapable de bouger. Dehors, le silence se rétablissait à mesure que les guerriers quittaient les lieux pour aller saccager d'autres fermes.

— Si j'avais su que c'était un enfant... murmura-t-il.

La mère serrait le petit contre son cœur. Elle le fixa, l'air hagard, et, entre deux sanglots, marmonna :

— Vous... vous parlez notre langue ? Vous n'êtes pas tout à fait indien ?

— Maman... pleura le petit garçon.

Il n'était pas mort : Tall Bear poussa un soupir de soulagement, mais il ne répondit pas. Les jambes flageolantes, il tourna le dos et ressortit. Il enjamba le cadavre du mari et se remit en selle.

De la grange en feu, un cheval fonça sur lui, monté par son ami Dark Owl, qui lança un joyeux cri de guerre.

— Tout va bien, cria-t-il. Tu as tué les fermiers ?

— Non. Je n'ai trouvé qu'une femme et son petit garçon. J'ai blessé l'enfant par erreur. Espérons qu'il ne mourra pas. Ça porte malheur de tuer les enfants.

— Oui. Pourquoi ne pas les faire prisonniers ?

— Inutile. Rattrape les autres.

— Tu ne viens pas ? s'étonna Dark Owl avant de plaisanter, un large sourire aux lèvres : Je vois ! Tu veux t'amuser avec elle.

Tall Bear se borna à hocher la tête, lui répétant de rejoindre les autres guerriers. Et Dark Owl, respectant la volonté de son ami, repartit à fond de train.

Tant d'incompréhension, de promesses non tenues, de haine, d'intolérance... Tout cela exacerbait le combat que se livraient l'Indien et le Blanc en lui. Il retourna dans la maison où la mère bandait l'épaule de son fils avec des bouts de chiffon. Allongé sur une paillasse, le petit gémissait de douleur.

— Que voulez-vous encore ? Vous n'avez pas fait suffisamment de mal ?

— Venez avec moi. Je vous conduirai tous les deux à Fort Snelling. Vous y trouverez un médecin.

— Quoi ? Je sais très bien que vous allez nous faire prisonniers.

— Mon seul souci, c'est de secourir le petit. Les autres sont partis. Avec moi, il ne vous arrivera rien, je m'y engage.

Elle s'assit sur un coin de la paillasse et attira l'enfant entre ses bras.

— Pourquoi vous croirais-je ? Mon mari a été abattu juste devant notre porte. Un brave homme... et vous, vous avez tiré sur mon fils. Allez-vous-en !

— Laissez-moi vous mener au fort. Vous ne voulez pas qu'on soigne votre fils ?

— Ils vous arrêteraient et vous finiriez la corde au cou. Pourquoi courir ce risque ?

— Je vous laisserai aux abords du fort et repartirai sans qu'ils m'aient capturé.

L'air las, elle le dévisagea de la tête aux pieds avec scepticisme.

— Pourquoi nous rendriez-vous ce service ?

— J'avais un fils, plein de vie. Une bande de chasseurs blancs l'ont tiré comme un lapin. Ils ont tué ma femme aussi. Elle était enceinte.

Il ressortit et attendit. Finalement, la fermière parut sur le seuil, son fils dans les bras.

— Je vous accompagne parce que je veux que mon fils vive.

Elle se rapprocha, enjambant le cadavre.

— Mon mari... Il faudrait l'enterrer, pleura-t-elle.

— On a le temps. Le petit, lui, risque de mourir. Passez-le-moi quand je serai en selle.

A contrecœur, elle lui confia son enfant. Tall Bear le nicha au creux de son bras, tendit l'autre à la femme qu'il aida à se jucher derrière lui.

— Nous arriverons au fort à la nuit tombante, annonça-t-il en prenant les rênes.

La fermière lui noua les bras autour de la taille et il piqua des deux. Il savait en son for intérieur qu'il ne s'éloignait pas seulement d'une ferme dévastée par l'incendie mais de l'existence qu'il menait chez les Indiens depuis la mort de son père. L'heure était venue de changer de vie. Qui sait ? Il pousserait peut-être plus vers l'ouest, pour rallier Red Cloud. Avec lui il ne combattrait que des soldats. Là-bas, ce n'étaient pas des femmes et des enfants qu'on tuait mais des hommes, des envahisseurs. Pourtant, au fond de lui, il savait que le combat contre les Blancs était perdu d'avance.

Il baissa les yeux vers le petit garçon aux cheveux blonds, à la peau claire mouchetée de taches de rousseur — un enfant si différent de Running Fox et, en même temps, si proche de lui.

6

1863

Soulever le panier rempli d'épis de maïs, le déposer dans la charrette de son père, reprendre un panier vide : c'était la tâche attribuée à Sarah durant la cueillette. Pas un souffle d'air pour soulager de la chaleur écrasante, en cette matinée de début d'automne où les mouches piquaient encore. A l'autre bout du champ, sans les voir, elle entendait son père et son frère bavarder, la voix assourdie par la touffeur et la multitude de rangs de maïs.

A force de travailler de longues heures exposée au soleil, dans la poussière, elle allait finir par vieillir avant l'âge ! Pourvu que Johnny ait mieux à lui offrir que la vie de fermière, quand ils partiraient s'établir dans l'Ouest !

Elle s'enfonça loin entre les profondes rangées, et, quand elle jugea que son père n'avait aucune chance de la surprendre, elle retourna son panier et s'assit dessus pour rêver à Johnny. Etait-ce folie de croire qu'il reviendrait ? Voilà un an qu'elle lui avait écrit, lui promettant de l'attendre. Rien ne la retenait plus en Pennsylvanie depuis la mort de sa mère, disparue quatre mois auparavant, après une lente agonie. A la fin, Sadie Kelley ne reconnaissait même plus sa famille. On lui avait creusé une tombe derrière la maison, près de celles des bébés qu'elle avait perdus. Sarah souffrait de savoir à quel point sa mère, dotée de tant d'ardeur, de joie de vivre, avait été malheureuse et en voulait à son père, plus que jamais déterminée à se rebeller. La vie, c'était autre chose que le travail des champs, les corvées ménagères, les réunions de méditation !

Mais, au bout de deux ans d'absence, Johnny ne revenait toujours pas ! Elle avait dix-sept ans, l'âge pour une fille de songer au mariage ou aux fiançailles. La plupart de ses amies étaient déjà mariées. Sarah, elle, avait obstinément refusé de fréquenter un jeune homme, alors même que son père l'y autorisait désormais. Pire encore : il la poussait à accepter la demande en mariage d'Henry Bartel. Veuf resté seul avec deux enfants en bas âge, il possédait une ferme et avait de hautes responsabilités dans l'Eglise quaker. Mais elle refusait d'épouser cet homme de plus de quarante ans au visage sévère. Son père insistait tant qu'elle redoutait qu'il ait gain de cause. Plutôt fuir le domicile paternel que de se condamner à une telle union.

Un mouvement, tout au bout de la rangée, attira son attention… Quelqu'un venait dans sa direction. Elle plissa les yeux : ce n'était ni son père ni Benny, mais Johnny ! Il se rapprochait, le doigt sur les lèvres pour lui recommander le silence. Puis il se mit à courir et la souleva dans ses bras.

— Johnny ! Je finissais par me demander si tu reviendrais un jour, s'extasia-t-elle.

— Je suis là, non ? Je viens juste d'arriver. Je n'ai pas encore eu le temps de passer chez moi. J'avais trop peur que mon père prévienne le tien et puis… je voulais te voir d'abord.

Il la regarda fixement.

— Je voulais que tu me dises en face si tu es toujours d'accord pour partir avec moi.

— Bien sûr que oui ! Tu as eu la lettre que je t'ai écrite l'an dernier ?

— Oui, et j'en veux terriblement à mon père d'avoir aidé le tien à subtiliser ces lettres. Je ne me suis pas fatigué à t'envoyer de réponse puisqu'il te l'aurait confisquée. Et après j'ai été blessé, ce qui m'a empêché d'écrire.

— Blessé ? s'écria Sarah en le regardant de la tête aux pieds. Tes parents n'en ont jamais parlé.

— Parce que je ne leur ai rien dit... Je ne voulais pas que ma mère s'affole. Sarah, elle m'a écrit que ta mère était décédée. Je te présente mes condoléances...

— Elle a terriblement souffert, avoua Sarah dont les yeux s'embuèrent. Le médecin a parlé de cancer... une maladie dont on ne sait pas grand-chose. Johnny, tu m'as manqué encore plus après sa mort. A part maman, il n'y a que toi qui me comprennes vraiment.

— J'ai quitté l'armée, et pour de bon. J'ai des tas de choses à te raconter, Sarah. En partant, j'ai récupéré de l'argent — suffisamment pour sauter dans un train et quitter le coin. On n'a pas le temps de parler de l'avenir maintenant. Je voulais seulement être sûr que tu n'allais pas te marier avec quelqu'un d'autre.

Emplie d'admiration, Sarah le trouvait minci, plus séduisant que jamais. Où était-il allé ? Comment avait-il récolté cette blessure ? Quels projets faisait-il pour eux deux ? Il suffisait qu'il reparaisse, qu'il la touche pour qu'elle soit prête à le suivre aveuglément !

— Je n'ai même pas cherché à fréquenter quelqu'un d'autre, Johnny, murmura-t-elle. Père veut que j'épouse Henry Bartel, et si je ne m'enfuis pas, il arrivera à ses fins.

— Bartel, ce vieux bonhomme avec deux enfants ! Ma si jolie Sarah, épouser cet homme-là !

Elle porta la main à son visage, et demanda d'une voix angoissée :

— Je ne fais pas trop peur à voir ? Depuis l'aurore, je ramasse le maïs.

Johnny avait quitté une petite jeune fille de quinze ans et retrouvait une jeune femme si ravissante qu'il eut envie de jouer les héros. A quoi bon lui raconter qu'il avait été blessé en désertant le champ de bataille ? N'avait-il pas rallié l'armée, combattu, même s'il ne revenait pas officier ? L'heure était venue de se lancer dans d'autres projets plus palpitants. Si Sarah le suivait, tant mieux ; on s'amusait davantage à deux. Et une fois loin de la famille, ils pourraient coucher ensemble. La vie ne serait qu'une grande aventure et il avait entendu dire que presque tous ceux qui étaient partis pour l'Ouest y faisaient fortune.

— Je te trouve très bien, Sarah, dit-il. Surtout, que personne ne sache que tu m'as vu. Je vais passer à la maison. A la réunion de méditation ce soir, fais comme si tu me voyais pour la première fois et comme si tu ne tenais plus à moi. Demain, reviens ramasser le maïs, et puis trouve un moyen de rentrer chez toi pour préparer des affaires. Je te rejoindrai... à neuf heures. On filera à Pittsburgh. De là, on prendra le train pour une destination lointaine. Qu'est-ce que tu en penses ?

— Je ne sais pas. Tout va tellement vite ! s'écria-t-elle, sentant qu'il fallait tempérer le fol enthousiasme qui la submergeait. Il faudrait quand même discuter de tout cela et... on n'a pas besoin d'un chariot, pour aller dans l'Ouest ?

— L'important est de partir d'ici. Pour les détails pratiques, on avisera plus tard.

Elle sourit pour cacher les doutes qui l'assaillaient. Et s'il partait sans elle ? Impossible. Il était revenu vers elle, n'était-ce pas une preuve d'amour ? Quand même, partir pour l'Ouest en automne... elle avait entendu dire que les pionniers se lançaient dans la grande traversée du continent au printemps, pour ne pas avoir à franchir les chaînes de montagnes en plein hiver. Il leur faudrait sans doute passer la mauvaise saison dans une grande ville, Chicago ou Saint Louis. Cela faisait des années qu'elle en rêvait.

— C'est d'accord, Johnny, retrouve-moi demain à neuf heures. Veille à ce que père ne nous surprenne pas ; il n'interrompt le ramassage du maïs qu'à midi et ne remarquera pas ma disparition avant. A ce moment-là, on sera loin. Il ne pourra plus nous arrêter.

L'enthousiasme faisait pétiller les yeux de Johnny. Sarah le trouvait beau comme un dieu, malgré sa maigreur. Il se pencha pour l'embrasser sur la joue.

— Personne ne nous barrera la route. On sera bientôt mari et femme, Sarah, libres d'agir à notre guise.

— Tu m'aimes, Johnny ?

— Bien sûr que je t'aime. Pourquoi crois-tu que je serais revenu te chercher ?

Elle se pendit à son cou. Si seulement les choses n'avaient pas été aussi soudaines... Mais mieux valait que cela arrive à l'improviste plutôt que jamais. Et puis qui la regretterait ? Son père ? Il ne regretterait que la bonne qui lui faisait la cuisine et la lessive ; la terre, aussi, que Bartel lui aurait donnée contre la main de sa fille.

— Va-t'en vite, Johnny, avant que mon père nous surprenne.

— Et toi, souviens-toi de ne pas sauter de joie à la réunion de méditation.

Il partit en courant. Enfin ! Fuir ce hameau, découvrir les merveilles du monde qui l'attendait au-delà de cette minuscule colonie de quakers !

Trente-huit braves, alignés sur l'estrade érigée pour la circonstance, attendaient qu'on les pende. Dark Owl se trouvait parmi eux. Le cœur broyé, Tall Bear remonta jusqu'à son menton les pans de sa houppelande de bison. Pour un Indien, il n'y avait pas de mort plus infamante que la pendaison, car la corde lui étouffait l'âme, ce qui l'empêchait à jamais de gagner les paisibles prairies auxquelles n'avaient accès que les rares Blancs aussi nobles et généreux que son père.

Mieux valait que sa famille soit morte plutôt que d'être contrainte d'assister à cette exécution. Quel avenir restait-il aux Santees ? La vie en réserve ; l'ennui ; la mendicité et les aumônes du gouvernement. Plus question de se lancer dans de grandes chasses du Kansas au Canada ; terminées, les guerres contre les Crows et les Shoshones qui donnaient l'occasion de s'aguerrir. Ils n'auraient même plus le droit de sortir de leurs réserves pour capturer les chevaux sauvages. Les Ogalalas, eux, dans la région de la Powder River, étaient encore libres, et de nombreuses tribus s'étaient ralliées à de nouveaux chefs nommés Sitting Bull et Crazy Horse. Tall Bear ne demandait qu'à les rejoindre à son tour. Bien des Santees se tournaient vers l'eau de feu, le whisky des Blancs, pour se donner du courage, pour oublier le chagrin qui les rongeait. Mais l'eau de feu les tuait, les poussant au suicide.

Et voilà que trente-huit Indiens attendaient la pendaison. L'armée avait commencé par en condamner trois cents sous prétexte qu'ils étaient sioux et que c'étaient des Sioux qui avaient massacré quatre cent cinquante Blancs dans le Minnesota — c'est du moins ce qui avait été dit au procès. Tall Bear était bien placé pour savoir que nombre d'entre eux étaient innocents. Les colons blancs ne comprenaient pas à quel point les Santees avaient été désemparés lorsque, des années auparavant, ils avaient cédé douze millions d'hectares de leurs précieux territoires de chasse en échange de l'argent des Blancs. Argent qui non seulement n'avait pour eux aucune valeur mais dont en plus ils n'avaient jamais touché la plus grosse partie. Et loin de se satisfaire de ces terres, les colons avaient continué d'envahir les territoires sioux et de tuer des Indiens, comme ils avaient abattu Running Fox et Little Otter.

Il se tenait au pied des potences, entouré d'une poignée d'autres Indiens qui attendaient la mort d'un ami ou d'un parent. Grâce à l'intervention de l'évêque Henry Whipple, homme au grand cœur qui avait adressé au président Lincoln lui-même une pétition, le nombre des condamnations avait été réduit à trente-huit.

On donna lecture de la sentence ; on leur plaça le nœud coulant devant la figure. Quelques-uns refusèrent qu'on les coiffe de la cagoule, requête que l'on honora. L'un d'eux entonna son chant funèbre. Avant qu'il ait eu le temps de l'achever, l'une après l'autre, les trappes se dérobèrent sous les pieds des condamnés.

Comment savoir combien de ces Indiens exécutés étaient réellement coupables ? Après avoir accompagné le petit garçon et sa mère au fort, Tall Bear avait regagné son village pour convaincre ses compagnons de cesser le massacre qui leur attirait la fureur du gouvernement des Blancs. Malgré la guerre de Sécession qui sévissait dans l'Est, on avait envoyé des soldats dans le Minnesota pour traquer les Sioux. Ils avaient déferlé avec leurs canons, si bien que les Sioux avaient fini par capituler. Etait-ce à cause de son visage de métis ? Toujours est-il qu'on n'avait pas arrêté Tall Bear.

Le tour de Dark Owl arriva. Son corps fut agité d'un soubresaut quand la trappe s'ouvrit sous ses pieds. Tall Bear se détourna. Il était décidé à demander d'emporter le cadavre de son ami pour lui offrir une sépulture autre que la fosse commune. Tall Bear frissonna sous sa pelisse : c'était le lendemain de Noël, anniversaire de la naissance de celui que les Blancs considéraient comme leur Sauveur.

Il se dirigeait vers son cheval quand il s'arrêta net. La fermière blanche et son petit garçon ! L'enfant se rapprocha de quelques pas, braqua sur lui ses grands yeux bleus et cria :

— Je me souviens de toi, de tes yeux verts.

Tall Bear examina les environs. Ces gens s'apprêtaient-ils à le dénoncer, à l'envoyer au gibet ?

— Je suis content que tu sois guéri mais je suis peiné que tu aies souffert.

Le petit battit des paupières pour chasser ses larmes, et sa bouche se plissa.

— Tu as tué mon père.

— Non, c'est quelqu'un d'autre qui l'a tué. Il était déjà mort quand je suis arrivé.

— Tout va bien, Danny, intervint la mère en posant la main sur l'épaule de son fils. Il t'a sauvé la vie au lieu de nous tuer tous les deux... Je crois qu'au fond de vous vous savez que vous appartenez au monde des Blancs, monsieur.

— Je n'appartiens à aucune race, rétorqua Tall Bear en se raidissant. C'est le destin des métis.

La femme jeta un coup d'œil aux potences et, après une grimace, revint à Tall Bear :

— Je ne vous ai pas remercié de nous avoir conduits au fort, le jour où vous avez blessé mon fils. C'était un accident. Je l'ai compris à votre air et parce que vous avez essayé de le sauver. J'aimerais connaître votre nom afin de prier pour vous.

— Je m'appelle Tall Bear et je me passe de vos prières. J'ai mon Grand Esprit à prier.

— Ce n'est pas votre nom indien que je veux mais votre nom de Blanc.

— Mon père était français. Il m'a donné le nom d'un saint de sa religion : je me nomme Vince Beaumont. Quelle ironie ! Mon père s'est fait assassiner par un Blanc, un homme de sa race. Mon grand-père, ma mère, ma sœur, ma femme, tous Indiens, se sont fait abattre par des Blancs. Et mon fils aussi. Et voilà que votre gouvernement blanc vient de pendre mon meilleur ami. Alors ne me racontez pas que j'appartiens à votre monde. Jamais je ne serai des vôtres !

Il s'éloigna et, d'un bond, sauta sur son cheval qui traînait une civière de branches qu'il utiliserait pour emporter le corps de Dark Owl si on l'y autorisait. Il ne regarda pas en arrière, vers la femme blanche. Il avait lu la souffrance dans ses yeux et ne pouvait s'empêcher de se réjouir qu'il y ait des Blancs qui souffrent de la perte d'un des leurs. Quant au petit garçon, il était heureux qu'il ait réchappé à la mort. Il mena son cheval au pas vers les potences où on sectionnait les cordes au bout desquelles pendaient les trente-huit Indiens.

— Ça leur apprendra ! cracha un des hommes qui assistaient au supplice.

— J'ai jamais eu plus chouette cadeau de Noël. Ça ne me gênerait pas de fêter Noël comme ça tous les ans, renchérit un autre.

— Tu crois qu'il s'est lancé à notre poursuite ? Qu'il essaie de retrouver nos traces ?

Sarah était assise à côté de Johnny. Ils se trouvaient dans le train qu'elle prenait pour la première fois. Jamais elle ne s'était à ce point éloignée de chez elle.

— Sûr. D'ailleurs, comment ton père saurait-il où nous chercher puisqu'on ne sait pas nous-mêmes où on va ? ironisa-t-il.

Il enlaça Sarah.

— Tu es libre, maintenant, alors détends-toi et profite du voyage. On commence une nouvelle vie.

Comme Johnny portait toujours son calot de l'armée de l'Union, l'un des voyageurs lui demanda où il avait fait la guerre. Fier comme un coq, Johnny le régala du récit de quelques-unes des batailles déjà célèbres auxquelles il prétendait avoir participé et ses fanfaronnades forcèrent l'admiration de Sarah.

— C'est les Nordistes qui gagneront la guerre, je vous le dis, affirma-t-il à ses admirateurs. Si je n'avais pas été blessé, j'aurais continué à combattre les rebelles. La dame et moi, on va s'installer dans l'Ouest.

— Vous êtes bien jeunes et je vous conseillerais la prudence. Il s'en passe de drôles, là-bas, paraît-il. La loi, c'est celle qu'on se fait soi-même, et, avec ces Indiens... Et puis nous sommes en automne, n'est-ce pas un peu tard pour franchir les montagnes !

— On trouvera bien un endroit pour passer l'hiver, fit Johnny en tapotant la main de Sarah. On s'en sortira.

Sarah aurait aimé être aussi rassurée que lui quant à leur avenir. Elle redoutait à la fois que son père la rattrape et que Johnny n'ait ni destination ni emploi précis en vue. Et ils n'étaient toujours pas mariés. Impossible de s'arrêter assez longtemps pour trouver un pasteur, disait-il, ajoutant qu'on risquait de les dénoncer car ils n'étaient pas assez loin de chez eux. Il fallait attendre Chicago, et d'ici là, feindre d'être mariés.

La chevauchée jusqu'à Pittsburgh avait été un véritable cauchemar. Il avait fallu se cacher dans les bois, combattre les insectes, dormir à même le sol. Sur le plan de l'intimité, Sarah avait insisté pour qu'ils attendent d'être mariés, et, bien qu'à contrecœur, Johnny n'avait pas tenté de la forcer. Il l'avait même traitée avec une galanterie surprenante, restant éveillé la nuit pour monter la garde, se tenant à l'écart quand elle se lavait dans un cours d'eau. Quand même, la voracité de ses baisers l'effrayait un peu.

Le train siffla. Une secousse l'ébranla et, chuintant et s'essoufflant, la locomotive poursuivit son chemin. Avait-elle pris la bonne décision ? se demandait Sarah. Si elle faisait toujours confiance à Johnny, les mises en garde de Mme Sommers à l'encontre de son fils la tourmentaient. Elle ravala ses larmes pour que Johnny ne se doute pas qu'elle avait des regrets. Un homme d'expérience comme lui n'avait certainement pas envie de la voir se comporter en petite fille. Elle s'en tiendrait à sa décision, aidée par l'amour profond qu'elle lui portait. Et puis cette aventure valait mieux que le travail dans les champs de maïs, mariée à un homme trop vieux qui la garderait prisonnière. Elle se nicha au creux de l'épaule de Johnny. Tout irait bien.

— L'or…

— Que dis-tu ?

— On va chercher de l'or, Sarah. La seule chose à faire, c'est de trouver un bon guide qui nous conduise dans le Montana. Il paraît qu'on y a découvert des gisements.

De plus en plus inquiète, elle soupira :

— Je croyais qu'on allait s'établir sur un lopin de terre.

— C'est trop dur de travailler la terre, Sarah ! fit-il d'un air boudeur.

7

Quand elle eut fini de frotter la énième chemise, Sarah la suspendit à une des cordes tendues dans la buanderie. Impossible d'étendre le linge dehors. Il faisait trop froid. L'hiver paralysait Chicago tout autant que son cœur.

Elle observa ses pauvres mains rougies. Des larmes roulèrent sur ses joues tandis que la culpabilité, la colère, le désespoir se livraient bataille en elle.

Une chambre dans cette pension des faubourgs de Chicago, c'était tout ce qu'ils pouvaient s'offrir depuis que Johnny avait perdu son argent au jeu. Et encore! Si la propriétaire les autorisait à rester, c'est parce que Sarah faisait la lessive, reprisait le linge des clients. Elle aidait à la cuisine d'un hôtel voisin, ce qui lui avait permis d'amasser quelques économies qu'elle cachait à Johnny, de crainte qu'il ne les dépense au jeu. Qui sait? Quand elle aurait tiré Johnny de ce maudit saloon, qu'il serait obligé d'assumer ses responsabilités, d'affronter l'avenir, leur situation s'améliorerait peut-être. Il le fallait, sinon...

Elle se pencha au-dessus du baquet, trempa une autre chemise dans l'eau bouillante et, oubliant ses articulations douloureuses, frotta avec vigueur. Cela la défoulait. Et elle en avait bien besoin! Dès la nuit de noces, le jour de leur arrivée à Chicago, Johnny avait montré sa véritable personnalité. Lui laissant à peine le temps de se préparer pour ce qu'elle considérait comme une union sacrée, il lui avait bredouillé: «Ça fait un peu mal, au début, chérie, mais tu verras, tu aimeras», et il lui avait arraché ses vêtements. Il avait goûté un plaisir égoïste à plusieurs reprises, cette nuit-là. Quelle déception ! C'était donc ça, le mariage…

Puis Johnny avait découvert un tripot, dans l'arrière-salle d'un saloon. Il s'y rendait tous les soirs, la tête emplie de grands rêves. Les pertes passèrent vite les gains, au point qu'ils avaient dû trouver refuge dans cette pension minable, tenue par la dénommée Fran Babcock, une divorcée qui préférait avoir des hommes pour pensionnaires. Johnny trouvait de petits emplois, les perdait, retournait au saloon dilapider ses maigres gains. En fait de vie conjugale, Sarah se sentait tout autant en prison qu'en Pennsylvanie, et, en guise de mari, elle avait un homme ivre qui rentrait au petit matin et la traitait comme un objet. Ne comprenait-il pas qu'elle n'était vraiment pas d'humeur à se laisser caresser après une dure journée de labeur ?

De temps en temps, son corps s'éveillait au désir ; elle aurait eu envie que Johnny prenne le temps de l'aimer. Mais non, au lit, il était toujours pressé.

Sarah n'avait qu'un espoir : quitter Chicago, cette ville sale, bruyante, et partir vers des contrées plus sauvages où peut-être Johnny se conduirait décemment.

— Deux hommes vous demandent, Sarah. L'un se dit votre père. Ils vous attendent au salon.

L'angoisse étreignit Sarah.

— Seigneur ! Il ne faut pas qu'il me voie dans cet état-là ! Vous ne lui avez pas expliqué ce que je faisais, n'est-ce pas ?

Fran, qui était brave mais avait cet air dur des femmes qui ont trop souffert fit une moue désapprobatrice.

— Et alors ? Il n'y a pas de honte à travailler !

— C'est que… vous comprenez, je suis partie sans sa permission, Fran, j'ai épousé Johnny sans son autorisation. J'espérais avoir une vie plus agréable que celle que je menais avec mon père. Il va m'accuser d'avoir fait le mauvais choix.

Les poings sur les hanches, Fran émit un grognement.

— Bien sûr, ma fille, que vous avez fait le mauvais choix. Votre Johnny, c'est un gosse. Vous vous éreintez pendant que lui va jouer l'argent que vous gagnez. Si vous voulez vous en sortir, vous feriez mieux de vous en débarrasser et de repartir avec votre père.

— Jamais ! Je me suis engagée devant Dieu à aimer Johnny pour le meilleur et pour le pire. Ça ira mieux quand nous serons installés dans l'Ouest. En attendant, pas question de rompre mon serment.

Passé le premier instant de panique, elle retrouva son sang-froid. Elle avait écrit à son père pour lui annoncer qu'elle passait l'hiver à Chicago, mais comment avait-il fait pour la retrouver, alors qu'elle n'avait pas donné d'adresse ? Et pourquoi avait-il pris la peine d'entreprendre le voyage ? S'armant de courage, elle gagna le salon... Henry Bartel était là aussi ! Plutôt rester avec Johnny que d'épouser cet homme.

— Bonjour, père, fit-elle, restant prudemment sur le seuil. J'aidais Fran à la cuisine. Tu sais à quel point j'aime cuisiner.

— Est-ce tout ce que tu trouves à dire à ton père ?

— Quoi d'autre ? On ne voulait pas de moi, à la maison, alors j'en suis partie. Tu ne comprenais pas mes sentiments pour Johnny, alors je l'ai épousé. On attend le printemps avant d'aller vers l'Ouest. A présent que tu as vu que je me portais bien, tu peux rentrer. On se débrouille et les choses iront encore mieux quand on se sera installés.

— Jamais Johnny Sommers ne s'installera nulle part. Où est-il encore passé ?

Sarah croisa les bras, se cachant les mains pour que son père ne remarque pas à quel point elles étaient rouges. Elle mentit :

— Il est au travail.

— Tiens donc ! Et où se trouve-t-il, ce travail ? J'ai deux mots à lui dire.

Sarah se détourna, au bord des larmes.

— Ce n'est pas nécessaire. Je t'en prie, va-t'en. Pourquoi es-tu venu alors que dans ma lettre je te disais que j'allais bien ? Retourne là-bas, père.

Il poussa un profond soupir.

— Je tenais à constater par moi-même que tu te portais bien. Crois-moi, Sarah, je t'aime, et tu nous manques à la maison. J'ai emmené Henry parce qu'il consent toujours à t'épouser si tu divorces. Tu as quand même eu le temps de te rendre compte que le fils Sommers n'a pas le sens des réalités. On ne peut pas compter sur lui. Reviens chez nous mener une vie convenable.

Elle fit volte-face et déclara aux deux hommes :

— N'avez-vous pas compris que je ne voulais pas rentrer ? D'accord, Johnny manque encore un peu de maturité mais il... il est gentil avec moi. Il m'aime et ses grands rêves, je compte bien l'aider à les réaliser, tout comme il ne demande qu'à m'aider à réaliser les miens. Je suis mariée. Je ne peux pas vous épouser, monsieur Bartel, bien que j'apprécie votre demande en mariage. Et toi, père, c'est bon de t'entendre dire que tu m'aimes, mais il n'est pas question que je renie ma personnalité comme maman a été obligée de le faire. Il te reste Benny, ton préféré depuis toujours.

M. Kelley se rembrunit.

— C'est mon fils, ma grande. Si je le préfère, ça ne diminue en rien l'amour que je te porte.

Comprendrait-il jamais à quel point il l'avait blessée chaque fois qu'il l'avait punie sans nécessité ?

— Je ne peux pas rentrer, père. Je ne peux pas vivre à ta façon et je refuse que mes enfants adoptent ce mode de vie. Le travail ne me fait pas peur ; je m'en sortirai. Je te promets de t'écrire quand on sera installés.

— Matthew, je vous laisse, intervint Bartel, l'air déçu. Je rentre à l'hôtel. J'aimerais reprendre le train pour la Pennsylvanie demain parce que mes affaires attendent, et les enfants aussi.

A peine Henry les eut-il quittés que les yeux de son père s'embrasèrent de fureur.

— Johnny va te faire souffrir. Avec lui, il n'y a pas d'avenir. Là-bas, dans ces contrées sauvages, tu te retrouveras toute seule au moment d'affronter les bandits et les prospecteurs d'or sans foi ni loi qui y pullulent. Je te le prédis, moi !

Il s'approcha de sa fille, lui dénoua les bras de force pour observer ses mains.

— Tu travaillais dur, à la maison, pour aider la famille, mais jamais tu n'as eu les mains dans un pareil état. Dis-moi la vérité. Où se trouve Johnny ? T'a-t-il déjà abandonnée ?

Sarah s'écarta de lui, ravalant ses larmes.

— Jamais Johnny ne me quitterait. Il a perdu son emploi et en cherche un autre... Moi, je suis blanchisseuse pour Mme Babcock... ce qui nous permet de constituer une cagnotte pour acheter un chariot, des bœufs... Johnny espère devenir chercheur d'or.

— Chercheur d'or ! Il n'y a que les imbéciles qui cherchent de l'or.

— Quoi qu'il advienne, je t'assure qu'on s'en tirera, insista Sarah, exaspérée. Je sais que tu m'aimes, père, mais pour toi, aimer signifie dicter aux gens leur conduite, les obliger à obéir et à vivre à ta manière. Moi je veux être moi-même, ce que je ne pourrais faire là-bas, en Pennsylvanie.

Matthew s'était raidi. A la fin de cette déclaration d'indépendance, il remit son chapeau et, braquant sur sa fille un long regard dur, il déclara :

— Dieu t'accompagne, Sarah Kelley, parce que tu auras bien besoin de Sa grâce.

— Je m'appelle Sarah Sommers, maintenant !

— Combien je déplore le jour où Johnny Sommers a fait irruption dans notre vie ! Je prie pour que tu n'en viennes pas à le déplorer toi aussi. Dieu te bénisse, Sarah.

Elle eut la surprise de voir ses yeux s'embuer quand il ajouta :

— Tu me manqueras tout comme ta mère me manque.

— Oui, à moi aussi, elle me manque. Je la comprenais mieux que toi, père, parce que nous étions pareilles.

— Je ne le sais que trop ! Et dans le fond, je me demande si ton tempérament rebelle ne te permettra pas justement de t'en sortir, malgré Johnny, dit-il en se penchant pour l'embrasser sur le front. J'ai fait mon devoir de père en venant te chercher pour que tu épouses Henry Bartel. Tu refuses ; advienne que pourra, je me sens dégagé de toute responsabilité. Adieu, Sarah.

— Au revoir, père.

Déterminée à lui montrer qu'elle était forte, elle attendit qu'il ait refermé la porte derrière lui pour s'effondrer sur le divan en sanglotant.

Sarah sortit une chemise de nuit de la commode. Ah, comme elle aurait aimé prendre un bain avant d'aller au lit ! Seulement, elle était trop fatiguée pour monter de l'eau chaude jusqu'à la baignoire de la salle d'eau, au bout du couloir. De plus, il aurait fallu payer un supplément.

C'est alors qu'elle entendit la porte d'entrée s'ouvrir et se refermer. La voix de Johnny lui parvint. Onze heures du soir. Pourquoi rentrait-il d'aussi bonne heure ? Elle n'avait pas envie de subir sa conversation, encore moins ses assauts. Une voix masculine lui répondait... Montait-il à leur chambre avec un inconnu ? Un coup à la porte et il fit irruption, aussi guilleret que si leur vie n'était qu'une partie de plaisir.

— Tu n'es pas couchée, Sarah ? Parfait. Je voudrais te présenter quelqu'un. Viens.

— Johnny, il est onze heures passées ! Ça ne peut pas attendre demain ?

— On n'en a que pour une minute.

La prenant par la main, il redescendit avec elle au salon. Un grand costaud à la barbe grisonnante, en veste et pantalon de daim sales, les y attendait. Il ôta sa toque de ragondin, découvrant un crâne chauve autour duquel pendait une couronne de cheveux mi-longs ternes et gras. Il la déshabilla de son regard perçant, d'un bleu glacial. Elle dut se forcer pour ne pas se détourner tant il sentait mauvais.

— Chérie, je te présente Cletus Brown, le guide qui nous mènera dans l'Ouest.

Sarah eut un frisson de répulsion. Pourvu que dans le convoi de chariots que Johnny avait certainement l'intention de rallier, elle ne se retrouve jamais en tête à tête avec ce rustre.

— Bonsoir, m'dame Sommers, fit l'homme.

— Je viens de battre Cletus aux cartes. Au lieu de jouer de l'argent, je lui avais proposé de nous conduire dans le Montana pour payer sa dette, s'il perdait. Il a guidé des tas de convois de chariots ; il connaît l'Ouest comme sa poche ; il a déjà eu affaire aux Indiens et même il parle un peu sioux et cheyenne. On n'a qu'à acheter l'équipement et, au printemps, en voiture ! On a bien mis de côté de quoi acheter un chariot et tout le nécessaire, dis, Sarah ?

— Ce que j'ai réussi à te retirer avant que tu le perdes au jeu, rétorqua-t-elle en croisant les bras d'un air autoritaire. Si tu n'arrêtes pas de jouer, Johnny, il ne nous restera plus rien.

— Aujourd'hui, j'ai gagné un bon paquet. On se débrouillera, surtout qu'on n'a plus à payer le guide.

Cletus Brown n'exigerait-il vraiment aucun salaire ? se demanda Sarah en toisant le bonhomme et en se promettant de cacher soigneusement son argent s'ils se lançaient avec lui dans l'expédition.

— Ma foi, monsieur Brown, on sera bien obligés de vous nourrir, non ? Je n'appelle pas ça la gratuité.

Cletus sourit, révélant ses chicots.

— C'est un fait, m'dame Sommers, mais je suis fichtrement bon chasseur. Je tuerai du gibier ; vous aurez qu'à le cuire. Vous êtes rudement bonne cuisinière, à ce qu'on dit à la gargote de Flora où vous travaillez. Vous avez déjà cuisiné de la viande de bison, du chevreuil, du lapin sauvage ?

— Du chevreuil et du lapin, oui, mais jamais de bison.

— Le goût vous plaira. Vous voyez bien, ça vous coûtera pas grand-chose de me nourrir.

Sarah n'en demeurait pas moins irritée.

— Vous accepteriez de nous faire traverser la moitié du pays juste pour payer une dette de jeu ?

— Ben pourquoi pas ? Faut vous avouer aussi que j'avais idée de partir pour le Montana, comme ça, on s'arrange. Si je peux rendre service à deux petits jeunes, tant mieux.

— Johnny, d'après les journaux, la situation avec les Indiens n'est pas brillante dans cette région-là. Les soldats ont même abandonné des forts.

— Vous affolez pas à cause des Indiens, la rassura Cletus. J'avais même pas vingt ans que je savais déjà me les mettre dans la poche. Il ne vous arrivera rien. Simplement, à votre place, je cacherais ces beaux cheveux roux sous un chapeau, pour que ça n'attire pas les braves qui n'ont jamais vu de crinière de feu comme la vôtre. On peut pas dire, Johnny, mon p'tit gars, elle est rudement belle, ta femme. T'auras intérêt à la surveiller de près dans les villes de chercheurs d'or. Ils ont pas de femmes, là-bas, et la tienne est jolie comme un cœur...

— Je ne la quitterai pas des yeux. Et toi, n'oublie pas de repasser d'ici deux mois. On prendra la route de l'Ouest dès que le temps se réchauffera.

Cletus arrima sa toque de ragondin sur son crâne chauve.

— Compte sur moi, je serai au rendez-vous, p'tit gars. Au plaisir, m'dame...

Sinistre présage que cette formule, songea Sarah en le regardant quitter la pension, la démarche chaloupée. Mais déjà Johnny lui secouait les bras, s'écriant, survolté :

— Un guide gratuit, Sarah, imagine ! On est pratiquement au bout de nos peines. Surtout toi, qui travailles aussi dur. Allez, on va réaliser notre rêve. Et une fois dans le Montana, finie la lessive pour ma Sarah ! Tu seras une femme riche.

De son haleine avinée, Sarah déduisit qu'elle allait avoir droit à une de ces nuits de cauchemar.

— Si tu ne cesses pas de boire et de jouer, Johnny, on n'aura jamais assez d'argent pour aller nulle part. As-tu décroché l'emploi auquel tu as postulé aujourd'hui ?

— Cette espèce de cordonnier avait déjà embauché quelqu'un d'autre, lança-t-il en balayant la question de la main. Ne t'inquiète pas, je retrouverai du travail. Je travaillerai dur. En deux mois, je nous remettrai à flot.

— Ecoute, Johnny, je me demande si tu ne commences pas à perdre pied, à force de rêver ! s'écria-t-elle à bout de nerfs.

— Mais où serait-on sans le rêve, chérie ? Je t'aime, on va partir pour le Montana : c'est ça la réalité, non ?

— N'empêche que ce n'était pas mon projet. Pas plus que d'être la seule à travailler pour gagner l'argent du voyage que tu dépenses au jeu, si bien qu'on est coincés à Chicago !

— On n'est pas coincés à Chicago, chérie ! Tu as entendu Cletus, il nous mène dans le Montana dans deux mois.

— Ce Cletus Brown ne me revient pas. Comment peux-tu faire confiance à cet homme ? Un montagnard qui fraie avec les Indiens et sent le putois ! Tu ne sais rien de lui, Johnny. Qu'est-ce qui prouve qu'il connaît le métier ? Je te dis, moi, que je ne lui fais pas confiance. Joignons-nous à un convoi de chariots !

— Comme si on avait besoin de se casser la tête avec un convoi. Enfin, Sarah ! Dans les caravanes, on est toujours ralenti par des pannes, les femmes qui accouchent, les attaques, les bœufs qui meurent ; quand ce n'est pas les épidémies de choléra, de rougeole... On sera bien plus tranquilles avec Cletus. C'est un type réglo. Tout ira comme sur des roulettes, fit-il. Qu'est-ce que j'y peux, moi, si je n'arrive pas à trouver d'emploi dans cette ville ? Je travaillerai comme une brute, quand on aura notre concession. Tu vivras bientôt comme une reine, promis.

Il l'attira à lui pour l'embrasser mais Sarah n'avait plus de désir pour cet homme au sourire charmeur, au visage de séducteur.

— On va se coucher.

Elle se dégagea de son étreinte.

— Tu ne comprends pas que je suis épuisée. A force de frotter tout ce linge, j'ai des crampes dans les bras et les doigts me brûlent. Et si je suis enceinte ? Tu nous nourriras, quand je ne serai plus en état de travailler ?

Avec un regard de petit garçon pris en faute, il s'évertua de plus belle :

— Ecoute, Sarah, tu te doutais bien que ce ne serait pas facile tous les jours ! J'ai travaillé et je retravaillerai, je te le jure. Et puis, au moins, on est loin de la Pennsylvanie ! Tu préférerais être mariée à ce vieux rasoir d'Henry Bartel ? Ici, c'est quand même mieux que de rester coincés aux réunions de méditation ou de récolter le maïs, non ?

Sarah se détourna pour avouer :

— C'est mieux, oui. Et à ce propos, père est venu me voir, ce matin. Henry l'accompagnait.

— Quoi ? Ils ont essayé de t'emmener ? Je ne les laisserai pas...

— Père venait simplement vérifier que j'allais bien. J'ai menti et dit que oui, que tu allais trouver un boulot... Il a insisté pour me forcer à annuler le mariage et rentrer au village. J'ai répondu que je t'avais épousé et que je respecterais mes engagements. Espérons que tu respecteras les tiens.

— Chut ! Ne parlons pas aussi fort dans le salon. Montons à la chambre, dit-il, l'entraînant à l'étage et, une fois la porte de la chambre refermée sur eux, il ajouta : Evidemment que je respecterai mes engagements, Sarah, quelle idée !

Elle sonda son regard, ne demandant qu'à le croire.

— Tu me promets de trouver un emploi demain et d'arrêter de jouer ? Il paraît que dans ces villes de mineurs, les tripots ne désemplissent pas.

Il la plaqua contre lui.

— Je te promets de chercher du travail et d'arrêter le jeu, dit-il en l'embrassant dans le cou. Si tu veux me tenir éloigné des tables de jeu pour ce soir, allons au lit, chérie.

Elle tenta d'esquiver ses étreintes.

— Johnny, j'ai mal partout et je dois avoir une de ces mines...

— Pour moi, tu es toujours la plus jolie.

Il la souleva et la porta jusqu'au lit. Il se coucha sur elle pour la déshabiller avec des gestes fébriles, entre baisers et serments. Quand il la prit, Sarah retint ses larmes. Elle ne pensait à rien qu'à l'affreux Cletus Brown, au regard lourd qu'il avait promené sur son corps. Elle attendit, toute raide, que Johnny fasse son affaire, ce qui lui prit plus de temps que d'habitude tant il était ivre. Quand il roula sur le côté et s'étira avec un soupir d'aise, ce fut pour se vanter encore :

— Je n'ai pas totalement perdu mon temps aux tables de jeu. J'ai hâte que la température se radoucisse, Sarah. Et en route pour le Montana ! Rien que nous trois ! Sarah ?

— Oui, Johnny ?

— Je suis content que tu n'aies pas écouté ton père. La vie sans toi, ça ne serait pas drôle du tout.

Elle se recroquevilla à côté de lui et soupira :

— Qu'est-ce que je vais bien pouvoir faire de toi, Johnny Sommers ?

— M'aimer, tout simplement. Et je te prouverai que j'en vaux le coup.

8

Mai 1864

Tall Bear se plaisait, à l'ouest des Black Hills. Les « collines Noires », comme les Indiens nommaient ces montagnes, protégeaient de leurs cimes impressionnantes le territoire où vivaient Tetons, Oglalas, Hunkpapas et Brules. Jamais les Blancs ne choisiraient ces ravins escarpés et inaccessibles pour établir leurs colonies. En poussant vers les confins de l'Ouest, Tall Bear avait opté pour la sécurité. Ici, on vivait l'esprit tranquille et le ventre plein.

Quelques-uns des Indiens avec qui il avait entrepris l'expédition avaient péri, victimes des neiges, du vent. Ils avaient traversé les Dakotas, puis le Wyoming, pour enfin rejoindre les Indiens Ogalalas du chef Red Cloud, qui célébraient un hiver où ils n'avaient guère eu à se soucier des soldats. La guerre de Sécession, ajoutée aux expéditions punitives des Indiens, avait même poussé les Blancs à fermer des forts.

Tall Bear vivait avec un couple de gens âgés, Fox Hunter et Kneeling Woman, pour lesquels il chassait parce que l'homme était trop vieux pour pourvoir à leurs besoins. La vie était douce aux Sioux, dans ce dernier bastion de la liberté. Il réfléchissait à cela tout en accrochant au bouclier de guerre que lui avait fabriqué Kneeling Woman les trois scalps des Blancs assassins de Little Otter et de leur fils. Les lamelles de métal suspendues à l'entrée du tipi tintèrent. Le rabat se releva et Kneeling Woman baissa la tête pour entrer. Elle déposa sa brassée de bois avant de vérifier la cuisson du ragoût de bison aux navets qui mijotait dans le chaudron pendu au-dessus du feu central et annonça à son pensionnaire :

— Des marchands approchent. Ils viennent de Denver et remontent vers le nord. Ils vendent leurs produits à Fort Laramie et puis parcourent le territoire sioux pour se procurer des pelisses en bison et des peaux de cerf. Ça me tente d'aller leur prendre des rubans de couleur, dit-elle, et, se retournant vers son mari qu'elle vit endormi, elle demanda à Tall

Bear: Puisque tu parles leur langue, voudrais-tu m'accompagner?

— Je t'accompagne, oui, bien que ça me contrarie que les marchands blancs montent jusqu'ici.

— Les autres disent que ces hommes-là nous comprennent, parlent notre langue et respectent nos coutumes, contrairement aux chasseurs de bison, aux soldats, aux mineurs. En plus, ils vendent des fusils.

— Sont-ils encore loin? demanda Tall Bear en posant son bouclier.

— Ils ne tarderont pas à atteindre le village.

On entendait déjà les cris de bienvenue et de mise en garde avec lesquels les Indiens accueillaient l'arrivée d'étrangers.

— Eh bien, rassemble tes fourrures. Je vais t'aider à les porter, dit-il à la vieille femme.

Si l'air qui tombait des cimes toujours couvertes de neige à l'ouest et au sud était encore un peu frais, le temps s'était enfin réchauffé, si bien que Tall Bear n'avait plus besoin de porter de manteau de bison par-dessus sa tunique et ses jambières en peau de cerf. Kneeling Woman s'attacha une cape en fourrure de loup autour des épaules et alla en chercher trois autres, produit de la chasse de Tall Bear. Lui-même se chargea de trois fourrures d'ours et lança:

— On garde la peau de bison et les autres peaux d'ours, au cas où l'hiver trop rude nous priverait de gibier.

Ils se dirigèrent vers la caravane de mules et de chariots bâchés bourrés de marchandises, véritables bazars ambulants.

— Sitting Bull réprouve ce commerce avec les Blancs parce qu'il nous rend dépendants d'eux, fit Kneeling Woman. Il a sûrement raison. Mais j'ai besoin d'un nouveau chaudron. Tu as quelque chose à troquer contre du tabac et des fusils ?

— Oui, les chevaux sauvages que j'ai capturés la semaine dernière. Des bêtes superbes. Il me faut un bon fusil.

Déjà les marchands déballaient rubans, perles, ustensiles de cuisine, couvertures, articles divers, sans oublier le whisky. Comme son père avant lui, Tall Bear s'acharnait à mettre les Sioux en garde contre l'eau de feu, arme que les Blancs risquaient un jour d'utiliser pour pousser les Indiens à faire des bêtises : abandonner leurs terres d'un coup de plume au bas d'un papier, par exemple, ou sombrer dans une paresse qui les rendrait incapables de chasser. Alexandre Beaumont avait recommandé à son fils de ne jamais boire. Plusieurs Sioux troquaient déjà leurs peaux contre des pichets de ce liquide qui brûlait le gosier. Pour un chaudron en fer, Kneeling Woman proposa deux fourrures de loup à un marchand. L'homme d'un certain âge aux cheveux blancs et à la barbe blanche striée de poils roux intrigua Tall Bear. Il avait l'impression de le connaître.

— Les fourrures sont très bien nettoyées, dit-il.

— Ma foi, elles valent bien un chaudron, répondit l'homme avec jovialité. Vous parlez notre langue ?

— Oui. Je l'ai apprise avec mon père. Un trappeur français.

— Vrai ? Ma foi, j'ai connu un trappeur français dans le temps ; on était bons amis. C'était dans le Minnesota et les régions environnantes. Il s'appelait Alexandre Beaumont. Vous ne le connaîtriez pas, par hasard ?

Tall Bear étudia le marchand avec gravité.

— Jess ? Mon père avait un bon copain qui s'appelait Jess Willett.

Le regard du Blanc s'éclaira soudain et il s'écria :

— Vince !

— C'est mon nom de Blanc. Il y a des années que je ne l'utilise plus.

— Par l'enfer ! Le fils d'Alexandre ! Je me disais bien que je connaissais ces yeux verts ! s'exclama-t-il en tendant la main à Tall Bear. Qu'est-ce que tu fabriques ici, chez les Sioux, habillé comme eux, en plus ? Qu'est devenu ton père ? Ça fait des années que je ne l'ai plus revu. Je l'aimais bien, Alexandre. L'honnêteté, la loyauté personnifiées.

— Je m'appelle Tall Bear, maintenant, dit-il, tout heureux de serrer la main à l'ami de son père. Je vis avec les Sioux depuis mes dix ans et j'en ai vingt-huit... Mon père a été assassiné par des voleurs, sur le vapeur qu'on avait pris pour remonter le Mississippi. Ma mère et moi, on est allés vivre chez les Indiens...

Jess Willett cria à ses compagnons de poursuivre le troc sans lui et entraîna à l'écart le fils de son ami. Tall Bear lui fit le récit des meurtres qui avaient décimé sa famille.

— Bon sang de bon Dieu, ça en fait, des morts ! soupira Jess Willett.

Le farouche guerrier refit surface en Tall Bear quand il déclara :

— J'ai scalpé les trois chasseurs. Depuis, je refuse de retourner dans le monde des Blancs. Tout ce que je veux, c'est les combattre. Le peuple de ma mère a été contraint de fuir le Minnesota et de rallier les Sioux de Red Cloud qui, eux, règnent encore sur leur territoire.

— Doux Jésus, dit Jess en se frottant la nuque et en repoussant son chapeau. Malheureusement, il faut que tu saches, mon garçon, que les Blancs ne tarderont pas à venir ici aussi, et en bien plus grand nombre. On a découvert de l'or dans le Montana et dans les Rocheuses et, au sud, les colons s'installent dans le Nebraska et le Kansas... Tall Bear, ils se rapprochent et vous n'êtes pas de taille à lutter. As-tu oublié que tu es fils de Blanc ? A ta place, j'y réfléchirais.

— J'y pense constamment mais que faire ? Où aller ? Il ne me reste plus personne à part mes amis les Sioux.

Jess lui posa la main sur le bras.

— Eh bien, fiston, je suis ton ami. Souviens-t'en. Je commerce en général aux alentours de Fort Laramie et jusqu'à la Green River. Dans tous les forts du territoire, on me connaît, alors si l'envie te prenait de parler, de tâter la vie du côté des Blancs, tu n'as qu'à venir me trouver. Je ferai ce que je peux... pour ton père.

— Vous êtes vraiment très bon, Jess, dit-il. Vous croyez vraiment que les Sioux n'ont plus aucun espoir de garder leurs territoires de chasse ?

— C'est ce qui s'est passé dans le Minnesota, souviens-t'en. Une fois la guerre terminée, les soldats seront envoyés ici pour chasser les Indiens et donner leurs terres à tous les gens ruinés par la guerre qui émigreront à l'Ouest pour recommencer de zéro. C'est réglé comme du papier à musique, fiston. Ton père et moi, on était de cette époque où les seuls Blancs à la ronde, c'étaient ceux qui venaient chasser et commercer. On s'entendait bien avec les Indiens. L'es nouveaux venus viennent pour trouver de l'or ; ils s'approprient la terre, ils exterminent le bison. Quand même, ils ne sont pas tous méchants hommes, fiston, tu sais bien. C'est la vie, le changement d'époque, qui veut ça.

— Je vous remercie de votre franchise, Jess.

— Bonne chance, Tall Bear. Ça fait plaisir de te revoir, de savoir que tu vas bien. Ton père était un type rudement bien.

Tall Bear ne put que hocher la tête.

— Et vous, comment se fait-il que vous soyez dans le commerce ambulant, maintenant ?

— Ma foi, un beau jour, les fourreurs n'ont plus voulu acheter de castor, alors je me suis recyclé comme guide de convois partant pour l'Ouest ; puis je suis resté dans la région pour me lancer dans le commerce ambulant. Je gagne assez pour nourrir mon cheval, acheter du whisky, du tabac, et jouer un peu de temps en temps. Le reste, je m'en moque.

— Vous me rappelez mon père. Quoi que l'avenir nous réserve, je vous considérerai toujours comme un ami, dit-il en lui tendant la main que Jess serra chaleureusement.

— Moi aussi, Tall Bear.

Ils regagnèrent les chariots. Tall Bear y trouva les Sioux en train de rire, de s'amuser à marchander ; certains étaient déjà éméchés.

Sarah aurait préféré effectuer le voyage en diligence. Leur trio en croisait, à l'occasion. Bien que ballottés, couverts de poussière, les voyageurs avaient au moins l'avantage d'être assis. Les étapes, aux relais, leur permettaient d'avoir des repas chauds, de se rafraîchir, de converser avec les voisins.

De conversation, il n'y en avait plus guère entre elle et Johnny. Son mari n'avait d'oreille que pour Cletus Brown qui lui farcissait la tête de rêves. Il s'était d'abord enflammé pour la loi fédérale qui leur permettrait d'obtenir gratuitement de la terre ; à présent, c'était la fièvre de l'or qui le tenait. Facile, à en croire Cletus : il suffisait de plonger un tamis dans la rivière pour le retirer débordant de pépites.

Leur conquête de l'Ouest n'était que tribulations en série ; chaleur accablante, moustiques zonzonnant durant toute la traversée des plaines du Nebraska. Cletus prétendant qu'il fallait alléger le plus possible le chariot que traînaient quatre bœufs poussifs, elle était obligée de faire la route à pied; Johnny ne s'inquiétait même pas de voir sa femme peiner. Par-dessus le marché, cela faisait quinze jours qu'elle vomissait tous les matins et elle se demandait si elle n'était pas enceinte. Son moral était au plus bas. Elle se faisait un sang d'encre. Où serait-elle lorsque l'enfant naîtrait? Y aurait-il un médecin, une personne pour l'aider? Comment pourvoir aux besoins d'un bébé? Comment s'en occuper et travailler en même temps?

Si seulement Johnny n'avait pas insisté pour coucher avec elle presque toutes les nuits! Le pire, c'était la honte de savoir que Cletus entendait leurs ébats. Souvent il y faisait allusion et ricanait avec Johnny devant le feu de camp. Au matin, Cletus lui jetait des regards lubriques comme s'il attendait son tour. Ses yeux vicieux lui donnaient des sueurs froides.

Ils avaient pris la route trois mois auparavant et si Cletus n'avait eu aucun geste déplacé, sa présence suffisait à la mettre mal à l'aise. D'autant plus que Johnny lui accordait son entière confiance. Par chance, Cletus n'avait pas menti en assurant qu'il savait y faire avec les Indiens. Au cours du voyage, une bande de Cheyennes leur avait déboulé dessus, décrivant au grand galop des cercles autour du chariot en poussant d'effroyables cris de guerre. Terrorisée, Sarah avait cru qu'ils s'apprêtaient à les tuer. Cletus avait parlementé dans leur langue, leur avait offert des coupons de tissu et du tabac, cadeaux qu'il avait tenu à emporter en prévision de telles rencontres. Et il avait eu raison. Les Cheyennes étaient repartis, contents.

Les ennuis ne faisaient pourtant que commencer...

Ils approchaient de la région où rares étaient les voyageurs qui échappaient aux harcèlements des Sioux. En traversant la ville de Julesberg, ils avaient appris que la guerre faisait toujours rage ; qu'il n'y aurait guère de soldats pour les protéger. Sarah eût aimé s'y établir mais Johnny tenait à aller au Montana. Et ils se retrouvaient dans ces montagnes escarpées creusées de canyons de roche rouge, de vallées où les forêts de pins alternaient avec de verdoyantes prairies. Ils avaient eu la désagréable surprise de tomber sur deux serpents à sonnette, un lynx et un grizzly. Et Cletus s'était, là encore, montré à la hauteur de leurs espérances en les débarrassant de ces bêtes dangereuses. Chaque fois, pourtant, en rangeant son pistolet dans son étui, il avait quêté l'admiration de Sarah.

Sarah était rongée de fatigue, démoralisée. Elle était sûre qu'elle n'était du voyage que pour permettre à Johnny d'avoir une compagne la nuit et une cuisinière le jour. Et maintenant ce bébé...

Cletus, lui, se pavanait sur son gros hongre rouan, en costume de daim maculé de taches, arborant un véritable arsenal, jouant les farouches éclaireurs de la Frontière pendant que ses clients marchaient derrière lui. Combien de temps aurait-il tenu si les Indiens qu'ils avaient rencontrés en route s'étaient mis en tête de les attaquer ? Et si Johnny se faisait tuer, Cletus Brown se battrait-il jusqu'au bout pour la défendre, elle et son honneur ? Ne l'échangerait-il pas contre la vie sauve ?

La nuit tombait.

— On va trouver un coin par ici, décida Cletus.

Sarah ne vit à la ronde rien de plus confortable qu'un minuscule carré d'herbe. Cletus insista sur le fait qu'il n'y avait pas mieux pour dresser le camp, que les bœufs s'en contenteraient. Elle commença donc à décharger les provisions de bois récoltées lors de la traversée d'une pinède et Johnny alluma un feu.

— Fais-nous chauffer du café. Et prépare-nous donc un peu de ce gros lièvre que Cletus nous a dépecé et vidé hier.

Décidant d'attendre d'être retournée au monde civilisé pour se rebeller, Sarah obéit. Cletus insistait pour prendre ces « raccourcis » dont il semblait être le seul à connaître l'existence… puisqu'ils ne rencontraient plus ni chariots ni colonies de Blancs. Si seulement ils avaient pu se joindre à un convoi… elle aurait eu des compagnes avec qui bavarder, parler grossesse et maternité, se faire aider en cas de difficulté ; le soir, ils auraient joué de la musique en écoutant les rires des enfants.

Elle réchauffa un reste de café, sortit les morceaux de lapin du pot de graisse dans lequel Cletus les avait plongés et plaça la lourde poêle à frire sur les flammes. La routine.

Les hommes dévorèrent son ragoût avec appétit. Pas elle. Une fois dans le Montana, ils auraient une cabane au lieu d'une caisse montée sur roues ; ils trouveraient des voisins car, aux abords des gisements d'or, se développaient de petites colonies. Cletus les quitterait enfin. Elle avait décidé de travailler pour mettre de l'argent de côté. Et si Johnny ne changeait pas, elle divorcerait.

Adossés aux rochers, les deux hommes discutaient.

— Tu seras certainement obligé de sortir ton fusil pour protéger ton lopin de terre, dit Cletus à Johnny. Il y en a qui s'amusent à essayer de voler les concessions aux autres. Ça ne leur fait pas peur de risquer la corde si on les attrape.

— Tu crois qu'on aura du mal à traverser la montagne ? Au dernier fort, ils disaient que la piste de la Bozeman Trail était bloquée par les Sioux.

— Bah, moi je sais rudement bien m'y prendre, avec les Indiens, répondit Cletus en vérifiant sa carabine. Ils ne perdront pas leur temps à attaquer trois passants et on peut toujours les apaiser avec du tabac et autres cadeaux. En plus, je connais un bien meilleur itinéraire. On poursuivra vers l'ouest et on grimpera jusqu'au plateau encerclé de montagnes de Yellowstone et la vallée de haute montagne d'où se dresse, à pic, la chaîne des Tetons. C'est plus long mais on évitera la piste Bozeman et la région de la Powder River. J'ai des copains qui m'attendent là-haut ; ils sont partis avant moi chercher de l'or. Je leur ai dit que j'avais perdu au jeu, que ça m'obligeait à te servir de guide avant de les rejoindre.

— Ça t'apprendra à parier autre chose que de l'argent ! s'esclaffa Johnny.

Cletus se pencha en avant, les coudes sur les genoux, la carabine au poing.

— Bah, il y a des choses qui valent mieux que l'argent... une jolie femme, par exemple, pas vrai, Johnny ?

Sarah sentit le regard du rustre peser sur elle.

— Je le sais bien puisque je m'en suis trouvé une de rudement jolie et qu'il fait bon retrouver au lit.

De nouveau, ce rire gras ! Mortifiée, Sarah faillit lui envoyer son café brûlant à la figure. Et Cletus qui s'esclaffait !

— Ça se devine, à voir le remue-ménage que vous faites dans le chariot, la nuit ! C'est dur, quand on n'a pas de femme, d'entendre ça tous les soirs.

Effrayants commentaires de la part de Cletus, qui était armé alors que Johnny ne l'était pas. Son instinct poussa soudain Sarah à se lever et à regagner le chariot, prétextant y avoir oublié un ustensile... En réalité, elle allait chercher le petit pistolet acheté à Chicago à l'insu de Johnny qui raillait la méfiance que lui inspirait leur guide. Cette arme la rassurait. Elle alluma la lanterne, se hissa dans le chariot dont elle rabattit la toile.

— Je m'en doute, répondit Johnny. Désolé, Cletus.

Il s'esclaffa. Et brutalement, son rire s'étrangla dans la gorge. Sarah entendit le cliquetis de la carabine qu'on armait.

— T'as raison d'être désolé. Figure-toi que si je t'ai poussé sur cette piste détournée, que j'ai attendu qu'on soit aussi loin, c'est parce qu'on ne risquait pas de tomber sur d'autres voyageurs. Personne pour entendre un coup de feu, dans les parages.

Sarah fourragea fébrilement dans sa malle pour y retrouver le pistolet. Jamais elle n'avait eu l'occasion de s'en servir. Le marchand le lui avait vendu chargé, précisant : « Vous n'avez qu'à armer en tirant sur le chien, ici, et presser sur la détente, là. Vous n'abattrez pas du gros gibier mais je vous garantis que vous arrêterez net un animal ou un humain. » Avec un peu d'espoir... Ses doigts trouvèrent l'arme.

— Mais qu'est-ce... bredouilla Johnny.

Un coup de feu l'interrompit. Cletus venait d'assassiner son mari de sang-froid ! Surtout, pas de panique, pas de larmes.

— Sors de ton chariot, beauté ! brailla Cletus. J'ai quelque chose à te montrer. Tu adoreras.

Sarah se blottit dans un coin et attendit. Qu'il approche ; elle aussi, elle avait quelque chose à lui montrer !

9

Paralysée de terreur, Sarah serrait le petit pistolet dans son poing tremblant. Surtout, ne pas penser à Johnny ; oublier qu'elle était totalement seule, perdue en plein territoire indien. Tapie derrière sa malle, elle guettait Cletus qui n'allait pas tarder à passer sa sale tête par l'ouverture du chariot.

— Allez, descends. On est plus que tous les deux. T'es ma femme, maintenant, et si tu racontes à droite et à gauche ce qui est arrivé à Johnny, je te le ferai payer. Tu souffriras comme jamais. T'en avais marre de lui, pas vrai ? Alors laisse-moi m'amuser un peu et je te mènerai à bon port. Je t'installerai comme il faut, là-bas, et j'ai des copains qui t'aideront, qui feront de toi une femme riche.

La voix se rapprochait.

— Dans une ville de mineurs, une belle femme comme toi fait fortune si elle sait s'y prendre. Un petit sourire coquin, une passe, et hop !

Il était tout près à présent.

— Allez, je sais que t'as pas de flingue. Le revolver de Johnny traîne encore ici et sa carabine est toujours appuyée contre la roue. Personne ne viendra à ton secours, personne t'entendra crier. J'ai pas envie de te faire souffrir, moi, si tu m'y obliges pas. J'en étais malade, d'entendre Johnny prendre son pied avec toi tous les soirs ; à moi maintenant. Sois gentille et, dans le Montana, tu seras riche... libre de vivre à ta guise, de t'habiller comme une dame, d'embaucher des domestiques qui feront le ménage et la cuisine à ta place...

Il souleva le rabat. Sa figure barbue s'encadra

dans l'ouverture du chariot. A la lueur de la lanterne qui y pendait, il découvrit tout de suite Sarah.

— T'as l'air d'un lapereau terrorisé. N'aie pas peur de moi.

Souriant jusqu'aux oreilles, il tenta de se hisser dans le chariot.

— Attendez !

Sarah se déplaça, cacha dans ses jupes sa main qui tenait le pistolet. Elle devait s'approcher de lui pour avoir une chance de ne pas le rater.

— Je... je tiens d'abord à enterrer Johnny. La simple décence...

— T'inquiète pas : il se conservera un bout de temps. Et demain, je commencerai la journée par lui, promis.

Qu'il ait pu abattre Johnny aussi lâchement, qu'il se régale de passer la nuit avec sa femme pendant que son cadavre raidissait, cela donnait envie de vomir.

— Si vous promettez de l'enterrer dès l'aube, c'est d'accord. Et tirez le corps près du feu pour que les loups ne s'y attaquent pas pendant la nuit.

— Sûr, ma toute belle.

Elle avança à genoux vers l'entrée du chariot où Cletus posait déjà le pied. Le regardant droit dans les yeux pour fixer son attention, elle sortit le pistolet des plis de sa jupe, lui colla le canon sur le torse, appuya sur la détente. Cletus la fixa, les yeux écarquillés. La balle ne l'aurait-elle pas tué ? Elle tira encore. Sa bouche s'ouvrit toute grande en une grimace d'incrédulité. Pas un son n'en sortit. Il lui happa le poignct avec une force terrifiante. Etait-il invincible ou, comme les ours, très difficile à abattre ? Elle fit feu pour la troisième fois.

Enfin, l'étau de ses doigts se desserra ; il haleta, cherchant sa respiration. Elle fit feu pour la quatrième fois. Il se cramponna un instant de plus au battant du chariot.

— Espèce de... saleté ! murmura-t-il avant de tomber dans l'herbe avec un choc mou en hurlant de terreur.

Sarah résista à la vague de panique qui l'envahissait. Et s'il lui agrippait la jambe, quand elle descendrait à son tour du chariot ? Vite, elle se rua à l'autre extrémité et sauta à terre. Johnny n'avait pas pris la peine de détacher les bœufs. Quelle chance ! Elle savait les mener, pour avoir donné un coup de main, de temps à autre. Il fallait décamper au plus vite. Pas question de rester pour voir Cletus agoniser à petit feu ou revenir l'achever d'une balle dans le crâne.

Elle vit Johnny, recroquevillé sur lui-même près du feu. Criant son nom, elle courut vers lui, l'étendit à plat sur le sol. L'atroce réalité lui serra le cœur. Mort, son mari était mort ! Alors que l'autre, avec quatre balles dans le corps, geignait toujours. Où aller ? Et d'abord, où se trouvait-elle ? Des loups hurlèrent dans le lointain. Il fallait enterrer Johnny. Avant tout, réfléchir... Dans la pâle lueur du crépuscule, ne pourrait-elle tenter d'éloigner le chariot de Cletus Brown ? Mais comment hisser Johnny à l'intérieur ? Impossible de l'abandonner aux loups qui le dévoreraient. Elle avisa une longue corde attachée sur le côté du chariot. Elle la décrocha et ligota les chevilles de son mari.

— Pardonne-moi, Johnny, je ne vois pas d'autre solution, dit-elle.

Elle le tira le plus près possible du chariot pour pouvoir le traîner sans qu'il risque d'être écrasé sous la roue arrière, puis attacha la corde à la ridelle du chariot. Effroyable traitement à infliger au corps d'un homme qu'elle avait aimé, mais c'eût été pire de l'abandonner.

Quand elle eut solidement arrimé Johnny, elle contourna le chariot pour s'inquiéter de Cletus qui avait cessé de crier. Il gisait immobile. Mort ? Elle s'approcha avec précaution, se pencha, préleva avec prestesse le revolver glissé dans son étui. Il serait plus efficace que son pistolet de poche. Elle le jeta au fond de la caisse du chariot avec la carabine de Johnny et attacha le cheval de Cletus. Deux pistolets à répétition, deux carabines : de quoi affronter les bêtes féroces et les bandits. Elle revint à l'avant du chariot.

— Allez, Brutus ! En avant, Cleo !

Un coup de fouet et les bœufs, bien que harassés, donnèrent un coup de collier. L'attelage s'ébranla.

Elle reprit la route à côté des bœufs, les joues à présent baignées de larmes, décidée à s'éloigner d'au moins deux kilomètres de Cletus avant de faire étape pour la nuit. Surtout, ne pas se retourner, pour ne pas voir le cadavre de son pauvre Johnny traîné dans la poussière... ce monstre de Cletus la poursuivait peut-être. Totalement désorientée, elle continua de pousser l'attelage en direction de la crête violacée des montagnes.

Les ténèbres finirent par engloutir le paysage sans qu'il lui soit possible d'évaluer la distance parcourue. Sarah avait tant pleuré qu'elle n'avait plus de larmes. Elle sortit la lampe à huile du chariot, monta la mèche qui dégageait encore une faible lueur et l'accrocha au flanc du chariot. A l'aide de branches ramassées ici et là, elle alluma un feu pour écarter les bêtes féroces. Il faudrait dormir tout près pour pouvoir l'entretenir chaque fois qu'elle se réveillerait. Elle renonça à détacher le cheval de Cletus et les bœufs, de crainte qu'ils ne s'échappent. Au matin, elle trouverait un moyen de les nourrir et de les abreuver. Pour le moment, elle n'aspirait qu'au sommeil, à l'oubli.

Elle se fit un lit de couvertures dans la chaleur du feu et s'y allongea. Enfin, elle s'autorisa un coup d'œil furtif vers Johnny. Son visage... Il avait les yeux encore ouverts ! A sa tempe, un petit trou ourlé de sang.

— Quelle horreur ! gémit-elle, et les sanglots secouèrent ses frêles épaules. Mon Dieu, aidez-moi. Aidez-moi cette nuit et jusqu'à demain. Je ne vous en demande pas plus, pria-t-elle avec ferveur.

Elle pleura tant que le chagrin et la fatigue la terrassèrent.

Sarah se réveilla en sursaut. Elle avait laissé mourir le feu ! Il ne restait plus que quelques braises. Pour économiser le bois sec, elle décida de ne pas en rajouter.

Au prix d'un effort surhumain, elle réussit à se lever. Elle aurait bien aimé se laver, nettoyer sa robe couverte du sang de Johnny mais elle redoutait de manquer d'eau. Elle étudia les environs : droit devant, le sol montait en pente douce jusqu'à des buttes verdoyantes. Il y aurait sans doute de l'eau, là-bas. Et parmi les pins qui les boisaient, elle pourrait se réapprovisionner en petit bois. Elle décida d'aller voir avant d'enterrer Johnny. Les bêtes y trouveraient à brouter.

Elle piétina le feu, jeta les couvertures dans le chariot. A sa grande surprise, et bien qu'elle ne les eût pas dételés depuis plus d'un jour, les bœufs avancèrent docilement à ses ordres. Avaient-ils reniflé une prairie d'herbe grasse, un point d'eau ?

— C'est ça, doucement, Brutus, Cleo, Tilda, Bo, dit-elle aux bœufs pour les encourager. Maintenant je n'ai plus que vous pour amis.

Deux heures durant ils cheminèrent à pas pesants. Enfin le sol se ramollit. Elle poussa les bœufs plus avant dans l'herbe grasse où elle mourait d'envie de se laisser choir pour se rendormir. Elle se contraignit à détacher le cheval de Cletus et à le desseller. Du chariot elle sortit les lanières de cuir pour entraver les bœufs auxquels elle réussit à ôter leur joug au prix d'efforts surhumains. Comme emplis de reconnaissance, les bovidés s'enfoncèrent dans le pré où ils entreprirent de brouter avec appétit. Soudain, ils pressèrent le pas, à la suite du cheval de Cletus.

— Attendez !

Impossible de les ralentir. Sarah s'élança à leur poursuite. Elle les découvrit près d'un ruisseau encaissé. Elle les rejoignit et leur passa l'entrave sans qu'ils bronchent. Elle décida qu'il était temps d'enterrer Johnny et remonta vers le chariot. Il était si raide qu'elle en frissonna. Johnny, son mari débordant d'enthousiasme, toujours le sourire aux lèvres. Il était revenu l'épouser, comme promis, et il n'avait cessé de chercher mille moyens pour les rendre riches.

Elle sortit la pelle du chariot et chercha un coin de terre meuble. Enfin, elle se mit à creuser. Les pensées défilaient dans sa tête. Si elle ne mourait pas avant d'avoir rejoint le monde civilisé, elle écrirait aux Sommers, sans révéler les circonstances atroces de la mort de leur fils pour ne pas leur causer trop de chagrin ; pour ne pas affoler son père non plus. Jamais elle n'avouerait à Matthew Kelley avoir tué un homme — crime auquel elle osait à peine réfléchir elle-même. Elle creusait sans relâche. Quand elle s'interrompit pour vérifier si le trou était suffisamment profond, elle fondit en larmes : elle n'avait fait qu'égratigner la terre !

— Seigneur, venez à mon secours ! gémit-elle entre deux sanglots.

Les forces lui manquaient, elle avait faim et besoin de sommeil. Il fallait qu'elle songe au futur bébé, dont elle n'avait pas eu le temps de parler à Johnny. C'était le seul souvenir qui lui resterait de son mari.

S'épongeant le front à sa manche, elle recommença de pelleter la terre. Si longtemps que le soleil arriva au zénith, la contraignant à chercher un coin d'ombre où s'abriter. Elle alla boire au tonnelet d'eau, prit deux galettes dans une boîte en fer et sortit une couverture. Les jambes flageolantes, elle gagna le cours d'eau à proximité duquel les bêtes paissaient toujours avec voracité. Elle étendit la couverture à l'ombre d'un pin, sur le tapis d'aiguilles moelleux.

Le corps meurtri de courbatures, elle s'allongea à l'ombre. Quel bonheur de pouvoir enfin se reposer ! Elle sombra dans un sommeil réparateur. A son réveil, le soleil déclinait à l'ouest. Elle se frotta les yeux, se dressa sur son séant. Son sang se glaça dans ses veines : juste de l'autre côté du ruisseau, un homme la fixait du haut de son cheval pie dont la croupe était peinte de griffes d'ours ! Un Indien !

10

Le plus lentement possible, Sarah se releva. L'Indien engageait son cheval dans le ruisseau. Il avait attaché sur la croupe de la bête un cerf dont les longs andouillers ballottaient dans le vide. S'agissait-il d'un simple chasseur sans intentions belliqueuses ?

Des Indiens, elle en avait croisé, à Fort Laramie ; à ce qu'on disait, certains d'entre eux étaient pacifiques. Etaient-ce les Shoshones, les Crows, les Cheyennes ? Dans la région qu'elle traversait, les

Sioux étaient en guerre contre les Blancs ; elle avait lu un article sur le massacre auquel ils s'étaient livrés dans le Minnesota, deux ans auparavant. Celui qui traversait le ruisseau était-il un de ceux-là ? A part un collier de griffes et des mocassins, il ne portait qu'un bout de peau de bête pour se cacher le bas-ventre. Il arborait à la ceinture un grand coutelas à manche courbe. Des traînées blanches lui striaient les joues. Ses longs cheveux noirs flottaient au vent. Il avait l'air si farouche qu'elle redouta qu'il ne fasse d'elle qu'une bouchée.

L'Indien arrêta son cheval juste devant elle. Elle ne bougea pas. D'après Cletus, les Indiens respectaient la bravoure. Eh bien, elle le défierait, comme un brave ! A défaut, elle en passerait par ses quatre volontés si c'était le seul moyen de rester en vie.

— Que voulez-vous ? Allez-vous-en ! lui cria-t-elle.

Il braqua sur elle un regard empli de curiosité. Il avait les yeux... verts ? Etrange pour un Indien.

— Où est votre mari ?

Et en plus, il parlait anglais. Cela lui faciliterait la tâche. Elle mentit :

— Mon mari est... parti chasser. Je l'attends d'un instant à l'autre, et il est armé d'un énorme fusil à bison, précisa-t-elle. Vous... vous feriez mieux de filer avant qu'il vous trouve, sinon il vous tirera dessus.

Tall Bear, car c'était lui, ne put qu'admirer le cran de cette Blanche. Jamais il n'en avait rencontré d'aussi jolie, malgré son air hagard et sa robe maculée de sang.

Il était à des kilomètres au sud de la Powder River dont il s'était éloigné en compagnie d'un groupe de chasseurs pour suivre un troupeau de bisons qui migraient vers le sud. Ils avaient établi leur campement un peu plus loin. Après avoir, pendant des mois, participé aux expéditions punitives de Red

Cloud, ce qui avait permis d'arrêter la progression des prospecteurs d'or, il fallait chasser maintenant. Jamais ses frères chasseurs et lui ne s'étaient aventurés si loin. C'est en regagnant son campement qu'il était tombé sur cette Visage pâle endormie au bord de l'eau. Il avait vu la tombe, le chariot, le cadavre gisant à deux pas.

— Le fusil à chasser le bison, je connais, railla-t-il. Mais je ne crois pas que votre mari soit dans les parages. C'est lui que vous essayez d'enterrer ?

— Je vous en supplie, partez. Je n'ai rien à vous donner. Laissez-moi seule.

Tall Bear descendit de son cheval, toujours armé de son fusil.

— N'ayez pas peur de moi.

— Pourquoi fouinez-vous par ici, alors ?

— Vous avez besoin d'aide, dit-il en regardant la tombe.

Méritait-il sa confiance ? Quelque chose dans ses yeux verts la rassurait. Espérant qu'il ne mentait pas, elle bredouilla, la main sur le ventre :

— Oui. Je... j'attends un enfant et j'ai... vécu des choses épouvantables. Je n'ai pas assez de force pour terminer de creuser.

Les yeux verts l'examinèrent de la tête aux pieds, si méthodiquement que Sarah eut honte de sa tenue.

— Dans quelles circonstances est mort cet homme ?

— C'est mon mari. Nous étions en route pour le Montana et le guide nous a fait contourner la région de la Powder River... à cause des Sioux. Vous faites partie de cette tribu ?

Il acquiesça avec fierté.

— Oui. Je suis minniconjou.

— Ce ne sont pas ceux qui vivaient dans le Minnesota ?

— Si. Il y a eu pas mal de combats, là-bas, si

bien que nous nous sommes presque tous repliés chez nos frères sioux.

Elle remarqua, sur son torse, des cicatrices pareilles à des griffes et le long de ses avant-bras de longues estafilades blanchies.

— Avez-vous participé à la boucherie ?

Il se détourna pour glisser son fusil dans les lanières de cuir qui ceinturaient le ventre de son cheval pie. Outre le cerf et le carquois attachés sur le dos du cheval, elle ne vit qu'une couverture, pas de selle.

— J'y étais. Désormais, ça n'a plus d'importance, dit-il en la regardant en face. Et votre guide ?

— Il est... mort, je crois.

— Vous n'en êtes pas sûre ? s'étonna Tall Bear.

— Je lui ai tiré quatre balles dans la poitrine mais c'était un grand type costaud et mon pistolet est tout petit.

Elle lui narra ses tribulations et conclut :

— Oui, c'est vrai, j'ai besoin d'aide pour enterrer mon mari. Ça me rendrait malade de laisser son cadavre sans sépulture. Je suis épuisée, morte de fatigue, et j'ai peur pour le bébé. Vous voulez bien m'aider ? Je vous ferai à manger en échange. Je n'ai rien d'autre à vous offrir.

Tall Bear prit le temps d'observer cette femme si belle mais si triste, et son cœur fondit de compassion. Voir son mari assassiné de sang-froid, tuer un homme elle-même, quelle nuit atroce elle avait vécue ! L'homme dont elle parlait lui rappelait les chasseurs de bisons qui avaient abattu sa femme et son fils.

— Je creuserai la tombe, dit-il avec gravité.

— Merci... monsieur. Comment vous appelez-vous ?

— Tall Bear.

— Et moi, Sarah Sommers.

Tall Bear mena son cheval jusqu'à la tombe et Sarah le suivit. Elle recouvrit le cadavre d'une couverture. Et puis, pour éviter de penser, elle s'activa fébrilement, alluma le feu et prépara un ragoût.

Elle jetait de temps à autre un coup d'œil à Tall Bear. Etrange d'observer un homme presque nu, de voir sa puissante musculature. Comment ne pas admirer ce corps à la beauté sculpturale ?

Enfin Tall Bear sauta hors du trou.

— Je vais l'enterrer, maintenant. Vous voulez sans doute prononcer quelques paroles sur sa tombe... Vous êtes chrétienne ?

— Oui, d'une famille de quakers. Avez-vous entendu parler de cette communauté ?

Il se rembrunit.

— Certains venaient dans les réserves pour nous convertir. Ils ne comprennent rien aux croyances des Indiens. Moi je prie Wakan Tanka, le Grand Esprit, dit-il en s'essuyant la figure avec la serviette qu'elle lui tendit. En fait, je crois que c'est le même dieu que celui des chrétiens. Mon père était français... catholique.

— Je ne sais pas grand-chose des catholiques. Ils adorent sûrement le même dieu que les chrétiens.

— Oui, c'est le même dieu, approuva Tall Bear avec, pour la première fois, un semblant de sourire aux lèvres.

Sarah se sentit soudain gênée. Peut-être que cet Indien en savait davantage qu'elle sur le christianisme.

— Pour en revenir à votre question, oui, j'aimerais prononcer l'oraison funèbre de Johnny. Après l'avoir mis en terre, vous aurez sans doute envie d'aller vous laver au ruisseau. Ensuite, il faudra manger un peu. Je vous aiderai à refermer la tombe après le repas. Je... j'espère que vous ne m'en voudrez pas de ne pas vous aider à glisser le corps dans la tombe. Je ne pourrais pas le toucher.

Tall Bear non plus : toucher les cadavres portait malheur.

— Je lui attacherai les poignets avec une corde pour le faire glisser dans la tombe. C'est le seul moyen.

— Entendu, fit-elle en tressaillant.

Elle se détourna et fondit en larmes en entendant le cadavre tomber dans le trou avec un bruit mat. Longtemps, elle sanglota. Et puis une main se posa sur son épaule. Celle de l'Indien. Elle se souvint que Cletus les disait « les plus silencieux, les plus sournois dans l'approche ». Elle comprenait ce qu'il avait voulu dire mais ne croyait plus les Indiens aussi diaboliques qu'il l'avait prétendu. Celui-ci, en tout cas, avait pioché dur pour donner une sépulture à Johnny, et ce, par pure bonté d'âme, alors qu'il aurait pu décamper, la laisser seule... ou même pire.

L'eau avait effacé les marques peintes sur son visage et ses yeux verts le rendaient irrésistible. Mais sa haute stature, sa force, ses cheveux longs, son air fier l'intimidaient. Elle se souvint qu'il s'agissait d'un guerrier qui avait participé au massacre des colons du Minnesota et elle s'écarta.

— Je vais chercher ma bible.

Quand elle revint, Tall Bear finissait de remblayer la tombe. Elle surprit dans son regard un éclair de compassion sincère. Quel homme étrange ! Ce sauvage, qui respectait ses coutumes et sa religion, connaissait l'existence de la Bible l'intriguait...

Elle comprit soudain qu'elle s'intéressait à cet Indien pour éviter de penser à son mari : son séduisant, son téméraire Johnny à la tête farcie de rêves, qui gisait désormais dans sa dernière demeure. Elle se mordit la lèvre pour étouffer un cri de douleur. Un coup d'œil à Tall Bear la réconforta. Ouvrant sa bible, elle chercha fébrilement le passage de la Première Epître où saint Paul parlait aux Corinthiens de mort et de résurrection. Elle luttait contre les larmes, allant jusqu'à implorer mentalement son père de venir à sa rescousse, lui qui connaissait sur le bout des doigts le Livre saint.

— « ... la trompette sonnera, et les morts se relèveront, incorruptibles, et nous serons nous-mêmes changés, lut-elle. Ô mort, où est ton aiguillon ? Ô tombe, où est ta victoire ? L'aiguillon de la mort, c'est le péché ; la force du péché, c'est la loi. Remercions Dieu qui nous donne la victoire par Son fils Jésus-Christ... » Puis elle termina en récitant un psaume : « Le Seigneur est mon berger, rien ne saurait me manquer... Dans la vallée des ombres de la mort, je ne crains aucun mal... »

Cletus Brown, c'était lui le mal qui rôdait... D'une voix étranglée par les sanglots, elle poursuivit la lecture, écrasée de douleur. Alors seulement, elle sentit que Dieu la soutenait. Et, qui sait, le meurtre de Cletus Brown n'était peut-être pas un péché mortel ? Après tout, Dieu ne l'avait pas abandonnée puisqu'Il avait placé sur sa route l'énigmatique Indien venu la secourir.

Enfin, elle s'agenouilla au bord de la tombe. Elle sentit alors les mains du métis peser sur ses épaules. Fallait-il avoir peur de ce guerrier sioux, assez grand, assez fort pour lui briser la nuque ?

— Eloignez-vous de cette tombe. Allez vous reposer.

— Johnny, mon pauvre Johnny, pleurait-elle. Il ne méritait pas une fin pareille. Il... il avait ses défauts et je lui en ai souvent voulu d'être irresponsable... de ne pas tenir ses promesses... mais je l'aimais tant...

— Allongez-vous dans le chariot.

Ses mains si fortes la soulevèrent et la hissèrent

à l'arrière du chariot. Là, elle se coucha en chien de fusil au milieu des couvertures et s'endormit en pleurant.

Elle fut réveillée par le gazouillis des oiseaux. Gênée par le rayon de soleil qui entrait par l'ouverture de la toile, à l'arrière, elle se leva. Elle avait encore quelques courbatures mais elle se sentait reposée. La matinée semblait bien entamée.

Tall Bear était probablement reparti, l'abandonnant à sa solitude. Quand elle sauta du chariot, elle découvrit l'Indien allongé sur une couverture près du feu. Alors elle se souvint d'avoir entendu hurler les loups toute la nuit, sans trouver la force de se lever pour les chasser.

Il ouvrit les yeux quand il l'entendit approcher et la salua d'un hochement de tête.

— Bonjour, et merci d'être resté.

Il se mit debout d'un bond.

— Il reste encore du ragoût, en voulez-vous? Cela vous ferait du bien.

— Je vais manger, oui, dit-elle en s'éloignant.

Pouvait-elle avoir confiance en lui? Ridicule! Il aurait pu abuser d'elle, si telle avait été son intention. Elle se dirigea vers la tombe de Johnny: il avait empilé des cailloux sur la terre bien tassée, pour empêcher les bêtes de creuser. Quand elle lui proposa de rétribuer ses services, Tall Bear répondit:

— Pas besoin. J'ai trouvé un tonnelet de sel et j'en ai salé l'intérieur du cerf pour le conserver: ça me rembourse de ma peine. Il faut que je reparte aujourd'hui au campement pour porter la viande aux femmes qui la fumeront et nettoieront la carcasse avant qu'elle ne pourrisse.

Que deviendrait-elle, lui parti? s'affola Sarah. Il parlait d'un village, de femmes...

— Votre femme... doit s'inquiéter de ne pas vous voir rentrer.

Son regard se voila de tristesse.

— Je n'ai plus de femme. Elle a été tuée à peu près dans les mêmes circonstances que votre mari, par des chasseurs de bisons. Et mon petit garçon aussi.

— Ô mon Dieu ! Je vous présente toutes mes condoléances, Tall Bear.

— C'était dans le Minnesota, poursuivit-il en ajoutant du bois au feu. Maintenant, vous comprenez sans doute pourquoi j'ai pris part aux expéditions punitives.

Oui, elle comprenait de mieux en mieux les raisons qui les poussaient lui et son peuple, à massacrer les Blancs.

— Vous devriez aller vous rafraîchir au ruisseau. Cela vous ferait du bien. Je reste pour entretenir le feu. Pendant que vous mangerez, j'irai me baigner. Quand vous aurez remballé vos affaires, je vous montrerai le chemin d'un relais pour diligences. C'est à deux jours d'ici. J'espère que vous y trouverez de l'aide.

Il ne l'abandonnerait donc pas dans ce coin perdu ! Quel soulagement !

— Merci. Vous me sauvez la vie. Je ne sais comment vous remercier. Pourquoi me rendez-vous service ?

Il haussa les épaules.

— Une femme seule, qui ne m'a jamais fait le moindre mal, pourquoi ne lui viendrais-je pas en aide ?

— Parce que vous n'aimez pas les Blancs.

— C'est dans le nord, sur les territoires des Sioux, que nous chassons les Blancs, pas ici, au sud. Et puis, je ne déteste pas tous les Blancs, car j'en ai connu de bons. Allez vous rafraîchir maintenant.

Plus qu'un conseil, c'était un ordre. Sarah obéit avec confiance. Elle sortit de sa malle des vêtements propres et, en arrivant sur la berge, trouva cheval et bœufs paissant allégrement. Une chance qu'ils ne se soient pas échappés !

Un relais de diligences ! Il lui en indiquerait la direction puis sortirait de sa vie à tout jamais. Etrange, ce regret qu'elle ressentait... Mais trêve de sentimentalisme ; elle avait de gros soucis à affronter. Que ferait-elle une fois au relais ? Dans ces contrées désolées, une femme seule, enceinte, qui plus est, avait-elle la moindre chance de s'en sortir ?

11

Sarah et le chariot suivaient docilement Tall Bear qui ouvrait la voie, juché sur son cheval pie. Après avoir traversé une large vallée, ils grimpèrent une côte. Où la menait-il ? se demandait-elle. Droit vers son camp pour la troquer contre quelques chevaux ? Rien ne prouvait le contraire. Mais elle n'avait pas d'autre choix que de rester avec cet homme.

Ils montaient toujours plus haut. Tall Bear lui montra un petit troupeau de bisons, attendit patiemment qu'elle le contemple tout son soûl, fascinée. La faune, les hommes, tout ici était dangereux. Hantée par la peur que Cletus, pisteur remarquable, la pourchasse pour se venger, elle jetait de fréquents coups d'œil en arrière, malgré la présence réconfortante de Tall Bear. Il la distrayait en lui donnant le nom indien des montagnes, lui montrant les plantes à usage médicinal. Enfin, il fit halte au pied d'une colline.

— Ce soir, on campe ici. Demain, je vous indiquerai le chemin de la colonie des Blancs et vous continuerez seule. Vous êtes épuisée. Asseyez-vous dans l'herbe pendant que je dételle les bœufs.

Quand il revint du sous-bois où il avait mis les bêtes au vert, les bras chargés de petit bois, il lui avoua :

— Chez les Indiens, ce sont les femmes qui se chargent de ces corvées ; jamais les hommes. A elles de faire le feu, la cuisine, de fabriquer les tipis, les mocassins, les vêtements. Elles suivent les chasseurs pour vider le gibier, préparer la viande ; elles équarrissent et tannent les peaux.

— Les Blanches font à peu près la même chose et, par surcroît, elles aident les hommes qui peinent dur dans les champs. Votre peuple travaille-t-il la terre ?

— Ceux qui vivent dans les réserves uniquement. Les Indiens n'aiment pas l'agriculture ; ils préfèrent la chasse et la cueillette. Malheureusement, les Blancs vont finir par décimer le gibier. C'est pour ça que nous les repoussons de nos territoires de chasse, enfin de ce qu'il en reste.

— Avez-vous participé à une guerre contre les Blancs ? Depuis votre départ du Minnesota, je veux dire ?

— Oui, dit-il sans la regarder. Allumez le feu. Je vais couper un morceau de mon cerf et on se le partagera pour souper.

Tout en s'exécutant, Sarah le regarda découper adroitement la viande avec son couteau de chasse. L'avait-il déjà utilisé pour scalper un pauvre Blanc ? Il planta un morceau au bout d'un bâton qu'il avait coupé en chemin et, sans mot dire, le présenta à la flamme. Quand il leva les yeux vers elle, Sarah se sentit gênée qu'il l'ait surprise en train d'épier ses mouvements.

— Je n'ai jamais vu de gens comme vous, bredouilla-t-elle. Dans ma région, c'est un péché de se promener presque nu comme vous le faites.

— Un péché ? Qu'est-ce que ça veut dire ?

— C'est mal. Ça ne se fait pas.

— Qu'y a-t-il de mal à s'habiller légèrement lorsqu'il fait si chaud ? C'est vous qui devriez enlever vos vêtements.

Les yeux écarquillés d'indignation, elle s'écria :

— Certainement pas !

Pour la deuxième fois, il esquissa un sourire. Décidément cet Indien avait beaucoup de charme.

— On a l'impression que les femmes des Visages pâles font tout pour porter des toilettes qui les embarrassent. A Saint Louis...

— Vous y êtes allé ? Moi, jamais !

— J'y accompagnais mon père quand il portait ses fourrures à vendre. On descendait le fleuve en bateau à vapeur.

— En vapeur ? Vous en connaissez, des choses, pour un Indien !

Tout en retournant la viande, il lui raconta la triste fin de son père.

— Je comprends votre hostilité envers les Blancs, dit-elle, bouleversée. Pourquoi m'avez-vous secourue, au lieu de m'abandonner à une mort certaine ?

— Parce que vous donniez l'impression d'être une femme sans défense. Et vous m'avez révélé que vous attendiez un enfant. Je me réjouis de vous avoir aidée.

L'aurait-il tuée ou abandonnée si elle n'avait pas été enceinte ?

— Comment votre père vous appelait-il ?

— Les femmes blanches posent beaucoup trop de questions, fit-il, brusquement hostile.

— Je me bornais à entretenir la conversation !

— Vous devriez vous reposer.

— Si je me repose, je pense à Johnny, ce qui me fait souffrir.

— Je connais cette souffrance-là : elle met des années à s'effacer. A moi de vous poser une question : quel âge avez-vous ?

— Pourquoi ?

— Encore des questions ? fit-il, levant les yeux au ciel.

— Si mes souvenirs sont exacts, nous sommes en juillet. Le mois prochain, j'aurai dix-huit ans. Et vous ?

— Quand j'avais dix ans, ma mère m'a donné un bâton sur lequel je fais une encoche chaque été. Il y a dix-huit encoches sur le bâton. J'ai donc vingt-huit ans. Vous voyez, je sais compter comme un Blanc ! conclut-il, tout fier.

Elle aurait souhaité l'interroger sur les cicatrices qui lui lacéraient le torse et les bras mais n'osa pas, de crainte que la réponse ne la fasse frémir d'horreur.

— Si jeune et bientôt mère... Que ferez-vous quand vous aurez trouvé de l'aide, là-bas ?

— Je n'en sais rien. Je déciderai le moment venu.

— Vous ne comptez pas rebrousser chemin ?

— Non. J'étais trop malheureuse dans mon village de Pennsylvanie. J'ai décidé de refaire ma vie dans l'Ouest.

Il lui tendit la broche pour qu'elle la maintienne sur la flamme un instant.

— Ce n'est pas très indiqué pour une mère sans mari.

— Je me débrouillerai.

— Possible. Vous êtes une femme forte... et très belle. Vous n'aurez aucun mal à vous retrouver un mari.

Il la trouvait belle ? s'étonna Sarah. Ce devait être son courage plus que sa beauté qui lui plaisait, car elle se sentait épuisée et sans attraits.

— Merci, mais je ne me trouve ni belle ni forte.

— J'ai connu quelqu'un qui avait les cheveux d'un roux aussi flamboyant que vous. Un ami de mon père, un Irlandais qui chassait avec lui. Il avait des tas de marques rouges sur la figure.

— Des taches de rousseur ?

— Oui, j'avais oublié le mot.

Sarah se servit du café.

— Vous souvenez-vous de la langue de votre père ?

— Je pense pouvoir tenir une conversation en français, oui.

— Quel genre d'homme était votre père ?

— Encore des questions ! grommela-t-il, fixant les flammes.

— Pardonnez-moi.

— Mon père était quelqu'un de bien. Il s'appelait Alexandre Beaumont ; nous étions très proches.

— Maintenant je connais votre nom de famille : Beaumont, dit-elle avec malice.

Tall Bear se renfrogna, dérouté par la facilité avec laquelle Sarah l'incitait aux confidences et obtenait des réponses à toutes ses questions.

— Bon. Il faut que je suspende la carcasse du cerf très haut dans un arbre, près du feu, sinon les loups risqueraient encore de me la voler.

Il se leva, fouilla son paquetage, et Sarah eut la surprise de le voir enfiler des jambières et une tunique en peau de cerf. Puis il alla prélever son gibier posé sur une bûche. Il lui avait attaché les pattes de derrière avec une corde qu'il lança par-dessus une branche avant de hisser la tête.

— Les loups sont-ils venus rôder ? s'affola Sarah.

J'ai dormi si profondément, la nuit dernière, que je n'ai rien entendu.

— Oui. J'ai passé presque toute la nuit à les chasser. J'avais mis le cerf à l'abri sur le toit de votre chariot.

Elle réprima un frisson. Comment avait-elle pu dormir, au milieu d'un tel remue-ménage, sans se rendre compte que Tall Bear escaladait le chariot pendant qu'elle était couchée sous la bâche? Sans un mot de plus, il détacha son ballot accroché à son cheval et soigna les bêtes avant de les attacher aux arbres, le plus près possible du feu. Elle remarqua alors qu'il tenait son pistolet et avait bouclé son ceinturon où pendaient les cartouchières.

— Les loups pullulent, dans ce coin. Je me prépare à passer une autre nuit blanche pour protéger le gibier. J'ai l'habitude. Maintenant, on mange, et ensuite, vous irez prendre un repos bien mérité.

Sarah se retint de répondre « oui, mon général ». En silence, elle découpa la grillade, posant un morceau dans chacune des assiettes en fer-blanc, et lui en tendit une. Le temps qu'elle aille chercher des couteaux et des fourchettes dans la caisse du chariot, Tall Bear dévorait déjà à belles dents la viande qu'il tenait à pleines mains. Elle rangea le second couvert.

Il eut vite terminé, but de l'eau au tonnelet et installa son lit près du feu, le fusil contre son flanc. Sarah s'attaqua à la vaisselle, tout en se désolant que Tall Bear ne puisse profiter de sa nuit. Des hurlements troublaient déjà le soir. Elle but un peu d'eau, ajouta du bois au feu avant de monter dans le chariot. Au cas où les circonstances l'obligeraient à se relever brusquement pour aider Tall Bear à repousser les fauves, elle resta tout habillée.

Depuis combien de temps s'était-elle assoupie? Impossible de le préciser. Elle fut arrachée au sommeil par des grondements et des ronflements de fauves enragés. Tall Bear ! Par l'ouverture, au fond du chariot, elle le vit danser autour du feu, brandon allumé au poing, grognant plus fort que les loups pour les forcer à détaler. Leurs yeux jaunes luisaient dans la nuit ; les chevaux, effrayés, hennissaient en tirant éperdument sur leur longe.

— J'arrive ! cria-t-elle, sautant du chariot et tirant du feu une branche enflammée.

— Surtout, restez dans le rond de lumière. Si on les tient en respect assez longtemps, ils finiront par partir.

L'imitant, Sarah se mit à bondir d'avant en arrière, en poussant des cris. Soudain, un coup de feu ! Un hurlement de terreur lui échappa, elle se retourna. Tall Bear venait de tirer sur un loup. Sarah se remit à agiter le brandon mais les yeux jaunes s'étaient évanouis dans la nuit.

— La détonation les a fait fuir. Provisoirement, expliqua Tall Bear qui ouvrait déjà le ventre de la bête à l'aide de son couteau. Merci, esprit du loup, de t'être sacrifié pour nous sauver.

Qu'est-ce que c'était que ces incantations ? se demanda Sarah, le regardant éventrer le fauve pour en retirer les entrailles qu'il répandit autour du campement en un cercle protecteur.

— L'odeur du cadavre d'un des leurs les tiendra en respect.

Il lui demanda ensuite de lui verser sur les mains de l'eau du tonnelet, ce qui permit à Sarah d'admirer de près cet homme si séduisant, si fort.

— Pourquoi avoir remercié le loup ?

— Toute créature est dotée d'une âme. Nous sommes tous égaux sur ce point. Chaque fois qu'un Indien abat une bête pour se nourrir de sa viande, se vêtir de sa peau, c'est comme s'il tuait un être humain : il faut la remercier de s'être sacrifiée pour nous. Ce loup s'est offert pour nous sauver des autres loups, expliqua-t-il avec un sérieux des plus convaincants.

— Mais ce loup vous attaquait !

— Peut-être, mais il faisait seulement semblant pour me permettre de lui tirer dessus. Ses compagnons de meute nous laisseront tranquilles, à partir de maintenant.

— Vous en êtes certain ? Si vous voulez, je peux vous tenir compagnie auprès du feu.

Ils se fixèrent longuement, les yeux dans les yeux... Tall Bear n'avait jamais été attiré par une femme blanche mais celle-là était différente. Rien chez elle de la petite chose fragile et larmoyante. De plus, elle ne le regardait pas de haut, comme s'il était un moins que rien. Et ça lui avait plu qu'elle ose quitter le chariot pour l'aider à repousser les loups.

— Pas la peine. Vous avez besoin de repos.

Il sortit une lanière de cuir de son paquetage et ligota les pattes arrière du loup. Il l'attacha à un arbre, au ras du sol cette fois, et chacun regagna son lit de fortune.

Le jour se leva, chaud et ensoleillé. Après avoir déjeuné avec Tall Bear de café et de galettes, Sarah alla se changer. Elle sortit son miroir de sa malle et se fit un chignon sur la nuque. Joues creuses, yeux cernés, elle se trouva fort peu à son avantage. Et ses mains ! Abîmées par les lessives, brunies par le soleil de l'Ouest. Vite, elle sortit son pot de crème acheté à Chicago et s'en appliqua sur les joues et les paumes.

— Si ça continue, à vingt ans, j'aurai l'air d'une vieille femme, marmonna-t-elle.

Comme chaque jour, elle mit sa coiffe à large

bord qui la protégeait un peu de l'ardeur du soleil. Elle enfila une robe en calicot bleu toute propre pour faire bonne impression quand elle se présenterait au relais de diligences, en fin de soirée.

Quand elle souleva le rabat de toile et sauta du chariot, Tall Bear avait déjà tout rangé et attaché le cheval de Cletus à la haridelle. Elle voulait le vendre avec les quatre bœufs et le chariot pour se payer une place de diligence jusqu'en Californie. Là-bas, elle trouverait forcément du travail.

Elle regarda Tall Bear s'affairer. Le loup avait rejoint le cerf sur la croupe de son cheval et il avait remis ses jambières et sa tunique de peau. Dans ses longs cheveux flottant au vent, elle distingua un bijou orné de perles. Comment cet homme qui lui avait témoigné tant de bonté avait-il pu exterminer des Visages pâles ? Bizarrement, elle eut un pincement au cœur à l'idée de le quitter. Il se retourna alors et, croisant son regard, eut son sourire irrésistible.

— Aujourd'hui, vous allez retrouver les vôtres. Je me souviendrai toujours de vous, Sarah Sommers.

— Moi aussi, Tall Bear, je me souviendrai de vous. Quel est… votre prénom de Blanc ?

Les yeux embués de larmes, elle le regarda marcher vers son cheval.

— Peu importe, je ne l'utilise plus.

— Je sais déjà que Beaumont est votre nom de famille. Vous ne pensez jamais à vivre comme les Blancs, vous qui l'êtes tout autant qu'Indien ?

— Je n'ai pas envie qu'on me le rappelle, grommela-t-il en enfourchant son cheval. Les Blancs m'ont causé trop de peine. Allez, en route si vous voulez atteindre la colonie avant la nuit. Moi aussi, il faut que je regagne mon village. Vous trouverez le relais au bout d'une route tracée par les Blancs.

Vous n'y risquez pas grand-chose, simplement, gardez votre fusil à portée. Vous savez tirer ?

— Je me débrouille avec les indications que m'avait données Johnny, fit-elle, le cœur serré.

Sarah sortit donc du bois à sa suite, contrariée presque de quitter cet endroit et cet homme avec qui elle se sentait en sécurité. Pendant trois heures, sans un mot, ils cheminèrent dans le crissement des essieux, sous un soleil de plomb. Enfin, la piste croisa la route — deux ornières entre lesquelles poussaient quelques rares touffes d'herbe.

— Continuez vers l'ouest. Ne vous arrêtez qu'une fois au relais. Et tant qu'à faire, gardez à portée l'arme que vous avez pris à l'assassin de votre mari. Au cas où vous tomberiez sur d'autres Blancs irrespectueux.

Elle comprit l'allusion et rougit en empoignant l'arme. Ils se regardèrent un long moment, les yeux dans les yeux, puis, avec un petit salut du menton, il dit :

— Que votre Dieu vous protège, Sarah Sommers.

— Que le vôtre vous protège vous aussi, Tall Bear, balbutia-t-elle, étranglée de chagrin.

Tall Bear non plus n'avait pas envie de la quitter. Il n'avait pourtant pas le choix : elle était blanche et lui ne se sentait pas prêt à changer de vie.

— Mon cœur me dit que vous vous débrouillerez très bien.

Il s'éloigna au petit trot, sans un regard en arrière.

[illegible]

[illegible]

[illegible]

[illegible]

DEUXIÈME PARTIE

12

Enfin ! Au crépuscule, alors que Sarah mourait déjà de peur à l'idée de passer la nuit perdue dans les montagnes, des bâtisses en bois se profilèrent au loin. Elle distingua bientôt la volute de fumée qui s'échappait de la cheminée du petit relais de poste. Des chevaux broutaient dans un pré fermé par une clôture de bois. Ce décor idyllique respirait la paix.

Elle se trouvait à cinq cents mètres environ des bâtiments quand la terre trembla. Fracas de tonnerre, grincements d'essieux, sifflets et hurlements, une diligence surgit dans un tourbillon de poussière, franchit la crête que Sarah venait juste d'atteindre, et des chevaux lancés au galop de charge dévalèrent la pente. Elle entrevit deux visages à l'intérieur de la voiture d'un rouge flamboyant et eut à peine le temps de lire HOLLADAY — MALLE-POSTE — EXPRESS EST-OUEST peint en lettres noir et or sur la portière. Qui étaient ces privilégiés ? Vers quelle destination filaient-ils ? D'où tiraient-ils l'argent nécessaire au voyage ? se demanda Sarah, qui n'aurait jamais pu régler les trois cents dollars qu'il aurait fallu débourser pour aller du Kansas à Salt Lake City — une distance qui représentait un tiers du continent.

Toussant à cause de la poussière mais néanmoins ragaillardie, elle dévala la côte. Un quart d'heure plus tard, elle pénétrait à son tour dans l'enceinte du relais-auberge.

Un petit bonhomme tout ridé dételait les chevaux, aidé d'un autre homme. Par les portières ouvertes de la diligence, elle aperçut des banquettes en cuir noir. Luxe inouï. Des bruits de conversation lui parvinrent de l'intérieur du relais. Quel bonheur de retrouver de la compagnie! Après le meurtre de Johnny, elle s'était demandé si elle entendrait jamais plus de voix humaine. Etrange pays dans lequel on n'imaginait pas que l'homme osait s'aventurer; et pourtant, Tall Bear l'avait trouvée et ce relais existait.

Elle salua le cocher qui menait deux des chevaux vers l'écurie.

— Bonsoir, mam'zelle, répondit-il et, jetant un coup d'œil à la ronde: Vous êtes toute seule?

— Oui. J'ai perdu mon mari il y a trois jours.

— Quel malheur!

Il se gratta le menton où affleurait une barbe grise. Qu'un si petit bonhomme parvienne à maîtriser quatre chevaux lancés à un train d'enfer tenait du prodige.

— Oui, je suis toute seule, et après ce que j'ai enduré, j'ai grand besoin de repos. Peut-on s'arrêter quelques jours, ici?

— Bien sûr! Hilda Banks, la patronne, sera ravie d'avoir de la compagnie. Entre deux diligences, on se sent bien seuls, dans ce coin. Entrez, et, pendant ce temps, Cal et moi, on dételera vos bœufs et on les installera à l'écurie.

— Ça me rendrait tellement service...

— Bah, pour une jolie dame comme vous, qu'est-ce qu'on ferait pas? dit le bonhomme en gloussant. Moi, c'est Buck Jones et lui, c'est Cal, mon garde armé.

Le dénommé Cal menait les deux autres chevaux vers l'écurie. Âgé d'une trentaine d'années, il portait un chapeau en cuir à large bord et des vêtements couverts de poussière. Il semblait un dur à cuire.

— Il nous protège des hors-la-loi et des Indiens et abat tout ce qui traîne sur notre route, si vous voyez ce que je veux dire.

Cal la salua d'un hochement de tête assorti d'un sourire où manquait une dent et renchérit :

— Faut bien que quelqu'un fasse la police, sinon les pauvres voyageurs...

— Je vois... Merci de votre aide, dit-elle. Je vais décharger quelques affaires pendant que vous dételez. Croyez-vous que mes bagages soient en sécurité, dans le chariot ?

— C'est à vos risques et périls, fit Buck en confiant à Cal les deux autres chevaux. Impossible de prévoir quand ça leur prend de venir rôder, aux Indiens et aux hors-la-loi. Les uns comme les autres, ils en veulent surtout aux chevaux mais les Indiens s'amusent aussi à rafler les provisions, les vêtements, tout ce qui leur tombe sous la main. Pour le moment, les Cheyennes concentrent leurs attaques plus au sud, les Sioux plus au nord, si bien que le coin est tranquille.

Sarah pensa soudain à Tall Bear. Où se trouvait-il ? Repartirait-il bientôt sur le sentier de la guerre contre les Blancs ? S'il se faisait tuer, jamais elle ne le saurait.

— Je m'en remets au hasard ! Quelle joie de revoir enfin des gens, d'avoir trouvé un toit, et de pouvoir bavarder !

Elle remonta dans le chariot, fourra quelques effets pour la nuit dans un sac de voyage, espérant qu'on la laisserait dormir à l'intérieur. Elle n'avait pas envie de se faire surprendre par des maraudeurs, toute seule dans son chariot, en pleine nuit ! Les poulets se dispersèrent en caquetant quand elle traversa la cour. Elle secoua la poussière de ses jupes avant de pousser la porte.

Au fond de la salle, debout devant la cuisinière, la patronne remuait le contenu d'une marmite pendant que les voyageurs, quatre hommes et une femme, buvaient du café à une table. Bien qu'intimidée, Sarah ne put se retenir de fixer la femme aux boucles blond platine, aux lèvres fardées. En robe de lin verte au corsage à ruchés dont le décolleté vertigineux ne semblait pas choquer les hommes, elle rayonnait d'une beauté éclatante.

Son voisin, bel homme mûr aux tempes grisonnantes, en jaquette très chic, avait posé son haut-de-forme à côté de son assiette. Les deux autres, attablés en face d'eux, portaient chemise et pantalon de toile et gilet de cuir.

— Encore du monde ! s'exclama la vieille femme au fourneau. Vous ne m'aviez pas prévenu qu'il y avait une voyageuse de plus.

— C'est que notre ravissante demoiselle ne se trouvait pas dans la diligence, Hilda, répondit la femme. D'où vous venez, mon chou ?

— Je... je m'appelle Sarah Sommers. Mon mari et moi, nous faisions route vers le Montana quand... mon pauvre Johnny est tombé malade et il est mort. La phtisie, je crois, bredouilla-t-elle.

— Vous avez continué toute seule jusqu'ici ?

— Oui, je... Un Indien qui passait par là m'a aidée à enterrer mon mari.

— Un Indien ! se récria la vieille Hilda. C'est bien la première fois qu'un Indien secourt une Blanche. Vous vous en êtes sortie indemne, mon petit ?

— Oui, madame, fit Sarah qui, rougissante, leur parla de l'Indien et de sa bonté.

— Quelle étrange histoire ! Doux Jésus, asseyez-vous donc, pour vous remettre de vos émotions. Je vous apporte une assiette, et si vous voulez vous coucher, il y a des paillasses dans l'arrière-salle. C'est toujours mieux que de dormir dehors. Pauvre enfant, toute seule dans ces montagnes perdues ! D'où venez-vous ?

Sarah ôta sa coiffe blanche, lissa ses mèches.

— De Pennsylvanie. J'y ai rencontré mon mari et on avait le projet de s'installer sur un lopin de terre attribué par le gouvernement, quand Johnny aurait trouvé de l'or.

— M'étonnerait qu'il y ait beaucoup de chercheurs d'or qui fassent fortune, objecta la blonde. Installez-vous près de nous, madame Sommers. Je me présente : Bret Flowers, et le bellâtre, à côté de moi, c'est mon... mon ami, Ben Carson.

Les deux autres émirent des gloussements, fascinés par ces ébauches de mondanités.

— Joe Dugan, dit l'homme en costume.

— Matt Howley, fit son compagnon.

— Je vous prie de bien vouloir excuser ma tenue. J'ai vécu trois jours difficiles... Il fallait économiser précieusement l'eau...

La vieille femme en robe de calicot, au gros chignon gris bas sur la nuque, s'approcha d'elle, une assiette de ragoût à la main. Elle lui sourit, la sondant de ses yeux noisette pétillant de gentillesse.

— Ne vous inquiétez pas pour si peu, mon petit. Moi, je m'appelle Hilda Banks. Je sais ce que c'est que de perdre son mari : les hors-la-loi ont tué le mien il y a trois semaines ! Et depuis je m'occupe du relais toute seule... dit-elle en retournant à son fourneau pour servir les autres clients.

— Mes condoléances, madame, bredouilla Sarah.

Son mari, assassiné lui aussi par des vauriens ! Qui mieux qu'Hilda serait à même de la comprendre ? Elle avait tant besoin de se confier... Peut-être plus tard, après le départ des voyageurs ?

Hilda posa une assiette de galettes de maïs sur la table.

— Que comptez-vous faire, maintenant que vous n'avez plus votre mari ?

— Je ne sais pas. Ici, je ne connais personne.

— Ben et moi, on se dirige vers les camps de mineurs, dans l'Idaho, si vous voulez vous joindre à notre équipe, fit Bret. Je connais un moyen pour amasser très vite une somme rondelette... mais vous n'avez peut-être pas les dispositions pour ça... Dommage parce que avec votre physique, mon chou, vous seriez vite riche !

Les deux hommes ricanèrent de nouveau, mais Hilda se fâcha.

— Pas de propos de ce genre dans mon établissement, mademoiselle Flowers. Madame est une jeune personne honnête.

— Je ne disais pas ça pour vous offenser. Ne le prenez pas mal, s'excusa la blonde frivole en tapotant l'épaule de Sarah. C'était juste pour vous rendre service. Mon ami Ben est joueur professionnel. Ça marche pour lui et, si vous nous accompagniez, il pourrait demander à la ronde si les gens n'ont pas un emploi pour vous. On n'est pas bien méchants, mon chou. On fait notre métier avec plaisir et on ne rechigne pas à rendre service aux braves gens.

Elle était décidément sympathique, cette Bret ! Sa franchise, son courage frisant la témérité, la liberté avec laquelle elle s'affirmait inspiraient l'admiration, même si Sarah n'approuvait pas ses activités.

— Merci, mademoiselle Flowers. Je compte rester ici quelques jours pour me reposer puis poursuivre jusqu'à Salt Lake City.

— Vous n'avez pas l'intention de rejoindre les mormons, dans cette ville qu'ils considèrent comme leur Jérusalem ! Vous finirez sixième épouse d'un de leurs prédicateurs et on n'entendra plus jamais parler de vous. Puisque vous êtes ici, profitez-en pour vivre en femme indépendante... même si mon offre ne vous tente pas.

— Tâchez donc de la comprendre, mademoiselle Flowers, la gronda Hilda. Elle vient tout juste de perdre son mari, elle est déboussolée. Ne l'embêtez pas avec vos idées d'indépendance, ce n'est pas le moment.

— Désolée, mon chou, je vous laisse manger tranquille. On dirait que vous en avez bien besoin. Après ça, vous nous parlerez de votre Indien qui parle notre langue. Il était beau, au moins ?

— Mademoiselle Flowers ! Laissez cette petite tranquille !

Bret pouffa de rire et s'attaqua à son ragoût entre deux gloussements. Les hommes conversaient, et Sarah dressa l'oreille pour glaner le maximum de renseignements sur la région, les voyageurs qui la sillonnaient. Elle qui aspirait à l'aventure, aux contacts, elle était servie. En plus de l'entraîneuse au grand cœur et de son compagnon le joueur, elle apprit que Joe Dugan, banquier d'Omaha, partait pour Salt Lake City rencontrer des mormons désirant emprunter pour entreprendre de grands travaux. L'autre, éleveur du Colorado, allait acheter en Californie des palominos, superbes alezans dont il voulait faire l'élevage. Plus que tout, elle savourait le ragoût de Hilda, d'autant plus délicieux que, pour une fois, elle ne l'avait pas préparé. Qu'il était bon de se faire servir ! Elle tâcha de se détendre, d'oublier les drames passés et les problèmes à venir.

Les voyageurs étaient finalement restés pour la nuit car une jument était tombée malade, obligeant Buck et Cal à la soigner toute la soirée. Au petit matin, il avait fallu l'abattre. Les femmes avaient dormi dans l'arrière-salle, les hommes à la belle étoile.

Hilda avait préparé un copieux petit déjeuner avec des œufs brouillés et du jambon. Quand la diligence avait repris la route, elle avait sorti le tub en fer-blanc et préparé un bain bien chaud pour Sarah.

Lorsqu'elle sortit de l'eau, celle-ci s'habilla et peigna ses longs cheveux. Puis elle sortit et s'installa sur la chaise à bascule.

— Je ne sais comment vous remercier, Hilda.

— C'est moi qui vous remercie, mon petit, de votre présence. On a bien trop le temps de s'ennuyer, ici.

— A quelle fréquence passent les diligences ?

— Parfois tous les jours, parfois une fois par semaine. Ça dépend des hors-la-loi, des Indiens, du temps, des pannes, dit la vieille femme en s'approchant avec une timbale de café. Et maintenant, dites-moi la vérité sur votre mari.

Sarah prit le breuvage qu'elle lui tendait et fronça les sourcils, rougissante.

— Que voulez-vous dire ?

— Votre regard me dit que vous avez échappé au pire, mon petit. Il n'est pas mort de phtisie. Est-ce l'Indien qui l'a assassiné ? Il vous a violée ?

— Oh non ! Tall Bear m'a traitée avec une grande bonté. Il est arrivé après... après que Johnny s'était fait assassiner.

Tête basse, elle se confia à Hilda et conclut :

— Je ne pouvais pas avouer devant tout le monde que j'avais abattu Cletus Brown, n'est-ce pas ?

— Où est le mal ? Vous avez tiré en état de légitime défense. Cette brute venait d'assassiner votre mari ! la rassura Hilda en lui tapotant le genou. Mon pauvre petit... Ne vaudrait-il pas mieux regagner votre Pennsylvanie natale ?

— Non. Je suis d'une famille de quakers. Ma mère est morte. C'était la seule à qui je pouvais me confier, qui me comprenait. Malgré ses bonnes intentions, mon père nous impose un mode de vie rigide et il voulait me forcer à épouser un homme qui a le double de mon âge. Il n'a jamais compris que j'aimais Johnny, dit-elle en essuyant ses yeux embués de larmes. Malheureusement, Johnny est mort, et moi, je ne sais pas comment je vais m'en sortir. Mais je n'ai ni l'envie ni les moyens de repartir chez moi. Je ne supporterais plus de vivre parmi les quakers.

Elle regarda alors la vieille dame droit dans les yeux.

— Je suis enceinte. Que vais-je devenir, Hilda ?

— Un bébé ? Eh bien, ma pauvre petite, s'écria l'aubergiste, pas question de refaire la route jusqu'en Pennsylvanie sans argent et dans votre état, ça c'est sûr ! Et puisque dans l'Ouest vous ne connaissez personne et que c'est une région vraiment dangereuse, pourquoi ne resteriez-vous pas ici, avec moi ? Je me fais vieille ; un peu d'aide à la cuisine et à l'entretien serait la bienvenue. Vous auriez le gîte et le couvert gratuits et on se tiendrait mutuellement compagnie. En plus, j'ai mis quatre enfants au monde, je pourrai vous aider, le moment venu.

Sarah porta instinctivement la main à son ventre. Accoucher dans ces solitudes, sans médecin ? En Pennsylvanie, elle avait connu des femmes qui étaient mortes en couches ; sa mère avait perdu des nourrissons.

— Où sont vos enfants ?

Hilda secoua de nouveau la tête en signe d'affliction.

— J'en ai perdu trois ; ils n'ont même pas atteint l'âge adulte.

— Quel malheur !

— Bah, on finit par apprendre que la mort, ça fait partie de la vie. Le fils qui me reste est parti en Californie chercher de l'or. J'ai jamais eu de ses nouvelles. Qui sait s'il est encore en vie ? Mon mari et moi, on est venus ici travailler pour Ben Holladay et son relais parce qu'il paie bien. On avait besoin d'argent. Un incendie a ravagé le magasin qu'on tenait, à Denver, vous voyez. Et puis Pete, mon mari, s'est fait tirer dessus par les hors-la-loi qui en voulaient à nos chevaux.

Difficile de cumuler davantage de deuils et de malheurs...

— Les hors-la-loi, les Indiens, je les fais détaler à coups de fusil. Heureusement, ils ne viennent pas souvent rôder et la prime vaut le risque qu'on prend à les attraper... sauf que rien ne me dédommagera de la mort de mon Pete, ajouta-t-elle en refoulant ses larmes. Je me suis retrouvée ici toute seule et comme je n'avais nulle part où aller, je suis restée. Je sais m'occuper des chevaux... quoique, hier, je me demande ce que j'aurais fait de cette jument, sans Buck. Je sers des repas aux voyageurs et je les héberge pour la nuit, à l'occasion. Je ne gagne pas bien gros mais j'ai un toit et je suis au chaud l'hiver. Vous avez des armes ?

— Deux fusils, deux pistolets à répétition, un petit revolver.

— Parfait. La nuit, on dort volets et portes fermés à double tour. On n'a guère d'ennuis, et quant à l'aventure, chaque diligence nous en fournit parce qu'on tombe souvent sur des voyageurs très intéressants. Tenez ! votre prince charmant à vous descendra peut-être d'une diligence, un de ces jours, qui sait ?

Sarah sourit mais secoua la tête avec tristesse.

— Pour le moment, ce n'est pas cela qui me préoccupe. Si vous n'y voyez pas d'inconvénient, j'aimerais rester ici. Je sais cuisiner et m'occuper des chevaux. Je travaillais dur, en Pennsylvanie. Les fantaisies, je m'en passe ; j'ai simplement envie de liberté.

Hilda fut secouée d'un rire chaleureux et ses rides se plissèrent de plus belle.

— Ici au moins, on en a, de la liberté, et à foison ! Il n'y a personne pour critiquer ce que vous faites ni pour vous juger. Et qui vous dit qu'un jour, vous ne deviendrez pas patronne du relais ?

Sarah se balança lentement, songeuse.

— Je ne vois pas aussi loin. J'ai trop de problèmes à régler dans l'immédiat pour m'inquiéter de l'avenir.

— Bonne résolution. Vous restez ici avec moi et si votre destin, c'est de faire autre chose, il frappera bien assez tôt à votre porte.

— Sans doute. Merci, Hilda, de m'offrir l'hospitalité.

La vieille femme balaya ces remerciements du revers de la main et se leva.

— Mon petit, votre compagnie me rend bien service, et le coup de main aussi. Ça ne me dérange vraiment pas. Pourquoi ne pas commencer tout de suite par aller ramasser des œufs ? Une autre diligence devrait nous rendre visite aujourd'hui. Je ne sais pas comment ça se passera quand ils auront installé la ligne de chemin de fer ici mais, en ce moment, il y a beaucoup de voyageurs.

— Le chemin de fer ?

— Bien sûr ! Les gens de l'Union Pacific, qui étaient ici il n'y a pas longtemps, ont dit que la ligne intercontinentale passerait juste devant le relais. Installer des rails à travers les Rocheuses et jusqu'en Californie, quel boulot ! Rien ne les arrête !

— Ça dépasse l'imagination, soupira Sarah en se levant.

— Mais vous n'avez pas à vous en inquiéter avant un bon bout de temps. Rapportez-moi les œufs pendant que je mets l'eau à chauffer pour la vaisselle.

Sarah sortit dans l'air frais du matin. Quelle femme sympathique, cette Hilda ! Quelle énergie ! Quel bien-être, aussi, de s'être trouvé un endroit où vivre en sécurité, un foyer dans un berceau de verdure au creux des montagnes, même s'il fallait le partager avec des inconnus de passage. Aider Hilda la distrairait de son deuil, de Johnny, enterré dans un endroit qu'elle ne saurait même pas retrouver.

Dans ce relais en planches dont le toit s'affaissait un peu et devant lequel s'était arrêté son chariot, la vie ne serait pas aussi luxueuse que celle que lui avait fait miroiter Johnny. Mais au moins, c'était du solide. Et dans ces régions isolées, mieux valait savoir saisir sa chance.

13

Sarah souffrait le martyre. Les contractions avaient commencé. Les explications de Hilda ne l'avaient pas préparée à cette douleur qui lui déchirait le ventre. La voix lointaine, si lointaine, de Hilda, lui répétait de ne pas résister… Ah, si seulement sa mère était près d'elle !

Et si elle mourait en couches, à plus de trois mille kilomètres de la maison, qui recueillerait l'enfant ? Hilda était trop âgée pour se charger d'un nourrisson.

Elle avait écrit à son père et aux parents de Johnny et avait raconté toute une histoire : ils s'étaient joints à un convoi de chariots ; en franchissant une rivière, Johnny s'était fait renverser par les bœufs et s'était noyé ; elle avait poursuivi avec le convoi mais avait décidé d'accepter l'hospitalité de la patronne d'un relais de poste jusqu'à la naissance de l'enfant.

Quelles souffrances ! Etait-ce Dieu qui la punissait de ses mensonges et du meurtre de Cletus Brown ?

Dans sa seconde lettre à son père, elle avait écrit qu'elle aimait le travail au relais, qu'elle subvenait à ses besoins et comptait y rester. Cela, au moins, c'était vrai. Le Relais Sommers, comme l'avait baptisé Hilda, était désormais son foyer. Enfin, elle était indépendante et avait les moyens de vivre de façon respectable. Elle pourrait travailler tout en s'occupant du bébé...

— Ça vient ! l'encouragea Hilda.

Sarah ne put retenir un long cri alors même que le fracas de tonnerre, dans la cour, annonçait l'arrivée d'une diligence.

— Je reviens tout de suite, mon petit, lança Hilda en écartant le rideau qui séparait la pièce de la grande salle.

Quelle honte ! Depuis combien de temps gisait-elle sur ce lit de fer ? Les contractions l'avaient réveillée à trois heures du matin alors que l'arrivée de la diligence était prévue pour cinq heures du soir... Quatorze heures de travail !

— Le premier donne souvent pas mal de fil à retordre. Il faut que le corps se détende un peu mais les suivants, ils glissent comme des poissons. Dites-moi si je me trompe, Hilda...

Cette voix féminine, Sarah la connaissait.

— ... Moi, je n'en ai jamais eu, mais avec notre métier... J'en ai connu, des filles qui sont tombées enceintes. J'en ai aidé plus d'une à accoucher. C'est une copine qui m'a dit que le deuxième, c'était plus facile. Moi, je prends mes précautions... Il y a mieux qu'un titre de bâtard comme cadeau de naissance pour un pauvre bébé qui n'a pas demandé à naître !

La voix se rapprochait. Le rideau de séparation s'écarta de nouveau sur une femme très élégante en manteau de fourrure, toque et manchon, qui entra en se pavanant.

— Bret Flowers ! s'écria Sarah en haletant. Quel bon vent vous amène ?

Une contraction la déchira, la forçant à se cramponner aux barreaux du lit. Bret et Hilda se penchèrent vers elle. Du plus profond de la douleur qui l'engourdissait, Sarah entendit Bret raconter que Ben Carson et elle avaient fui le Nord à cause des conflits avec les Indiens. Les Indiens... Elle pensa à Tall Bear...

— ... L'hiver a été rude, poursuivait Bret. On repart vers le sud, peut-être vers Central City, qui n'est pas très loin de Denver. Il y a des clients pour nous ; le jeu y marche très fort. Et le coin est bien plus sûr. Mais regardez-moi ça : on repasse par chez vous, et voilà que vous nous accueillez avec un bébé ! Si ça vous rend service, on peut rester deux jours et reprendre la première diligence.

La douleur lui laissant quelque répit, Sarah put regarder Bret s'extraire de ses fourrures en se plaignant de la rigueur de l'hiver dans les montagnes. Hilda raconta qu'en février une tempête de neige avait bloqué la porte du relais, la forçant à sortir par la fenêtre pour soigner les chevaux, dont l'un avait fini par succomber. Les frimas avaient quand même tenu bandits et Indiens à distance. Les diligences aussi, qui n'étaient pas passées en janvier et en février ; elles ne recommençaient à rouler que depuis le redoux qui, en cette fin mars, avait fait fondre la neige dans les contreforts des montagnes.

— On se demande comment la diligence arrive

à franchir les Rocheuses. Les sommets sont encore ensevelis sous la neige, s'étonna Hilda.

— Vous parlez d'un voyage ! renchérit Bret en posant un linge humide sur le front de Sarah. Il a fallu se réfugier dans des coins invraisemblables ; j'ai bien cru qu'on allait se retrouver devant Dieu le Père plus vite que prévu. Heureusement, Ben Holladay n'embauche que de solides cochers. Le plus amusant s'est produit lors d'une de nos étapes forcées : un des cochers et moi on s'est éclipsés et on s'est payé du bon temps.

Elle éclata de rire. Quel âge pouvait avoir cette entraîneuse au visage si fardé qu'on n'aurait pas su dire si le maquillage servait à la vieillir ou à la rajeunir ?

— Mais regardez-moi notre future maman ! s'exclama Bret en pouffant. Vous devez être fière que Hilda ait donné votre nom au relais. J'ai idée que vous vous en sortirez très bien. Hilda est aux anges de vous avoir trouvée.

Rien de tout cela n'importait à Sarah, qu'énervait au contraire l'apparente indifférence des deux femmes à son supplice. Les contractions la déchiraient de plus en plus profondément. Elle perdait pied.

— Poussez... Respirez profondément... Ne poussez plus... Poussez ! Oui, il arrive ! C'est très bien. Encore un petit effort. Poussez ! Ça y est ! Un garçon ! Coupez le cordon, qu'est-ce que vous attendez ? Là, enveloppez-le...

Un couinement, suivi d'un braillement féroce. Un garçon ! Le fils de Johnny Sommers, qui jamais ne connaîtrait son père.

Hilda fit la toilette de Sarah, lui enfila une chemise de nuit propre, et lui nicha le bébé au creux du bras.

— Hé, il faut le nourrir, votre garçon, mon chou !

Sarah étudia ce petit bout de chou lové contre elle. Instinctivement, il prit le bout de son sein. Les cris s'arrêtèrent instantanément. Il savait déjà ce qu'il voulait.

— Je te ferai une vie décente, petit Johnny, lui chuchota-t-elle.

Comment l'appeler, sinon Johnny, comme son mari ? Et Matthew comme son père. Elle aurait un nouvel événement à consigner dans son journal, en ce 30 mars 1865 : la naissance de son fils, Johnny Matthew Sommers.

Red Cloud et ses guerriers étant déterminés à enrayer définitivement l'invasion des Blancs, Tall Bear ne chasserait pas cet été. Il ne ferait que la guerre. Forts incendiés, refuges jalonnant la piste Bozeman rasés : rien ne suffirait à venger le massacre des Cheyennes à Chivington. A l'automne précédent, en effet, les Volontaires du Colorado, sans la moindre provocation de la part des Indiens, avaient massacré un paisible village de Cheyennes, mutilant femmes et enfants. Les survivants avaient fui vers le nord pour prévenir les Sioux, plus déterminés que jamais à sauver ce qui restait de leur territoire.

Avec sa horde, Tall Bear attaquait donc militaires, forts, convois de marchandises ou d'émigrants. Ces expéditions punitives le menaient aussi loin que Fort Laramie, au sud, non loin de l'endroit où, l'été précédent, il avait trouvé la jeune femme blanche. Il n'avait pas oublié sa chevelure aussi rouge que la roche des canyons, ses yeux bleus comme le fond des lacs, sa frêle silhouette, son courage. Il s'était pris à l'admirer et, incapable de l'oublier, il rêvait parfois de retourner à la vie des Blancs pour la revoir. Où se trouvait-elle, désormais ? A Denver ? Partie pour l'Oregon, voire la Californie ? C'était là que s'achevait le voyage de la plupart des Visages pâles : il s'y trouvait de grandes villes où les distractions ne manquaient pas pour les fasciner et les retenir.

Quelle chance avait-il de la revoir jamais ? Avait-elle eu son bébé ? Ravissante comme elle l'était, elle avait certainement trouvé un autre mari. C'était la première Blanche à laquelle il ait pensé de façon charnelle, l'imaginant dans son lit. Il se souvenait même de son nom : Sarah Sommers.

Leur rencontre-surprise lui avait laissé un goût d'inachevé, à lui qui croyait au destin, aux prémonitions. Obsession stérile puisque Sarah vivait chez les Blancs. Rejoindre Red Cloud sur le sentier de la guerre l'avait aidé à chasser Sarah de son esprit... excepté la nuit.

— Une colonne de chariots !

Tall Bear, qui réfléchissait, accroupi devant le feu, se dressa d'un bond. Charging Bear, l'un des guerriers les plus assoiffés de sang de leur horde de braves, galopait à bride abattue autour du bivouac en exhortant ses compagnons d'armes :

— Sus aux Visages pâles ! Sus aux chariots bourrés de fournitures pour les mineurs ! Il faut les arrêter, car ainsi ceux qui s'apprêtent à prendre la piste y renonceront et repartiront chez eux.

Tall Bear rassembla ses armes et courut vers son cheval qui, toujours bridé, paissait dans l'herbe haute. Il s'attacha en vitesse son bouclier de guerre, jeta la couverture sur le dos du splendide appaloose, le chargeant le moins possible. C'était la légèreté, la prestesse de mouvement qui donnaient aux Sioux l'avantage sur les soldats, alourdis, eux, par les selles pesantes, le matériel de campement, les uniformes épais et les bottes.

Lui ne portait qu'un pagne en peau de cerf. Comme tous les jours, se préparant à une éventuelle bataille, il s'était peint le visage aux couleurs de la guerre : un côté noir, couleur de la mort ; de l'autre, des traits rouges qui partaient de la paupière jusqu'au bas de la joue, sortes de ruissellements de sang tracés avec les doigts. D'autres traînées sanglantes lui couraient le long du torse, et, pour ne pas être gêné par sa longue chevelure de jais, il l'avait attachée. La veille, il avait peint des flèches sur la croupe de son étalon, des griffes d'ours sur le garrot et l'encolure. Se tenir toujours prêt, c'était la règle, en période de guerre.

Rajustant le tomahawk et le poignard qui lui ornaient la ceinture, il empoigna son fusil et, d'un élan souple, enfourcha son étalon, se joignant à la cavalcade en lançant des cris gutturaux et sauvages. Les rares femmes qui les suivaient les encouragèrent de la voix quand, l'un après l'autre, les trente-sept braves touchèrent le totem de la guerre avant de s'éloigner dans un furieux grondement de sabots.

La guerre… Avaient-ils le choix ? Dans le Minnesota, les Blancs avaient envahi leur territoire ; on ne pouvait plus les faire reculer. Dans cette région-ci, il leur restait encore un espoir. Galopant par monts et par vaux, ils ne tardèrent pas à arriver en vue de la piste. Sans prévenir, ils fondraient sur le convoi, utilisant la surprise, l'arme la plus meurtrière. Les chariots commençaient à former le cercle. De minuscules éclairs en partaient, suivis d'un petit nuage de fumée : les Blancs leur tiraient déjà dessus.

En un instant, sa troupe et lui eurent encerclé les chariots. Ils tiraient sans cesser de galoper. Un Blanc s'écroula, touché par la balle de Tall Bear, qui faillit piétiner un de ses compagnons blessé. Un des braves était resté en arrière pour atteindre la toile des chariots avec des flèches auxquelles on avait attaché de petits sacs contenant de la bouse de bison enflammée. Trois des huit chariots brûlaient déjà. La terreur défigurait le visage des Blancs qui s'étaient réfugiés à l'abri de ces énormes véhicules transportant des fournitures aux camps de mineurs. Il toucha un autre homme avant d'en viser un troisième... Malédiction ! Il venait de reconnaître Jess Willett, l'ami de son père. Abattre Jess ? Impossible.

A cause de cet instant d'hésitation, sa vie bascula. Une douleur cuisante à l'épaule lui fit lâcher son fusil. Il tomba de cheval. C'était sa faute ! Il s'était fait tirer dessus parce qu'il avait interdit au Blanc, en lui, de tuer un de ses frères. De même qu'il n'avait pas pu tirer sur le petit garçon du fermier.

Quand il s'écrasa au sol, il reçut à la tête un coup foudroyant. On le traîna. Il entendit un homme qui prenait sa défense :

— Laissez-le vivre ! Celui-là, pas question de le tuer !

Les cris de guerre se prolongeaient ; la fusillade faisait rage. Les Blancs se mirent à jurer. La voix se rapprocha :

— Je ne te laisserai pas mourir, fiston. Je le dois à ton père.

Un Blanc venait à son secours, lui sauvait la vie, à lui qui avait voulu exterminer la caravane. Il perdit connaissance.

Tall Bear se réveilla dans un décor insolite : une lanterne était suspendue dans une espèce de tente. Aux arceaux de bois qui soutenaient la toile, il comprit qu'il se trouvait dans un chariot tout à fait semblable à celui de Sarah Sommers. L'avait-il retrouvée ? Un visage connu se pencha alors sur lui.

— On a fini par se réveiller, fiston ?

Il aperçut la barbe gris et roux de Jess... Il tenta de s'asseoir. La douleur lui cisailla l'épaule droite.

— Reste allongé, Vince. Tu as perdu beaucoup de sang mais j'ai pu extraire la balle.

Etrange de s'entendre appeler Vince.

— De l'eau... s'il vous plaît.

Jess lui passa sa gourde.

— Vous n'auriez pas dû... me porter secours.

— Tu es le fils d'Alexandre Beaumont, protesta Jess. C'est ce qu'il aurait voulu que je fasse. Ça n'a pas été facile d'empêcher les autres de te coller une balle dans le crâne. Heureusement que tu es à moitié blanc et que ton père était mon ami !

Tall Bear referma les yeux pour tâcher de faire le point.

— Où se trouvent mon cheval et mes amis ?

— On a finalement réussi à les chasser mais ils ont causé tant de dégâts qu'on a été forcés de rebrousser chemin. Ils nous laisseront peut-être tranquilles s'ils nous voient repartir. Ils ont brûlé une bonne partie de la marchandise, si bien qu'on l'a abandonnée sur place. Notre mule de rechange a filé. La prochaine fois qu'on repassera par là, on se fera accompagner par un détachement de soldats. Ton cheval... tes braves l'ont sans doute emmené, en souvenir.

— Vous me livrerez aux soldats ? demanda Tall Bear, la mort dans l'âme.

— Je ne t'ai pas sauvé la vie pour te faire arrêter, mon garçon. J'ai averti les autres que celui qui oserait te descendre avant qu'on ait regagné Fort Laramie, je lui logerais une balle dans le crâne. Je te ramène au fort et après, tu feras ce que tu veux. J'ai des amis à l'intérieur de la garnison, des soldats. Ils ne t'arrêteront pas. On te soignera et tu seras libre de repartir.

— Vous devriez m'abandonner ici, dit Tall Bear, étudiant l'intérieur du chariot où pendaient casseroles, marmites... tout un bric-à-brac.

— Tu as besoin de repos. En tombant, tu t'es cogné le crâne à une grosse pierre.

Le chariot tangua dangereusement, le cocher siffla, pestant contre les mules qui le tiraient. Tall Bear constata soudain qu'il faisait grand jour. Avait-il perdu conscience si longtemps ?

— Je refuse d'entrer dans un fort grouillant de tuniques bleues.

— A moins d'essayer de sauter du chariot et de filer à pied dès que tu auras récupéré, tu n'as pas le choix. Profite de ta convalescence pour réfléchir : si tu es ici, dans ce chariot, c'est parce que tu as hésité à me tirer dessus... parce que j'étais l'ami de ton père, qui était lui aussi un Blanc. Ton hésitation t'a coûté cette blessure. Tu appartiens à moitié à notre monde, Vince. Demande-toi ce que penserait ton père s'il te voyait participer à ces massacres, abattre ses pareils.

Tall Bear se frotta les yeux de la main gauche ; il ne pouvait plus bouger son bras droit.

— Il comprendrait.

— Peut-être, mais il te prouverait aussi que ces attaques ne servent à rien. Elles n'arrêteront pas les Blancs qui vont déferler sur ces terres, comme ça s'est passé d'abord dans l'Est, et puis au Centre, dans le Minnesota. Il te conseillerait de réfléchir. Tu es un sang-mêlé, tu peux faire profiter les Indiens et les Blancs de tes connaissances.

— Je ne comprends pas.

— Tu connais aussi bien le monde des Blancs que celui des Indiens. Si tu veux vraiment aider les Sioux, essaie donc de les convaincre d'arrêter les tueries, sinon ils seront décimés. Les soldats les extermineront, tueront les femmes et les enfants. Il vaut mieux abandonner. Pourquoi ne deviendrais-tu pas éclaireur de l'armée ?

— Pas question d'aider les soldats à massacrer les Indiens.

— Et si ça aidait les Indiens, justement? Si ça leur permettait de garder un peu de leurs territoires de chasse? Le gouvernement de Washington prépare un nouveau traité; sa générosité dépendra de la bonne volonté que mettront Red Cloud et ses guerriers à négocier. Tu pourrais les conseiller, ce qui sauverait bien des vies. Réfléchis, Vince. Ce sera le moyen pour toi d'œuvrer pour la paix... comme l'aurait souhaité ton père.

— Réfléchir ne servira pas à grand-chose; dès que je serai arrivé au fort, les soldats me pendront.

— C'est moi le chef de convoi, et les gars savent qu'ils n'ont pas intérêt à toucher un seul cheveu de ta tête. J'irai trouver le commandant du fort. A mon avis, si tu acceptes de leur servir d'éclaireur, ça lui suffira.

Jess s'installa à côté du cocher et lança:

— Je prends les rênes, Jake.

— Il est réveillé, ce salaud de métis?

— Tais-toi! Tu ne sais pas de qui tu parles.

Le chariot reprit la route.

Tall Bear allait se retrouver à Fort Laramie, cet antre de tuniques bleues! Pourtant, il devait admettre que Jess n'avait pas tort: vivre entre les deux mondes était peut-être une solution. Ça demandait réflexion...

14

Sarah glissa le canon de son fusil dans une fente du volet. Au premier coup de feu, un Indien tomba de cheval.

— Coup de chance ! marmonna-t-elle, se félicitant néanmoins de s'être entraînée au tir tout l'été.

Postée à l'autre fenêtre, Hilda abattit le cheval d'un autre assaillant.

— Je l'ai eu, ce gredin ! Ça leur apprendra à nous voler nos bêtes !

L'homme s'écarta en titubant de sa monture morte, se planta en face de la maison, et, bras levés, les défia d'un lancinant cri de guerre. Hilda visa, tira et l'Indien s'écroula.

Sarah tirait à l'aveuglette, frénétiquement, simplement pour prouver aux attaquants qu'elles ne capituleraient pas.

Alors que l'été s'achevait, une bande d'Indiens avaient fondu sur le relais. Hilda, qui se trouvait dehors, les avait aperçus et avait crié à Sarah de l'aider à rentrer les six chevaux dans l'écurie. A peine avaient-elles eu le temps de fermer l'écurie et de se barricader dans la maison que des coups de feu éclataient. Les deux femmes avaient saisi des armes, se félicitant que le relais soit appuyé à la montagne : ainsi elles n'avaient pas à protéger leurs arrières.

Un autre Indien tomba. Ils n'étaient pas nombreux. D'ici peu, ils battraient en retraite... Resterait à espérer qu'ils ne reviendraient pas avec du renfort.

— Ils nous attaquent sûrement à cause du massacre du village cheyenne, dans le Colorado, l'an dernier. Buck m'avait avertie qu'on risquait de les voir cet été, hurla Hilda pour couvrir le bruit des détonations.

Le petit Johnny, couché sur une couverture, à même le sol, braillait. Sarah mourait d'envie d'aller le consoler mais impossible de quitter la fenêtre. S'interrompant pour recharger le fusil, elle entendit des coups de feu, au loin.

— La diligence arrive ! Et ils ont un détachement

de soldats pour les protéger! Nous voilà sauvées! s'écria Hilda.

Sarah crut défaillir de joie quand, par un interstice du volet, elle vit la diligence dévaler la pente. Des soldats galopaient en tête. A cet instant, deux Indiens traversèrent la cour. Sarah les mit en joue.

— Surtout, ne les touchez pas! cria Hilda. Ils viennent ramasser leurs morts et si on les en empêche, ils reviendront pour se venger.

Les hommes soulevèrent les cadavres, les jetèrent en travers de leurs chevaux et détalèrent au triple galop. Un instant plus tard, les soldats passaient à toute allure devant le relais, toujours sur les traces des Indiens qu'ils poursuivirent jusque dans le bois. Dans un fracas de sabots, l'attelage stoppa devant le relais en soulevant un énorme nuage de poussière.

— Vous êtes toujours en vie, là-dedans?

C'était Buck Jones, le cocher. Sarah avait appris à respecter l'intelligence et l'esprit d'indépendance de cet homme bourru. Ancien éclaireur de convois reconverti en cocher, il avait vécu mille aventures rocambolesques. Hilda appuya son fusil contre le mur, ouvrit les volets et lui cria :

— Tout va bien, Buck! Tu en as mis du temps à arriver! De tout l'été, c'est la première fois, et j'espère la dernière, que ces chapardeurs viennent nous empoisonner.

Sarah prit Johnny dans ses bras et apaisa ses hurlements en le berçant.

— Heureusement qu'ils n'ont pas réussi à vous voler.

Les territoires du Wyoming, du Montana, de l'Idaho devenaient de plus en plus dangereux, y compris pour les hors-la-loi. Pourtant, Sarah ne pouvait se décider à quitter le relais Sommers où elle avait trouvé un foyer, grâce à Hilda qui était une véritable mère pour elle. De plus, elle aimait son travail qui lui permettait de rencontrer des voyageurs qui admiraient ces deux femmes capables de vivre seules dans ce coin perdu.

— Quand on veut, on peut, pas vrai, Johnny ? dit-elle d'une voix douce en embrassant les joues satinées du bébé.

Dehors, des soldats parlaient, criaient, riaient, même, ravis d'avoir dispersé « cette bande de sauvages ».

— Ça va, Hilda ? demanda Sarah d'une voix tremblante à sa compagne qui rentrait.

— Très bien. Et vous, mon petit ?

— On fait aller.

Hilda remisa les armes dans un placard, s'essuya le front et s'approcha de Sarah et du bébé qu'elle enlaça.

— Ne vous tracassez pas, Sarah. Bientôt, la région sera plus calme. Il paraît qu'on a commencé à construire la ligne de chemin de fer, et, maintenant que la guerre de Sécession est terminée, les immigrants vont s'installer massivement. Vous vous en sortez très bien. Et on a prouvé qu'on se tirait de n'importe quel pétrin, pas vrai ?

Sarah sourit.

— Certes, mais c'est surtout grâce à ces soldats. Allons les accueillir.

Hilda lui tapota la joue et ressortit. Johnny ne pleurait plus. Elle le mit dans le parc en bois fabriqué deux mois auparavant par un voyageur. Devant le miroir, en vitesse elle essuya la poudre noire qui lui maculait la joue et le nez, rajusta les mèches qui s'étaient échappées des nattes qu'elle portait en couronne autour de la tête, lissa sa robe grise et sortit à son tour saluer les nouveaux venus.

Quand elle se retrouva face aux montagnes qui se dressaient tout autour, majestueuses forteresses défendant l'Ouest, elle pensa à tout ce qu'elle avait appris sur l'art de tenir un relais, de se débrouiller dans la vie. Elle décida de rester ! L'établissement fermerait sans doute un jour, comme le prédisait son père dans ses lettres. Mais elle avait bien le temps de partir pour une ville comme Denver… et de se bâtir une existence indépendante. Elle remercia Johnny… et le mystérieux Tall Bear… de l'avoir remise sur le chemin du bonheur.

Une bourrasque de neige fondue gifla Tall Bear qui, sur son promontoire, observait les quelques Indiens réunis en campement au creux du vallon. Jusqu'à ce mois d'octobre, son travail d'éclaireur de l'armée s'était déroulé sans problème et avait abouti à quelques pourparlers de paix. Mais, depuis la victoire des Nordistes, il avait des scrupules à débusquer ces campements pour le compte d'officiers nouvellement promus qui ne comprenaient rien aux Indiens et se croyaient tout permis.

— Nous avons réglé leur compte aux rebelles des Etats du Sud, au tour des Indiens, qu'on puisse enfin s'occuper du développement de notre pays ! avait décrété le lieutenant Nathan Balen, quelques jours auparavant.

Le matin même, il avait envoyé Tall Bear à la recherche d'un camp d'Indiens signalé par un fermier affolé par les attaques des Cheyennes.

Tall Bear n'avait sous les yeux qu'un groupe de paisibles chasseurs en quête de petit gibier ; rien à voir avec des guerriers sur le sentier de la guerre. Les Indiens n'avaient pas remarqué sa présence ; il aurait pu repartir sans révéler au lieutenant Balen qu'il avait trouvé leur camp. A force de vivre à la croisée du monde des Blancs et de celui des Indiens, Tall Bear était frappé par la terreur et la haine, parfois justifiées, qui enflammaient les deux côtés.

Mais pourquoi ne pas aider le lieutenant Balen à convaincre ces Cheyennes de regagner leur réserve ? Ce serait le commencement de la paix. D'autres Indiens les imiteraient ; bien des vies seraient épargnées. Malheureusement, Balen ne lui inspirait aucun respect. Il ne lui servait d'éclaireur que depuis quinze jours et ne l'avait pas encore vu à l'œuvre, mais quelque chose dans ses yeux noirs qui le toisaient avec mépris l'incitait à la méfiance.

Il fit volter son cheval et, à travers l'enfilade de crêtes et de vallons, fouetté par la neige qui tombait de plus en plus dru, il reprit la direction du camp militaire, à treize kilomètres au sud. Il avait accepté cet emploi ; force lui était de l'accomplir au mieux de ses compétences, comme l'auraient souhaité Alexandre Beaumont et Jess.

Peu avant midi, il se présentait à Balen, petit homme maigre et nerveux, obligé de lever la tête pour lui parler.

— A votre place, je commencerais par parlementer avec le chef du camp pour lui conseiller de regagner la réserve, mon lieutenant. Nous les ferions ensuite raccompagner par un détachement de soldats pour que les colons ne prennent pas peur et ne leur tirent pas dessus.

Balen se rembrunit, tirailla sur ses trois poils de moustache.

— Ici, c'est moi qui donne les ordres, Tall Bear. Pas question d'envoyer un détachement de soldats dans le fin fond du Kansas. Nous les ferons prisonniers, et les conduirons à Fort Laramie où ils finiront en prison ou pendus pour le meurtre de ces colons qu'on a découverts, à quelques kilomètres d'ici.

— Rien ne prouve que ce soient eux les coupables. Laissez-moi leur parler et je saurai la vérité.

— Parce que vous croyez qu'ils vous la diront ?

Tall Bear s'insurgea :

— Les Cheyennes ne mentent pas, les Sioux non plus.

— Et alors... s'ils avouent avoir tué ces Blancs, me le direz-vous ou aurez-vous tendance à les couvrir ?

Tall Bear crispa les poings, furieux.

— A quoi bon m'embaucher comme éclaireur si vous ne m'accordez pas votre confiance ?

Balen sonda Tall Bear. Après avoir vu à l'œuvre les Indiens, jamais il ne pourrait faire entièrement confiance à un « sauvage » ; encore moins à un métis. Il s'assit sur le tonneau qui lui servait de siège.

— Ont-ils des intentions belliqueuses ?

— Non. Ils n'auraient pas emmené des femmes. Elles ont pour tâche de nettoyer les peaux et de fumer la viande du gibier que les hommes attrapent. Leurs chevaux ne portent pas les peintures de guerre et les hommes étaient paisiblement installés autour du feu. Il s'agit juste de Cheyennes du Sud qui se sont aventurés un peu trop loin pour chasser.

— Qui nous prouve qu'ils ne cherchent pas à nous duper ? Il faut les surprendre avant la nuit pour les faire prisonniers.

Ce Balen n'était qu'un imbécile, bien trop jeune pour avoir le statut d'officier et le droit de prendre des décisions lourdes de conséquences.

— Laissez-moi d'abord parlementer. Inutile de courir le risque de faire des victimes innocentes, conseilla Tall Bear.

— Ça ne les dérange pas, eux, de prendre la vie des Blancs ! Œil pour œil... Votre travail consiste à les dénicher ; le mien à décider de leur sort. Préparez-vous à nous accompagner, décréta-t-il en se relevant pour enfiler une lourde capote en drap de laine. Départ dans quelques minutes.

Découragé, Tall Bear ressortit de la tente. Hurlant pour se faire entendre dans le blizzard, Balen donna l'ordre de se préparer à la bataille, tout excité à l'idée de se battre et de remporter une victoire qui ferait avancer sa carrière. Maintenant que la guerre de Sécession était terminée, il devait bien trouver un moyen de prouver sa bravoure et ses qualités de chef.

Courbé pour affronter la tempête de neige, Tall Bear alla chercher dans un champ un cheval. Il choisit un appaloose au crin et aux sabots noirs sur le dos duquel il jeta une simple couverture. Après avoir guerroyé contre les colons blancs, il s'apprêtait à attaquer des Cheyennes, proches alliés des Sioux. Décidément, il n'appartiendrait jamais à aucun camp ! Juché sur le cheval, il observa dans un silence réprobateur les soldats qui s'égaillaient dans toutes les directions, s'armant comme pour affronter une armée entière. Quelle tristesse ! Et le détachement de trente soldats partit à la rencontre d'une quarantaine de Cheyennes, parmi lesquels une vingtaine de femmes et d'enfants.

Droit comme un *i* sur son gros hongre blanc, le lieutenant répondit à Tall Bear qui tentait de décourager ses ardeurs guerrières :

— Vous devriez savoir qu'avec les Indiens il faut se tenir toujours prêt à la bataille. Je me demande même si j'ai raison de recourir à un éclaireur indien dans cette affaire. Je ne donne pas cher de votre peau si vous nous menez dans un piège ! Ce Jess Willett, l'éclaireur de Fort Laramie, ne jure que par vous ; moi, je le crois bien bête de vous faire confiance.

— Je vous répète qu'il est préférable de parlementer.

— Red Cloud et ses Sioux ont fait fermer presque tous les forts le long de la piste Bozeman ! Les Cheyennes du Sud multiplient les raids meurtriers pour se venger des massacres qui ont eu lieu dans le Colorado ! Ne me parlez plus de paix. Je ne les laisserai pas filer, ni tuer d'autres innocents… pas au moment où j'attends une promotion. Marchez devant et n'oubliez pas : si vous trahissez l'armée, on vous pendra !

Tall Bear prit la direction du nord, les soldats avançant à la queue leu leu derrière lui. Dommage que Jess ne soit pas là pour ramener Balen à la raison ! Lui aurait su le convaincre.

Ils cheminèrent pendant deux heures sous la bise mordante. La neige étouffait le pas des chevaux. Enfin, Tall Bear fit halte sur une crête d'où la vue plongeait sur des tipis. La fumée s'élevait en zigzag du trou des toits. Les femmes, emmitouflées dans des peaux de bison, suspendaient des quartiers de viande au-dessus des feux de camp, tandis qu'une poignée d'enfants s'amusaient dans la neige.

— Vous voyez qu'ils ne pensent pas à la guerre, insista Tall Bear. Je vais descendre leur demander de déposer les armes tranquillement.

— C'est moi qui donne les ordres, pas vous ! cracha Balen qui dégaina son épée.

A cet instant précis, une des squaws aperçut les soldats et lança un cri d'alarme. Des hommes émergèrent des tipis, la plupart ne portant même pas leur manteau de bison. Tall Bear comprit qu'ils ordonnaient aux femmes de courir se mettre à l'abri, avec les enfants.

Le cauchemar ne faisait que commencer. Balen ordonna à l'escadron de charger. Dans un grondement de sabots, trente soldats fondirent, sabre au clair, sur le bivouac, fauchant femmes et enfants. Un soldat embrocha un petit garçon. Tall Bear se souvint de Running Fox...

Il resta à l'arrière, refusant de participer à ce carnage. Balen avait osé ; il n'hésiterait pas à recommencer. Cette brute ne méritait pas de vivre, décida Tall Bear, aveuglé par la haine. Il sortit son fusil et mit Balen en joue.

— Œil pour œil... lieutenant ! cria-t-il.

Un coup de feu de plus, dans le vacarme assourdissant, qui le remarquerait ? Avant qu'il ait eu le temps de presser la détente, Tall Bears vit Balen s'affaisser sur sa selle. La balle d'un autre l'avait atteint.

Avec une immense satisfaction, il le regarda tomber de cheval, regrettant de ne pas l'avoir abattu lui-même. Puis, tournant bride, il reprit la direction du camp de base. Il rassemblerait ses affaires et partirait. Que l'armée ne compte plus sur lui !

15

Sarah traversait la cour, de la neige jusqu'aux genoux. On était en avril et, comme cela arrivait souvent dans ces régions, une tempête de neige faisait rage. Heureusement qu'en cette saison la neige ne restait pas, les diligences pourraient passer. Le petit Johnny, âgé d'un an, dormait à poings fermés. Sarah profitait de ces matins calmes pour abattre de la besogne. Ce jour-là, elle devait nettoyer les stalles des chevaux.

Elle entra dans l'écurie et fit sortir les bêtes. Après avoir enduré les rigueurs de deux longs hivers, elle continuait à se plaire au relais. On était en 1866 ; la guerre de Sécession était terminée. Le projet de voie ferrée intercontinentale se précisait. Il amènerait dans l'Ouest de nouveaux colons. Et peut-être qu'un jour une ville s'élèverait autour du relais Sommers. C'était le souhait de Sarah.

En sortant de l'écurie, elle aperçut au loin un cavalier solitaire. Eblouie par la blancheur de la neige étincelant au soleil levant, Sarah ne distinguait que sa silhouette. Etait-ce un éclaireur, un montagnard, un prospecteur en quête d'un peu de nourriture et d'un abri pour la nuit ? Tous ces passants qui dormaient à l'écurie se montraient très respectueux et payaient toujours leur écot. Ce qui ne les empêchait pas, Hilda et elle, de rester sur leurs gardes.

Les chevaux de trait trottèrent vers le corral. Bientôt, il faudrait remplir les mangeoires d'avoine et de fourrage. Empoignant un râteau, elle se mit à curer la première stalle. Elle aurait peut-être le temps de jouer avec Johnny, de se délecter de ses tentatives maladroites pour se tenir debout. Tout attendrie, elle continua de remuer le fumier, persuadée que le cavalier se rendrait directement à la salle de restaurant. Le grincement de la porte de l'écurie l'alerta.

Elle pivota... et se retrouva nez à nez avec Cletus Brown ! Ils se figèrent tous deux. La fureur puis la haine empourprèrent la figure du nouveau venu.

— Toi ! C'est pas possible ! fit-il d'une voix éraillée.

— Que... qu'est-ce que vous faites ici ? Comment êtes-vous arrivé au relais ?

— Comment ça se fait que je suis encore en vie, tu veux dire ?

Elle braquait sur le revenant un regard affolé. Comment allait-elle se défendre ? Les armes se trouvaient à l'intérieur du relais.

— Oui, effectivement.

— Contre un costaud comme moi, t'avais aucune chance avec ton ridicule pistolet, morveuse ! Ça m'a estourbi un moment et j'ai eu sacrément mal ! Des Indiens m'ont ramassé et soigné. Et pendant tout ce temps, j'ai cherché un moyen de te coincer pour te le faire payer. Quand j'ai été en état de repartir, plus de traces ! Je pensais que tu avais filé vers la Californie... Jamais j'aurais imaginé qu'on se retrouverait !

Ses petits yeux de fouine se promenaient à la ronde, brillant du plaisir anticipé de la vengeance.

— Qu'est-ce que tu fous ici à remuer le fumier ? T'es la femme du patron ? Y a un bonhomme, dans les parages ?

Sarah prit le râteau à deux mains.

— Ça ne vous regarde pas. Passez votre chemin, espèce d'assassin. S'il y avait un shérif dans le coin, il vous pendrait pour ce que vous avez fait à Johnny.

Son rictus s'étira en un sourire hilare et, posant la main sur la crosse de son flingue, il ricana.

— Si c'est pas mon jour de chance, ça, hé hé ! Y a qu'à te voir pour deviner qu'il y a pas d'homme, ici. Tu m'en dois, des choses : un cheval, deux flingues... et autre chose, n'est-ce pas !

Cette allusion donna la chair de poule à Sarah.

— La seule chose que je vous doive, c'est une balle dans la tête, assassin ! Et avec un vrai fusil de chasse, cette fois.

Comment affronter ce costaud plus déterminé que jamais ? Pour parer une attaque, elle s'écarta de la stalle, levant le râteau en signe d'avertissement, et elle l'interrogea, espérant gagner du temps :

— Où étiez-vous passé, depuis près de deux ans ?

Il la déshabillait du regard avec une telle avidité que Sarah eut l'impression d'être nue malgré sa robe et son tricot de grosse laine.

— J'ai fait chasseur de bisons, éclaireur, chercheur d'or. Je repartais vers l'Ouest pour travailler sur la voie ferrée. Ils paient bien. Mais toi, bon Dieu, qu'est-ce que tu fiches dans un relais de diligences… à quelques jours de marche du coin où on s'est quittés ?

— Du coin où vous avez abattu Johnny, plus exactement. Déguerpissez, Cletus Brown, sinon, c'est les pieds devant que je vous ferai sortir ! Je suis ici parce que c'est chez moi.

Il dégaina et arma son fusil.

— Tu m'as laissé pour mort, alors que j'allais enfin pouvoir te sauter… Et miracle, le bon Dieu m'envoie vers toi ! Tu vas voir ce que tu vas endurer pour m'avoir fait souffrir comme une bête. Lâche ton râteau et ne me résiste pas, sinon… menaça-t-il, lui braquant le fusil sur le cœur. Allez, on a à causer… tu vas me jurer que tu n'iras pas dire à la justice qui a dégommé Johnny.

Posant lentement le râteau dans la paille, elle essaya de le raisonner :

— Il n'y a pas de justice ici… pas encore, du moins. Et de toute façon, tout le monde sait qui est le meurtrier de Johnny, mentit-elle. Je n'ai pas de promesse à vous faire. Estimez-vous satisfait d'être encore en vie et filez au fin fond du Texas ou de la Californie, si vous tenez à éviter la corde. La diligence ne tardera pas à arriver et je ne dirai rien si vous décampez.

— Te faire ce cadeau, alors que tu m'as laissé pour mort ? Non, je t'ai sous la main, tu ne m'échapperas plus.

Il marcha vers elle. Et si elle appelait Hilda au secours…

— Enlève ta robe, qu'on voie un peu ce qui excitait tant ton Johnny. A poil ! brailla-t-il. Quand on en aura fini, je partirai et tu n'entendras plus parler de moi. Toi aussi t'en as envie, alors laisse-toi faire et je me tire après.

Avait-elle le choix ? Si elle le laissait s'approcher, parviendrait-elle à l'assommer ? Elle commença à ôter son tricot, à déboutonner sa robe, captivant son attention, cherchant à le distraire, espérant l'inciter à commettre une erreur...

Elle n'eut pas à aller jusqu'au bout : le cliquetis du chien d'un fusil interrompit la scène.

— Lâche ton arme, malotru ! ordonna Hilda, du seuil de l'écurie.

Cletus, rapide comme l'éclair, pivota et tira. Hilda ! Sa douce amie s'effondra. Cletus se retourna vers Sarah. Elle eut juste le temps de se baisser pour esquiver la balle et, brandissant la fourche, la lui planta dans la cuisse. Un beuglement de douleur jaillit du gosier de Cletus qui la visa. Elle se jeta par terre, roula de côté. Une détonation retentit. Cletus tomba comme un sac sur la paille, un trou sanglant au ventre, la fourche toujours plantée dans la cuisse. Hilda était assise sur le seuil, carabine fumante au poing. Sarah courut vers elle, tenta de la soulever.

— Hilda, ma pauvre, venez que je vous aide à rentrer.

— Non, ma fille, ça ne servira à rien, dit-elle avec un faible sourire. Je l'ai vu se faufiler vers la grange... je me suis fait du souci et j'ai accouru. J'ai tout entendu. C'est lui, l'assassin de Johnny ?

— Oui.

— Tant mieux... si je l'ai tué, soupira-t-elle, les yeux embués de larmes. Prends bien soin... du petit... et du relais So...

Ses yeux se fermèrent ; elle se tassa sur elle-même. Sarah se jeta à genoux, la redressa pour la secouer. Elle chercha son souffle, son pouls : rien. Et Cletus ? Il ne remuait plus. Elle allongea Hilda sur le sol, s'approcha prudemment de Cletus, lui donna un coup de pied dans les côtes. Avec une grimace de dégoût, elle lui tâta le pouls : il était mort. Enfin !

Jamais plus il ne la persécuterait. Mais cette libération, Hilda l'avait payée de sa vie. Submergée de chagrin, elle eut l'impression d'avoir perdu sa mère une deuxième fois. L'instinct maternel l'arracha à son amie et elle traversa la cour à toutes jambes, s'engouffra dans le relais... et découvrit son bébé paisiblement endormi dans son berceau.

Elle n'avait plus que son fils, dans la solitude de ces montagnes. Que deviendrait-elle, seule au relais ? Et le cadavre de Cletus, comment s'en débarrasser ?

Elle barricaderait la porte de l'écurie et, dès l'arrivée de la diligence, en cachette des voyageurs, raconterait le drame à Buck. Peut-être qu'il resterait l'aider à enterrer Cletus et Hilda... Il faudrait lui avouer enfin la vérité sur la mort de Johnny, qu'il croyait toujours due à la phtisie. Buck comprendrait.

Anéantie par la mort de sa chère Hilda, les jambes flageolantes, elle sortit sous le porche respirer l'air frais. Ne valait-il pas mieux partir avec son fils pour Cheyenne, Denver, gagner la ville ? Pourquoi ne pas tout planter là ? Mais Hilda le lui aurait déconseillé... Hilda, qui lui répétait qu'elle pouvait désormais se passer d'elle, tenir seule le relais... Sarah réprima ses sanglots pour ne pas effrayer son fils. Il fallait être forte. Se retournant vers la maison, elle crut entendre Hilda lui assurer qu'elle arriverait à gérer seule l'établissement.

— Vous me manquerez tant, Hilda, sanglota-t-elle.

Elle s'accusait de sa mort. Si elle avait tué Cletus la première fois, jamais il ne serait revenu !

Elle rentra. Elle lutterait. Pour Hilda et pour son fils.

TROISIÈME PARTIE

16

Mars 1867

La diligence pénétra dans la cour du relais, projetant à la ronde des gerbes de neige fondue et de boue. Sarah ordonna au petit Johnny de rester bien à l'abri sous le porche de la maison, et le bambin de deux ans s'assit docilement. Il était si costaud qu'il était engoncé dans son manteau de laine. Ce brave petit bonhomme avait le charme enjôleur de son père ; il tenait de lui ses beaux cheveux blond-roux, ses yeux noisette brillant de malice et son sourire irrésistible qui creusait des fossettes dans ses joues rebondies. Pour Sarah, il était toute sa vie.

Hilda lui manquait terriblement ; la compagnie des femmes aussi. Mais seules les collègues de Bret Flowers trouvaient la hardiesse d'affronter les dangers du voyage en diligence.

Depuis la mort de son mari, trois ans auparavant, Sarah n'avait rencontré personne. Parfois, elle le regrettait, d'autant que son enfant, en grandissant, aurait de plus en plus besoin d'un père. Mais des hommes, Sarah n'en voyait qu'en passant, sans avoir le temps de les connaître. Et d'ailleurs, comment auraient-ils vu en elle autre chose qu'une aubergiste, puisqu'elle portait des vêtements fonctionnels et ne recourait plus aux artifices du maquillage ?

Pour l'heure, ses seules amours, c'étaient sa merveilleuse liberté, ces régions superbes et inexplorées, son petit garçon et le relais Sommers. Quand les voyageurs demandaient des nouvelles de Hilda, elle répondait qu'elle était morte de vieillesse. Seul Buck connaissait la vérité. Il l'avait aidée à l'enterrer derrière le relais, auprès de son mari. Cletus Brown, il l'avait jeté dans une fosse, au plus profond d'un bois. Quant au fils de Hilda, comment le prévenir puisqu'il n'avait jamais donné de nouvelles ?

Son petit Johnny, lui, ne traiterait pas sa mère avec cette choquante indifférence, pensa-t-elle en le regardant se lever, battre des mains, survolté par l'arrivée des voyageurs qui descendaient de la diligence et se dirigeaient vers le relais pour éviter les flaques. Probablement des hommes d'affaires, d'après leurs pardessus chics. Sarah les gratifia d'un amical sourire.

— Bienvenue au relais. Si vous désirez manger, ce sera prêt en un clin d'œil.

— A qui ai-je l'honneur, chère madame ? fit l'un d'eux en ôtant son feutre.

Sarah lui donnait cinq ans de plus qu'elle, environ. Ses yeux marron étaient bordés de longs cils et une fine moustache surmontait des lèvres pleines. Un homme très attirant, songea-t-elle.

— Je m'appelle Sarah Sommers ; c'est moi qui tiens le relais.

— Toute seule ?

— Je sais atteler, couper du bois et je tire aussi bien qu'un homme. J'ai à plusieurs reprises repoussé des attaques d'Indiens, je suis allée à cheval récupérer les bêtes qu'ils m'avaient volées, j'ai chassé un gang de hors-la-loi qui s'étaient mis en tête d'emporter nos provisions. Eh bien, doutez-vous toujours de mes compétences ?

— Bien sûr que non, madame. Je ne voulais pas dire que vous n'étiez pas compétente, fit l'homme en acquiesçant avec une soudaine humilité.

— Si, c'est ce que vous insinuiez, mais j'ai l'habitude.

Désignant une pompe, à gauche de la maison, elle lança au groupe qui la dévisageait :

— Vous pouvez vous laver, si ça vous tente. Les sanitaires sont rudimentaires mais le repas ne vous décevra pas. Je me flatte d'être assez bonne cuisinière.

Sous le regard admiratif de l'homme à la moustache, Sarah eut honte de la trop grande simplicité de sa tenue.

— Si c'est vous la gérante, nous avons besoin de vous parler, fit-il.

— Entendu, mais d'abord faites un brin de toilette, j'aiderai le cocher à changer d'attelage. Ça vous ennuierait de surveiller mon fils ? N'ayez crainte, il n'est pas timide.

— Mais certainement ! s'exclama le jeune monsieur en souriant au bambin. Et son père, où se trouve-t-il, si je puis me permettre ?

— Il s'est noyé sur la route de l'Ouest. J'ai continué. Arrivée ici, j'ai décidé de m'arrêter. La vieille dame qui tenait le relais est décédée l'an passé.

— Chère madame, vous êtes vraiment courageuse, commenta-t-il en secouant la tête. Messieurs, madame nous recommande de commencer par nous laver ; qu'attendons-nous ?

Il conduisit la troupe à la pompe et deux d'entre eux se retournèrent sur Sarah, ébahis par cette personne qui sortait totalement de l'ordinaire. Elle en entendit un souffler :

— Jamais vu ça !

Sarah secoua la tête, avant d'ordonner à Johnny d'attendre les messieurs et de rentrer avec eux. Elle se dirigea vers la diligence.

— Pas de problèmes, Buck ?

— Non, m'dame. Depuis cinq ans que je conduis

cette diligence, j'en ai vu de toutes les couleurs. Rien ne m'étonne plus. En tout, j'ai pris trois balles dans le coffre, imaginez un peu !

Sarah se dérida : Buck aimait se vanter de ses exploits, des mésaventures auxquelles il avait réchappé.

— Les Indiens sont un peu moins belliqueux ces temps-ci, dit-il en expédiant un cheval vers le corral d'une tape sur la croupe. Le gouvernement s'apprête à signer un traité avec les Sioux, et comme Red Cloud a obtenu pas mal d'avantages, il se tient tranquille, pour le moment. L'ennui, c'est que deux autres trouble-fête ont pris le relais et continuent à mettre le feu aux poudres : un chef du nom de Sitting Bull et un plus jeune appelé Crazy Horse. Mais les incidents restent localisés à la Powder River et aux Black Hills. Si le chemin de fer passe par ici l'an prochain, ils éviteront le coin.

Sarah lui emboîta le pas, conduisant au pré deux autres des chevaux.

— Ils ont fini de poser les traverses dans le Nebraska et ils s'attaquent au Wyoming. Ces types travaillent pour le chemin de fer. Ils viennent discuter de l'avenir du coin une fois qu'on aura supprimé la diligence. A votre place, le jeunot, je m'en méfierais. Un de ces gosses de riches qui savent embobiner avec des discours ronflants. Je l'ai entendu dire que tout en achetant des terres pour le chemin de fer il comptait bien investir un maximum pour son propre compte. Je ne lui fais pas confiance. Il s'appelle Tod Harding.

— Que comptez-vous faire, s'ils suppriment la diligence, Buck ?

— Je ne sais pas. Je me fais vieux, vous savez, et c'est le moment ou jamais d'arrêter. Peut-être irai-je dans une ville de mineurs tenter ma chance. Avec un peu de chance, je trouverai un petit boulot. Je n'ai pas de famille, alors je peux faire n'importe quoi.

— Oh, Buck, vous me manquerez terriblement ! s'écria Sarah, bouleversée. Pourquoi ne viendriez-vous pas travailler au relais ? Avec la voie ferrée, les clients seront plus nombreux.

Souriant jusqu'aux oreilles, il hocha la tête :

— Ma foi, pourquoi pas ? Je trouverais bien à vous aider. A bricoler...

— Et j'en serais ravie, Buck.

En reniflant, il fourrageait dans sa barbe broussailleuse tout en se disant que Sarah Sommers était une chouette fille ; jamais il n'avait rencontré d'aussi jolie femme qui accepte de vivre à la dure comme elle. On la disait excentrique ; pour lui, elle savait ce qu'elle voulait et faisait tout pour y arriver. Elle n'avait peur de rien.

— Moi aussi ça me plairait. Allez, donnez-moi les chevaux et rentrez.

— Merci, Buck.

Au passage, elle jeta un coup d'œil à la luxueuse diligence rouge, nettement moins coquette maintenant que la boue maculait ses roues jaunes. Elle appartenait à la Wells Fargo qui avait racheté l'affaire à Ben Holladay. D'après Hilda, Holladay avait été l'un des hommes les plus riches de la région, au temps où il possédait le quasi-monopole des transports de l'Ouest. Il avait tellement jeté l'argent par les fenêtres qu'il avait été obligé d'emprunter. L'année précédente, il avait été condamné à d'énormes amendes à cause de certaines affaires frauduleuses. Sa fortune y avait été engloutie, l'obligeant à vendre la ligne de diligences.

Le relais avait résisté à la faillite. Sarah était persuadée que, grâce au chemin de fer, il prendrait de l'importance. Elle projetait de publier dans les journaux de Denver et d'Omaha une annonce invitant des pionniers à ouvrir des commerces autour du Relais Sommers, à développer des activités artisanales, voire à s'établir sur les terres appartenant au chemin de fer. La croissance de la population entraînerait un besoin en charpentiers, forgerons, boutiquiers, banquiers. Le lieu-dit se transformerait en une petite agglomération ; les voyageurs du chemin de fer s'y arrêteraient en nombre croissant, si bien qu'il faudrait agrandir le relais, ajouter un restaurant et des chambres meublées. Enfin de la compagnie ! Adieu la solitude des longs hivers ! Forte de ces rêves d'expansion, décidée à ne pas se laisser déposséder ou chasser du relais par ces hommes d'affaires, elle accéléra le pas. Soudain, prise d'un accès de coquetterie, elle fit un détour par la pompe, se lava les mains, se rafraîchit le visage.

Quand elle pénétra dans la salle, elle trouva les voyageurs installés à la longue table. Pas timide pour deux sous, le petit Johnny était perché sur les genoux du jeune élégant.

— La soupe arrive, messieurs.

Elle s'affaira au fourneau, leur portant bientôt de grandes assiettées fumantes, une miche de pain frais, un bol de beurre fraîchement baratté. Elle sentait peser leurs regards sur elle, percevait leur curiosité. Le dénommé Tod Harding prit le premier la parole :

— Tout ceci est fabriqué maison, n'est-ce pas ? Et vous vous occupez aussi d'un enfant et de l'entretien ?

— En plus des gros travaux, oui. Mon relais a beau se trouver à mille lieues des hôtels chics auxquels vous êtes habitués, je suppose, le voyageur y est quand même au sec, au chaud, et c'est compris dans le prix du billet.

— Excellent, votre ragoût, madame Sommers, déclara l'un des convives les plus âgés.

Ravie, Sarah servit le café dans les timbales en métal avant de s'asseoir au bout de la table. Johnny s'empressa de grimper sur ses genoux.

— Buck m'apprend que vous travaillez tous pour le chemin de fer ?

— En effet, répondit Tod Harding qui se présenta en se rengorgeant : Mon père est propriétaire d'une compagnie de transport de marchandises dont les chariots sillonnent la piste de Santa Fe. Il a des intérêts dans l'Union Pacific, de nombreux bazars un peu partout dans le pays, et il m'envoie prospecter avant d'ouvrir de nouveaux magasins le long de la future ligne de chemin de fer. Ces messieurs sont de l'Union Pacific et ils cherchent à acheter des terrains. Le relais est situé sur une terre appartenant au Domaine et l'Etat le réserve au chemin de fer ; elle prendra un jour beaucoup de valeur. A mi-chemin entre Salt Lake City et Cheyenne, on pourrait y bâtir la gare pour les trains arrivant de la zone désertique et pour les troupeaux que les ranches du nord de la région expédient à l'est.

— Quelle bonne nouvelle ! J'ai déjà des projets pour revaloriser le relais.

Le sourire de Harding la troubla au point qu'elle eut soudain honte de son apparence, nettement moins raffinée que celle des femmes riches qu'il croisait certainement dans son milieu.

— Excellent, et nous allons vous aider à les réaliser. Le chemin de fer vous concédera le droit de monter votre affaire sur sa terre mais un jour viendra où vous serez obligée de la lui racheter. Le Relais Sommers se transformera bientôt en un beau petit village.

— J'ai fait quelques économies dans ce but.

Jamais Sarah n'avait avoué à personne, pas même à Buck, qu'elle conservait de l'argent dans une cache située à l'intérieur d'un mur.

— Ce que je vous raconte là devra rester entre nous. Mais il me semble qu'on peut faire confiance à des hommes d'affaires aussi respectables.

— Naturellement, répondit le plus âgé du groupe.

— Madame Sommers, vous êtes une perle.

— Bah, je suis simplement une femme qui essaie de s'en sortir et d'élever son fils, malgré l'isolement, monsieur Harding.

Quand elle leur parla de l'annonce qu'elle voulait passer dans les journaux, un troisième s'extasia :

— Vous êtes pleine d'initiative pour quelqu'un de si jeune. Quel âge avez-vous ? Dix-huit, dix-neuf ans ?

— Presque vingt et un.

— En tout cas vous n'êtes pas banale, fit le plus âgé. On nous avait prévenus qu'une toute jeune femme tenait le relais, mais nous ne voulions pas le croire. La société, les bals, les jeunes gens ne vous manquent pas ?

Sarah rougit un peu.

— J'ai beaucoup trop de travail pour penser à danser et à badiner. Si le destin veut que je me remarie, il m'enverra celui qu'il me faut. C'est-à-dire un homme qui comprendra que je ne resterai pas au coin du feu à lui tricoter des chaussettes, car je continuerai à bâtir le village.

La compagnie éclata de rire, ce qui flatta la jeune femme.

— C'est surtout Salt Lake City et Cheyenne qui se développeront de façon notable, ajouta Tod. Mon père y fait déjà construire des magasins en prévision de l'afflux de clientèle. D'ici un an ou deux, je reviendrai en implanter un de plus et j'espère que vous y serez toujours.

— J'y serai, monsieur Harding, comptez-y.

Les yeux de l'élégant pétillèrent de malice.

— Et maintenant, Tod, n'oubliez pas que notre

jeune hôtesse n'a pas de temps à perdre avec les hommes et le badinage, lui rappela le plus âgé.

Sarah rougit de plus belle. Son aplomb, son charme lui rappelaient Johnny. Pourtant, elle n'était pas disposée à tomber amoureuse d'un homme qui la manipulerait encore, et ce Harding cherchait visiblement à dominer son entourage. Issu d'une famille riche, il attendait sans doute d'une femme qu'elle se contente de s'occuper de son intérieur, trompant l'ennui des soirées mondaines en échangeant des potins. En somme, ce genre d'homme n'épousait pas une Sarah Sommers.

Et puis quelle idée ridicule ! Voilà les pensées qui lui venaient à l'esprit après trois ans de solitude.

— J'ai de la tarte aux pommes, annonça-t-elle en se levant de table.

Sarah mit de l'eau à bouillir pour la vaisselle et découpa le gâteau. Ils lui racontèrent la fabuleuse histoire du rail et elle tenta de s'imaginer les ouvriers qui, à coups de pioche et de dynamite, se frayaient un passage à travers la montagne, forant des tunnels assez larges pour des locomotives.

C'est alors que Buck annonça que la diligence était prête à repartir avec des chevaux frais. Les voyageurs couvrirent leur hôtesse de compliments pour sa cuisine, Sarah enveloppa une part de tarte dans une serviette.

— Mangez donc ça, avant de repartir, Buck.

— On a pris du retard et je voudrais atteindre le prochain relais avant la nuit. Il paraît qu'une nouvelle bande de hors-la-loi rôde dans le coin. Ils ont déjà attaqué une diligence qui transportait la paie de l'armée. Dans la bande se trouve un Indien — un métis — sacrément costaud. Il paraît qu'il est mauvais, celui-là. Vous ouvrirez l'œil, promis ?

— Promis, Buck.

Les hommes avaient ramassé leurs pardessus,

leurs couvre-chefs et étaient sortis. Seul Tod Harding s'attardait.

— Vous n'avez pas peur quand on vous dit que des bandes de malfaiteurs infestent le coin ? demanda-t-il à Sarah.

— J'essaie de ne pas trop y penser. Jusqu'ici, j'ai eu de la chance ; pourquoi cela ne continuerait-il pas ? J'ai vécu chez les quakers et la prière et la foi me soutiennent.

— Je vois. Vous êtes une femme remarquable, madame Sommers ! dit-il en boutonnant son pardessus.

— En voiture ! cria Buck.

— Enchanté d'avoir fait votre connaissance, madame Sommers, fit Harding en lui serrant la main. Souvenez-vous que si d'autres relais vont fermer, le vôtre, au contraire, ne pourra que prendre de l'expansion. Et tirez profit de ce que vous avez ici, sinon des concurrents viendront et ils vous couperont l'herbe sous le pied.

— Je tâcherai de m'en souvenir, monsieur Harding.

Il l'examina attentivement, cette fois avec une arrogance qui la mit légèrement mal à l'aise.

— Vous feriez mieux de monter dans la diligence.

— C'est cela ! Au revoir, madame Sommers.

Il se hâta de rejoindre ses compagnons. Buck fit claquer les rênes et l'attelage s'ébranla. Quand il passa devant la maison dans une gerbe d'éclaboussures, elle salua de la main Harding qui l'observait par la vitre. Sarah se doutait bien que ces messieurs allaient se livrer à d'abondants commentaires sur l'étrange gérante du relais.

Tout à coup, un silence insolite plana. Pas même un souffle de vent : rien que le froid, immobile, mordant. Elle songea aux avertissements de Buck, à ce métis dont il avait parlé. Elle pensa aussi à Tall

Bear. Ces avertissements l'ayant perturbée au-delà de ce qu'elle avait voulu admettre, elle se frotta les bras avant de réintégrer le relais. Elle ferma la porte à clé, mit la barre à la porte et aux volets. Pourquoi ne pas vérifier que les trois fusils étaient bien chargés ? A tout hasard...

17

Un beau matin d'avril, mois où le temps s'était enfin mis au beau, Sarah se réveilla avec le gazouillis des oiseaux.

Comme il n'y avait personne pour la surprendre dans sa chemise de flanelle, elle se drapa dans son châle et sortit sous le porche se chauffer aux rayons du soleil. Elle inhala profondément l'air pur et regarda au loin les fleurs sauvages qui coloraient les collines verdoyantes entourées de montagnes. Les cimes lointaines étaient encapuchonnées de neige.

En ces heures d'une sereine beauté, elle se félicitait d'avoir eu le cran de rester au relais. Johnny et elle avaient enduré les rudesses de l'hiver, et, le mois précédent, l'enfant avait fêté ses trois ans avec gâteau et bataille de boules de neige. Elle réintégra bientôt la salle pour allumer le poêle, y mit une bassine d'eau à bouillir pour la toilette. Assis dans son petit lit, Johnny se frottait les yeux. Quel adorable bout de chou ! Elle courut l'étreindre avec passion avant de le chausser et de lui enfiler sa petite veste qu'elle avait tricotée. Ils descendirent dans la cour et l'enfant tendit le doigt vers l'enfilade de collines.

— Buck ! dit-il de sa voix flûtée.

Un groupe de cavaliers galopait à bride abattue, droit sur le relais ! Une sourde inquiétude étreignit

Sarah. Pourquoi s'approchaient-ils à cette allure, et de si bon matin ? Seuls les Indiens attaquaient si tôt. La méfiance l'emporta. Elle souleva Johnny et regagna la maison en courant. Par chance, elle n'avait pas eu le temps de lâcher les chevaux dans le pré et ils se trouvaient toujours enfermés à l'écurie. Elle verrouilla la porte à double tour, plaça la barre qui la bloquait sur toute la largeur et referma les volets.

Le temps d'ôter sa chemise de nuit, d'enfiler une robe à la hâte, le sol de la cuisine tremblait sous le fracas des sabots alors que les chevaux envahissaient la cour. Elle sortit du placard les fusils et le stock de munitions, descendit d'une étagère l'arme de Cletus et son ceinturon bourré de cartouches.

— Va te cacher sous ton lit ! chuchota-t-elle à son fils.

— Non ! répondit l'enfant.

— Obéis à maman, Johnny. On va jouer à un jeu : tu vas essayer de te cacher le plus longtemps possible sans qu'on te voie, d'accord ?

Il éclata de rire, et, poussant de petits cris de joie, gagna le lit à quatre pattes.

Sarah introduisit le bout du canon dans le trou du volet et attendit. Surtout, garder son calme. Les chevaux se rapprochaient ; pas le moindre hurlement : il ne s'agissait donc pas d'une horde d'Indiens, car eux passaient à l'attaque avec force cris de guerre. Au bruit que faisaient les chevaux on pouvait penser qu'il ne s'agissait pas non plus des poneys doubles des Indiens et que ces bêtes-là étaient ferrées. Et puis les Indiens ne créaient d'incidents que l'été, au moment de la chasse au bison.

« Une attaque de malfaiteurs ! Pourvu que Johnny reste caché sous le lit », pensa-t-elle, affolée.

— Maman s'entraîne au tir, Johnny, n'aie pas

peur, c'est pour s'amuser. Et surtout, reste bien caché.

Il éclata de rire. Les cavaliers se déployaient en demi-cercle.

— Emparez-vous des chevaux !

Deux cavaliers passèrent dans son champ de vision, galopant vers l'écurie. Elle visa, appuya sur la détente. Un des cavaliers tomba dans un grand cri.

— Nom de Dieu ! beugla quelqu'un.

Une giclée de balles mitrailla la façade, arrachant un éclat de bois au coin supérieur de son volet. Déterminée à défendre Johnny, elle tira encore.

— Malédiction ! Qui habite là-dedans ? brailla le blessé en se pressant les côtes.

— Une vieille, à ce qu'il paraît, lui cria un autre.

D'après les voix, Sarah dénombra sept attaquants ; elle en avait éliminé un, blessé un deuxième, un troisième avait sans doute réussi à atteindre l'écurie. Il restait donc quatre cavaliers dans son champ de tir. Un des comparses tira le blessé et son cheval derrière l'épave de diligence abandonnée dans un coin et un autre sauta de sa monture pour aller se terrer derrière un abreuvoir. Un troisième courut vers des tonneaux d'eau alignés. Mais le quatrième, où se cachait-il ?

Tout s'était déroulé si vite qu'outre le fait qu'ils étaient armés jusqu'aux dents et portaient de longs cache-poussière en grosse toile et un chapeau rabattu sur les yeux, elle n'avait pu voir leur visage. L'un d'eux, chevauchant un appaloose, longs cheveux flottant autour de ses épaules, devait être indien. S'agissait-il du métis qui appartenait à la bande de hors-la-loi ?

Un nouveau tir de balles lacéra la façade.

— Maman ! gémit Johnny.

— Tout va bien. Tu es toujours bien caché, au moins, que personne ne te trouve ?

Tout en rassurant son fils, elle épiait les mouvements dans la cour, et se retenait de trembler. Qui étaient ces malfrats ?

La fusillade s'interrompit. Les poulets continuèrent à courir en tous sens, caquetant éperdument.

— Madame, sortez, on ne vous fera rien. On ne veut que les chevaux et vos provisions. Ensuite, on attendra la prochaine diligence. Ils ont la paie de l'armée : c'est le fric qui nous intéresse, pas vous !

L'angoisse étreignit Sarah. Que feraient-ils quand ils se rendraient compte qu'elle était jeune ? Tueraient-ils Johnny, après l'avoir violée ? Pas question de capituler ! Elle tira un coup de fusil sur celui qui dressait la tête au-dessus d'un tonneau. Il hurla, se prenant la figure entre les mains. Un de moins ! Bravo ! Son entraînement au tir portait ses fruits !

— Harvey est mort ! Prenons les chevaux et tirons-nous en vitesse ! cria celui qui avait réussi à atteindre l'écurie.

— On ne bouge pas d'ici tant que la vieille nous a pas laissés entrer, beugla un autre. Moi, je détale pas comme un lapin devant une vieille bonne femme qui a eu la chance de ne pas rater sa cible.

— De la chance ? Elle a dégommé Harvey et peut-être bien Mick aussi ! Pete est salement amoché. Pour moi, c'est pas de la chance, ça !

— Allez, sors de là-dedans ! répéta, après un silence, un des deux hommes qui se cachaient derrière la carcasse de la diligence. Sinon on te fait sortir de force !

Trois coups de feu leur répondirent qui firent gicler la poussière sous la diligence. Elle vit leurs pieds danser sur place.

— Pas possible, il y a un type là-dedans ! s'écria

celui qui était à l'écurie. Une femme, ça tire pas comme ça.

— Si elle sort pas, on la fait griller vive, d'accord, les gars ? Hé, t'as entendu ? On fichera le feu et tu sortiras !

Silence.

— Comment a-t-elle su qu'on arrivait ? Elle aurait dû être surprise, constata un des bandits cachés derrière la diligence.

— On aurait dû se contenter d'attaquer la diligence, comme on l'avait décidé au début. Elle arrive à midi.

— Avec un détachement de soldats ! Non, c'est un meilleur plan de les attendre à l'intérieur du relais.

— N'empêche que ce plan-là, il est en train de foirer. Moi je vous dis qu'il faut prendre les chevaux et décamper !

— Il nous reste encore du temps. Et l'Indien a peut-être sa petite idée.

L'Indien... La bande en comptait donc bien un. Où se trouvait-il ? se demanda Sarah, visant toujours les pieds, sous la diligence, et s'assurant qu'il y en avait bien quatre. De sa « meurtrière », elle apercevait le devant de l'écurie ; si l'homme qui s'y cachait en ressortait, il se trouverait dans sa ligne de mire. Il restait encore quatre heures avant l'arrivée de la diligence. Les tiendrait-elle en respect aussi longtemps ? D'autant que la diligence arrivait rarement à l'heure... Malgré la fraîcheur de la température, elle était en sueur. Elle ferma les yeux. Où diable se trouvait l'Indien ?

Un gros rire secoua les comparses. Qu'y avait-il de drôle ? Subitement, le canon de son fusil qui sortait du trou du volet fut repoussé vers l'intérieur avec tant de violence qu'il lui meurtrit la poitrine. Elle tomba à la renverse, le souffle coupé. L'attaquant enfonça les volets et jaillit à l'intérieur tel un énorme fauve, faisant éclater les derniers pans de bois déchiqueté.

Sarah poussa un hurlement de terreur et tendit la main vers son arme. L'homme l'écarta d'un coup de pied. Elle fonça vers le lit de Johnny, s'accroupit devant, tenta de rassurer l'enfant qui sanglotait, terrifié.

— L'Indien l'a eue ! cria-t-on de dehors.

Sarah leva les yeux vers celui que les autres appelaient l'Indien.

— Tall Bear ! s'écria-t-elle, saisie de stupeur.

Il restait planté là avec ses peintures de guerre sur le visage et son fusil braqué sur elle.

— Sarah Sommers, reprit-elle. Vous vous souvenez de moi ?

— Oui, je me souviens, dit-il, lorgnant le rideau qui séparait la salle de la petite pièce. Vous êtes seule ?

— Avec mon petit garçon, oui.

Johnny avait rampé hors de sa cachette pour venir se blottir dans ses jupes en reniflant. Tall Bear baissa les yeux vers le bambin.

— Je vous en supplie, Tall Bear, chassez-les. J'ai tellement peur qu'ils tuent mon fils... sans parler de ce qu'ils m'infligeront s'ils m'attrapent.

Il promena sur elle un regard de prédateur qui la terrorisa. Que lui était-il arrivé qui l'ait à ce point transformé en bête fauve ?

— Hé, l'Indien, qu'est-ce qui se passe, dans cette baraque ? cria-t-on de dehors.

Tall Bear pivota, se colla le dos au mur, et cria :

— Repartez, tous !

— Bon sang, mais qu'est-ce que ça veut dire ?

— Que vous allez filer d'ici. Ce n'est pas la vieille femme mais quelqu'un que je connais. Retournez au camp. Je vous y rejoindrai.

— Sans les chevaux?

Tall Bear interrogea Sarah du regard.

— Ne les laissez pas voler les chevaux! Je vous en supplie. Sans eux, il n'y a plus de relais.

— Ils refuseront de repartir bredouilles.

Sarah coucha Johnny sur son lit et lui recommanda de ne pas faire de bruit.

— Pas question de les céder. J'en ai tué d'autres qui tentaient de me les voler; je n'hésiterai pas à tuer ces bandits-là.

Elle se plia en deux pour ramper sous la fenêtre et aller ramasser un deuxième fusil. Elle le fixa droit dans les yeux.

— Vous êtes décidé à m'aider?

— Ce sont mes amis...

— Des amis, ça? Ils n'hésiteraient pas un instant à vous abattre s'ils vous soupçonnaient de les avoir trahis.

— J'en suis convaincu.

— A nous deux, nous pourrions...

— L'Indien, qu'est-ce qui se passe? C'est pas une femme! Ça tire pas comme ça, les femmes.

Tall Bear regarda Sarah, et, avec une calme assurance, il murmura:

— Celle-là, si.

Puis il ordonna à Sarah:

— Tirez de l'autre fenêtre dont le volet est intact; moi je prends celle-ci.

Il cria à ce qui restait de la bande:

— C'est bien une femme et je ne veux pas qu'on lui fasse de mal.

— On veut juste se cacher dans la baraque pour guetter l'arrivée de la diligence. Dis-le-lui.

Quelqu'un, dehors, brailla de douleur.

— File d'ici avec Pete. Il lui faut un médecin! hurla Tall Bear.

Sarah sursauta quand une détonation retentit.

— Il a plus besoin de docteur, maintenant, beugla celui qui venait d'abattre leur comparse blessé.

Elle fixa Tall Bear, les yeux écarquillés d'horreur.

— Charognards ! jura-t-il.

Il s'accroupit au coin de la fenêtre, prit le temps de viser et tira. Un des bandits qui s'étaient réfugiés derrière la diligence brailla et tomba. Sarah le vit étreindre sa jambe. Il en restait encore un dans l'écurie et un autre derrière l'abreuvoir. Celui que Tall Bear venait de blesser le traitait de tous les noms.

Soudain, l'homme dans l'écurie poussa les huit chevaux dehors, se servant d'eux comme bouclier.

— Allez, dépêche-toi ! cria le blessé de la diligence à celui qui se tenait derrière l'abreuvoir.

Sarah les vit se hisser sur le cheval qu'ils avaient réussi à tirer hors de portée. Lâchant un chapelet de jurons, ils démarrèrent au triple galop, hors de sa ligne de mire, rattrapant celui qui avait volé le troupeau.

— Ils m'ont volé mes bêtes !

Tall Bear enjamba la fenêtre et cria :

— Pas encore !

— Arrêtez, Tall Bear !

Elle se rua à la fenêtre... L'instant d'après, il filait comme une flèche sur son appaloose, ses cheveux flottant au vent... pour récupérer les chevaux ou rejoindre tout simplement sa bande. Et s'il tuait ses comparses pour garder les chevaux ? Elle se retourna : Johnny suçait son pouce sur le lit, ses joues rebondies ruisselantes de larmes.

— Tout va bien, mon bébé, dit-elle en lui caressant les cheveux. C'est fini.

Oui, le cauchemar était terminé, grâce à l'apparition miraculeuse de Tall Bear sans qui ils seraient aux mains de ces rustres. L'angoisse l'assaillit : comment avait-elle eu la témérité de croire qu'elle réussirait à s'en sortir toute seule ? Il restait encore deux ans avant que la voie ferrée atteigne le relais. Deux ans de solitude, de dangers peut-être insurmontables.

Elle recommanda au petit de ne pas bouger du lit, et, ôtant la barre qui bloquait la porte, ouvrit avec mille précautions et sortit lentement sous le porche. Rien. Elle traversa la cour. Derrière la diligence gisait un des bandits, le côté souillé de sang, un trou au milieu du front : elle l'avait blessé ; son comparse l'avait achevé. Non loin de l'écurie, elle trouva un deuxième cadavre, et un troisième derrière la rangée de tonneaux. Trois d'entre eux en avaient réchappé, dont celui que Tall Bear avait blessé à la jambe.

Dans le silence soudain écrasant, elle prit subitement la mesure du danger auquel elle avait échappé et elle pleura. Sans Tall Bear, elle serait morte, Johnny aussi ; encore une fois, il lui avait sauvé la vie. Quel étrange destin l'avait mené à attaquer le relais ? A la suite de quel drame en était-il arrivé à s'acoquiner avec pareille racaille ?

Au bout de quelques minutes, elle réussit à retrouver son calme. Pas question de donner à Buck et aux soldats l'impression qu'ils avaient affaire à une mauviette. Pauvre Buck ! Il aurait encore des morts à enterrer à son arrivée ! Le principal, c'était que le plan d'attaque de la diligence ait échoué. Elle les préviendrait de redoubler de prudence sur la route de l'Idaho... quoique... Sans bêtes de rechange, que feraient-ils ? Il restait bien les quatre chevaux de selle des bandits mais ils étaient trop légers pour le trait.

Buck trouverait bien une solution. Elle se félicita d'avoir hérité de quatre selles, deux fusils, deux paquetages qui devaient contenir des trésors. Elle fouilla les poches des bandits et trouva des billets, quelques cents et une montre de gousset de luxe, sans doute volée. Elle se sentait un peu coupable de cet acte mais c'était la loi dans ces contrées. Et puis à quoi ces objets leur serviraient-ils désormais ?

Elle rentra.

— M'man... fit Johnny en sanglotant.

Elle souleva son fils dans ses bras et le serra très fort. Et ensuite, à quoi s'attendre ? Serait-ce Buck et la diligence qui surgiraient les premiers ? Les attaquants enragés ? Tall Bear ?

18

Sarah débarbouilla Johnny dont les frêles épaules étaient encore secouées de sanglots espacés. N'était-ce pas cruel de s'obstiner à rester ? se demandait-elle, meurtrie par la détresse de son fils. Sa vie n'était rien comparée à celle de son précieux trésor. S'il lui arrivait malheur, elle en mourrait.

— C'est fini, mon chéri, tout va bien.

Elle sortit la miche de pain du placard, lui en coupa une tranche sur laquelle elle étala une épaisse couche de beurre.

— Veux-tu un œuf ?

Elle se souvint alors qu'elle n'avait pas trait la vache, ce qu'elle faisait chaque matin à la même heure.

— Maman va aller chercher du lait et des œufs. Tu promets de rester sage ?

Le bambin hocha la tête tout en promenant son doigt potelé dans la couche de beurre.

— Mange ta tartine, Johnny.

L'enfant se fourra le doigt dans la bouche pour en sucer le beurre, ce qui la fit sourire. Elle rangea les armes dans le placard, hors de portée, garda la carabine et ressortit. Dans la cabane servant d'étable, la vache mâchonnait placidement son foin, comme s'il n'y avait pas eu de fusillade. Sarah plaça un seau sous le pis et commença à traire. Quand elle eut rempli son seau, elle alla au poulailler ramasser quelques œufs.

Elle regagna la maison à l'instant où la pendule sonnait neuf heures. Elle aurait à peine le temps de cacher les cadavres pour ne pas effrayer les voyageurs de la diligence. Et Tall Bear ? Ses comparses l'avaient-ils éliminé ?

Toute à ses angoisses, elle ajouta une bûche au feu et prépara des œufs brouillés qu'elle servit à Johnny.

Il avait retrouvé son beau sourire. L'atmosphère redevenait plus sereine.

Elle profita de ce qu'il déjeunait pour déblayer la cour. Appuyant son fusil à la diligence endommagée, elle respira un bon coup pour trouver la force de regarder le mort qui gisait là. Difficile de traîner bien loin un gaillard d'une telle corpulence ; le cacher derrière les tonneaux, à côté de l'autre mort, suffirait. Songeant avec effroi au cadavre de Johnny qu'elle avait dû tirer sur des kilomètres, elle empoigna les jambes du mort, le souleva de toutes ses forces puis le déposa à côté de son compère. Elle disposa des tonneaux en cercle autour d'eux et, pour plus de sécurité, en empila quelques-uns par-dessus.

Elle courut ensuite à l'écurie et tira à l'intérieur le corps étendu par terre. Elle avait envie de vomir. Se tenant le ventre, elle inhala l'air pur du matin… et poursuivit avec courage. Elle rentra les quatre chevaux des bandits, les installa dans les stalles sans les desseller, espérant qu'ils ne broncheraient pas en présence du cadavre, et referma soigneusement la porte de l'écurie. Une halte à la pompe pour s'asperger le visage d'eau froide et elle alla prendre sur le tas de bois deux planches très larges qu'elle clouerait sur la fenêtre que Tall Bear avait enfoncée pour entrer. Il avait surgi dans un grand fracas, faisant éclater le bois, tel l'ours gigantesque dont il portait le nom, puissance formidable qui aurait pu la broyer.

Tout en barricadant l'ouverture, elle constata que la façade tout entière était marquée par l'impact des balles. Mais qui se rendrait compte que certains des trous étaient tout récents ? La besogne achevée, Sarah réintégra enfin la maison et plaça la barre en travers de la porte. Johnny, assis par terre, jouait tranquillement avec ses cubes.

Elle se changea, enfila une chemise et deux jupons et choisit une robe en calicot bleu assortie à ses yeux. Puis elle brossa ses cheveux, les natta et les épingla en couronne autour de la tête.

Quand elle eut rangé son miroir, elle nettoya la table. Une heure passa avec la lenteur de l'éternité. Johnny jouait toujours et Sarah faisait le guet à la fenêtre dont elle avait entrouvert un des volets. Enfin elle perçut un sourd martèlement de sabots ! Elle saisit la carabine. Le martèlement s'amplifia. Soudain, à l'est du relais, apparut un troupeau de chevaux. Parmi eux, une bête à la robe noire appartenant à la Wells Fargo. Sur un appaloose, un homme aux longs cheveux flottant au vent sifflait pour rassembler la horde qu'il poussait vers le relais.

Tall Bear ! Qui sait comment il avait récupéré les chevaux ! La joie, en elle, le disputa à l'angoisse tandis qu'il guidait le troupeau vers le corral. Sarah ouvrit le second volet, guetta son approche, effleurant des doigts sa carabine appuyée contre le mur.

— Où sont les autres ?

— Il y en a deux de morts, répondit l'Indien

qu'elle trouva d'une pâleur inhabituelle. Un autre... s'est échappé... seul. Ce n'est qu'un couard. Il ne reviendra jamais.

Le voyant se presser la main sur les côtes, Sarah comprit.

— Vous êtes blessé !

— Ils m'ont tiré dessus, dit-il, le souffle court.

— Entrez vite que je vous soigne.

— Non. Les soldats... approchent. Ils accompagnent la diligence et... m'arrêteront.

— Pas si je vous cache. La diligence ne reste jamais longtemps, encore moins quand elle transporte la paie de l'armée.

La sueur ruisselait sur son front.

— Comment... savoir si je peux... vous faire confiance ?

— C'est vous qui me demandez cela ?

Ils échangèrent un long regard.

— C'est moi qui me demande si je peux vous faire confiance, Tall Bear.

— On n'a... le choix ni l'un... ni l'autre. Si je reste... là, je vais tomber de cheval... et vous ne pourrez plus me cacher.

Sarah sortit sous le porche. Le temps d'observer les alentours et elle courait vers le cavalier. Tall Bear se laissa glisser de sa selle et passa le bras autour des épaules de Sarah. Malgré la douleur qui le tenaillait, il s'émerveilla de l'énergie, de la bravoure de cette femme si frêle qui défendait son relais avec le courage d'un lion. Il parvint à monter les marches du porche. A peine le vit-il entrer dans la salle que Johnny plissa la bouche, près d'éclater en sanglots ; la peur revint hanter son regard.

— Tout va bien, mon fils, le rassura Sarah. Tall Bear est blessé ; maman va le soigner.

Elle le soutint jusqu'à la petite pièce où il s'affaissa sur un des lits et resta là, la respiration haletante, tandis que le sang suintant de la plaie rougissait sa tunique en daim.

— Si vous pouviez déboucler votre ceinturon, je jetterais un coup d'œil à la blessure.

Il ôta sa ceinture contenant cartouchière, revolver et le grand couteau de chasse qui ne le quittait pas. Quand Sarah écarta le pan de la tunique, elle découvrit le trou provoqué par la balle et l'angoisse l'étreignit.

— Jamais je n'ai extrait de balle. Elle ne serait pas ressortie, par hasard ?

— Croyez-moi... elle est toujours là, fit-il, et malgré la douleur, un sourire se dessina sur ses lèvres. Il me faudrait... de l'eau.

Sarah courut en puiser une louche au seau et la lui rapporta. Il but à longs traits.

— Je crois que Buck sait extraire les balles. Le cocher de la diligence...

— Il ne faut pas... qu'il sache que je suis là.

— Buck a mon entière confiance et fait ce que je lui demande. Je le considère comme un ami.

Il nota qu'elle avait changé de robe. Il l'avait trouvée si belle au petit matin. Les boucles de ses cheveux en désordre, le devant de sa robe boutonné de travers...

— Et les soldats ? Il sera obligé de leur expliquer... s'il s'arrête pour me soigner.

— De toute façon, j'ai besoin de son aide pour enterrer les trois morts. Je les ai cachés mais il faudra bien les enterrer, et sans trop tarder. Les voyageurs ne doivent se douter de rien.

Il ferma les yeux, reprenant lentement sa respiration.

— Faites ce... que vous avez à faire.

Etait-il mort ? Sarah s'affola car son silence se prolongeait. Elle lui prit le pouls : le cœur battait ; son torse se soulevait régulièrement. Drôle de personnage que cet homme qui, après avoir attaqué le relais, s'était retourné contre ses compagnons.

Johnny entra en trottinant dans la petite pièce. Elle le repoussa tendrement dans la salle. Puis elle prit sa trousse d'urgence et appliqua un tampon de gaze sur la blessure. Toute seule, elle ne parviendrait pas à lui bander le torse, il était bien trop lourd. Et si elle osait le déshabiller, ne risquait-il pas de mourir ? Ah, si Buck pouvait arriver...

Et l'appaloose ! Soulevant Johnny, elle courut dans la cour, le saisit par la bride et l'enferma dans la cabane où était déjà la vache. Puis elle s'arrêta, rongée par le doute. N'était-ce pas une folie de cacher aux soldats la présence de l'Indien ? S'il l'attaquait ? Plus le temps de douter : le sol trembla accompagné d'un concert de métal et de grincements : la diligence, encadrée par le détachement de soldats, arrivait ! Elle la vit disparaître dans une descente, reparaître au sommet d'une colline et plonger dans l'avant-dernière descente. Elle était très en avance. Tall Bear avait peut-être une chance !

Vite, elle alla vérifier dans la chambre : il gisait, silencieux. Elle cacha ses armes dans le tiroir du haut de la commode et lui souffla à l'oreille :

— Ne faites aucun bruit. Les soldats approchent.

Elle ferma le rideau, gagna la salle en recommandant à Johnny de rester près d'elle. Puis elle rangea sa carabine, jeta les éclats du volet avec le petit bois, au coin du fourneau, priant pour que personne ne s'étonne de ce que la fenêtre fût bloquée par des planches.

De la diligence ne descendirent que deux hommes. Sarah invita les six soldats à attacher leurs chevaux à la rambarde du porche et à entrer goûter sa tarte aux pommes. Elle ne mentionnerait pas l'attaque, de crainte qu'ils ne s'attardent pour l'aider à enterrer les brigands. Il fallait soigner Tall Bear au plus vite. Les soldats acceptèrent avec plaisir de manger. Sarah les servit d'autant plus prestement qu'elle les sentait pressés de reprendre la route avec leur précieux chargement. Elle servit le café et put enfin aller trouver Buck.

— Buck, il faut que vous restiez. J'ai besoin de vous. Ne vous cassez pas la tête à dételer : les chevaux du corral sont fourbus.

— Mais on est pressés, m'dame. On a une paie, dans la diligence.

— Je vous en supplie... dit-elle, le doigt sur les lèvres. Sachez pour l'instant qu'il y a trois cadavres cachés dans la cour qu'il faut enterrer, plus un blessé. Il faut extraire la balle. Surtout, pas un mot sur la présence de cet homme dans l'arrière-salle.

Buck se gratta le crâne en pestant.

— Qu'est-ce qui se passe, nom d'une pipe ?

— Je vous raconterai tout après leur départ. Faites-moi confiance, Buck, passez les rênes à votre aide, qu'il aille changer d'attelage au prochain relais. Moi je vais dire aux soldats qu'un courrier est passé ce matin, m'avertissant qu'il avait aperçu une bande de cavaliers à la mine patibulaire et que la diligence avait intérêt à foncer directement au relais suivant en redoublant de prudence. Je leur raconterai que vous restez ici pour me défendre contre une éventuelle agression. Je vous en prie, Buck. Faites-le pour moi.

Il poussa un soupir et acquiesça avec résignation.

— Et vous, ça va ? Vous avez une petite mine.

— Ça va. Merci, Buck, fit-elle en lui posant affectueusement la main sur le bras.

— Je vais prévenir mon aide de continuer sans moi.

— Et moi je me charge des soldats. Quand ils entendront mon histoire, ils ne s'attarderont pas. Dites à votre homme de venir boire un café.

— Oui, et Johnny, il tient le coup?

— Ça va. Il est calme.

Il secoua la tête en signe d'acceptation. Submergée de reconnaissance, Sarah le regarda s'éloigner pour prévenir son collègue.

Elle entra dans la salle, annonça à la ronde que la diligence repartait, qu'ils n'avaient qu'une minute pour remplir leur gourde à la pompe et que Buck restait avec elle pour la protéger de bandits qui rôdaient. A ces mots, les soldats se dépêchèrent. Sarah referma enfin la porte. Johnny trottina jusqu'à son petit lit où il se coucha, serrant contre lui une vache en feutrine que lui avait fabriquée Sarah. Quand enfin elle se retrouva au chevet de Tall Bear, il ouvrit les yeux, l'interrogeant du regard.

— Les soldats sont partis. Buck a accepté de rester pour vous extraire la balle.

— Excusez-moi... de vous embêter... soupira-t-il, refermant les yeux.

— Vous m'avez sauvé la vie.

— Vous êtes vraiment exceptionnelle, Sarah Sommers... Vous savez, je ne vous avais pas oubliée.

Elle eut l'impression que son cœur battait plus vite.

— Moi non plus je ne vous avais pas oublié, Tall Bear. Dites-moi, fit-elle en s'agenouillant près du lit. Au cas où vous... où ça ne se passerait pas très bien... Quel est votre prénom?

Le souvenir de son enfance, du bonheur en famille remonta, douloureux, et il lâcha:

— Mon nom de Blanc... est Vince... Beaumont.

— Vince! Le nom d'un saint!

— Je n'ai rien d'un saint, fit-il avec un pauvre sourire.

— Ça, je suis bien d'accord! Mais ce nom vous portera peut-être bonheur.

19

Sarah et Buck incitèrent Tall Bear à boire une bonne quantité de whisky, espérant endormir quelque peu la douleur. Buck lui donna un bout de cuir à mordre tout en bougonnant que jamais il n'aurait imaginé verser un jour de l'eau de feu dans le gosier d'un Indien !

— Rien de plus dangereux qu'un Indien soûl, poursuivit-il, versant de l'alcool sur la blessure. Vous êtes sûre de vouloir lui sauver la vie ? Moi, je me demande s'il en vaut la peine.

Sarah s'assit de l'autre côté du lit, observant l'Indien qui divaguait.

— Bien sûr qu'il en vaut la peine. J'ai une dette envers lui et je vais bientôt en avoir une autre envers vous.

— Mettons qu'il vous ait aidée, pour votre mari. N'empêche qu'il aurait pu vous tuer, ce matin, s'il avait tiré avant de savoir chez qui il était !

— Ne parlez de l'attaque à personne. Les soldats le pendraient.

— Tout ce que vous voudrez, m'dame Sommers !

Il souleva le verre de la lampe afin d'exposer à la flamme la lame du couteau de chasse du blessé.

— Vous ne croyez pas qu'il serait temps de m'appeler Sarah ?

— Reste à savoir si j'y arriverai. Les dames respectables, c'est pas mon genre de les appeler par leur petit nom.

— Pourquoi ? En connaissez-vous qui ne le sont pas ?

— Eh, quelques-unes ! gloussa-t-il, puis, se penchant sur le blessé, il ajouta : Vous auriez intérêt à lui lâcher la main, sinon il va la broyer.

Sarah se releva et referma les doigts du blessé sur la barre de métal à la tête du lit, l'encourageant :

— Essayez de serrer fort, ça vous aidera.

L'hémorragie l'avait fort affaibli. Il réussit pourtant à soulever le bras et à se tenir, preuve qu'il avait encore sa conscience. Quand la lame fouilla un peu plus profondément la plaie, Tall Bear s'arcbouta, cramponné à la barre du lit, mordant furieusement le morceau de cuir. Seul un cri étouffé lui échappa. Un hurlement eût été lâche. Lui, qui avait enduré la Danse du Soleil et s'était lacéré les bras quand on avait tué sa famille, il connaissait la douleur. Il surmonterait celle-là comme les autres. Il suffisait de ne pas détacher les yeux de ceux, si beaux, débordant de tendresse, de Sarah. Sa robe était du même bleu que ses iris et quelque chose, en elle, avait changé. Il lui tardait que tout fût terminé, pour pouvoir lui demander pardon pour l'attaque du matin, pour la frayeur causée à son petit garçon... Tout se brouilla... Il entendit l'homme dire qu'il tenait la balle...

— Dès que je l'aurai sortie, j'enterrerai les cadavres, ajouta-t-il.

Ainsi, Sarah l'avait protégé des soldats, au lieu de le livrer. L'homme aussi l'avait couvert ; certainement pas par amour des Indiens. Les hommes devaient être prêts à tout pour plaire à Sarah Sommers. Ne l'avait-elle pas incité à pourchasser les membres de son gang, à les tuer et à leur reprendre les chevaux, ce qu'il n'aurait jamais fait pour personne. Elle n'avait pas eu besoin de le lui demander, son regard plein de désespoir avait suffi.

Elle ne détacha pas les yeux des siens, jusqu'au moment où tout devint noir. Il entendit encore :

— A votre avis, Buck, l'hémorragie va-t-elle s'arrêter ?

— Il faut le bander très serré. Espérons que ça ne s'infectera pas. Donnez-moi un coup de main.

Il sentit la douceur de ses doigts, son parfum. La douleur avait nettement diminué. A présent qu'ils avaient réussi à extraire la balle, restait à guérir le plus vite possible pour ficher le camp avant que les soldats ne retrouvent sa trace. Il ne voulait pas créer davantage d'ennuis à Sarah Sommers. D'ailleurs, elle ne pourrait le cacher indéfiniment.

Tall Bear souleva lentement les paupières. Quelle heure était-il ? Où se trouvait-il ? D'une autre pièce montaient des voix connues... celle du dénommé Buck et celle de Sarah.

— C'est sûr, je peux vous laisser ici toute seule ?

— Certainement, Buck. Pour l'instant, il est très affaibli ; moi, j'ai mes fusils. Je redoublerai de prudence.

— Quand même... vous abandonner avec un sauvage dans la maison... Est-ce raisonnable ?

Tall Bear entendit quelqu'un crier à Buck de se presser. Il chercha ses armes des yeux. Disparues ! Il tenta de se redresser. Le vertige le saisit. Dans la cour, l'homme criait à Sarah de « faire sacrément attention ». Puis il perçut le bruit d'une portière qui claque, et, au cri de « hue ! » des sabots piétinèrent le gravier, des harnais grincèrent... Il se demandait comment s'extirper du lit, quand Sarah surgit dans la pièce, son fusil à la main.

— Arrêtez de bouger, votre blessure va se rouvrir.

Il prit appui sur la commode pour se lever.

— J'ai besoin d'aller faire un tour.

Il se dressa et, quand il déploya sa haute stature, la pièce parut rétrécir. Sarah faillit regretter d'avoir laissé Buck repartir. La prochaine diligence ne passerait que dans quatre jours. Du bout du fusil, elle désigna un coin masqué par un rideau.

— Vous trouverez de l'eau ici et tout ce qu'il vous faut. Vous êtes trop faible pour sortir.

— Je ne voudrais pas vous imposer une surcharge de travail...

— Vous plaisantez, je suppose ! Hier vous nous avez fait vivre un enfer, vous avez terrorisé mon petit garçon, et maintenant vous avez peur de m'épuiser avec quelques tâches supplémentaires ? Restez tranquille, Tall Bear. Je vais vous réchauffer du bouillon.

— Vous êtes de nouveau toute seule ? demanda-t-il en coulant un regard vers la salle.

— Seule, oui, mais n'oubliez pas que je suis la reine de la gâchette.

Tall Bear faillit s'esclaffer mais la douleur l'en retint. Il répondit sagement :

— Je m'en souviendrai. Vous dites bien que l'incident s'est passé hier ?

— Oui. Vous dormez depuis un jour.

— En tout cas, votre ami s'y connaît en pansements : le sang n'a pas traversé.

Il ajouta en la regardant droit dans les yeux :

— Je ne vous ferai aucun mal, sachez-le. Vous pouvez me faire confiance. Je vous l'ai prouvé en vous ramenant les chevaux.

Sarah abaissa son arme.

— On en reparlera une autre fois.

Elle gagna la grande salle. Tall Bear n'étant pas suffisamment rétabli pour repartir, elle allait passer seule avec lui toute la journée, la nuit et peut-être davantage. Comment deviner le sort que lui réservait cet homme imprévisible, tantôt empli de tendresse et de bonté, tantôt impitoyable ? Pourquoi avait-elle refusé de dire la vérité à Buck ?

Elle faisait chauffer le bouillon quand un bruit l'alerta. Elle pivota. Tall Bear se trouvait sur le seuil de la pièce, habillé, son collier de griffes autour du cou. Avec lenteur, tendant les mains de meuble en meuble, il navigua à travers la grande salle jusqu'à la porte d'entrée.

— Je tiens quand même à sortir.

— Vous savez que ce n'est pas prudent, dans votre état !

— J'ai enduré bien pire.

Il ouvrit la porte. Un rayon de lumière tomba sur Johnny, assis les yeux grands ouverts dans son petit lit, serrant un chiffon contre son cœur. Il lança à Sarah :

— Dites-lui de ne pas avoir peur de moi ; je suis heureux qu'on ne l'ait pas blessé. Et puis, je ne savais pas qu'il y avait un enfant au relais.

— Evidemment ! Vous croyiez qu'il n'y avait qu'une malheureuse vieille dame sans défense ! Hilda vous aurait donné autant de fil à retordre que moi. Elle n'avait pas attendu mon arrivée pour repousser Indiens et hors-la-loi. Elle... s'est fait tuer l'automne dernier. Mais vous, vous me devez une explication sur ce que vous faisiez avec une racaille pareille. En attendant, ne tombez pas. Jamais je n'aurais la force de vous traîner à l'intérieur.

Il l'observait, s'étonnant de sa conviction, de son autorité. Il s'émut de ses mains abîmées par le travail, de sa beauté naturelle que ne déparaient pas les grosses chaussures qu'elle avait aux pieds. Elle était aussi belle que dans son souvenir.

— Je ne serai pas long, et les années passées chez les Sioux m'ont appris à surmonter la douleur : je ne tomberai pas.

Quand il eut disparu, Sarah frissonna au souvenir du regard qu'il avait promené sur elle. Elle prit Johnny dans ses bras.

— Tout va bien, mon bébé. Il est gentil le monsieur qui dort chez nous. Il t'aime bien et il s'appelle Tall Bear. Tu sais le dire, Tall Bear ?

— Tôô Bêê.

— C'est très bien, mon fils, dit-elle en l'asseyant à sa petite table. Reste bien sagement assis pendant que maman te donne à manger.

Elle versa un peu de bouillon dans un bol et le fit boire à la petite cuillère. Tout en le nourrissant, elle se demandait si Tall Bear parviendrait vraiment à faire l'aller-retour. Certaines anecdotes que Buck racontait sur les Indiens lui revinrent : « Ce sont des rudes, ces types. J'en ai vu se faire dégommer de leur cheval et sauter de nouveau en selle pour continuer le combat. Il y en a qui s'infligent une espèce de supplice rituel. Ils jeûnent quatre ou cinq jours, ensuite, on les accroche à un poteau et on leur enfonce des pointes dans la poitrine. » Sarah l'avait grondé de raconter des histoires aussi incroyables, mais après avoir retiré sa tunique à Tall Bear, Buck lui avait montré les cicatrices qui lui griffaient les pectoraux. « Qu'est-ce que je vous disais, m'dame Sommers ! » Sarah se promit de demander à Tall Bear la raison d'un supplice aussi incompréhensible.

Il reparut, pâle, défait. Affolée, elle abandonna Johnny pour s'élancer vers lui.

— Vous feriez mieux d'aller vous allonger. Je vous porte un bol de bouillon.

Il refusa son aide sans un mot et regagna la petite pièce où il se recoucha.

— Vous allez manger, j'espère, dit-elle quand elle lui porta la soupe promise.

De nouveau, il braqua sur elle son regard brillant d'une étrange lueur. Se moquait-il de sa tenue ? La trouvait-il jolie ? Depuis le passage de Tod Harding, elle ne pouvait s'empêcher de se regarder dans la glace et se reprochait une telle coquetterie.

Elle posa le bol sur la commode, plaça derrière le dos de Tall Bear les oreillers qui se trouvaient sur les trois autres paillasses de la pièce et, s'asseyant à son chevet, s'apprêta à le faire manger à la cuillère.

— Je mangerai tout seul, grommela-t-il.

— Ne soyez donc pas si têtu. Vous en avez fait suffisamment pour aujourd'hui. La preuve, le pansement est taché de sang. Pour manger seul, il faudrait vous pencher, ce qui compresserait encore plus la blessure. Ne bougez plus, laissez-vous faire... pour cette fois du moins.

Alléché par la bonne odeur de bouillon, Tall Bear consentit à ouvrir la bouche quand elle en approcha la cuillère.

— Très bon, approuva-t-il.

Elle le nourrit, sans un mot. Leurs regards se croisaient de temps à autre, lourds de questions.

— Et maintenant, je vais dormir. Je repartirai demain matin pour vous laisser enfin la paix.

— Pas avant de m'avoir expliqué ce que vous faisiez avec ces bandits.

Il but un peu d'eau puis abandonna sa tête contre les oreillers.

— Je me sens un étranger partout. Je ne suis ni un Indien comme les miens ni un Blanc.

— Je ne comprends pas...

Il braqua sur elle un regard narquois.

— Pas étonnant.

— Je tiens quand même à comprendre, Tall Bear. S'il vous plaît.

Il l'observa un long instant, poussa un soupir et lui raconta que son père, sa mère, son grand-père, sa femme et son fils, toute sa famille avait été assassinée par des Blancs.

— Longtemps, je n'ai plus pensé qu'à tuer des Blancs. Je me suis joint aux Indiens qui les terrorisaient dans le Minnesota, puis je suis parti dans l'Ouest rallier les Sioux de Red Cloud. Et lors d'une expédition vengeresse, j'ai failli assassiner un vieil homme… un ami blanc de mon père. Je savais à l'époque que je n'avais pas tout à fait ma place chez les Sioux. L'ami de mon père m'a convaincu de devenir éclaireur pour l'armée, de servir d'intermédiaire pour engager des pourparlers de paix. Mais un jour, j'ai conduit un officier à un camp de Cheyennes pacifiques ; il m'a dupé et, au lieu de parlementer, il a massacré ces Indiens qui n'avaient rien fait à personne.

Il s'interrompit, incapable de poursuivre. Ce souvenir était trop douloureux et parler l'affaiblissait.

— Si vous ne pouvez pas continuer…

— Je vous dois cette explication, insista-t-il, grimaçant de douleur. J'étais sur le point de tuer cet officier quand il est tombé sous les balles. Quelqu'un d'autre l'avait abattu. Me rendant finalement compte que je n'appartenais à aucun camp, j'ai tout quitté : mon peuple, l'armée… Mes errances m'ont conduit dans une petite ville peuplée de crapules mais je m'en moquais. Pour la première fois, j'ai goûté à l'eau de feu des Blancs ; le whisky m'a donné une impression de bien-être. Malheureusement, l'un des types s'est moqué de moi, me traitant de sale Indien. Ça a dégénéré en rixe ; j'ai fini par l'achever d'un coup de couteau. Mes qualités de bagarreur ont impressionné les autres, qui m'ont proposé de faire partie de leur bande. Ils attaquaient les banques dans les petites villes et les diligences transportant les paies… Je ne suis pas avec eux depuis longtemps ; j'ai juste eu le temps d'apprendre à aimer le whisky, à tirer vite, à jouer au poker et à coucher avec…

Il s'interrompit. Sarah rougit, confuse de sentir l'aiguillon de la jalousie la piquer et furieuse du sourire qui étira lentement les lèvres de Tall Bear.

— ... avec de mauvaises femmes. Je n'aimais pas vraiment. Je préfère les Indiennes... Et maintenant que j'ai trahi à la fois les Blancs et mon peuple, que j'ai failli vous trahir, tuer votre fils, ça me brise le cœur. Il faut me croire : je ne les aurais pas laissés toucher à la vieille femme.

La compassion la saisit, à ce récit d'un homme déchiré entre deux cultures.

— Moi aussi je vous dois la vérité : cette vieille femme est morte par ma faute. C'est le Blanc qui avait assassiné mon mari qui l'a tuée. Un beau jour, il est réapparu et il m'aurait violée et tuée si Hilda ne l'avait pas éliminé. J'ai tué des Blancs aussi bien que des Indiens, Tall Bear, ce dont je me serais crue incapable — tout comme vous. Qu'est-ce qu'il ne faut pas faire pour rester en vie ? J'ai abandonné ma famille en Pennsylvanie en jurant de ne jamais y retourner, si bien que je me sens étrangère, tout comme vous. Si je suis ici, c'est parce que je n'ai nulle part où aller et parce que je suis décidée à m'en sortir coûte que coûte, grâce au relais. La Wells Fargo me fournit tout. Parfois, la solitude me pèse, mais, quand le chemin de fer passera, le coin se développera. Espérons que je parviendrai à tenir jusque-là.

Une moue de dédain déforma les lèvres de l'Indien.

— C'est de la folie de rester ici. Pensez donc à votre fils. Jeune comme vous l'êtes, vous devriez avoir un homme... un père pour votre fils.

La remarque l'irrita, mais comment nier que, sans Buck, elle ne s'en serait pas sortie ? Elle avait horreur de dépendre de quiconque, mais Tall Bear avait raison. Surtout en ce qui concernait Johnny.

Le coin était dangereux. Une idée germa alors en elle. Une idée ridicule...

— Je sais que mon fils a besoin d'un père mais moi je n'ai pas besoin d'un...

Elle rougit soudain. Quelle idée de confier ses pensées les plus secrètes à cet Indien !

— Ce que je veux dire, c'est que je ne supporterai pas qu'un homme me dicte ma conduite, rectifia-t-elle. J'aime trop mon indépendance. Johnny a surtout besoin d'instruction et j'espère construire un village avec une école. Une fois ce but atteint, j'aurai peut-être le temps de songer à me remarier. Pour l'instant, c'est le cadet de mes soucis.

Elle se leva.

— Je ne cherchais pas à vous offenser.

— Loin de m'offenser, vous venez de me donner une idée, qui vous permettrait en même temps de résoudre votre problème.

— Ah oui ? s'esclaffa-t-il, changeant de position, ce qui lui arracha une grimace. Expliquez-moi.

Oserait-elle ? C'était pure folie. La solitude lui faisait perdre la raison. A moins que le désespoir...

— Vous pourriez... Pourquoi ne travailleriez-vous pas ici ? Vous pourriez rester, défendre le relais, vous occuper des chevaux, couper le bois. Depuis que Hilda n'est plus là et qu'il faut que je m'occupe de mon petit garçon, il y a du travail pour deux. Les hors-la-loi sont bien plus dangereux que les Indiens et vous tirez bien. Avec les Indiens, vous pourriez parlementer, ce qui est un énorme avantage. La Wells Fargo m'autorisera sans aucun doute à embaucher qui je veux ; je travaille pour eux depuis assez longtemps pour qu'ils se fient à mon jugement.

Une expression de profonde perplexité s'était peinte sur le visage de Tall Bear. Sa proposition l'avait surpris mais Sarah sentait qu'il y réfléchissait.

— Non, dit-il enfin. Ce ne serait pas bien que je reste.

— Habillez-vous comme un Blanc et personne ne saura que Tall Bear, l'Indien de la bande de hors-la-loi, c'est vous. Personne ne connaît d'ailleurs votre nom sioux. Le salaire n'est pas bien intéressant mais vous pourrez vivre en pleine nature. Vous aurez le gîte et le couvert gratuits. Puisque vous me dites que vous n'avez nulle part où aller, pourquoi ne pas accepter ? Vous pourriez dormir dans l'étable, c'est confortable à défaut d'être spacieux. Réfléchissez à ma proposition.

Il détourna le regard sans lui laisser le temps de déchiffrer son expression. Elle sortit pour goûter la solitude de la montagne et réfléchir. Son amour pour son fils lui laissait-il le choix ? Si elle restait, il lui fallait engager quelqu'un. Elle surveilla Johnny qui courait et s'amusait, joua au ballon avec lui. Quand vint l'heure de rentrer, elle gagna la chambre de Tall Bear. Il dormait. Il dormait toujours quand elle revint jeter un coup d'œil, après avoir couché son fils.

A la lueur de la lanterne, elle lut la vieille bible de Hilda jusqu'à ce que le sommeil la gagne à son tour. Quand elle franchit le seuil de la petite pièce, Tall Bear reposait, le souffle paisible, le front frais. Elle se coucha après avoir appuyé le fusil contre la tête du lit, à portée de la main. Et sans doute à cause de la tension nerveuse accumulée au cours de la journée, elle s'endormit tout de suite.

Un bruit insolite l'arracha au sommeil. Elle se dressa : un cheval s'éloignait au galop. C'était déjà le matin. Elle qui croyait s'être à peine endormie… Elle bondit vers la chambre de Tall Bear : le lit était vide. Elle empoigna le fusil et sortit. Rien dans la cour ; et dans l'écurie, plus d'appaloose !

— Pourquoi ? s'écria-t-elle, déçue.

Pourquoi était-il parti si vite, sans prendre le temps de déjeuner, sans lui donner une réponse? Pourquoi l'avait-il abandonnée? Elle se mit à pleurer.

— J'en ai assez! Assez de la solitude! ragea-t-elle, s'essuyant les joues avec fureur.

Elle regagna le relais avec accablement. Désormais, il faudrait redoubler de vigilance. Qui sait si Tall Bear ne reviendrait pas l'attaquer avec des renforts indiens, des brigands? Cet homme éprouvé par la vie et tout aussi solitaire qu'elle n'était-il pas capable du pire comme du meilleur?

20

Quatre cents dollars! Voilà ce qu'avait rapporté la vente des chevaux, selles et autres bricoles « héritées » des malfaiteurs qui avaient attaqué le relais. Sarah en avait vendu la majeure partie à un colporteur qui poursuivait sa route jusqu'à Salt Lake City. En plus des économies réalisées sur le salaire versé par la Wells Fargo, sa fortune s'élevait à sept cents dollars, plus quelques pièces d'or et d'argent.

Malheureusement, ses projets d'expansion piétinaient : personne n'avait répondu aux annonces passées dans la presse. Par ailleurs, Tod Harding, qui avait promis qu'on bâtirait une importante gare aux abords du relais, n'avait jamais plus donné de nouvelles. Elle grimpa sur une chaise pour replacer ses économies dans leur cachette, sur une poutre du plafond. Les souris avaient envahi le trou du mur où elle les cachait auparavant, si bien qu'elle avait eu peur qu'elles grignotent les billets.

On était à la fin du mois d'avril. Le temps était

froid et maussade ; l'humidité, inhabituelle dans ces régions, la déprimait d'autant plus que Johnny venait de tomber malade. Elle avait jusqu'alors réussi à le soigner avec des soupes et des tisanes mais ce qu'elle avait pris pour un refroidissement se prolongeait. Il avait de plus en plus de mal à respirer.

Elle s'était déjà lavée et habillée et quand elle porta la tisane à son fils, il dormait plus profondément que jamais. Neuf heures et demie : jamais il n'avait dormi aussi tard. Il avait la respiration rauque... et le visage cramoisi.

— Mon Dieu... s'affola-t-elle, constatant que ses joues étaient brûlantes, Johnny...

Qu'arrivait-il à son petit garçon ?

— Johnny ! appela-t-elle, plus fort cette fois.

Elle l'enveloppa dans sa couverture et, le prenant dans ses bras, s'assit avec lui dans son fauteuil à bascule. Le petit ouvrit péniblement les yeux. Une toux caverneuse le secoua, terrifiante pour un cœur de mère.

— Tu vas transpirer si fort que la fièvre s'en ira, mon bébé, lui chuchota-t-elle, essayant de dominer son angoisse.

Elle serra contre elle le petit corps étrangement inerte. En Pennsylvanie, une de ses compagnes était morte de « la fièvre » ; d'autres de ce qu'on appelait une « congestion » et on redoutait généralement que la fièvre « attaque le cerveau ».

— Mon Dieu, non, pas mon fils ! Laissez-le-moi, je n'ai que lui !

Elle le berçait contre son cœur et, croyant à un châtiment divin, se repentit de ses mauvaises actions.

— Ne me faites pas ça. Je n'aurais plus aucune raison de vivre, sans mon petit Johnny.

On n'attendait pas de diligence avant plusieurs jours. Qui appeler au secours ? A qui demander conseil ? Dans l'espoir de chasser le poison qui le rongeait en le faisant transpirer davantage, elle l'emmitoufla plus étroitement dans la couverture, cherchant à se remémorer des recettes mentionnées par Hilda ou sa mère. Mais l'affolement lui faisait tout oublier.

Son petit corps se contracta et il se remit à tousser. Elle eut l'atroce pressentiment qu'il était aux portes de la mort.

— Mon Dieu, venez à mon aide. Dites-moi ce que je dois faire pour sauver mon bébé.

Subitement, elle décida de quitter le relais dès que son fils serait rétabli. S'il mourait, elle se tirerait un coup de fusil dans la tête et on l'enterrerait à côté de lui. Quand enfin la toux se calma, l'enfant fixa sur elle son regard enfiévré et suppliant.

— Maman t'aime tant. Tu vas guérir, murmura-t-elle en embrassant sa joue brûlante.

Elle le berça encore, chantonnant des berceuses pour éviter de hurler sa douleur, de fondre en larmes. Et le chant se mua en prière. Eperdue de douleur, elle n'entendit pas des coups frappés à la porte. Le visiteur cogna plus fort. Tirée de sa stupeur, elle tressaillit. Qui était-ce ?

Et si le visiteur l'aidait à soigner Johnny ? Etait-ce l'envoyé du ciel qui répondait à ses prières ? Déposant son fils sur son lit, fusil au poing, elle gagna la fenêtre dont Buck avait réparé le volet. A travers la brume de ce jour pluvieux, elle aperçut deux appalooses, attachés à la queue leu leu.

— Tall Bear… Tall Bear, est-ce vous ?

— Oui.

Elle se rua vers la porte qu'elle déverrouilla. Tall Bear entra et se heurta au fusil que Sarah lui braquait sur le cœur. Après avoir disparu trois semaines, c'était un homme transformé qui était devant elle : propre, rasé de près, il portait un pantalon de coton noir, une chemise noire, un gilet en laine, des bottes de cuir, un manteau jaune et un chapeau en cuir à large bord à la façon des Blancs. La crosse de son six-coups dépassait du manteau.

— Où étiez-vous passé ? Pourquoi êtes-vous revenu ?

— J'ai décidé de rester travailler pour vous.

Comment lui avouer qu'il n'arrivait pas à l'oublier, qu'elle hantait ses rêves ? S'il l'avait quittée, c'est parce qu'il avait peur des sentiments que lui inspirait cette femme si indépendante... Elle ne s'intéresserait jamais à un métis de son espèce, de toute façon... sinon pour l'avoir comme employé. Eh bien, puisqu'elle lui proposait un travail honnête, il avait décidé d'accepter... pour se racheter.

Sarah recula, baissa son fusil, l'air égaré.

— Etes-vous toujours d'accord pour que je vous donne un coup de main ? Si vous voulez que je reparte, vous n'avez qu'un mot à dire.

— Ce n'est pas cela, bredouilla-t-elle en regardant dans la direction du lit de Johnny. Mon fils est au plus mal. J'ai peur qu'il soit en train de mourir.

Elle étouffa un sanglot. Tall Bear lui posa la main sur l'épaule, geste empli d'une telle compassion qu'elle se laissa aller contre lui pour pleurer. Jamais elle n'avait eu autant besoin de réconfort, de la force d'un autre. Et dans ses bras elle trouva la consolation, pour la première fois depuis qu'elle n'avait plus sa mère.

— Je suis totalement désemparée. La fièvre ne baisse pas, il tousse à fendre l'âme et je crois qu'il ne me reconnaît plus.

Il lui ôta le fusil des mains et elle ne protesta pas.

— Allons voir ce qu'on peut faire pour le soigner, dit-il, gagnant le lit de l'enfant.

Il lui enleva la couverture et posa la main sur les joues brûlantes.

— Vous avez raison ; c'est grave. Il faut absolument faire tomber la fièvre, et tout de suite, sinon il risque de mourir.

— Je... je croyais qu'il fallait le garder bien au chaud pour qu'il transpire.

— Au contraire. Il faut le déshabiller et lui faire prendre un bain pour que la fièvre n'attaque pas le cerveau. Mettez de l'eau à chauffer dans une marmite. Je vais chercher de quoi le soigner.

— Non ! Ne m'abandonnez pas !

— Je suis bien revenu une fois, non ? dit-il en l'empoignant pour la forcer à le regarder dans les yeux. C'est un remède indien très ancien que nous allons utiliser. Faites-moi confiance. Plongez tout de suite votre fils dans un baquet d'eau tiède et ensuite enveloppez-le soigneusement pour qu'il ne grelotte pas de froid. Je ne tarderai pas.

Il sortit sans autre explication. Sarah courut ouvrir les volets et le vit s'éloigner au galop. Il avait laissé son cheval de bât, garantie de son retour. Qu'il reparte dans la pluie et le froid lui serra le cœur. Il voulait sauver Johnny.

Vite, elle versa dans une bassine de l'eau qu'elle mit à bouillir sur le poêle et ajouta une bûche dans le feu. Puis elle décrocha le tub du mur, le posa au pied du petit lit et y versa de l'eau tiède. Jamais elle n'aurait songé à plonger le petit corps brûlant dans l'eau, de peur de le tuer ; mais si les Sioux recouraient depuis toujours à ce remède... Elle se souvint d'une phrase de Buck qui disait que les Indiens avaient leurs recettes à eux pour soigner et que ça avait l'air « rudement efficace ».

Et puis elle n'avait pas le choix. Il n'eut qu'un faible geignement quand elle le déshabilla, comme s'il n'avait plus l'énergie de pleurer.

Sa petite tête bascula en arrière quand elle le

souleva, mais quand elle l'immergea dans l'eau, il sursauta. Une plainte lui échappa.

— Pardon, mon bébé, mais maman fait ça pour ton bien.

Quelques minutes plus tard, il donnait des coups de pied, et la toux le reprit, si violente qu'elle crut qu'il allait s'étrangler.

« Tall Bear, dépêchez-vous... »

La toux se calma enfin. Son corps était moins brûlant. Elle le sortit du bain et l'enveloppa dans la couverture. Se demandant si ce n'était pas folie de suivre aveuglément les consignes de Tall Bear, elle alla se rasseoir sur la chaise à bascule, berçant son fils, guettant un claquement de sabots.

Au bout de vingt minutes, elle entendit le cheval. Tall Bear entra, et la pièce sembla plus petite dès l'arrivée de cet homme imposant. Il plaça sur la table des morceaux d'écorce avant d'ôter son chapeau et son manteau.

— Du cèdre rouge. Je vais le faire bouillir. Dès que l'écorce commencera à dégager ses essences, je maintiendrai Johnny au-dessus de la bassine. Il faudra nous recouvrir d'une couverture et veiller à ce qu'elle ne prenne pas feu au contact du poêle. Sous cette espèce de tente, votre fils inhalera des vapeurs qui lui dégageront les poumons. Mon peuple utilise ce remède depuis plusieurs générations.

Sarah serra Johnny plus fort.

— Et ça guérit ?

— Presque toujours.

— Mais pas toujours...

— Dans la vie, rien n'est acquis. Je sais que cette inhalation aide. Pour le reste...

Le silence plana quelques minutes. Sarah continua à bercer Johnny pendant que Tall Bear remuait les écorces dans la casserole d'eau. Il renifla le liquide et, au bout de quelques minutes, lui demanda de lui confier l'enfant et de les recouvrir tous deux de la couverture.

— Je n'ai que lui au monde, murmura-t-elle en lui tendant le petit.

— Je sais ce que c'est que d'aimer son fils, et aussi de le perdre, répondit-il en prenant Johnny dans ses bras.

— Pardonnez-moi, fit-elle, lisant la douleur dans son regard. La peur me rend folle.

— C'est normal.

Sarah jeta la couverture par-dessus Tall Bear qui se pencha sur la décoction pendant qu'elle veillait à ce que le tissu ne touche pas la fonte brûlante. Plusieurs minutes, Tall Bear soutint l'enfant au-dessus de l'eau. Enfin, Johnny se mit à tousser. Il s'étrangla ; Tall Bear lui tapota le dos, ordonnant à Sarah de transporter la casserole jusqu'au lit où il s'assit avec l'enfant. Il lui parla longtemps dans la langue sioux. Chose stupéfiante, le petit s'abandonnait avec confiance dans ses bras.

Quand il se remit à tousser, il cracha davantage, ce qui était bon signe.

— Si vous voulez que je vous relaie…

— Pas la peine. Je suis souvent allé à des séances de purification dans l'étuve, où il fait autrement plus chaud. Ça guérit les poumons et l'âme aussi.

Guérir… Jamais elle ne se pardonnerait de s'être installée loin d'un médecin qui aurait pu soigner son fils. Les minutes s'écoulaient avec une lenteur désespérante. Finalement, au bout d'une bonne heure, une petite voix flûtée mit fin au silence :

— Tôô Bêê…

Son cœur bondit de joie.

— Non, Johnny, ce n'est plus mon nom. Maintenant je m'appelle Vince, répondit Tall Bear.

— Vince, répéta l'enfant après un temps de réflexion.

Il se mit même à glousser, ce qui déclencha une nouvelle quinte de toux.

— Bien, Johnny, il faut tousser. Ça te fait du bien.

Quelle douceur, quelle patience chez cet homme. Lui aussi avait eu un fils... assassiné sous ses yeux... Elle comprenait qu'il ait participé à des expéditions punitives. Quand il retira la couverture, il avait le visage ruisselant de sueur. Johnny regarda enfin sa mère et lui fit un beau sourire.

— Johnny ! Viens dans les bras de maman !

— Il est encore très malade. Bercez-le mais qu'il reste assis. Je vais réchauffer l'eau et on fera une nouvelle fumigation d'ici deux heures.

Sarah se leva, serrant son fils contre elle, et bredouilla :

— Je ne sais comment vous remercier.

— Il n'est pas complètement hors de danger, alors ne me remerciez pas trop vite. Et à partir de maintenant, essayez de m'appeler Vince.

Dans son désarroi, elle avait imploré le ciel pour que quelqu'un vienne à son secours, et Vince avait frappé à sa porte pour sauver Johnny.

— Il faut que j'installe mes chevaux à l'écurie, annonça-t-il, remettant son manteau et son chapeau.

— Vous y trouverez du foin et de l'avoine. Vous pouvez vous installer dans la petite pièce, ici.

— Une des dépendances me suffira, dit-il avant de gagner le porche.

— Si vous y dormez, vous attraperez froid, comme Johnny. Il n'y a pas de chauffage.

— Que penseraient vos voyageurs s'ils apprenaient que je dors dans la même maison que la gérante ?

« Et comment résister à l'envie désespérée de vous rejoindre au lit, si je dors trop près de vous ? » aurait-il aimé ajouter.

— Ça ira jusqu'aux beaux jours, qui ne sauraient tarder, et je bâtirai une cabane derrière l'écurie, assez loin de la maison principale pour ne choquer personne.

— Entendu, si ça peut vous rassurer, répondit Sarah.

Il sortit sans rien ajouter. Sarah berça Johnny qui sombra très vite dans un sommeil si paisible que des larmes de joie roulèrent sur les joues de sa mère. Larmes de reconnaissance pour la Providence qui lui avait envoyé de l'aide.

21

A sept heures, les trilles des oiseaux réveillèrent Sarah. Elle avait la nuque raide et les paupières gonflées. Toujours installée sur la chaise à bascule, Johnny au creux des bras, elle avait passé la nuit à le bercer. Vince lui avait fait quelques fumigations et, depuis quatre heures du matin, il respirait beaucoup mieux et ne toussait plus. Elle effleura sa joue potelée qu'elle trouva fraîche.

— Merci, mon Dieu ; merci d'avoir ramené Tall Bear, soupira-t-elle.

Elle se leva, coucha Johnny dans son lit. De minces rais de lumière filtraient par les interstices des volets ; il faisait moins froid, moins humide que la veille. Le printemps finirait bien par leur amener un peu de chaleur, qui sait ? Ce qui permettrait à Vince de dormir plus au chaud dans sa cabane et à Johnny de guérir.

Tout en se débarbouillant, elle se demanda si Vince comptait s'installer pour de bon au relais. Sarah manquait cruellement de compagnie, féminine surtout, mais avoir quelqu'un à qui parler, ce ne serait déjà pas mal. L'ennui, c'est que Vince Beaumont éveillait en elle un trouble qu'elle n'avait pas connu depuis des années.

Elle fit réchauffer le café de la veille, fila dans la pièce de derrière changer de robe avant l'arrivée de Vince. Elle brossa sa chevelure qu'elle coiffa en chignon. Que pensait-il d'elle ? L'aurait-il préférée plus féminine ? Elle se rapprocha du miroir. Non, elle n'avait pas de rides. Comme il vaut mieux prévenir que guérir, par précaution, elle sortit son pot de crème et s'en passa sur les joues, le dos des mains. Ah, ses mains ! Jamais plus elles ne seraient douces. Eh bien, tant pis si le travail la vieillissait avant l'âge, du moment qu'il lui permettait d'être indépendante, de rester honnête et de vivre décemment !

Se reprochant tant de coquetterie, Sarah défroissa sa robe, vérifia que Johnny dormait et sortit chercher du bacon dans la resserre. Le soleil se levait à peine, réchauffant déjà l'atmosphère, clémence bienvenue après quinze jours de mauvais temps. Elle était en train de préparer le petit déjeuner quand Vince frappa et entra.

Son pantalon en toile de coton moulait des hanches étroites sanglées dans un large ceinturon d'où pendait son revolver. Seuls souvenirs de son univers indien : les broderies de perles ornant la ceinture et l'éternel collier de griffes d'ours qui se voyait par le col ouvert de sa chemise rouge.

Sa belle prestance la fit tressaillir. Il suscitait en elle des sentiments, des envies qu'elle n'avait pas ressentis depuis le premier baiser de Johnny. Elle était tellement innocente, à l'époque... Johnny était si séduisant, si charmeur qu'il obtenait tout ce qu'il voulait. Vince, au contraire, s'imposait grâce à sa taille et à l'autorité qu'il dégageait. Sa force physique donnait une tranquille assurance à cet homme qui ne se rendait probablement pas compte de son pouvoir sur les femmes.

— Bonjour, fit-elle en rougissant de ses pensées sensuelles.

Il la salua d'un coup de menton, s'inquiétant aussitôt :

— Comment va le petit ?

— Nettement mieux. La fièvre est tombée ; il respire plus facilement. Je l'ai bercé jusqu'au petit matin et je viens à peine de le coucher. Dormir lui fera le plus grand bien.

Vince acquiesça, se disant qu'elle était très belle dans sa robe grise toute simple, d'une beauté sans fard. Les hommes devaient tomber fous amoureux d'elle. Malheureusement, elle lui était interdite parce qu'elle était blanche et qu'elle n'admettrait jamais qu'un métis la courtise. Il l'aimerait donc en silence, resterait à ses côtés pour l'aider... à moins qu'il ait trop de mal à vivre tout près d'elle en bridant constamment son désir.

— Asseyez-vous, je vais vous servir du café. Il est très fort, ça ira ?

— Très bien.

Sarah lui en remplit une timbale et s'assit en face de lui.

— J'espère que vous aimez le bacon, parce que j'en fais griller pour le petit déjeuner.

— Je ne connais personne qui n'aime pas le bacon, fit-il avec un sourire tendre.

Sarah replaça la cafetière sur le feu, remua le bacon et, son bol de café à la main, se retourna vers Vince :

— Je ne sais comment vous remercier.

— Je vous ai dit hier soir que ce n'était pas la peine. Le meilleur des remerciements, c'est de m'autoriser à rester. Maintenant, au travail. Je commencerai par nettoyer les stalles après avoir mis les chevaux au pré. Vous pourrez veiller sur votre fils.

— Parfait. Laissez-moi d'abord aller traire la vache. Il faut le faire chaque matin pour qu'elle continue à donner du lait.

Vince se laissa aller contre le dossier de sa chaise.

— Je ne vous disputerai pas ce plaisir : jamais je n'ai trait de vache de ma vie.

— J'ai l'impression qu'il va falloir que je vous enseigne un certain nombre de choses.

— Certainement. Rassurez-vous : j'apprends vite.

Dieu, qu'elle aimait sa voix ! Ses lèvres sensuelles devaient embrasser merveilleusement bien. Elle se détourna pour faire frire les œufs, lui versa du café, lui coupa une tranche de pain.

— Ici, j'ai appris à cuisiner. A force de préparer des repas pour plusieurs voyageurs, je me sens prête à ouvrir un restaurant si le relais prend de l'expansion. Je suis contente que vous ayez accepté ma proposition, Vince, parce que j'étais sur le point de me résigner à partir. Maintenant, je suis certaine de tenir jusqu'à l'arrivée du chemin de fer.

Il l'écoutait, dévorant avec appétit.

— Pourquoi êtes-vous restée aussi longtemps ?

— Je n'avais nulle part où aller.

— Cet endroit attire les sans-logis, semble-t-il. Moi aussi j'ai été séduit.

— Ça me fait de la peine que vous n'ayez nulle part où vous sentir chez vous.

Il sentit qu'elle parlait d'un cœur sincère. Bien que Sarah ne fût pas indienne, elle lui rappelait Little Otter. Il avala la dernière bouchée de bacon, finit son café et reposa la timbale avec un soupir de contentement.

— A une époque, j'ai cru appartenir au monde de mon père. Je voyageais avec lui, je chassais avec lui, je côtoyais sans problème les Indiens comme les Blancs. Il est vrai qu'alors la situation était différente, dit-il, touchant son collier de griffes d'ours. Mon père m'a donné ce collier, présent que lui avait fait mon grand-père indien.

— A quoi ressemblait votre père ? demanda-t-elle, essayant de l'imaginer lorsqu'il était petit garçon.

— C'était un homme grand et fort comme une montagne. Un être remarquable, ami des Sioux qui, au début, ne voyaient aucun inconvénient à ce que les Blancs chassent sur leurs territoires s'ils respectaient les façons de vivre des Indiens. Mon père aussi vivait à cheval sur deux mondes, sans être métis, lui. C'était un Français. Un trappeur. Il s'habillait, vivait à l'indienne, et a même épousé une Sioux, dit-il en se préparant une autre tartine.

— Ma vie n'est vraiment pas aussi riche en aventures que la vôtre.

— Comprenez-moi bien ; je n'avais pas choisi de vivre toutes ces aventures. Quant à vous, je connais peu de Blanches qui auraient accepté de tenir un relais de diligences dans un endroit aussi isolé.

— Il n'y a pas beaucoup de Blanches qui soient aussi insensées que moi.

— Je vous trouve une énergie remarquable.

Elle prit le temps de savourer une gorgée de café et, le regard dans le vide, elle répliqua :

— Ces derniers temps, je n'ai pas eu l'impression d'être très forte. Depuis... depuis que ces hommes et vous avez attaqué le relais, j'ai compris que je ne pourrais pas toujours repousser les attaques. J'ai honte d'avouer que je me suis sentie vulnérable. Et Johnny qui est tombé malade...

Son regard se posa sur les mains de Vince. Du bout du doigt, il caressait le bord de sa timbale.

— Dans les deux cas, c'était pour votre fils que

vous avez eu peur, pas pour vous. Cette peur se comprend.

— Vous comptez vraiment rester ? Si vous partez, je m'en irai aussi, ce qui serait dommage puisque la voie ferrée sera bientôt finie.

Avancée que Sioux et Cheyennes, eux, abhorraient, sachant qu'ils ne pourraient arrêter la course de ce monstre. Les Cheyennes avaient tenté de le détruire, à l'est, dans le Nebraska, tentative qui avait échoué. Le « cheval de fer » se rapprochait au grand galop. Plongeant dans les yeux bleus de Sarah, il promit :

— J'ai perdu tout ce à quoi je tenais, si bien que je suis libre de faire ce que bon me semble. Si je peux vous aider, cela compensera un peu les ennuis que je vous ai causés.

— Pourquoi prendre cette peine... pour une femme blanche ?

Il se leva de table.

— Vous n'êtes pas comme les autres, je vous l'ai déjà dit. Et maintenant, je vais nettoyer l'écurie. Qu'y a-t-il d'autre à faire ?

— Vous pourriez aller chercher de l'eau — quatre seaux. Du bois, aussi, pour chauffer le four, parce que je veux avoir du pain d'avance lorsque la prochaine diligence arrivera.

Il fit la grimace.

— Chez les Indiens, les hommes ne ramassent pas le bois. C'est le travail des femmes.

— Quoi ? fit-elle, se dressant, les poings sur les hanches. Je vous rappelle, Vince, que vous avez opté pour le mode de vie des Blancs, ce qui ne se résume pas à se vêtir d'un costume. Ce sont les hommes qui se chargent de la corvée de bois. Si j'embauche quelqu'un, c'est pour qu'il me soulage de cette tâche !

Elle lui arracha la timbale. Vince se frotta les

lèvres pour effacer le sourire qui s'y dessinait, promenant ses yeux verts sur la jeune femme avec une insistance qui lui donna des palpitations.

— Je connais une autre coutume indienne, qui vous plaira, celle-là.

— Je n'en suis pas certaine ! s'énerva-t-elle.

Elle ne pouvait s'empêcher d'admirer la façon dont ses cheveux noirs caressaient les contours de son beau visage, ses yeux frangés de cils très noirs, ses pommettes hautes. Pour l'instant, ses lèvres pleines esquissaient un petit sourire taquin qui l'agaçait prodigieusement.

— Les Indiens font étalage de leur bravoure guerrière, poursuivit-il en se penchant au-dessus d'elle. Ils chassent, pillent, tuent, scalpent. Ces hommes d'une férocité sauvage n'ont peur de rien... sinon de leurs femmes. Sous le tipi, c'est l'épouse qui commande. Puisque je me trouve en quelque sorte sous votre tipi, j'obéirai à vos ordres, fit-il en se redressant de toute sa taille.

— Parfait. Dans ce cas, on risque de s'entendre, dit-elle, s'éloignant en direction du poêle pour fuir le trouble qu'il suscitait en elle. J'écrirai aux responsables de la Wells Fargo pour leur donner votre nom de Blanc et ils n'y verront que du feu. S'ils vous acceptent, ils vous rémunéreront. Tout travail mérite salaire et je ne pourrais pas vous payer avec mon seul revenu.

— Entendu, dit-il en coiffant son chapeau avant de se diriger vers la sortie. Et Buck, m'acceptera-t-il ?

— Il aurait pu refuser de vous soigner, ne l'oubliez pas !

— Si les soldats arrivent, n'utilisez que mon nom de Blanc, et ni Buck ni vous ne devez leur dire que j'étais de la bande des hors-la-loi. Tout ce qu'ils savent, c'est qu'un Indien était avec eux. J'ai abattu

Chet Webster, leur chef, et celui qui s'est échappé court encore, j'en suis certain. Il ne reste personne pour m'identifier et ils ne m'ont jamais appelé que « l'Indien ». L'armée n'a aucun moyen de faire le rapprochement avec Tall Bear.

Il sortit. Sarah alla vérifier l'état de Johnny. Le petit dormait paisiblement, la respiration régulière bien qu'un peu encombrée, la joue fraîche. Elle entrebâilla la porte et vit Vince ouvrir l'écurie aux chevaux, se jucher d'un coup de reins sur un de ses appalooses auquel il fit exécuter quelques voltes sans même utiliser les rênes. L'homme faisait corps avec l'animal. Dieu, qu'elle aimait l'admirer ! Malheureusement, ce genre de personne n'avait aucun sens des responsabilités, s'évanouissait dans la nature sans prévenir. Non, Vince Beaumont n'était pas le genre d'homme sur qui une femme pouvait jeter son dévolu. Tod Harding, en revanche... bien que Vince le battît en matière de virilité... A présent, elle allait côtoyer l'Indien jour et nuit, alors prudence ! Interdiction de succomber à l'attirance qu'elle éprouvait pour lui !

Sarah enfonça un clou dans le bardeau du toit, espérant ainsi bloquer la fuite provoquée par l'orage de la veille. Elle effectuait la réparation au jugé, d'après l'endroit où l'eau avait ruisselé dans la maison. Vince lui avait offert ses services ; elle avait insisté pour s'en charger.

— Réparer une toiture n'a rien à voir avec le ravaudage d'un tipi en peau de renne !

Sur ce commentaire cinglant, elle l'avait envoyé ramasser de grosses pierres qui serviraient aux fondations d'une annexe du relais. Sarah avait en effet décidé de voir désormais la situation de façon positive et de se préparer au développement de la région.

Elle vérifia la toiture, cherchant d'éventuelles fentes. Dans l'Ouest, le soleil desséchait vite le bois, qui jouait. Elle était très fière d'avoir appris à effectuer ce genre de réparations, fière de pouvoir s'en sortir aussi bien qu'un homme. Dans le lointain, parmi les collines, elle apercevait Vince qui, obéissant, charriait des pierres jusqu'à la charrette.

Il était en compagnie de Johnny. Un mois s'était écoulé depuis sa maladie, et le petit rayonnait de santé. Il s'était pris d'affection pour l'Indien qu'il suivait partout comme un petit chien, formant avec lui un duo comique. Vince le traitait avec une patience angélique et Sarah devinait que cela l'aidait à faire le deuil de son petit garçon.

Elle regretta soudain de l'avoir rudoyé. Après tout, grâce à lui, elle avait du temps pour se détendre, jouer avec Johnny, loisir dont elle n'avait bénéficié jusque-là. Jamais il ne se plaignait, lui, alors qu'elle était sans cesse obligée de brider sa propre colère. Vince se montrait courtois, discret... Justement ! Là était le problème : il ne la dérangeait jamais, tandis qu'elle, elle se rongeait de désir dans son lit. Puis, comme elle culpabilisait, elle lui faisait payer sa propre faiblesse, s'acharnait à ce qu'il la déteste. Pas moyen ! Pire encore, elle le surprenait parfois en train de l'observer, et l'expression de ses yeux d'un vert magnifique la troublait.

Elle s'avança jusqu'au bord du toit, le seau de clous à la main. Si elle continuait à le malmener, Vince finirait par l'abandonner et il lui manquerait terriblement. Elle tâta du pied le premier barreau de l'échelle qui se brisa avec un claquement sec. Elle retira le pied, si prestement que l'échelle tangua. Comment descendre, à présent ?

Là-bas, Vince avait fini de ramasser des pierres

et se dirigeait vers le relais. Il était presque midi. Sarah remonta plus haut sur le toit et s'y assit. Le petit Johnny, installé entre les jambes de Vince, faisait semblant de conduire les chevaux.

La charrette se rapprochait, suivant le chemin sinueux. Finalement, le rire perlé de son fils retentit. Vince lui avait confié une des rênes qu'il faisait claquer avec ravissement, comme un grand. Pour apprendre cela, un garçon avait besoin d'un père, et Vince savait s'y prendre.

Elle ferma les yeux, luttant encore contre cette idée qu'il ferait un père idéal. Quelques minutes encore et l'attelage s'arrêtait devant le porche. Vince leva les yeux vers elle et, soulevant le petit, expliqua :

— Le soleil est trop fort. Je continuerai demain matin. J'espère que ça ne vous dérange pas que j'aie abandonné les rênes à Johnny pour un bout de conduite. Maintenant, je vais décharger. Appelez-moi quand le déjeuner sera prêt.

Ils se comportaient presque comme un vrai couple, à une chose près... songea Sarah.

— Il n'y aura pas de déjeuner si vous ne me descendez pas du toit. Un barreau s'est brisé.

Vince était déjà monté sur la charrette. Il en redescendit, marcha vers l'échelle, en testa la solidité avant de la déplacer.

— Sautez ! Le toit n'est pas si haut.

— Pour me casser une jambe ? Non merci. D'autant que j'ai le vertige. D'en bas, on ne se rend pas bien compte de la hauteur.

— Sautez, je vous attrape, dit-il en tendant les mains avec un grand sourire d'encouragement.

Ses bras étaient si forts qu'elle aurait pu s'y jeter avec confiance.

— Vous ne pourriez pas m'approcher un escabeau ?

— Non. Sautez, ça ira plus vite.

Elle poussa un soupir, lui tendit le seau de clous avant de se pencher en avant au-dessus du bord du toit, ce qui le fit éclater de rire.

— Il faut vous mettre à plat ventre et vous laisser glisser. Ayez confiance, je vous rattrape.

Obéissante, elle se retourna sur le ventre, rampa jusqu'à ce que ses jambes pendent dans le vide... sans se rendre compte que sa robe s'était accrochée à un bardeau et remontait au fur et à mesure, offrant à Vince le ravissant spectacle de ses cotillons et de sa culotte bouffante.

— Lâchez. Vous ne tomberez pas, promis.

Et Sarah se retrouva emprisonnée dans l'étau solide de ses bras. Elle attendit qu'il la dépose sur le sol. Mais non, il la serrait toujours. Elle lui empoigna les avant-bras et, d'une voix défaillante, elle implora :

— Maintenant, vous pouvez me poser par terre.

— Je sais.

— Pourquoi ne le faites-vous pas ?

Il la souleva un peu plus et, soudain, elle sentit ses lèvres chaudes au creux de son épaule. Il l'embrassait, léchait sa peau, audace qui lui donna de délicieux frissons... et la scandalisa.

— Vince...

Sa bouche, sur sa joue... Pourquoi tournait-elle le visage vers lui ?

— Vince, non...

Il trouva sa bouche. Elle ouvrit les lèvres à l'ardeur de son baiser qui l'embrasait. Sa main remonta le long de son buste, se referma sur son sein. Il y avait si longtemps qu'elle ne s'était abandonnée au désir d'un homme... Elle sentit que si elle avait vraiment envie de se dégager, il n'insisterait pas, mais elle ne trouva pas la force de le repousser. Lentement, il s'écarta.

— Pardonnez-moi.
Le corps en feu, elle ne bougeait pas.
— Je... Il faut que je m'occupe de Johnny.
— La promenade l'a fatigué et il a besoin de repos. Si vous le couchez, je crois qu'il s'endormira.
Elle acquiesça, se gardant bien de le regarder, devinant que si Johnny s'endormait, ils seraient libres de se retrouver. Il lui caressa le visage.
— Vince...
— Ne résiste pas, Sarah. Tu as le droit d'avoir de nouveau une vie amoureuse. Et puis je t'aime.
L'aveu lui était venu comme une évidence.
— Vous... vous ne me connaissez même pas.
— J'en connais assez. Et dans ces régions sauvages, on voit vite à qui on a affaire.
Elle se décida enfin à lever les yeux vers lui.
— Je... je n'ai pas l'intention de renoncer à ce que j'ai ici ni à mon indépendance.
— Je te l'ai demandé ?
— Je ne sais pas si nous...
Il l'interrompit d'un baiser dont la fougue lui donna le vertige. Il la serrait contre lui, lui écrasait les seins contre son torse, et elle sentit contre sa cuisse la force de son désir. Le désir fulgurant d'avoir un homme en elle la dévorait ; elle se pendit à son cou, ils s'embrassèrent passionnément. Quand il la souleva, elle noua les jambes autour de sa taille, tandis qu'une main s'insinuait sous sa robe, la caressait au plus secret de sa féminité.
Elle aurait voulu sentir son corps en elle. Il abandonna sa bouche, parcourut son cou de baisers, lorsqu'elle se déroba.
— Il faut que je couche Johnny.
Tout tremblant, il la reposa par terre. Il se contenta d'acquiescer sans un mot et repartit vers la charrette.
Quand Sarah se retourna, Johnny était sous le

porche où il arrachait les feuilles de la vigne vierge qui s'était décidée à pousser autour des montants. Elle le cueillit au passage, lui prépara une tartine avant de le coucher. Etreignant son doudou, l'enfant se tourna sur le côté et ferma bien sagement les yeux.

Le pas de Vince fit résonner les planches du perron. Quand la porte s'ouvrit, elle s'avança vers lui, le feu aux joues, les jambes vacillantes.

— Je t'en prie, que ce ne soit pas seulement pour profiter d'une femme, Vince.

— Jamais je ne ferais une chose pareille... pas avec toi.

Il plaça la barre sur la porte pour interdire l'accès à un éventuel voyageur. Puis il marcha vers elle, la souleva et la porta jusqu'à son lit.

22

Ses vêtements s'effeuillèrent comme par magie, dans la griserie des baisers que Vince semait au creux de son cou, le long de ses épaules. Quand ses lèvres douces jouèrent avec le bout de ses seins gonflés de désir, elle suffoqua de bonheur. Loin de l'empoigner pour une étreinte brutale, comme le faisait Johnny, il prenait le temps de la goûter, de la savourer à loisir. Sa bouche descendait vers le ventre, les hanches, le mont de sa féminité.

Bas, pantalons, bottes lui glissèrent des jambes et, tout en émoi, elle se pelotonna sur elle-même pendant qu'il ôtait sa chemise, débouclait son ceinturon... lui donnant à admirer son torse musclé griffé de cicatrices, son ventre plat, ses hanches étroites et, entre les cuisses solides, sa virilité de fougueux étalon.

Enfin il s'allongea le long de son corps, la prit dans ses bras pour la parcourir de baisers et de caresses qui lui faisaient perdre la raison. Glissant la main au plus secret de sa féminité, il l'explora jusqu'à ce qu'elle ait la folle envie d'être comblée par ses ardeurs. Tremblante, elle murmura son nom, le supplia de ne pas arrêter. Ses jambes s'ouvrirent, ses hanches se tendirent ; elle l'embrassa avec fougue. Et quand elle le sentit glisser en elle, un cri de joie lui échappa. Il l'emplit tout entière.

Avec douceur, lenteur, il retint l'urgence de son désir. Enfin, il l'empoigna aux hanches pour l'envahir avec fougue, violence, accélérant le rythme. Un gémissement de plaisir s'échappa des lèvres de la jeune femme. Quand il retomba sur le lit, elle se nicha tout contre lui, immobile, dans la paix des sens, étonnée de s'être donnée si naturellement à cet Indien qu'elle connaissait si peu.

— Qu'avons-nous fait là ? soupira-t-elle, effarée.

Sa grande main se posa sur ses seins et il se tourna sur le côté pour l'embrasser dans le cou.

— On vient de faire l'amour. Suivant la coutume indienne, tu es maintenant ma femme.

Elle fronça les sourcils, doutant de vouloir redevenir l'épouse de quiconque.

— Pas selon la coutume des miens. Pour être mari et femme, il faut un pasteur.

— On en trouvera un, dans ce cas.

— Je ne sais pas si je veux être à nouveau sous la coupe d'un homme.

— Je ne cherche pas à aliéner ta liberté, assura-t-il en s'allongeant sur elle. J'aime trop ton indépendance pour tenter de la brider.

Elle lui caressa le visage, brûlant encore de désir pour lui.

— Tu m'as peut-être fait un enfant.

— J'espère bien ! J'aimerais avoir un autre fils. Et toi, que dirais-tu d'un petit frère pour Johnny ?

— Uniquement si le monsieur a l'intention de rester et d'assumer les responsabilités d'un bon père de famille… à la mode des Blancs.

Il lui posa un tendre baiser sur les lèvres.

— Je n'aurais pas fait l'amour avec toi si je n'avais pas eu l'intention de vivre à ta façon.

— J'ai du mal à deviner ce que tu penses de moi, soupira-t-elle, les yeux clos.

— Je te considère comme la plus belle des femmes, comme mon épouse. Plus que tes yeux d'azur et tes boucles soyeuses, c'est ta personnalité que j'admire. J'aime ta force, ta bravoure.

Il se pencha pour embrasser doucement ses seins, son cou, ce qui réveilla sa féminité encore frémissante de leurs étreintes. Plus que de caresses et d'attouchements c'était de le sentir en elle que son corps avait besoin.

— Comment peux-tu savoir aussi rapidement que je suis la femme qu'il te faut ?

— Parce que je pense à toi depuis quatre ans, depuis le jour où je t'ai surprise endormie et perdue dans les forêts désertes. Pendant des années je n'ai pas su à quoi ou à qui me rattacher ; maintenant, je sais.

Du bout des doigts elle lui caressa la bouche et, d'une petite voix câline, murmura :

— Tu ne me joueras pas le tour de te retransformer en Indien ?

— Que veux-tu dire par là ? fit-il en éclatant de rire.

Qu'il était beau, quand il riait !

— Je veux dire te peinturlurer et sauter à cheval pour massacrer les soldats.

— Je serai toujours indien, parce que c'est la moitié de moi-même, mais je n'ai plus l'intention de vivre parmi eux... à moins que je te perde, auquel cas je les rejoindrais. Il est possible que j'éprouve le besoin de me réfugier dans les montagnes pour fumer le calumet de la paix et prier afin d'avoir la force, la sagesse, la capacité de te chérir et de te protéger.

— Je n'ai pas besoin qu'on me protège, protesta-t-elle, soudain boudeuse. Je suis assez grande pour me défendre toute seule. J'ai simplement besoin d'un homme qui me dispense sa tendresse et d'un père pour Johnny.

— Tu n'as pas besoin qu'on te protège? Combien de temps aurais-tu tenu, seule avec Johnny? Comment aurais-tu enterré les cadavres des hors-la-loi sans l'aide de Buck? Comment serais-tu descendue du toit tout à l'heure?

— J'avoue avoir besoin d'un petit coup de main de temps à autre! Encore que j'aurais certainement trouvé un moyen de m'en sortir si je n'avais pas été aidée.

— Je crois que je me suis choisi une femme qui ne renoncera en aucun cas à sa liberté en se mariant.

Elle sentit contre sa cuisse son désir se raviver.

— J'ai déjà perdu un peu de ma liberté car jamais plus je ne voudrai me séparer de toi. Je... Je t'aime, Vince.

— Moi aussi, Sarah, je t'aime. Et maintenant, dis que tu aimes aussi Tall Bear.

Elle contempla ses cheveux noir de jais, sa peau sombre, se souvint de la férocité sauvage qui parfois l'animait.

— Je t'aime, Tall Bear.

— Dans ce cas, tu m'aimes tout entier et d'un amour vrai. Eh bien, tu pourras avoir toute la liberté que tu veux, à condition que tu me rejoignes dans mon lit la nuit.

Il se frotta contre sa cuisse.

— Je viendrai, fais-moi confiance. C'est trop délicieux de dormir près d'un homme.

Les yeux dans les siens, elle sentit qu'il l'envahissait de nouveau, lentement. Suffoquée, elle lâcha un long soupir de béatitude et l'embrassa sur la joue quand il se mit à aller et venir en elle, acte d'amour profondément voluptueux entre deux êtres passionnés.

Vince déchargea un autre tombereau de pierres qui, c'était décidé, serviraient à bâtir leur maison. A ses côtés, tout fier, Johnny ajoutait des gravillons — pour aider! disait-il. Le fracas annonçant l'approche d'une diligence alerta Vince : son ouïe très fine avait détecté un autre bruit qui ne lui plaisait guère: le cliquetis de l'attirail des soldats.

Depuis quatre semaines qu'il se trouvait au relais, un certain nombre de diligences étaient passées, sans escorte militaire. Angoisse, méfiance l'envahirent et il eut du mal à ne pas filer se cacher. Mais non! S'il s'installait pour toujours avec Sarah, il était temps de surmonter la méfiance instinctive que lui inspiraient Blancs et soldats. Il prit Johnny dans ses bras et s'avança.

Ce jour-là, il n'était pas armé. En pantalon de toile, les bottes couvertes de poussière, il avait déboutonné sa chemise à cause de la chaleur. Il salua le cocher d'un hochement de tête: c'était l'homme qui avait extrait la balle et qu'il n'avait pas revu depuis. Ce dernier parut fort surpris de le voir là.

Arrêtant la diligence, il abandonna les rênes et salua de son siège.

— Tall Bear ?

Vince coula un regard circonspect vers les soldats et fit non de la tête, répondant :

— Vince Beaumont.

Il restait à espérer que les crissements des roues et des sabots avaient étouffé les paroles de Buck, d'autant plus que Vince eut l'impression de connaître l'un des soldats.

— Buck ! s'écria Johnny en tendant la main au cocher avec un sourire angélique.

— Salut, mon grand ! répondit Buck en lui serrant la main avec sérieux. Tout va bien, j'espère ? demanda-t-il à Vince qui ne cessait de couler des regards en biais aux militaires.

— On ne peut mieux. A mon arrivée, il y a un mois, j'ai trouvé Johnny bien malade. J'ai aidé Sarah à le soigner. Elle m'a demandé de travailler pour elle et de veiller à sa sécurité, alors j'ai relevé le défi.

— Il va bien, maintenant, notre petit bonhomme ? On dirait qu'il s'est attaché à vous.

Quand Vince acquiesça, Buck se frotta pensivement le menton et suivit du regard Sarah qui sortait accueillir les arrivants. Les cheveux tout bouclés, elle portait une robe à fleurs jaunes, des chaussures à lacets.

— Sarah aussi s'est attachée à vous, on dirait, constata-t-il.

Vince lui répondit avec un grand sourire.

— C'est une longue histoire. On se connaît depuis longtemps, d'une certaine façon, et on a l'intention de se marier.

— Se marier ? Sarah ? Avec un métis doublé d'un hors-la-loi ?

Par chance, Buck s'était exclamé à mi-voix.

— Vous jugez les gens d'après leur race ou d'après les bêtises qu'ils ont faites dans le passé ? Je n'aurais pas cru ça de vous.

Buck ôta son chapeau, lissa ses cheveux grisonnants.

— Ce n'est pas mon genre, non, mais n'oubliez pas que vous avez attaqué...

— Buck ! Je commençais à m'inquiéter, s'écria Sarah, sautant au cou du cocher, ce qui l'étonna. Il paraît qu'un cheval vous a donné un coup de pied ?

— J'ai honte de le dire mais oui. Sacrée vieille jument ! Elle m'a cassé le bras. Il est toujours bandé mais au moins je peux m'en servir, expliqua-t-il, tendant le bras gauche. Il paraît qu'il y a eu des changements, depuis mon dernier passage ?

— Oui, Vince est revenu ; nous allons nous marier.

Il secoua la tête avec incrédulité et souffla :

— C'est ce qu'il m'a dit. Vous alors, vous êtes la reine des surprises !

— Je suis contente que vous alliez bien, Buck. Et, s'il vous plaît, soyez gentil avec Vince. Je l'aime ; il le mérite. Mais les voyageurs attendent. On bavardera plus tard.

Tout à coup, elle aperçut Tod Harding, de passage après un an !

Elle les quitta pour aller saluer les arrivants et Vince vit un bel homme mis avec élégance ôter son chapeau et s'incliner devant Sarah avec tant d'admiration que la jalousie le poignarda.

— Qui c'est, celui-là, Buck ? interrogea Vince.

— Un de ces richards qui trafiquent dans le chemin de fer. Il harcèle Sarah pour qu'elle obtienne la concession des terres sur lesquelles elle est installée. Il voudrait qu'elle y bâtisse une ville. Elle vous a prévenu, non ?

— Oui, elle a évoqué ce rêve, marmonna Vince en suivant des yeux Sarah et Harding qui marchaient vers la maison. Un vrai monsieur de la ville, hein ?

— Ça, pour prendre des grands airs, il en prend ! Moi, je me méfie de lui comme de la peste. Mais revenons-en à vous. Aux dernières nouvelles, vous étiez avec une bande de hors-la-loi.

— Du passé, une erreur de parcours. Ces bandits ont disparu de la circulation, et moi j'ai choisi de rester, de me faire appeler Vince — mon nom de Blanc.

Sarah étant rentrée, Vince se remit à étudier les soldats, s'attardant sur celui qu'il avait l'impression de connaître. Après un long silence, Buck commenta :

— Depuis que je bourlingue, j'en ai vu des hommes et des femmes qui se sont mariés pour échapper à la solitude. Ça arrive souvent. Pourtant, c'est pas le genre de Sarah d'admettre qu'elle a besoin d'aide, surtout d'un homme. Pour vouloir se remarier, il faut qu'elle tienne rudement à vous.

Un grand sourire aux lèvres, Vince se pencha vers Buck pour lui chuchoter :

— Parfaitement d'accord : elle n'aime pas penser qu'elle a besoin des autres. C'est pour ça qu'on ne lui dira pas qu'on n'arrête pas de l'aider, vous et moi.

Buck gloussa de plaisir et, croisant les bras, il annonça :

— Vous savez quoi, Tall Bear… enfin, Vince, je crois que je vous aime bien.

— Moi aussi, et on les compte sur les doigts de la main les Blancs qui m'ont inspiré de la sympathie. D'ailleurs, je vous dois la vie, et je ne vous ai toujours pas remercié.

— Bah, j'ai extrait une telle quantité de balles que je mériterais qu'on me donne le diplôme de docteur. L'ennui, c'est que je ne pourrais même pas le lire !

Dans de grands éclats de rire, Vince aida Buck à dételer, sous le regard vigilant des soldats.

Pendant ce temps, Sarah servait du café et des galettes aux voyageurs : un couple en partance pour l'Idaho, deux hommes du chemin de fer, dont Harding. Très enthousiaste, il lui expliqua que l'Union Pacific bâtirait une route qui relierait la voie au Relais Sommers dès l'été. Alors pourrait se développer l'agglomération dont ils rêvaient tous les deux.

— J'ai le projet d'embaucher un ouvrier pour construire un autre bâtiment ! s'écria Sarah avec enthousiasme. Quand la voie arrivera jusqu'ici, j'aurai de quoi loger tous les voyageurs.

Harding l'observait avec une étrange attention qu'elle prit d'autant plus pour un bienveillant encouragement qu'il suggéra :

— Je peux vous accorder un prêt, pour vous dépanner.

— Je m'en sortirai, monsieur Harding, répondit-elle en lui resservant du café. J'ai économisé mes gains régulièrement et j'ai passé des annonces pour inviter des émigrants à venir s'installer.

— Appelez-moi donc Tod, fit Harding en lui posant la main sur le bras. Et si je puis me permettre, je vous trouve très en beauté, aujourd'hui.

— Arrêtez de faire le joli cœur, Harding, lui intima son collègue. On repart dès que l'attelage sera prêt. Vous n'avez pas le temps de conter fleurette aux jolies femmes.

La jeune femme qui voyageait avec eux rougit tandis que son mari s'esclaffait de bon cœur. Sarah repartit avec sa cafetière après lui avoir lancé :

— Je préfère vous appeler M. Harding. Et je ne

tarderai pas à m'appeler Mme Vince Beaumont, dès qu'un pasteur passera par ici.

Harding blêmit, visiblement très contrarié.

— Qui est ce Vince Beaumont ? Je croyais que, dans ce coin perdu, vous teniez le relais seule.

Pourquoi ce dépit, cette fureur ? se demanda Sarah. Etait-il jaloux ? Allons donc !

— Si le coin se développe, je ne suffirai pas à la tâche. Un homme est passé, cherchant du travail; je lui ai proposé de rester.

— C'est l'homme qui s'est approché de la diligence pour aider à dételer ? demanda Harding en se levant.

— Oui.

— Mais on dirait un Indien !

— Sa mère était sioux. C'est un homme généreux, dur au labeur, excellent tireur, ce qui s'avère fort utile ici.

Il se leva et déclara d'un air de propriétaire :

— Je me sens obligé de vous demander, madame Sommers, si cette décision ne vous est pas venue parce que vous vous sentiez trop seule. Vous vouliez un père pour votre petit garçon, n'est-ce pas ?

Les poings sur les hanches, scandalisée qu'il s'autorise des réflexions aussi humiliantes en public, Sarah répliqua :

— Cela ne vous regarde nullement, monsieur Harding ! La gestion du relais est bonne, vous n'avez rien de plus à savoir.

Tod Harding la toisa d'un air arrogant.

— J'imagine que vous avez raison, madame.

Buck les interrompit en surgissant pour annoncer à la cantonade :

— On a bientôt fini de réatteler. Départ dans dix minutes.

La voyageuse, couverte de poussière, hésita à reprendre place dans la voiture inconfortable.

— J'espère que vous ne commettez pas une grave erreur, madame Sommers, souffla Harding.

Tirant à petits coups secs sur les revers de son élégante jaquette, il emboîta le pas à son compagnon qui, avant de franchir le seuil, se retourna vers Sarah en secouant la tête d'un air compatissant.

— Ce Harding ne me plaît pas du tout, dit-elle à Buck.

— On est deux dans ce cas, fit Buck, tout content.

— Quatre, intervint la voyageuse. Depuis Omaha, il n'arrête pas de fanfaronner sur sa personne et le chemin de fer.

Ils s'esclaffèrent tous ensemble et, quand tout le monde fut ressorti, Buck se tourna vers Sarah.

— C'est sérieux, ce projet de mariage ? Alors là, vous m'épatez !

— Très sérieux. Avouez que vous l'aimez bien, vous aussi, Buck.

— Ben, ma foi, c'est exact.

— Ça me fait très plaisir. Si vous pouviez nous trouver un pasteur... le plus tôt serait le mieux, si vous voyez ce que je veux dire.

Buck eut un petit rire entendu qui la fit s'empourprer.

— Vous avez toujours pu compter sur moi, pas vrai ?

Elle sentit ses yeux s'embuer.

— Vous êtes un chic type, Buck, et j'espère bien que vous n'avez pas renoncé à vous installer ici. C'est le moment.

— J'y réfléchirai, promis.

Dans la cour, ils trouvèrent Vince en train de fixer les harnais. Tod Harding faisait les cent pas sans le quitter du regard. Au point que Vince finit par se redresser de toute sa taille.

— Vous voulez me demander quelque chose, monsieur ?

— J'apprends que vous avez l'intention d'épouser Mme Sommers ?

Vince se rembrunit et le détailla de la tête aux pieds.

— En quoi cela vous concerne-t-il ?

— Savez-vous à qui vous parlez ? A Tod Harding, des Harding & Harding Enterprises. Vous l'ignorez sans doute, mais mon père et moi, nous possédons plusieurs sociétés. Nous avons investi de grosses sommes dans le chemin de fer. Je suis passé il y a un an pour envisager avec Mme Sommers une collaboration. J'ai de l'affection, de l'estime pour elle. Et si je pose la question, c'est afin de m'assurer qu'elle ne court pas à sa perte.

Qu'un Blanc riche et puissant ait des vues sur Sarah piqua Vince au vif. D'autant plus que ce Blanc n'aimait pas les Indiens, cela se voyait.

— Sarah Sommers se débrouille très bien toute seule, monsieur Harding.

— Très bien, en effet. Et moi je repasserai bientôt, monsieur... Beaumont, il me semble ?

— Beaumont, oui.

— J'espère alors que ce ne sera pas pour apprendre que Mme Beaumont a été... abandonnée par son mari.

— Et moi, j'espère bien que vous ne vous mêlerez pas de nos affaires personnelles, monsieur Harding. Ce serait un très mauvais calcul de votre part.

Harding était rouge de colère.

— A mon sens, une femme blanche ne devrait en aucun cas épouser un Indien. Bien sûr, je ne dis pas cela pour vous insulter, monsieur Beaumont.

Vince s'éloigna, de peur de le frapper.

Il assista, au côté de Sarah, au départ des voyageurs. Harding s'assit près de la portière. Quant au soldat qu'il avait cru reconnaître, au lieu de poursuivre le voyage à cheval, il était monté dans la diligence et conversait avec Tod Harding. Vince se demanda pourquoi. Le soldat avait-il reconnu en lui le hors-la-loi recherché ? Une sourde inquiétude l'envahit. Il décida pourtant de ne rien révéler à Sarah.

— Que t'a raconté M. Harding ?

— Rien d'intéressant. Comment diable as-tu fait la connaissance d'un pareil personnage ?

— Ce n'est que la deuxième fois qu'il passe au relais. C'est un prétentieux qui pense pouvoir tout acheter avec ses richesses. Il m'a proposé de me prêter de l'argent pour agrandir, mais j'ai refusé.

Souriant jusqu'aux oreilles, Vince la souleva de terre.

— Ce type s'intéresse à toi. As-tu réfléchi à la vie que tu mènerais si tu épousais un homme comme lui ?

— Oui, j'y ai réfléchi, mais je pense que ce genre d'homme n'épouse pas les effrontées de mon espèce. Et, de mon côté, je ne m'imagine pas avec lui. Je préfère les hommes forts, murmura-t-elle en lui nouant les bras autour du cou.

— Espérons qu'on trouvera vite un pasteur. En ce qui me concerne, je me considère comme déjà marié. Maintenant, je vais soigner les chevaux qui viennent d'arriver.

Pendant que Sarah pourchassait Johnny, qui, facétieux, s'entêtait à lui échapper, Vince s'efforça de chasser de ses pensées le souvenir de Harding et du soldat en grand conciliabule. La vie lui souriait enfin. Il avait rencontré une femme dont il était très amoureux, il avait à nouveau un foyer, une famille et il faisait même des projets d'avenir. Rien ne gâcherait ce bonheur ; personne ne lui enlèverait Sarah. Jamais !

23

Sarah, qui jardinait, releva la tête à l'approche de deux cavaliers. Vince sortit de l'écurie, Johnny trottinant derrière lui. Ce jour-là, Vince avait enfilé ses jambières en peau de cerf qu'il trouvait moins chaudes à porter en été que le pantalon. Tout de cuir vêtu, fusil au poing, il avait des allures de bandit de grands chemins.

Il posa le fusil quand il constata qu'il s'agissait de Buck flanqué d'un pasteur en costume noir, chapeau noir, chemise blanche et bible à la main.

— Hé, les amis, j'en ai trouvé un ! cria Buck en sautant de selle. Le pasteur Louis Ames. Il dirigeait les offices pour les ouvriers de la voie ferrée, au sud d'ici.

— Merci d'être venu, révérend, s'écria Sarah, toute contente.

Quand il comprit que Vince était le futur marié, le pasteur eut l'air quelque peu surpris, mais il s'avança bientôt vers eux avec un air bienveillant.

— Je suis toujours ravi de pouvoir unir deux personnes prêtes à s'établir dans l'Ouest. Les émigrants affluent, et moi je leur porte la parole de Dieu.

— Tout ceci est tellement imprévu ! s'exclama Sarah. Et moi qui suis habillée comme une paysanne ! Je ne peux tout de même pas me marier avec ces grosses bottes et cette vilaine robe. Entrez et, pendant que vous prendrez un café, je me changerai.

— Tu es toujours belle, lui assura Vince.

— Une femme ne se marie pas dans cette tenue, Vince, voyons !

Les hommes s'esclaffèrent, secouant la tête, et la regardèrent filer au relais.

— Buck m'a expliqué que le premier mari de Mme Sommers s'était noyé sur la piste de l'Ouest, et que vous l'avez aidée à se défendre contre des brigands, dit le pasteur à Vince.

— Oui, dit-il, jetant un regard reconnaissant à Buck avant de prendre Johnny dans ses bras.

— Le petit garçon vous a déjà adopté, commenta le pasteur en voyant Johnny étreindre passionnément Vince.

— Je le considère comme mon fils.

Johnny se tortilla pour qu'on le repose par terre.

— Ma foi, Buck, aujourd'hui, vous êtes de noce et l'après-midi tire à sa fin, pourquoi ne passeriez-vous pas la nuit ici, le révérend et vous ?

— Pourquoi pas ? Cette semaine, je n'ai pas de diligence à conduire. Si le pasteur peut attendre demain, rien ne nous empêche de rester.

— Cela me convient, renchérit le pasteur. Mais les jeunes mariés... euh... Ne souhaitez-vous pas rester en tête à tête ?

— C'est justement mon intention, si ça ne vous dérange pas de garder Johnny. Vous savez combien il est sage, Buck ; il ne vous posera aucun problème.

— Certainement je le garderai. Et vous ?

— Nous avons choisi de passer dehors notre nuit de noces.

Buck rit bruyamment tandis que le révérend haussait un sourcil interloqué. Ils rentrèrent dans la salle et le pasteur apprit à Vince que le gouvernement avait envoyé des parlementaires au chef Red Cloud pour signer un traité.

— Buck m'a dit que vous avez vécu avec les Sioux pendant un temps ?

— En effet, fit Vince en prenant Johnny sur ses

genoux. J'ai décidé finalement de vivre parmi les Blancs. Je n'ai pas pris cette décision facilement mais je crois avoir trouvé ma vraie place.

Tandis qu'ils bavardaient de choses et d'autres, Vince songeait avec tendresse à Sarah. Quinze jours s'étaient écoulés depuis l'après-midi où ils avaient fait l'amour pour la première fois ; depuis, chaque jour et chaque nuit, ils s'aimaient avec passion. A présent, elle allait devenir sa femme...

— J'ai des vêtements propres dans ma cabane, dehors, dit-il au pasteur. Je sors me changer et préparer une tente pour cette nuit. A cette époque de l'année, le temps est encore doux ; la nuit devrait être belle.

— Je parie que vous ne regarderez même pas les étoiles. Vous serez trop occupé à compter celles qui brillent dans les yeux de Sarah ! le taquina Buck.

— Les hommes, un peu de tenue ! leur cria Sarah en passant la tête entre les pans du rideau qui les séparait de la petite pièce où elle se changeait. Qu'est-ce que c'est que cette histoire de tente et d'étoiles ?

— Nous allons passer la nuit dans les collines, toi et moi. Ces messieurs ont accepté de nous garder Johnny pour la nuit.

La tête de Sarah disparut derrière le rideau. Pas assez vite toutefois pour qu'ils ne l'aient vue rougir jusqu'aux oreilles. Passer la nuit dehors ? Après tout, c'était en pleine nature qu'elle avait rencontré Vince...

Elle se brossa énergiquement les cheveux, décida de les laisser flotter comme l'aimait son fiancé, les disciplinant à l'aide de peignes. Sa robe en lin bleu à la jupe ornée de volants, qu'elle n'avait plus portée depuis la Pennsylvanie, était un peu serrée à la taille parce qu'elle avait légèrement forci depuis sa grossesse.

— Cinq juin 1868, souffla-t-elle. Le jour de mon mariage avec Tall Bear-Vince Beaumont, fils de Sioux et de Français...

Tout se déroula comme dans un rêve merveilleux. Le regard amoureux de Vince lui confirmait à chaque instant qu'elle était la plus ravissante des fiancées. Il lui avait cueilli un bouquet de fleurs sauvages qu'elle serra contre son cœur en lui promettant de l'aimer, de le chérir jusqu'à ce que la mort les sépare.

Quel mari il faisait! En chemise ornée de rangs de perles, jambières en peau, une plume glissée dans les cheveux. Pour elle, il avait décidé d'être Tall Bear, choix qu'elle avait de tout cœur approuvé. Et, bien qu'ils se fussent déjà aimés passionnément, elle attendait la nuit avec impatience: cette fois, ce serait avec son mari qu'elle ferait l'amour.

Les yeux dans les siens, elle l'écouta répéter les vœux sacrés après elle. Elle s'unissait à un homme pour la seconde fois, et ce mari-là n'exigerait pas qu'elle aliène sa liberté, il ne la traiterait pas en inférieure, il l'aimerait telle qu'elle était et ne chercherait pas à l'opprimer.

Le pasteur leur fit signer le certificat de mariage sur lequel Buck, le témoin, apposa une croix. A cet instant, Johnny tendit les bras à Vince en murmurant:

— Papa.

— Oui, mon bébé, Vince est vraiment ton papa, fit-elle, bouleversée de fierté.

Pendant que les hommes bavardaient, Sarah glissa dans un sac des galettes, une petite bouilloire et de la tisane; Vince remplit deux gourdes d'eau. Ils promirent de ne s'absenter que pour la nuit et embrassèrent tendrement le petit. Sarah se sentit soulevée dans les airs et atterrit sur l'appaloose de Vince. D'un bond, il se percha derrière elle. Le soleil déclinait quand ils s'éloignèrent, remontant l'enfilade des collines.

— Dès que possible, je gagne Cheyenne au triple galop et je t'achète une alliance.

Vince tisonnait les braises du feu de camp pour que Sarah ait bien chaud pendant qu'elle admirait les étoiles, allongée sur la couverture.

— Ça me ferait un plaisir fou. Je sais que tu trouves cette coutume ridicule mais je tiens à ce symbole de notre mariage.

— A chaque civilisation ses coutumes. Ce n'est pas ridicule du tout, dit-il en s'allongeant sur la couverture. Chez les Sioux, le futur marié doit combler son beau-père de cadeaux — chevaux, tabac, couvertures et autres. Pour Little Otter, j'ai offert un grand nombre de chevaux.

Sarah toucha du bout du doigt les perles qui ornaient sa chemise. Ils avaient décidé de prendre leur temps pour s'aimer et rêver à l'avenir, sous le ciel étoilé.

— M'aimes-tu autant que tu l'as aimée ?

— Bien sûr que oui, dit-il en souriant avec tristesse. J'étais jeune ; je l'aimais avec passion, comme toi tu as aimé ton premier mari. Avec l'âge, on aime plus profondément, avec plus de sérénité. C'est cet amour-là que j'éprouve pour toi. Malgré ta peau blanche, tes cheveux roux, tu n'es pas si différente de Little Otter ; comme elle, tu possèdes une force tranquille.

Il lui caressa la joue et s'inclina pour lui donner un baiser léger.

— Toi, tu es très différent de Johnny. Il ne savait absolument pas aimer et n'avait aucun respect pour mes sentiments de femme. Grâce à toi, je revis, je m'épanouis, Vince. Dis... tu es sûr que ça ne te gêne pas de rester vivre ici ?

Il glissa les doigts dans ses cheveux, jouant avec une de ses boucles.

— Je connais tes rêves ; j'ai l'intention de t'aider à les réaliser.

— Il faudra bientôt que je me rende à Cheyenne demander la concession des terres du chemin de fer et payer le droit d'enregistrement pour avoir la pleine propriété des terres environnantes. Nous irons ensemble, si Buck accepte de revenir garder Johnny. Oh, Vince, être ici depuis tant d'années sans jamais avoir mis les pieds à Cheyenne, ne jamais être montée dans une diligence ! J'aimerais tant flâner à ton bras dans une vraie ville, acheter des fournitures au lieu d'être obligée de me les faire envoyer ! A combien de jours de cheval se trouve la ville ?

— Trois. C'est à quatre-vingt-dix kilomètres. La diligence irait plus vite mais ce serait plus pratique d'y aller avec un cheval de bât pour rapporter les marchandises.

— Ça me plairait, soupira-t-elle, se blottissant contre son torse chaud. Le relais ne s'écroulera pas si je m'absente une semaine ! J'aimerais voir du monde, et puis, on a tant de choses à organiser, Vince. Une maison... des chambres pour les voyageurs... j'ai réalisé quelques économies...

Il l'interrompit d'un baiser et se pencha sur elle.

— Nous avons amplement le temps pour les projets. C'est notre nuit de noces. Rêvons à l'amour qui nous unit ; savourons-le dans nos corps.

Sarah adorait sa façon de faire chaque fois l'amour différemment et se délectait de l'aimer sous les étoiles, bercée par les doux bruits de la nuit.

— Je t'aime, Tall Bear. Parfois je ne peux penser à toi que comme à l'Indien qui m'a secourue, il y a quatre ans.

Tout attendri, il ôta les peignes qui retenaient ses cheveux, glissant les doigts dans ce ruissellement de feu.

— Et toi, tu as hanté mes rêves depuis ce jour.

Il reprit sa bouche, fou d'amour pour cette femme dont la beauté se passait de vains artifices.

Son mari... Tout alanguie, Sarah se laissait déboutonner sa robe, dénouer les rubans de sa chemise, caresser les seins avec adoration. Il se releva pour faire glisser sa robe le long du buste et la lui ôta. Quand elle se retrouva en pantalons et chemise, il les lui retira en même temps qu'il faisait courir le bout de sa langue de son nombril au plus secret de ses cuisses. Au moment où il effleura le point magique, elle eut un long spasme de plaisir. Son corps s'ouvrait, l'appelait. Il embrassa encore son intimité et, les yeux dans les étoiles, elle cria son nom, secouée par une onde voluptueuse.

Vite, il délaça ses jambières et, encore tout habillé, l'envahit de son désir frémissant. Elle creusa les reins, venant à la rencontre de ses ruées cadencées. Longuement il poursuivit le va-et-vient, cherchant à la combler de plaisir. Jusqu'à ce qu'enfin, aiguillonné par un désir affolant, il sème la vie en elle. Épuisée par tant d'ardeur, il se laissa aller contre son corps et l'enlaça.

— Je veux t'aimer encore et encore, la nuit entière. Nous sommes libres comme le vent.

Il se releva, dénoua et ôta son précieux collier avant de quitter ses jambières en peau, sa chemise et ses mocassins et, se pressant contre elle, il tira la couverture sur leur nudité.

— Etrange de pouvoir être si proches et en même temps étrangers l'un à l'autre. Comment se fait-il que tout se soit passé de façon aussi naturelle ?

— Je ne sais pas. Chaque fois que j'ai émis un souhait, du fond de moi-même, il a été exaucé. Tu es apparu quand j'avais atteint le fond du désespoir, pour m'arracher à la mort, puis pour sauver Johnny. Vince, jamais je n'ai laissé... jamais un homme ne m'a donné... ce que tu m'as donné... ces caresses. Je ne me suis jamais sentie aussi bien.

— Tu as aimé ?

— Follement, dit-elle, rougissante.

— Il y a tant de façons de savourer le bonheur des corps...

— Je veux les apprendre toutes, murmura-t-elle, en l'embrassant passionnément sur la bouche. Et te donner autant de plaisir.

Au loin, un loup hurla. Elle n'avait pas peur. Vince Beaumont faisait autant partie de ces montagnes que les loups et cette nuit était celle de leur passion amoureuse. Les loups ne pénétreraient pas leur cercle magique.

24

Août 1868

Sarah exultait. Il avait fallu le voyage jusqu'à Cheyenne pour lui confirmer à quel point elle vivait isolée. Une activité proche de la pagaille régnait dans cette ville poussiéreuse. Des gens de toutes conditions sociales se bousculaient sur les trottoirs de planches tandis que voitures attelées et chariots se croisaient, à grands crissements de roues. Le vent du Wyoming soufflait constamment, charriant l'odeur des bestiaux parqués dans les corrals des faubourgs. Sarah se régalait de ce brassage de foule, de la multitude d'échoppes. L'Union Pacific, en atteignant enfin Cheyenne, était responsable de cet essor. Le tour du relais ne tarderait plus car les ingénieurs et les chefs d'équipe commençaient à venir, et le rêve de voir s'élever une vraie ville prenait forme.

Buck avait démissionné de la Wells Fargo pour travailler avec elle, si bien que le relais s'enorgueillissait désormais de quatre habitants. C'est grâce à lui que Vince et elle avaient pu s'échapper... Et gagner la bijouterie où, bouleversée, Sarah essayait différents anneaux. Le commerçant, contrarié de vendre une alliance à un Indien qui avait épousé une Blanche, ne disait rien mais la nervosité de ses gestes trahissait son malaise tandis qu'il vantait sa marchandise.

Sarah choisit un anneau d'or tout simple. Vince lui passa la bague au doigt, murmurant :

— Je désire que tous les choix que tu fais te rendent pleinement heureuse.

— Le mari que je me suis choisi me rend déjà pleinement heureuse. L'alliance n'est que le symbole de mon amour pour toi.

Ils s'effleurèrent les lèvres. Vince paya le bijou. Cueillant au passage Johnny qui, planté devant une horloge, oscillait avec le mouvement du balancier, il enlaça Sarah et prit avec sa famille la direction du bureau des Domaines. Le hasard voulut qu'ils rencontrent Tod Harding, en compagnie du shérif.

— Madame Sommers, par exemple ! fit-il d'une voix forte, affichant un sourire enjôleur.

— Madame Beaumont, répliqua-t-elle.

Il écarquilla les yeux et ne put réprimer une grimace de désappointement.

— Ah oui ? vous avez fini par trouver un pasteur qui se résigne à marier une Blanche à un métis ?

Sarah se hérissa, indignée.

— Nous avons trouvé un pasteur qui aime tous les êtres d'un amour égal, comme l'enseigne le christianisme, monsieur Harding. Et maintenant, si vous voulez bien nous excuser, nous allons prendre une option d'achat sur les terres du chemin de fer et, comme nous y autorise la loi fédérale, nous faire donner notre lot de terres de l'Etat.

— Et vous êtes allés acheter une alliance dans cette bijouterie, je suppose.

Le shérif écarta les jambes, adoptant une posture menaçante.

— Ma vie privée ne vous regarde pas, monsieur Harding, répondit Sarah, scandalisée.

— Je suppose que non. Je vous dirai quand même que cet anneau est trop simple pour votre beauté. Vous méritez beaucoup mieux.

— Vous cherchez la bagarre, Harding? intervint Vince.

— Ma foi, je voulais seulement vous saluer et vous annoncer que je resterai à Cheyenne un certain temps, afin d'y ouvrir deux boutiques pour mon père et surveiller l'avancée de la voie ferrée.

— Vous en avez de la chance! ricana Vince.

Il prit le bras de Sarah et descendit du trottoir de planches pour contourner les deux hommes et poursuivre sa route, mais le shérif s'interposa:

— Shérif Joe Keller.

— Laissez-moi passer! lui ordonna Vince, dressant sa puissante carrure au-dessus du bonhomme.

— Surtout, reste calme, lui souffla Sarah.

Elle connaissait la haine que lui inspiraient ce genre de Blancs insolents. Keller releva le menton avec arrogance.

— Je tiens simplement à vous avertir qu'ici, les citoyens n'aiment pas beaucoup les types qui ont du sang sioux. Pas mal d'entre eux ont eu des expériences cuisantes. Ils ne supportent plus de voir des

Indiens singer les gens civilisés, alors qu'en fait ils ne sont que des sauvages et des assassins.

Vince s'inclina.

— Je vous scalperais volontiers pour vous prouver que vos soupçons sont fondés.

— A quoi jouez-vous ? demanda Sarah à Harding. Vous avez décidé de provoquer la bagarre ? Pourquoi ? Que vous a-t-on fait ?

Harding éleva les mains en un geste défensif.

— Toutes mes excuses à tous les deux. Nous ne faisions que passer, le shérif et moi, quand nous vous avons vus sortir de la bijouterie. Joe, franchement, vous devriez vous excuser auprès de M. Beaumont pour l'avoir insulté.

Keller fusilla Harding du regard.

— Je ne présente pas d'excuses aux renégats. Oui, vous êtes un renégat, voilà ce que je pense de vous, monsieur Beaumont. Mon travail, c'est de maintenir la paix en ville, et les types comme vous ne nous causent que des problèmes. Alors un dernier avertissement : occupez-vous de vos affaires et évitez la ville.

Vince se retint de justesse de le frapper.

— Je m'occupe de mes affaires, shérif ; faites en sorte de vous mêler des vôtres.

Les deux hommes se mesurèrent du regard avant que Keller ne se décide à quitter le groupe, après avoir salué Sarah d'un coup de chapeau.

— Je suis navré de ce qui est arrivé, s'excusa Harding.

Et, tendant la main à Vince, il lui lança :

— Félicitations, monsieur Beaumont. Vous avez épousé la meilleure des femmes.

Il resta planté là avec un sourire charmeur, la main tendue dans le vide.

— Au fait, pour quel officier étiez-vous éclaireur ? ajouta-t-il en laissant retomber sa main.

Vince sentit l'angoisse se réveiller.

— Comment savez-vous que j'ai été éclaireur pour l'armée ?

— J'ai mes informateurs.

Etait-ce le soldat aperçu avec Harding dans la diligence ?

— C'est le passé, et je ne vois pas en quoi ça vous intéresserait.

— Tall Bear... c'était bien votre nom ?

Au lieu de répondre, Vince prit Sarah par le bras et l'entraîna avec une telle détermination qu'elle faillit trébucher.

Sarah prit un ton rassurant.

— Des poisons tels que Harding, tu en croiseras sur ta route. Essaie d'oublier cet incident sans importance. Nous gérerons nos affaires à notre guise, sans que ces imbéciles viennent nous empoisonner l'existence. Oh, Vince, je t'aime. Finissons-en avec la demande de concession et de terres, les courses et repartons chez nous. Notre foyer, tous les Tod Harding du monde ne nous l'enlèveront jamais.

— Ah, si seulement je pouvais leur montrer comment un véritable guerrier défend son honneur !

— C'est dur, je sais, Vince, mais la façon avec laquelle tu as réussi à dominer ta colère prouve que tu es plus civilisé que ces Blancs. Tu as tenu bon. Maintenant, je t'en supplie, essaie de chasser l'incident de ton esprit.

Vince se retourna : si Keller avait disparu, Harding continuait à les épier, tranquillement adossé à la vitrine d'une échoppe.

— Je me méfie de ce type comme de la peste. Pourquoi m'a-t-il posé des questions sur le temps où j'étais éclaireur pour l'armée ?

— Il ne peut rien contre nous. Nous sommes légalement mariés et nous allons obtenir en toute légalité la concession du relais. Il cherche seulement à te déstabiliser.

— Ces riches Blancs ont le bras très long.

— Ils ne peuvent rien contre notre amour.

Il laissa exploser sa colère :

— Je ne permettrai à personne de t'enlever à moi.

Elle prit sa main entre les siennes.

— Si tu as foi en mon amour, tu sais que personne n'a le pouvoir de s'interposer entre nous.

Sarah le suivit, incapable d'effacer le malaise dû aux insultes de Keller et aux menaces de Harding. Sans la terroriser réellement, elles ravivaient sa colère, la renforçant dans sa volonté de réaliser ses rêves de bâtisseuse. Vince Beaumont faisant désormais partie intégrante de ces rêves, personne ne toucherait à un cheveu de sa tête !

De toute la vitesse de ses petites jambes, Johnny courut vers Sarah qui étendait le linge dans l'air pur de l'automne.

— Maman ! Papa arrive ! c'est Buck qui me l'a dit.

Elle suspendit la dernière chemise du baquet et prit son fils dans ses bras.

— Allons assister à son arrivée.

Déjà la terre vibrait sous les sabots de plusieurs chevaux sauvages que Vince avait capturés dans les montagnes. Il apparut, chevauchant torse nu parce qu'il aimait la caresse du soleil sur sa peau. Cheveux au vent, il dirigeait le troupeau par des longs cris et des hurlements dans lesquels l'Indien en lui resurgissait.

Pour contribuer à l'expansion du relais, il avait décidé de se lancer dans le commerce des chevaux qu'il capturerait et dresserait, tandis que Buck tiendrait l'écurie de louage et vendrait selles, brides et harnais.

Un forgeron avait fini par répondre à l'annonce de Sarah, ainsi que deux autres hommes qui souhaitaient visiter les lieux avant de s'y établir. Un charpentier du nom de Henry Baker vivait déjà au relais. Homme d'âge mûr, il s'était lancé vers l'Ouest pour exploiter les terres que l'Etat donnait aux fermiers qui voulaient les mettre en valeur. Malheureusement, sa famille avait été décimée par le choléra. Il avait alors erré sans but, suivant la nouvelle ligne de chemin de fer, et avait abouti chez Sarah. A cet homme au destin brisé, elle avait proposé de participer à la construction de la ville. Après s'être bâti une cabane, il s'attaquait à la future maison de Sarah et Vince.

L'avenir politique s'annonçait serein : les Sioux avaient signé un traité avec le gouvernement ; la paix ne pouvait manquer de se rétablir, mettant un terme aux razzias. Depuis l'arrivée de Vince, il s'était produit un seul incident avec des Sioux qui avaient décidé d'installer leur camp aux abords du relais. Vince avait parlementé avec eux pour qu'ils ne volent pas les chevaux et ils avaient fini par accepter d'aller s'établir dans la nouvelle réserve, plus loin au nord-est.

Quinze jours plus tôt, trois hommes armés avaient surgi. Cette fois, Sarah n'avait pas eu à se barricader pour se défendre : Vince avait su les accueillir. Le premier qui avait essayé de dégainer gisait à six pieds sous terre. Les deux autres avaient décampé. L'achèvement de la gare mettrait un terme à ces attaques.

Des trains roulaient déjà, déposant voyageurs et matériaux de construction au bout de la ligne. Le sifflement des locomotives déferlait sur le pays, signe d'une ère nouvelle. Bientôt, le Relais Sommers serait une gare sur la route de Cheyenne et de la Californie. La concession du terrain du chemin de fer donnait le droit à Sarah, quand la voie serait terminée, d'acheter la terre inutilisée pour six dollars vingt-cinq cents l'hectare. De plus, elle avait obtenu quarante autres hectares à exploiter.

— Papa, fit le petit Johnny qui avait à présent trois ans.

Il montrait du doigt Vince qui, poussant son appaloose tantôt à droite, tantôt à gauche derrière le troupeau lancé au grand galop, rabattait droit vers le corral les chevaux qui tentaient de s'échapper.

Sarah se rapprocha pour que Johnny puisse regarder Buck faire rentrer de force les chevaux dans l'enclos. Il sifflait, s'époumonait, faisait tournoyer son chapeau pour canaliser le flot de croupes mouvantes vers l'entrée. Quand la barrière se referma sur le dernier des seize chevaux sauvages, Vince lança un cri de victoire.

— Joli travail, Buck !

— Superbes bêtes, Vince ! le félicita Henry, le charpentier, perché au faîte du toit de la future maison du couple.

Vince le salua d'un grand moulinet du bras avant de galoper vers Sarah. D'un bond, il fut à terre et courut les étreindre, Johnny et elle.

— Un bon troupeau, déclara-t-il. Des bêtes en pleine santé.

— Je suis tellement heureuse pour toi !

— En attendant l'arrivée du forgeron, il faut que j'examine tous les sabots pour m'assurer qu'ils n'ont pas de difformités. Pour ce soir, j'étrillerai le mien avant de rentrer souper. Qui sait ? Johnny s'endormira peut-être de bonne heure ? fit-il en ébouriffant les cheveux du petit.

A cette allusion si intime, une langoureuse chaleur parcourut Sarah.

— Sûrement ! Il s'est énormément dépensé aujourd'hui.

Vince eut ce radieux sourire qu'elle aimait tant, puis il s'éloigna avec son appaloose. Non, jamais elle n'avait regretté un seul des instants vécus avec cet homme. La vie était belle et bonne. Leur maison de cinq pièces située derrière le relais ne tarderait pas à être habitable. Vince s'accoutumait à vivre sous un toit. Sarah pensait être enceinte mais elle ne l'avait pas encore annoncé à Vince, attendant d'en avoir la certitude.

— J'ai bien envie de repartir à Cheyenne acheter des fers pour les chevaux. On a aussi besoin de provisions et maintenant que la Wells Fargo a réduit le nombre de diligences, on ne peut plus trop compter sur ce moyen de transport pour les fournitures. Et pour se faire livrer par le train, il faudra attendre le printemps.

— J'ai fort à faire ici, mon chéri. Pourquoi n'irais-tu pas seul à Cheyenne ?

Qui sait pourquoi, elle n'osait lui avouer qu'en réalité, elle avait peur que trois jours de cheval lui fassent perdre le fruit de leurs nuits d'amour.

— J'avais déjà prévu de partir seul... pour te rapporter une surprise. Henry et Buck seront là pour te protéger. Les Sioux sont pacifiques pour le moment et ceux qui ont installé leur camp ici, l'hiver dernier, ont certainement fait savoir aux leurs que tu es ma femme et que ces chevaux m'appartiennent. Ils ne viendront pas t'attaquer.

Sarah aimait sa possessivité ; oui, elle lui appartenait. Peu d'hommes prenaient à cœur les rêves de leur épouse. Vince, lui, adhérait pleinement à ses projets, faisait son possible pour l'aider à les réaliser.

— Et quelle est cette surprise ?

— Une surprise, précisément! répondit-il pour la taquiner.

Sarah posa devant lui une assiette de ragoût toute fumante.

— Quand partirais-tu?

— Dans deux jours. J'essaierai de ne pas m'attarder. Ça me contrarie d'autant plus de te laisser que, depuis mon retour, jamais nous ne nous sommes séparés.

Elle installa Johnny à sa petite table et lui servit son repas. Il prit à pleine main la cuillère qu'elle lui tendait et, quand elle lui recommanda de manger proprement, comme un grand garçon, il gloussa:

— Grand comme papa.

Vince eut un petit rire de satisfaction et elle alla le rejoindre à la table.

— Il t'aime tellement, ce petit...

— Moi aussi, je l'aime.

Il la couvait d'un regard empli de tant d'amour qu'elle fut sur le point de lui annoncer qu'ils attendaient un enfant. Et puis non. Elle ne voulait pas qu'il s'inquiète durant son absence. Ce serait une surprise qu'elle lui offrirait en échange de la sienne.

— Etrange d'avoir passé tant d'années ici dans la solitude, et de n'en souffrir vraiment que lorsque tu t'absentes quelques jours, mon chéri. Après six mois de vie commune.

— Je ne serai pas long, promit-il en harponnant un bout de viande d'un coup de fourchette. Espérons seulement que je ne tomberai pas sur ce blancbec de Harding parce que, cette fois, je ne réponds pas de moi.

— Il est probablement parti dans une autre ville bâtir l'empire financier dont il aime tant faire étalage.

— Et ensuite, il viendra nous importuner! Sa façon de te regarder m'exaspère.

— Ne t'inquiète pas, il sait que nous sommes mariés. Et puis ce genre d'homme épouse une femme de son milieu. Je n'appartiens pas à ce monde et Harding ne m'intéresse pas. Je suis heureuse ici, avec toi et mon fils.

— Ces types-là ne capitulent pas aisément.

— Enfin, mon chéri, cesse donc de t'inquiéter pour rien ! Je ne l'ai vu que deux fois dans ma vie ! Ce n'est pas moi qui l'intéresse mais les affaires qu'il pourrait implanter dans le coin quand je l'aurai mis en valeur. Il ne sait pas encore qu'il sera obligé de me louer les terrains, si bien qu'il n'aura aucune prise sur nous.

— Ces hommes-là ne sont jamais inoffensifs, grommela Vince.

Pas moyen de le rassurer. Sans doute à cause de l'angoisse dans laquelle l'avaient plongé les questions que Harding lui avait posées sur ses activités d'éclaireur militaire. Quand il eut fini de dîner, il se mit à fumer la pipe et, prenant Johnny sur ses genoux, regarda Sarah s'affairer aux derniers rangements.

Ils couchèrent Johnny. Vince barricada portes et fenêtres puis rejoignit sa femme dans la pièce du fond où ils avaient installé leur chambre. Tandis qu'elle se brossait les cheveux devant le miroir, il s'assit sur le lit, ôta ses bottes. Elle posa la brosse et, un tendre sourire aux lèvres, déboutonna sa robe.

— Je m'étonne de ne pas avoir un seul cheveu gris, après toutes les épreuves que j'ai endurées. Chaque jour, j'ai peur de découvrir une ride.

Torse nu, il vint se placer derrière sa femme pour faire ruisseler entre ses doigts la soie de sa chevelure.

— Tu as un très beau visage et tu garderas toujours ta beauté, même quand d'imperceptibles rides commenceront à apparaître.

Il se pencha tout contre elle pour capter son reflet dans le miroir, caressa son cou avant de glisser les mains lentement dans le décolleté de la chemise. Sarah ferma les yeux et, le souffle altéré par le plaisir qu'éveillaient ces attouchements, elle enserra les poignets de Vince.

— Tu reviendras le plus vite possible ?

— Tu sais bien que oui, souffla-t-il, se penchant pour la soulever et la coucher sur leur lit. As-tu jamais regretté de m'avoir épousé ?

— Pourquoi me poses-tu une question pareille ?

— Il m'arrive d'avoir peur de te perdre, tout comme j'ai perdu les miens.

Avec amour, elle écarta les mèches d'un noir bleuté qui lui tombaient sur le visage.

— Je serai toujours près de toi, Vince. Mais j'ai peur, moi aussi, de te perdre. Peur que la vie avec tes frères indiens te manque et que tu repartes.

— Jamais je ne repartirai.

Il lui prit la bouche en un baiser qui avait la force d'un serment et qui fouetta leur passion. Vince lui remonta jupe et jupons jusqu'aux hanches, l'aida avec agilité à se dégager de ses dentelles et, en un instant, il fut en elle, au plus profond de son désir. Il l'aima avec violence, s'assouvissant avec une possessivité rageuse. Ensuite, il se redressa, l'aida à se déshabiller, avant de l'aimer encore. Sarah haletait sous les longs assauts frénétiques. Et quand sa vie eut jailli une fois encore en elle, la tension le quitta et il s'allongea en soupirant.

— Pardon d'avoir manqué de douceur mais...

Elle se pelotonna contre lui.

— Ce n'est pas grave. Dis-moi seulement ce qui te tourmente, Vince. Serait-ce Harding ? Quel mal peut-il nous faire ?

— Plus que Harding, ce sont les Blancs en général qui m'inquiètent. Des Blancs comme lui vont affluer, avec leur savoir et leur argent, tout ce que je n'ai pas.

— Oh, Vince, comment peux-tu imaginer des choses pareilles ? Tu combles chaque jour mon attente, tant de choses nous rapprochent... L'expérience de la solitude, le goût de la liberté, l'envie de partager, de bâtir ensemble. Allez, monsieur Beaumont, dors, va, dit-elle en lui embrassant le torse.

Réconforté, il l'attira entre ses bras.

— Je dors toujours merveilleusement bien quand tu es près de moi.

Sarah ferma les yeux. Elle ne se sentait pas la force de se relever pour aller éteindre la lampe, de quitter l'étreinte si rassurante, si chaude de son mari.

Dans le lointain, le sifflet mélancolique d'un train troubla la paix de la nuit. Comment son mari s'adapterait-il à la ville, à cette vie totalement différente ? Vince Beaumont y parviendrait, oui, mais Tall Bear ?

25

Quatre cent vingt-cinq dollars ! Vince empocha ses gains en récapitulant ses transactions : des cinq chevaux vendus au propriétaire de l'écurie de louage de Cheyenne, il en avait vendu trois à soixante-quinze et deux à cent dollars. Cette coquette somme suffirait amplement à régler les fournitures dont il avait besoin. Il pourrait même acheter à Sarah un coupon de tissu pour une robe, l'horloge qui lui avait fait envie, à la bijouterie, un jouet pour Johnny, et peut-être aussi des meubles.

Tirant son appaloose par la bride, il affronta tête baissée le vent du soir qui s'était levé et soufflait par rafales, lui envoyant du sable dans les yeux. Retenant son chapeau de l'autre main, il marcha en direction du bazar. Il attacha les rênes à la barre, grimpa sur le trottoir de planches. Il n'eut pas le temps de l'atteindre : un coup violent lui laboura les reins. Tandis qu'il s'effondrait, il sentit une main glisser vers son ceinturon et lui arracher son arme. Il réussit à la happer et tira si fort qu'il fit basculer son agresseur : c'était Keller. Vince se redressa en titubant et lui écrasa son poing dans la mâchoire. Le shérif s'étala de tout son long. Avant que Vince ait pu frapper de nouveau, il reçut un coup sur la tête. Ce fut le noir total. Impossible de bouger. Il entendit des voix au-dessus de lui :

— On t'arrête pour meurtre, Beaumont.

— Emmenons-le en faisant le tour par-derrière, fit une deuxième voix.

— Il m'a broyé la mâchoire, le sauvage ! grogna le shérif. Je devrais le tuer pour lui apprendre.

— Maîtrise-toi ! Faisons les choses en règle ! insista son compagnon.

Quand on le remit debout, une douleur lancinante lui vrillait le crâne ; tout tournait autour de lui. Vince traînait les pieds entre les deux comparses qui le soutenaient. Il finit par trébucher contre une marche ; il devina qu'il se trouvait dans un bâtiment, sans pouvoir évaluer la distance parcourue. Sa vision lui revint au moment où on le jetait par terre d'une bourrade avant de lui confisquer son ceinturon et de lui fouiller les poches.

— Il a un paquet d'argent sur lui, dis donc !

— Gardez-le, vous l'avez bien gagné, fit le deuxième homme. Je vais expédier son cheval à un maquignon de l'Est que je connais et personne ne le retrouvera jamais.

Après un grincement de ferraille et un cliquetis de clés, le silence retomba. Vince réussit à s'asseoir, il entrouvrit les yeux et constata qu'on l'avait enfermé dans une cellule cernée de barreaux.

Prisonnier ! Les ténèbres se refermèrent sur lui. Il s'affaissa comme un tas de chiffons sur le sol.

Vince reprit lentement conscience. Combien de temps était-il resté enfermé dans sa cellule ? Le sang lui battait aux tempes ; il avait si mal aux côtes qu'il ne respirait qu'avec difficulté. Keller lui avait volé armes et argent. Il pensa à Sarah et son cœur se serra. Elle n'aurait peut-être jamais plus de ses nouvelles.

Les heures s'écoulaient, interminables. Enfin des bruits de pas lui parvinrent à travers la lourde porte en bois qui isolait les cellules. Elle s'ouvrit brusquement sur Keller, suivi de deux inconnus.

— Tu vas partir en balade encadré par deux chasseurs de primes, lui annonça Keller. Ça fait un bout de temps qu'ils attendent que tu reviennes à Cheyenne. On avait presque perdu espoir de te revoir. Tu comprends, on ne tenait pas à t'arrêter devant ta bonne femme et son petit môme. Maintenant tu vas pouvoir continuer le voyage vers le sud et le territoire indien. Pour y être pendu.

Une rage folle s'empara de Vince. Il se dressa, empoignant les barreaux de sa geôle.

— Me pendre ! Et pour quel crime ?

— Pour le meurtre du lieutenant Nathan Balen.

— Balen ! Mais ça remonte à trois ans ! Et d'abord, comment savez-vous que j'ai servi d'éclaireur à Balen ?

— Ça ne te regarde pas. De toute façon, t'es coincé, et l'armée ne fait pas de cadeau à ceux qui abattent un officier.

— Je vous assure que je n'ai pas tué Balen ! Je l'ai vu tomber quand il a attaqué le campement d'Indiens mais ce n'est pas moi qui avais tiré. D'ailleurs, si c'était moi, pourquoi ne m'a-t-on pas arrêté plus tôt ?

— Mettons qu'ils ne savaient pas où te dénicher.

— Quel est le nom de celui qui m'accuse ?

— J'en sais rien. Quelqu'un t'a vu le tuer, voilà. Il paraît qu'il t'a dénoncé mais que tu as filé avant qu'on puisse te mettre la main au collet. Si l'armée t'a retrouvé, c'est grâce à un soldat qui t'a reconnu, au Relais Sommers. Il est venu m'avertir.

— Pourquoi n'est-il pas allé prévenir son commandant ? Cette histoire sent le coup monté, Keller. Un piège organisé par Harding, pas vrai ?

Le shérif haussa les épaules.

— Moi, on m'a chargé de t'arrêter.

— Vous connaissez les dessous de l'affaire, avouez, espèce de voleur ! Parce que, en plus, vous m'avez pris mon argent ! Ce sont des soldats, pas des chasseurs de primes, qui devraient normalement m'emmener.

— La vie d'un métis n'est que perpétuelle injustice, pas vrai ? Ils se sont arrangés pour que… disons… on se passe de procès. J'ai tous les papiers qu'il faut sous la main. Tes deux accompagnateurs seront grassement payés pour te mener en territoire indien. A toi de choisir si tu tiens à faire le voyage tranquille ou bien à la trique.

— Vous n'avez pas le droit de m'interdire de réclamer justice, de voir mon accusateur. J'ai droit à un procès.

— Tu es à moitié indien ; la vie ne fait pas de cadeau aux métis, fit Keller en déverrouillant la cellule.

— Et moi je vous répète que c'est un coup monté par Harding ! C'est lui qui a tout organisé, avouez !

— De quoi tu parles ? Allez, sors de là. On file par-derrière.

— Et ma femme ? Il faut la prévenir, lui rapporter mon cheval, l'argent que j'ai gagné, espèce de crapule !

— Si tu voulais des faveurs, il ne fallait pas me traiter de voleur, Beaumont. Allez, en route !

Les chasseurs de primes pénétrèrent dans la cellule. La brutalité de leurs manières lui rappela les chasseurs de bisons qui avaient assassiné Little Otter et Running Fox. Ces gens, c'était de la racaille. Il fallait leur échapper, et vite !

Vince rabattit la porte sur Keller qui la reçut en pleine figure et tomba à la renverse. Un coup de feu retentit. Vince s'affaissa sur le seuil de la cellule, la cuisse rongée par une douleur dévorante. Quand il réussit à se redresser, il aperçut Tod Harding qui se pavanait dans le bureau du shérif, un sourire goguenard aux lèvres.

— Salaud ! rugit Vince.

Une volée de coups de pied dans la figure, les côtes s'abattit sur lui. Il était à peine conscient quand on le traîna dehors par la sortie de derrière. Il fut jeté dans une charrette, son corps caché sous un entassement de paille et de couvertures. Nul ne se soucia de lui soigner la jambe. Il poussa un cri de douleur lorsque la charrette s'ébranla en cahotant sur la route accidentée.

Pendant ce temps, à la prison, Tod Harding aidait le shérif à se relever, un côté de la bouche atrocement enflé, tandis que des ecchymoses lui bleuissaient progressivement la figure. Il essuyait son nez sanglant à la manche de sa chemise.

— Joli travail, Keller. Vous serez rétribué, tout comme les deux chasseurs de primes, dès qu'ils seront revenus me confirmer qu'on l'a pendu.

— Il a une de ces forces, ce sauvage ! grommela

Keller en se palpant délicatement la mâchoire. Je me retrouverais dans un sacré pétrin si les gens d'ici découvraient la vérité, vous le savez, j'espère ! J'ai besoin de leurs voix pour être élu, moi.

— Vous les aurez, leurs voix. Je vous ai soutenu aux dernières élections ; je vous soutiendrai encore, moyennant de petits services. Et quand je vous aurai fait élire, je repartirai vers de nouveaux horizons...

— N'oubliez pas que la femme Sommers a épousé ce type en toute légalité. Quoi que vous fassiez pour sa ville, ça ne lui donnera pas forcément envie de se chercher un autre mari.

Harding partit d'un petit rire.

— Bien sûr qu'elle s'en cherchera un autre, quand elle aura découvert que son sauvage l'a abandonnée. Ce genre d'homme, ça n'est pas taillé pour la vie conjugale. Je me fais fort de l'en convaincre. Je vais me débarrasser de son appaloose, et adieu Vince Beaumont, alias Tall Bear !

Keller s'assit à son bureau en grimaçant de douleur.

— Vous comptez l'épouser ?

— Maintenant qu'elle a couché avec un Indien ? Non. J'ai pour objectif de l'aider à bâtir sa ville. Ensuite, quand le coin aura pris de la valeur, elle aura la désagréable surprise de constater que le prix des terres du chemin de fer sur lesquelles elle s'est installée aura décuplé ; elle ne pourra plus les acheter... Quand même, on se demande pourquoi une femme aussi bien a épousé un métis ! Moi qui étais certain qu'elle m'attendrait !

— Bah, il y a des femmes qui préfèrent les grands costauds basanés et ce Tall Bear n'est pas spécialement laid.

La colère brilla au fond des prunelles de Harding.

— Si elle a couché avec lui, elle couchera avec

n'importe qui d'autre… Qu'elle le fasse ou pas n'a aucune importance. Ce qui m'importe, c'est la ville qu'elle bâtira… et que je lui soufflerai quand tout sera achevé. Peu à peu elle en perdra le contrôle et finira par partir. Maintenant que ce Beaumont a disparu de la circulation, humiliée par cet abandon, Sarah Sommers sera à ma merci.

Il tira son chapeau au shérif et lança avant de sortir :

— Je reviendrai vous porter votre argent.

Keller hocha la tête et grommela en le suivant du regard.

— Prétentieux !

S'il le détestait, force lui était d'admettre que Harding rémunérait grassement ses services et, comme sa paie de shérif n'était pas suffisante, il ne refusait pas quelques extra.

— Papa… l'est là !

Ses beaux yeux noisette emplis d'espoir, Johnny avait poussé la porte à moustiquaire et se tenait sous le porche. Sarah avait de la peine pour cet enfant qui ne comprenait pas la disparition de son nouveau père et guettait son retour depuis plusieurs jours. Elle rejoignit son fils, prit sa menotte au creux de la sienne et regarda avec lui approcher le cavalier. C'était Buck qui rentrait… tout seul. Quand il se laissa glisser à bas de sa selle, l'cxpression de son regard la rendit plus triste encore.

— Où il est, papa ?

Buck réussit à sourire à l'enfant :

— Il ne peut pas encore rentrer, fiston… Désolé, m'dame, souffla-t-il à Sarah.

— Cours donc t'amuser avec les petits chats dans l'écurie, mon chéri, mais ne les embête pas trop.

— D'accord, m'man!

Johnny partit d'une traite et Sarah bénit le ciel de leur avoir envoyé une chatte, probablement de la colonie installée plus au sud, et qui avait fait ses petits dans l'écurie. Cela constituait une diversion appréciable.

— Qu'avez-vous découvert, Buck?

Henry Baker les avait rejoints.

— Ça me fait mal de vous le dire, m'dame, mais tout tend à prouver que Vince est parti pour de bon. J'ai découvert qu'il avait vendu ses chevaux à l'écurie de louage pour une somme rondelette et, ensuite, il s'est volatilisé. Il n'a rien acheté; on ne l'a pas vu dans les tavernes. J'ai questionné le shérif et il m'a dit qu'il n'aimait pas voir les Indiens traîner à Cheyenne et qu'il aurait forcément remarqué sa présence.

Sarah se redressa avec dignité, essayant de rester forte. Les pires de ses craintes se réalisaient.

— Ça ne lui ressemble pas, Buck. Jamais il ne me ferait une chose pareille, dit-elle, se détournant pour essuyer une larme. Il m'a dit qu'il voulait me faire une surprise. Et si... s'il avait été obligé de pousser plus loin, vers une destination qui nous reste inconnue?

— Mettons... Il a quand même assuré qu'il ne s'absenterait que huit jours. Je n'essaie pas de vous démoraliser, m'dame, mais de vous faire comprendre la vérité. Avec son sang indien, s'installer, vivre en sédentaire, ça lui a peut-être pesé plus qu'on ne croit. Ce n'était peut-être pas facile pour lui de s'adapter au mode de vie des Blancs.

— Il m'aurait avoué ses difficultés, l'interrompit-elle.

— Mettons... Mais imaginons qu'il n'ait pas su comment vous l'expliquer? Il m'a fait l'impression de ne pas toujours arriver à dire vraiment ce qu'il ressentait.

Sarah le regarda bien en face, le regard flamboyant de colère.

— Il m'aimait, Buck ! Il est allé jusqu'à m'épouser. L'aurait-il fait s'il n'avait pas eu l'intention de vivre en couple comme un Blanc ? Et là-bas, dans le corral, se trouvent les onze autres chevaux qu'il a capturés ; à l'écurie l'attend son second appaloose. Le bien le plus précieux pour un Indien, ce sont les chevaux. Il n'aurait pas filé sans les emmener. Il lui est arrivé malheur, Buck. J'aimerais que vous découvriez quoi.

— J'ai fait mon possible, m'dame, répondit-il en se passant la main dans les cheveux. J'ai posé des questions à tout le monde, à Cheyenne.

— Y compris à Tod Harding ?

— Non, m'dame. Il était absent pour affaires. Le gérant de sa scierie m'a juré que son patron était parti depuis deux semaines avant l'arrivée de Vince.

Une larme coula sur sa joue, qu'elle n'eut plus la force de cacher.

— Qui nous prouve qu'il n'a pas menti ? Vince n'avait confiance ni dans Harding ni dans cette espèce de shérif. Ils ont essayé de nous provoquer, lors de notre passage, il y a deux mois. Vous avez vérifié à l'intérieur de la prison, dans les cellules ?

— Oui, m'dame. Vides. Le shérif Keller avait la mâchoire rudement enflée mais il m'a raconté qu'il avait récolté ça en séparant des ivrognes qui se bagarraient dans un bar. J'ai poursuivi l'enquête à l'écurie et dans la ville. Aucune trace de son cheval.

Sarah porta les mains à son ventre où grandissait le bébé de Vince. Si elle lui avait annoncé qu'il allait être père, il aurait au moins eu une raison de rentrer. Pourquoi l'aurait-il quittée puisqu'il l'aimait ? Il était parti si heureux à la perspective de revenir avec une surprise pour sa femme ! Parti... depuis trois semaines...

— Il faut persévérer, Buck. Imaginez que ce soit Vince qui ait amoché la mâchoire de Keller ! Cette fois, faites le tour des colonies, dans un rayon plus vaste ; le long de la voie ferrée, jusqu'au bout de la piste. Demandez à tous ceux que vous croiserez s'ils n'ont pas vu mon mari. Un homme si typé ne passe pas inaperçu. Ceux qui l'auraient remarqué se souviendront de lui, ajouta-t-elle en portant la main à ses lèvres pour ravaler un sanglot. Ce soir, je vais vous préparer un bon repas et, demain, je voudrais que vous repartiez. J'irais bien moi-même, mais avec Johnny... et puis... et puis je suis enceinte.

Buck ferma les yeux et un soupir lui échappa.

— C'est bien malheureux, tout ça, madame Beaumont, intervint Henry en rabattant son chapeau sur ses yeux. Je repars travailler à votre maison parce que votre mari reviendra, j'en suis sûr. Comme ça vous pourrez emménager quand il sera de retour.

Henry s'en fut, laissant Sarah sangloter sans bruit. Buck lui tapota l'épaule.

— C'est bon, je reprendrai la route, allez. Ce n'est pas pour vous faire pleurer, mais... Tiens, je vais m'occuper de mon cheval en attendant le souper.

— Merci, Buck, de ne pas abandonner les recherches.

— Ça ne me gêne pas, vu que je l'aime bien, Vince. Peut-être lui est-il arrivé un pépin. Si vous voulez, je peux aller fouiner dans les repaires de hors-la-loi. Il y en a sans doute qui le connaissaient.

— Bonne idée. S'il le faut, fouillez tout le Wyoming.

— Entendu, m'dame. J'irai jusqu'à vérifier dans les forts de la région, les réserves sioux !

— Merveilleux ! Si son côté indien a repris le dessus, c'est là qu'il faut le chercher. Si vous le trouvez, Buck, dites-lui que j'attends un enfant de lui. Il reviendra s'il l'apprend. Dites-lui... dites-lui que je l'aime et que je suis prête à quitter le relais pour aller vivre dans la réserve s'il l'exige.

— Promis, m'dame, fit Buck en se frottant la nuque.

Il repartit vers l'écurie, se demandant s'il l'aimait bien ou s'il le détestait, ce Vince Beaumont. S'il découvrait qu'il avait tout simplement abandonné Sarah, il serait tenté de le descendre parce qu'il ne mériterait plus les sacrifices qu'elle était prête à consentir pour lui.

Sarah s'éloigna le long du porche pour pleurer à chaudes larmes à l'insu de Johnny. De tous les malheurs qu'elle avait endurés, rien ne lui avait fait aussi mal, rien n'avait à ce point ébranlé sa foi en Dieu et en l'humanité. Elle était seule de nouveau, comme si Dieu s'acharnait à lui refuser le bonheur. Eh bien non ! Elle tiendrait bon. Elle garderait foi en l'amour de Vince, en sa force, et il lui reviendrait. Pour Johnny, pour l'enfant qui grandissait en elle.

QUATRIÈME PARTIE

26

1870

Quand Bret Flowers descendit du train, l'enseigne qui ornait le fronton de la gare lui tira un gloussement de plaisir : Sommers City était désormais une bourgade où régnait une fiévreuse animation. Ecurie de louage, bazar, gare, hôtel avaient poussé comme des champignons autour du relais de diligences transformé en maison de rapport et baptisé Le Beaumont. Pressée de retrouver Sarah Sommers, dont la localité avait gardé le nom, elle cria à son inévitable complice, Ben Carson :

— Alors tu descends ? Et on se dépêche !

— Elle est toujours pressée, celle-là ! bougonna Ben qui, coincé entre deux gros sacs en tapisserie, tentait de sauter du marchepied. Je vais récupérer ta malle et tous tes sacs, et ensuite il me faudra trouver une charrette pour les transporter. Tu aperçois un hôtel quelque part ?

— Oui, mais je préférerais louer une chambre dans l'ancien relais. Je parie que Sarah habite la grande maison qui se trouve derrière. Imagine un peu, Ben : une ville jaillie du cerveau de Sarah !

— L'annonce recommandait de contacter une Sarah Beaumont.

— Elle a dû se remarier, ce qui me ferait bien plaisir car elle a eu une vie difficile.

Balançant son ombrelle du même rose que sa

robe à volants, la croupe ondulante, Bret traversa la route poussiéreuse sous le regard ébahi des passants. Qu'ils se rincent l'œil, elle avait l'habitude ! On avait doté la maison de rapport d'un nouveau porche orné de pots de fleurs ; un rideau en dentelle masquait le carreau ovale de la porte vitrée. Un carillon tinta, agité par un coup de vent qui lui souffla du sable en pleine figure. A travers le rideau, elle vit une ombre avancer et la porte s'ouvrit sur une femme de forte corpulence dont les traits sévères se pincèrent d'un air réprobateur.

— Je cherche Sarah Sommers... qui se nomme sans doute Beaumont, maintenant. Elle vit encore dans les parages ?

Après avoir pris le temps de détailler sa tenue extravagante, la femme répondit avec un fort accent allemand :

— Mme Sarah Beaumont habite la maison juste derrière. Je me présente : Maud Grummond ; mon mari est le cordonnier et moi je gère les chambres de voyageurs pour Sarah. Vous venez monter une affaire vous aussi ?

— En un sens, oui. Mais d'abord, je viens prendre des nouvelles de Sarah. On se connaît depuis longtemps.

— Elle ne va pas si bien que ça depuis que son bon à rien de mari l'a abandonnée mais c'est une femme forte. Les gens d'ici l'admirent. C'est le genre de personne qui persévère coûte que coûte, vous voyez.

— Oui. Je m'en suis rendu compte. Vous n'auriez pas une chambre à louer, par hasard ?

— Il y en a une, oui, mais je ne la louerai qu'avec l'approbation de Sarah. Revenez me voir si vous avez son accord, répondit l'Allemande, toujours réticente.

— Bien sûr. De votre côté, si un homme suivi

d'une charrette de bagages me demande, pourriez-vous lui dire de laisser mes sacs chez vous et de prendre une chambre à l'hôtel pour lui ?

Elle repartit dans un tournoiement d'ombrelle, méditant sur les nouvelles infortunes de Sarah. Un concert de coups de marteau la suivit jusqu'à la nouvelle maison : on construisait partout et les bourrasques charriaient la bonne odeur de bois de construction. Le train lança quelques coups de sifflet stridents pour signaler son départ.

La maison de Sarah était toute blanche avec des volets bleus et le porche débordait de fleurs. Bret toqua à la porte à moustiquaire, ce qui fit accourir un ravissant petit garçon aux grands yeux noisette et aux boucles châtaines.

— 'jour ! lança-t-il avec un sourire enjôleur qui lui creusait des fossettes.

— Bonjour ! Je parie que tu es Johnny.

— Oui. J'ai cinq ans.

— Pas possible ! Cinq ans déjà ? Et moi qui t'ai vu naître ! Le temps passe...

— Tu m'as vu naître ?

— Et comment ! Où se trouve ta maman ?

— Dans la chambre. Elle donne la tétée à mon petit frère. Alexandre, il s'appelle.

Un petit frère ! Pauvre Sarah, elle n'avait vraiment pas de chance avec ses maris. Le premier mort noyé, le second qui l'avait abandonnée...

— Qui est-ce, Johnny ?

Le garçonnet repartit au trot dans le couloir et s'engouffra dans une chambre.

— Une jolie dame, maman !

Bret franchit le seuil en annonçant :

— C'est Bret Flowers, Sarah !

— Bret ? Pas possible ! Un instant.

Bret en profita pour avancer dans le couloir. A droite, un salon, petit mais très bien tenu. Au fond, elle aperçut une cuisinière émaillée, des tables et des chaises. A gauche, un bureau avec des étagères surchargées de livres et une table sur laquelle se trouvaient des papiers. Les deux autres portes devaient être celles des chambres. Sarah sortit de l'une d'elles en reboutonnant le corsage de sa robe. La joie qui illumina son regard, l'élan avec lequel elle se jeta dans ses bras réchauffèrent le cœur de Bret.

— Si je m'attendais à un accueil aussi chaleureux ! Voyons que je vous examine, Sarah Sommers... enfin, Beaumont, c'est bien ça ? Oh, vous êtes encore plus belle que dans mon souvenir... et plus femme parce que, quand vous avez eu votre premier bébé, vous étiez à peine sortie de l'enfance. Quel âge avez-vous, maintenant ?

— Vingt-quatre ans. Et Johnny cinq ans passés.

— C'est ce qu'il m'a dit. Son père devait être rudement bel homme, non ?

— Johnny était très séduisant, répondit Sarah, tout attendrie.

Bret replia son ombrelle avant de la poser dans un coin.

— Figurez-vous que Ben et moi avons lu l'annonce que vous avez passée dans le journal de Denver pour proposer à des colons de venir. On s'est toujours demandé ce que vous étiez devenue, et comme à Denver les gens comme nous sont regardés de travers, on s'est dit qu'on pourrait installer notre affaire ici, au lieu de tenir les tables de jeu et mettre de l'ambiance dans les saloons des autres. Mais au fait, je ne vois pas Hilda !

— Hilda... est décédée... il y a quatre ans, avoua Sarah avec tristesse. Oh, Bret, j'ai tant de choses à vous raconter ! Vous n'êtes pas trop pressée ?

— Je dispose de tout le temps du monde puisque Ben et moi sommes venus voir si vous accepteriez qu'on ouvre un saloon.

Sarah remonta une mèche qui s'était échappée de son chignon. Depuis la disparition de Vince, elle ne se souciait plus guère de son apparence. Elle se trouva soudain la mise bien austère, comparée à la toilette rose de cette séductrice professionnelle.

— Ma foi, je suppose... que toute ville a un saloon. Plusieurs, même. Simplement, je ne tiens pas... Ça me paraîtrait déplacé si...

— Oh, rassurez-vous, je pensais uniquement à un débit de boissons où les hommes trouveraient aussi une salle de jeu, rien de bien méchant.

Si la beauté de Sarah s'était épanouie, elle avait dans le regard une infinie tristesse et elle semblait terriblement lasse. Elle lui prit la main.

— Maintenant, mon petit, commençons par le commencement : racontez-moi ce qui est arrivé à notre malheureuse Hilda... et surtout cette histoire de mari qui vous a laissée toute seule avec un bébé... Qu'est-ce qui se passe, ici ?

Sarah ferma les yeux, tâchant de refouler la douleur qui n'en finissait pas de la tourmenter.

— J'aimerais bien le savoir. Vous qui avez l'expérience du monde, Bret, vous aurez peut-être une idée.

— Je tâcherai de faire de mon mieux. Allez, on va s'asseoir au salon et vous me raconterez vos ennuis.

— Oui, allez vous installer pendant que je couche Johnny pour la sieste. Et Ben ?

— Il s'occupe de l'intendance. Il s'en sortira bien tout seul, pour le moment !

— Si vous saviez combien c'est bon de vous revoir, Bret. Vous, au moins, je sais que vous comprenez. Je vous le dis tout de suite : mon mari ne m'a pas abandonnée ; même si je ne découvre jamais la vérité sur sa disparition, jamais je ne croirai qu'il m'a quittée de son propre chef. Mais suivez-moi.

Elles entrèrent dans la chambre de Sarah où le bébé dormait dans son berceau tandis que, assis sur le parquet, Johnny jouait tranquillement. Il abandonna ses jeux, grimpa sur le lit et se laissa tomber au creux du matelas de plume. Sarah caressa tendrement les cheveux de son dernier-né.

— Il a déjà quatorze mois et je l'ai prénommé Alexandre, comme son grand-père Beaumont.

Elle lui exposa les origines de Vince, concluant :

— Je sais que s'il le pouvait, Vince serait ici en ce moment même. J'ignore s'il est mort, si je suis veuve ou toujours mariée... Je l'ai épousé parce que je l'aimais, que j'avais envie de partager ma vie avec lui, pas pour qu'il me protège. Je sais bien que les enfants auraient besoin d'un père mais jamais je n'aimerai personne comme je l'ai aimé. Si vous saviez comme il est bel homme ! Et c'est lui qui a sauvé la vie de mon petit Johnny. Mais allons prendre du thé... Je vous expliquerai toute l'histoire. Que c'est bon de vous revoir ! Un certain nombre de femmes se sont installées dans les maisons neuves mais elles ne sont pas là depuis longtemps ; d'ailleurs elles me conseillent de demander le divorce pour pouvoir refaire ma vie.

Bret suivit son amie dans la cuisine où Sarah mit la bouilloire à chauffer. Et, pendant deux heures, elle lui confia ses tribulations et ses joies.

— Depuis sa disparition, je m'entête à rester à Sommers City, pour qu'il sache où me trouver, s'il revenait.

— Si c'est pas triste, une vie pareille... Tout ce que vous avez enduré, mon pauvre petit ! Jamais je n'aurais tenu le coup, à votre place.

— A votre avis, Bret, il a vraiment pris la décision de me quitter ?

— Difficile de deviner. J'ai connu beaucoup d'hommes. La plupart ne valent rien. Il y en a tant qui abandonnent femme et enfants pour une autre, ou pour l'appât de l'or, ou bien parce qu'ils ont la bougeotte, tout simplement. La description que vous me donnez de Vince Beaumont... Je ne sais que vous dire. Une femme ravissante comme vous, un adorable petit garçon, un autre enfant à naître...

— Il ne savait pas qu'il allait être père. J'attendais son retour de Cheyenne pour le lui annoncer.

Bret passa le bout du doigt sur le pourtour de sa tasse qui portait la trace de son rouge à lèvres.

— Parlez-moi de ce Tod Harding.

Sarah se leva et, gagnant la porte de derrière, leva les yeux vers les montagnes. Depuis plus d'un an, une question demeurée sans réponse l'obsédait sans cesse : « Où es-tu, Vince ? »

— J'ai l'intime conviction qu'il est responsable de la disparition de mon mari. C'est son attitude menaçante, le mépris avec lequel il a traité Vince, quand nous l'avons rencontré à Cheyenne, qui m'en convainc. Harding aurait eu des vues sur moi, et mon mariage l'a pris de court. Aurait-il décidé de se venger ? Moi, je ne crois pas que c'était ma main qu'il voulait, c'était plus retors que cela. Quoi qu'il en soit, il faut être cruel, et même démoniaque, pour enlever un homme et plonger toute sa famille dans une mortelle angoisse ! Eh bien, Bret, croyez-vous que je me fasse des illusions ?

— Mon petit, je pense qu'un homme sain d'esprit ne laisserait jamais tomber une femme belle et courageuse comme vous. La disparition de votre mari reste une énigme. En revanche, ce Tod Harding, j'aimerais bien le cuisiner un peu.

— Vous n'allez pas tarder à faire sa connaissance : il m'a écrit qu'il comptait bientôt ouvrir ici un dépôt de bois de charpente et même un hôtel.

— Parfait. Je tâcherai de l'approcher et de lui tirer les vers du nez. Les hommes de la ville s'arrêteront tous un jour ou l'autre à notre saloon ; Tod Harding aussi.

— Je me le demande. Harding est une fine mouche, il sait parfaitement dissimuler ses actions illégales.

— On trouve toujours le moyen de faire parler les gens.

— Oh, Bret, je vous aime vraiment bien ! Vous savez comme j'admire votre mépris des convenances et votre goût de la liberté.

Bret gloussa de fierté.

— Oh ! je ne suis pas si libre que ça ! Cette réputation me nuit... Jamais un homme respectable ne songera à m'épouser, alors que parfois j'aimerais tant mener une vie rangée, avoir un enfant...

— Et Ben, pourquoi ne pas l'épouser ?

— Ben ? On est amis depuis toujours. C'est bien le dernier homme que je songerais à épouser ! Non, non. Et maintenant, parlez-moi de Sommers City. En pleine croissance, n'est-ce pas ?

— Croissance qui me soutient le moral. Tout s'est déclenché du jour au lendemain : le train est passé, les voyageurs ont afflué à Sommers City, comme l'avait prévu Harding. Buck a ouvert une sellerie en plus de l'écurie de louage. Maud est venue ici avec son mari après avoir renoncé à exploiter un lopin de terre donné par l'Etat sur lequel ils s'échinaient pour rien. Il y a notre charpentier, Henry Baker, un veuf, et tant d'autres qui ont répondu à mes annonces. Certains font étape le long de la voie ferrée, en quête d'un endroit où s'établir. Ils commencent par chercher une chambre, voilà pourquoi je loue des pièces en garni dans l'ancien relais.

Elle revint débarrasser la table et porta les tasses à la cuisine. Bret remarqua qu'on avait installé une pompe à eau dans cette pièce, remarquable confort. Le regard perdu dans le paysage qui se découpait par la fenêtre, au-dessus de l'évier, Sarah poursuivit en faisant la vaisselle :

— Un artisan a suivi l'autre. J'ai eu besoin d'un charpentier, lequel a eu besoin de bois, de matériaux de construction, d'outils. Les épouses arrivent à la suite de leur mari et demandent du tissu pour coudre des vêtements, des provisions pour la cuisine. Des commerces se montent pour satisfaire leurs besoins. Les fermiers des environs apportent leurs produits. Les anciens éclaireurs se sont reconvertis en chasseurs et nous fournissent du gibier, si bien qu'il nous a fallu un boucher qui s'approvisionne également en viande de bœuf aux ranches des environs. Stocker la viande implique l'embauche d'un homme qui descende de la glace des montagnes. Ce qui nécessite entrepôt et moyen de transport. Avec l'augmentation de la population s'est fait sentir le besoin d'une église, d'une école et, pourquoi pas, d'un saloon. Un pasteur ambulant, celui qui nous a mariés, Vince et moi, a décidé de s'installer pour bâtir une église. Pour l'heure, il assure l'office du culte devant la cahute où il s'est installé.

— Par ma foi ! vous qui vouliez bâtir, donner vie à un rêve pour vous prouver, à vous et à votre famille, que vous étiez capable...

— Financièrement parlant, je m'en sors ; je sais m'organiser. Mes premiers gains, je les ai utilisés pour payer la maison, agrandir le relais et construire la gare. J'ai trouvé une personne qui m'aidera à tenir un restaurant au voisinage de l'hôtel. J'ai les concessions de surplus de terres appartenant au chemin de fer ainsi que quelques hectares, plus au nord, et les gens qui y bâtissent me paient un loyer. J'organise des réunions, on a fixé un impôt sur les bénéfices qui servira à faire venir l'eau de la montagne, recouvrir la chaussée de briques, planter des arbres et remplacer les cabinets de jardin par un système d'égout.

— Saperlipopette, vous n'avez rien laissé au hasard !

Les joues empourprées, elle ajouta :

— Le croirez-vous, c'est moi le maire de l'endroit. Une femme ! La première du pays, je parie. J'ai décidé que nous avions besoin de nous structurer, d'embaucher un shérif, qui sait.

Bret s'esclaffa.

— Un shérif ! Attendez un peu que Ben entende ça !

Le sourire de Sarah s'évapora et, le regard embué, elle ajouta :

— Je renoncerais à tout dans l'instant si ça pouvait faire revenir Vince. S'il n'y avait pas les enfants, je partirais explorer le pays pour le retrouver. Mais où chercher ? Buck a fouillé jusqu'aux réserves sioux. Voilà pourquoi je crois à un coup monté, Bret. Si Vince avait éprouvé le besoin de repartir, il serait allé vivre parmi les Indiens. Les Sioux, au moins, auraient eu de ses nouvelles. Un homme comme lui, si grand, si beau, ne passe pas inaperçu.

Bret en avait elle aussi les larmes aux yeux.

— J'ai du chagrin pour vous, mon petit. J'aurais tant aimé connaître votre mari. L'homme rêvé, apparemment. De toute façon, vous ne vous seriez pas établie avec un homme insignifiant, surtout après un premier mariage aussi dramatique.

— C'était ma faute. Je n'étais qu'une naïve écervelée, têtue comme une mule — une enfant, en somme — et j'ai épousé un autre enfant ; notre fugue, nous l'avons chèrement payée. Ce qui s'est passé ensuite a été l'affaire du destin. Il fallait bien continuer, pour mon fils. Et maintenant, j'en ai deux.

Le bébé se mit à pleurer. Bret se leva, s'étira, annonçant :

— Je vais regagner ma chambre et me rafraîchir avant de déballer mes affaires. Puis Ben et moi, on se mettra à la recherche de ce charpentier dont vous parliez. Oh, à propos ! j'aurais besoin que vous me recommandiez auprès de Maud qui ne me louera la chambre qu'avec votre consentement. Elle n'approuve pas trop mon genre. Et comme elle approuverait encore moins que nous fassions chambre commune, j'ai expédié Ben à l'hôtel. On a pourtant souvent dormi ensemble, en frère et sœur.

Sarah hochait la tête, essuyant ses larmes.

— Comment vous êtes-vous connus, tous les deux ?

— Oh, ça remonte à loin. Deux petits orphelins à New York. On ne s'est plus quittés ; pendant un temps, on est partis chercher de l'embauche sur les bateaux qui sillonnaient l'Hudson. Ben a commencé à jouer, il est devenu très doué, et maintenant il vit grâce au jeu. Malheureusement, de nombreuses villes ne l'acceptent plus, c'est pourquoi on a choisi la vôtre pour essayer de monter une affaire honnête... ouvrir un saloon... embaucher un pianiste... J'ai un brin de voix, je pourrais faire deux spectacles par soirée et Ben tiendrait le bar. On s'installerait un appartement au premier.

Sarah revint à Bret qu'elle étreignit.

— Moi, je suis très heureuse que vous soyez de retour.

— Moi aussi, et encore plus contente que ma compagnie puisse vous être utile. Je n'ai que trente-cinq ans mais je pourrais en avoir quatre-vingts, avec tout ce que j'ai vécu. Il est temps de me ranger.

— Je vous trouve très séduisante, Bret, et vous le savez, que vous êtes jolie, avouez.

Ses yeux se plissèrent en un sourire ravi.

— Vous êtes adorable de gentillesse, mon petit. Quand j'y repense... Tout a commencé avec ce type, à bord du bateau qui croisait sur l'Hudson. Il a décidé de ne plus se contenter de mes seuls services de cuisinière de l'équipage. Je me suis défendue bec et ongles ; il a eu le dessus, dit-elle en haussant les épaules. Après ça, c'était mourir de honte ou survivre. J'ai vécu... j'avais très peur. Au bout d'un temps, j'ai fait ce métier comme les autres exercent le leur. Et puisque je n'étais plus bonne pour le mariage, j'ai continué. Ben et moi, on a fait de la route ! Vous me croiriez si je vous disais que lui et moi on n'a jamais couché ensemble ?

— Oui.

— Eh bien, vous êtes la seule ! Pourtant c'est la vérité.

Sur ces mots, elle lissa les plis de son ombrelle rose et sortit. Bien qu'Alexandre pleurât toujours, Sarah la raccompagna sur le seuil.

— Bienvenue à Sommers City. Et ce soir, Ben et vous, vous dînez à la maison. Six heures et demie. Ça vous convient ?

La bouche de Bret frémit d'émotion tandis qu'elle reniflait pour ne pas se mettre à pleurer.

— C'est très gentil à vous, Sarah.

C'est alors que Maud traversa la pelouse. Elle stoppa net, sidérée que la « cliente » ait passé des heures chez Mme Beaumont.

— Je venais vérifier s'il faut réserver la chambre plus longtemps.

— Oui, répondit Sarah. Mlle Flowers logera chez

vous en attendant de s'être fait bâtir une maison à elle.

— Bon, d'accord, fit Maud en secouant la tête, ce qui fit rire Sarah et Bret.

— Un dollar la nuit et cinq dollars la semaine, annonça Sarah.

— Parfait. Ben vous donnera cinq dollars d'avance pour la première semaine quand on viendra dîner.

— Je vous attends. A propos : Buck Jones sera des nôtres.

— Epatant ! J'aurai plaisir à le revoir, ce gai luron.

Elles se regardèrent droit dans les yeux un moment de plus, ces deux personnes venues de deux mondes si différents et qui se comprenaient totalement. L'arrivée de Bret réconfortait Sarah qui voyait comme un bon présage ce retour du passé. Vince reviendrait, lui aussi. Cette certitude, elle la tenait de la sensation constante d'être proche de lui ; parfois même elle le sentait près d'elle, la nuit, dans leur lit. Et dans ces cas-là, elle savait que Vince Beaumont était en train de penser à elle.

27

1871

Vince ferma les yeux et, pour raviver ses forces chancelantes, il se remémora l'héroïsme avec lequel il avait enduré le supplice de la Danse du Soleil, tandis que les broches plantées dans ses pectoraux lui déchiraient lentement les chairs. Les années passées chez les Sioux lui avaient enseigné le courage, l'endurance et surtout la manière de s'abstraire de son corps pour ne plus sentir la douleur. Une fois de plus, il réussit à s'évader de l'enfer de sa geôle crasseuse.

D'après ce qu'il avait pu tirer de ses compagnons, pauvres hères mourant de faim, rongés par la maladie, on les avait jetés au fond d'une cellule située sous le tribunal de Fort Smith, dans l'Arkansas, en plein Territoire indien. Depuis le temps, il ne frissonnait même plus d'horreur quand un rat lui passait dessus ; il s'était habitué aux odeurs pestilentielles. Dans ce cachot sans fenêtre, il n'avait qu'à fermer les yeux pour se propulser au sommet d'une montagne, au cœur du ciel où planait un aigle, inhaler à pleins poumons la senteur des pins. Le beau visage de Sarah lui apparaissait, auréolé de sa somptueuse chevelure rousse, et sa voix se substituait aux plaintes déchirantes, aux quintes de toux des autres prisonniers. Il sentait son odeur de lilas, le goût de ses lèvres... un éclat de rire flûté et le sourire si attendrissant de Johnny lui apparaissaient.

Le soleil, il ne le voyait qu'une fois par semaine, quand, sans lui ôter ses fers, on l'arrachait à son puits obscur pour le lâcher dans la cour où il tournait en rond deux heures d'affilée. Durant le premier mois de captivité, il n'avait même pas pu profiter de ce peu de liberté parce que sa blessure à la jambe s'était infectée. Les chasseurs de primes qui l'avaient mené à la prison ne lui avaient en effet extrait la balle qu'au bout de quinze jours, au cours d'une effroyable boucherie accomplie au couteau de chasse devant un feu de camp. Vince avait dû réapprendre à marcher, soutenu par d'autres prisonniers. Depuis, chaque jour, coûte que coûte, il faisait de l'exercice pour garder une musculature aussi robuste que possible.

Un jour, il sortirait de ce trou à rats. Un jour... Il

fallait y croire, rêver de lumière, d'air pur, de Johnny, de la liberté. Et Sarah, que devait-elle penser ? Tod Harding lui avait certainement raconté que son mari l'avait abandonnée. Trois ans avaient passé, à en croire les encoches gravées sur le mur. A son arrivée, on l'avait mené devant le juge mais il était tellement affaibli par le charcutage de sa jambe qu'il n'avait pas pu se défendre. D'ailleurs le magistrat, complètement ivre, n'était même pas en état de présider l'audience ; il s'était contenté de le faire jeter dans les caves, refusant de le revoir jamais. Refusant de prévenir Sarah.

On avait dû en distribuer, des pots-de-vin, pour arriver à le faire disparaître au fond de ce cachot ! Et pas moyen de s'évader de cette fosse en ciment, gardée par des geôliers et surmontée par le tribunal ; les rares qui l'avaient tenté s'étaient fait abattre. Si sa blessure avait fini par guérir tant bien que mal, le manque d'air, l'eau croupie, la pitance répugnante, les morsures des rats l'avaient empêché de récupérer totalement. Et puis s'évader, cela voudrait dire mener la vie errante des fugitifs sans jamais pouvoir retourner chez Sarah.

Vince rouvrit les yeux, fixa la muraille suintante, se tourna sur son grabat trop dur. Pourquoi ne l'avait-on pas pendu, puisque les chasseurs de primes lui avaient affirmé qu'ils avaient en main sa condamnation ? Un des gardiens de la prison lui avait expliqué que son « crime » n'ayant pas été perpétré en Territoire indien, le juge avait décrété qu'il n'avait pas autorité pour le pendre. Vince, lui, soupçonnait le juge d'avoir peur que les autorités fédérales aient vent de cette injustice. Une pendaison eût créé trop de tracas administratifs, aussi avait-il choisi la solution de facilité en le jetant aux oubliettes.

Vince avait eu raison de ne pas perdre espoir : un

des derniers prisonniers arrivés venait de leur apprendre que le juge allait être remplacé. Une série de meurtres s'étant produits dans ce Territoire indien qui se transformait en paradis pour hors-la-loi, le gouvernement avait décidé d'intervenir. C'était peut-être le salut de Vince. Si son cas était réexaminé, on se rendrait compte qu'il n'avait pas sa place en prison... ou bien on le pendrait.

— Sarah, murmura-t-il. Je t'aime. Tiens bon.

A ce moment précis, Sarah se dressa dans son lit. Elle aurait juré qu'on l'appelait à voix basse. C'était si réel qu'un frisson la parcourut. Elle se leva, enfila un peignoir, alla entrouvrir la fenêtre. La vague rumeur de la bourgade lui parvint. Elle frissonna encore, certaine que quelqu'un s'était penché au-dessus d'elle pour chuchoter son nom.

« Et si c'était Vince ? Mon Dieu, je vous en supplie, rendez-le-moi. Gardez-le-moi en vie. »

De l'espoir, il n'en restait guère qu'une lueur, depuis trois ans qu'il avait disparu. Si son esprit l'avait visitée, n'était-ce pas la preuve que Vince était mort ? Elle se concentra, l'appelant de toutes ses forces. Seul le hurlement des loups lui répondit des vallées lointaines. Elle referma la fenêtre, retourna au lit, où elle souffrait plus qu'ailleurs du vide de son existence.

Colons des environs et commerçants s'étaient rassemblés sur le quai de la gare pour accueillir la nouvelle maîtresse d'école. Sarah avait tenu à ce que ce soit une femme, décision que les citoyens... et même les citoyennes de Sommers City avaient entérinée par vote. Leur maire n'était-elle pas une femme, après tout ? Et puis dans l'Ouest, les gens s'estimaient plus progressistes que là-bas, dans l'Est : permettre aux femmes d'accéder aux emplois normalement occupés par des hommes, c'était prouver que, au pays de la chance, les colons avaient droit à une liberté d'un type radicalement nouveau.

Une mince personne d'âge moyen descendit du train et son visage sérieux s'éclaira à la vue du comité d'accueil. Mlle Sandra Bellings avait répondu à l'annonce placée dans les journaux de Denver et Omaha et Sarah soupçonnait les citoyens d'avoir voté pour une célibataire de trente ans qu'ils imaginaient d'une moralité irréprochable, et capable de donner le bon exemple aux enfants. On lui avait déjà bâti une petite école, à huit cents mètres au nord, à mi-chemin entre la bourgade et les diverses colonies des environs.

Mlle Bellings, originaire d'Omaha, avait répondu à l'annonce en envoyant une lettre pleine d'enthousiasme à la perspective de découvrir les somptueux paysages de l'Ouest, contrée où les femmes avaient davantage de liberté. N'avait-elle pas l'espoir, aussi, de se trouver un mari, comme tant d'autres célibataires en partance pour l'Ouest ? se demanda Sarah, amusée, tout en s'avançant vers elle, un bouquet de fleurs à la main. Bah, du moment qu'elle était bonne institutrice...

— Bienvenue chez nous, mademoiselle. Je me présente : Sarah Sommers-Beaumont.

— Vous êtes le maire ? C'est vous qui avez fondé la ville ?

— Ma foi, j'ai participé à la fondation de Sommers City, oui ; quant aux décisions, nous les prenons collectivement.

— Je suis très honorée de faire votre connaissance, madame.

L'institutrice prit le bouquet. Le groupe se referma sur elle pour l'escorter jusqu'au chariot qui la mènerait à l'école où l'attendait une collation.

Ensuite elle s'installerait dans sa maison à un étage jouxtant l'école.

Quel bonheur, quelle fierté de constater que la ville jaillie de ses rêves tournait comme un mécanisme aux rouages bien huilés ! Ils disposaient désormais d'une église et d'une école. Bret et Ben avaient bâti leur taverne qu'ils géraient de main de maître. Et Bret chantait si joliment qu'il arrivait même aux femmes de s'arrêter devant la porte, charmées par sa voix. Ben surveillait de près les consommateurs trop portés sur l'alcool et ne tolérait que le poker aux tables de jeu.

Sarah se tourna vers Bret qui surveillait Johnny, âgé de six ans, et Alexandre, deux ans et demi, bambin débordant d'énergie dont les longs cheveux noirs, les yeux verts rappelaient douloureusement son père. Ils allaient monter dans leur buggy personnel avant de prendre la route de l'école quand un homme, descendu d'un des wagons, se hâta vers Sarah.

— Madame Beaumont ! Comment allez-vous ?

Tod Harding ! Elle ne l'avait pas revu depuis l'incident de Cheyenne, trois ans auparavant, bien qu'il eût envoyé à Sommers City des ouvriers pour bâtir une épicerie et une graineterie. Se faisait-il rare parce qu'il se sentait coupable de quelque chose ?

— Vous ici, monsieur Harding ? Quelle surprise !

Toujours aussi fringant dans son pardessus de ville en drap de laine, chemise blanche à col haut et cravate en soie, il lui tira son huit-reflets et s'inclina.

— Pour ma part, je ne suis pas surpris de vous trouver ici... et plus ravissante que jamais. Vous embellissez avec les ans.

Il recula pour mieux admirer cette élégante en robe de velours d'un bleu roi vibrant, manteau à brandebourgs d'un bleu plus foncé et cintré à la taille. Sous le petit chapeau assorti, son chignon était serré dans une résille piquetée de perles blanches.

— Eh bien ma foi, les affaires prospèrent ! C'est une figure de mode que je retrouve, et non plus la gérante du relais accablée de travail.

— Les affaires marchent, monsieur, en effet. Mais qu'est-ce qui vous amène dans la région ?

— Oh, j'ai de fabuleux projets dont je tenais à vous entretenir en tête à tête. Les chemins de fer m'ont également chargé de vérifier comment se développent les gares de la ligne. Je pourrai leur rapporter que Sommers City donne entière satisfaction.

Bret approcha, tenant Johnny et Alexandre par la main. Elle dévisageait Harding, ce qu'il aurait pu interpréter comme des avances. En fait, elle cherchait seulement à le jauger.

— Je vous présente Tod Harding, Bret. C'est lui qui a bâti l'épicerie, la graineterie, lui encore qui m'a donné l'idée de prendre une concession sur les terres du chemin de fer.

— Mais bien sûr ! Alors comme ça, Tod Harding, c'est vous ! s'exclama Bret en le regardant avec gourmandise. Quelle élégance !

Plus sémillant que jamais, Harding, qui, malgré la tenue infiniment plus sobre que portait Bret, par respect pour Sarah, avait compris qu'il se trouvait en présence d'une « grande coquette », s'écria :

— C'est vous l'élégante, madame. A qui ai-je l'honneur ?

— Bret Flowers, copropriétaire de la taverne Flowers & Ben. Passez boire un verre, à vos moments perdus.

Tod promena sur son alléchante silhouette un regard de connaisseur.

— Entendu, madame Flowers. Mais dites-moi,

Sarah, autorisez-vous autre chose qu'une partie de cartes devant un verre de bière, dans votre ville modèle?

— Non, monsieur Harding.

— Bah, laissez tomber le «monsieur» et appelez-moi Tod. Après tout, je vous ai aidée à bâtir cette bourgade, n'est-ce pas?

— J'en avais le projet bien avant de faire votre connaissance, monsieur Harding! rétorqua-t-elle, s'obstinant à le tenir à distance. Je suis obligée de vous laisser, monsieur. A moins que vous n'ayez envie de vous joindre à nous pour fêter l'arrivée de la première institutrice de Sommers City?

— Avec joie! Cela me permettra de faire la connaissance de mes concitoyens puisque j'ai l'intention de rester ici un moment. Je ne vous ai pas annoncé la bonne nouvelle? Je vais construire un hôtel, un établissement dernier chic, ajouterai-je. Et si vous voulez louer une partie du rez-de-chaussée, vous pourriez y ouvrir un restaurant. Simple suggestion, bien sûr, car avec deux enfants, la charge de maire, vous devez être écrasée de travail... Oh, à propos, il faut que je vous demande... Avez-vous des nouvelles de votre mari? Le shérif de Cheyenne m'a dit que vous l'aviez fait rechercher, il y a deux ans. Il a... euh... il vous a quittée, non?

Sarah souleva Alexandre et l'affronta du regard.

— Croyez ce que bon vous semble. Vince ne m'a pas quittée; il lui est arrivé un accident.

Elle échangea avec Bret un coup d'œil entendu et toutes deux s'éloignèrent d'un pas énergique.

Le concert de coups de marteau se poursuivit tout au long de l'hiver, rythmant l'expansion de Sommers City. L'hôtel Harding poussa, avec ses deux étages, ses jolis rideaux aux fenêtres et son restaurant gastronomique au rez-de-chaussée. Mais ce n'était pas Sarah qui le tenait : elle refusait de se rendre dépendante de quiconque pour gagner sa vie, à plus forte raison de payer un loyer à Harding, avec qui elle ne voulait pas être en relation d'affaires.

Ce jour-là, en se regardant dans le miroir, elle se félicitait d'avoir gardé sa sveltesse après deux maternités. Elle portait une robe en vichy jaune aux manches ballon et au décolleté gansé de dentelle. Le petit chapeau à bord étroit assorti à la robe rehaussait le feu ardent de sa chevelure. Si seulement Vince revenait... Jamais il ne l'avait vue aussi pomponnée. Quel plaisir c'était de pouvoir à nouveau jouer de sa féminité, de se rendre à des réunions entre femmes, à des soirées dansantes !

C'était au premier bal du printemps de Sommers City qu'elle allait, en effet. Tod Harding lui avait fait la cour tout l'hiver pour qu'elle consente à y aller à son bras. Sans relâche il avait compati à son infortune, lui assurant qu'il n'aurait jamais pu quitter une femme aussi belle, aussi forte, aussi autonome ; il lui avait proposé l'aide de ses avocats pour prononcer le divorce, ce qui lui permettrait de se remarier. Elle avait obstinément refusé. Et elle irait au bal seule, danserait avec Buck et Ben.

L'habile Bret avait cuisiné Harding quand il était passé au saloon, et cette fine mouche qui affirmait être capable de lire dans le regard d'un homme à livre ouvert avait déclaré à son amie :

— Votre Harding, il sait quelque chose. Il ne m'a rien avoué encore, mais l'ivresse délie les langues et l'autre soir, il a fini par me glisser que Vince s'était peut-être fait arrêter ; qu'on l'avait peut-être pendu.

Pendu ! Aussitôt, Sarah avait envoyé Buck à Cheyenne mais ils avaient changé de shérif et le nouveau ne savait rien, pas plus que ceux des villes voisines. Elle avait écrit à plusieurs forts et villes plus importantes. Nul n'avait entendu parler de l'arrestation ni de la pendaison d'un Beaumont.

Fallait-il se résigner à donner un autre père à ses fils ou renoncer pour toujours au plaisir d'aimer ? Après avoir vécu avec Vince, elle se sentait cruellement seule.

Se détournant du miroir, elle sortit de sa chambre et, sous le porche, retrouva Maud assise sur la balancelle où elle faisait la lecture aux enfants. Elle contempla ses deux fils, réplique de leurs pères respectifs. Johnny, sept ans, plein de charme et d'allant, du sourire jusque dans ses yeux noisette, savait autant que son père jouer de son regard enjôleur. Alexandre, trois ans, avec ses yeux verts qui lui rappelaient tant l'homme dont elle attendait le retour, était un audacieux ; il fallait le surveiller de très près parce qu'il n'avait peur de rien. Il était attiré comme un aimant par les chevaux et jouait sans cesse auprès d'eux.

— Vous êtes sûre de ne pas vouloir aller au pique-nique pour danser, Maud ? Nous pourrions prendre les enfants.

— Oh, vous n'y pensez pas ! Notre petit Alexandre ferait mille sottises. Et moi, les grands tralalas, ça m'épuise. Je préfère rester ici à surveiller les enfants. Allez vous amuser, danser avec un beau monsieur peut-être, hein ? Il faut vous trouver quelqu'un, Sarah. Regardez-le bien, ce Harding : il a de l'argent, il présente bien, tout le monde sait qu'il vous fait les yeux doux.

Sarah sourit tout en faisant non de la tête. Difficile d'expliquer combien elle se méfiait de ce charmeur de Tod Harding, avec ses allures de bienfaiteur de la ville.

— Merci, Maud, de me les garder, dit-elle.

Elle monta dans le buggy et lança les chevaux vers l'entrepôt que Harding avait fait bâtir et qu'il ouvrait pour le bal. On avait organisé un buffet auquel les familles contribuaient et Sarah y avait déjà porté des tourtes confectionnées la veille. La musique lui parvint bientôt, violon, guitare, et même le piano du saloon, prêté par Bret. Quand elle attacha les rênes à un poteau, Buck vint à sa rencontre, lui proposant de dételer.

— Par ma foi, m'dame, vous êtes jolie comme un cœur ! La reine de beauté de notre ville.

Sarah rosit, lui pressa affectueusement la main.

— Merci, Buck. Sans vous, je me demande ce que je serais devenue. Vous vous êtes mis sur votre trente et un, dites-moi !

A l'occasion de cette fête, il avait enfilé un costume et fait l'effort de se pomponner. Il gloussa de plaisir en bougonnant :

— Si vous saviez ce qu'il me tarde de les quitter, ces nippes. Ça me gratte.

Sarah partit d'un rire joyeux et, sur le ton de la confidence :

— Ne manquez pas d'entrer manger tout votre soûl. Je tiens absolument à danser au moins une fois avec vous, Buck Jones ! Et si je peux vous glisser un tuyau, je parie que Mlle Bellings ne vous refuserait pas un ou deux tours de piste. Elle n'a d'yeux que pour vous.

Il balaya la remarque de la main et, l'air soudain pataud :

— Pas la peine d'essayer de me coller dans les bras de l'institutrice. J'ai comme l'impression que c'est une de ces femmes à poigne. Elle aurait vite fait de me mener par le bout du nez.

— Elle vous plaît, avouez.

Il pouffa de rire et secoua la tête, vaincu.

— J'irai lui dire bonjour, allez...

Une mélodie s'éleva alors dans l'air du soir, chantée par une ravissante voix de femme.

— Bret s'est décidée à pousser la chansonnette entre deux quadrilles, expliqua Buck. Dépêchez-vous : toute la population attend l'arrivée de Mme le maire Beaumont. Harding vous attend, lui aussi, ajouta Buck en la retenant par le bras. Il a demandé si vous étiez arrivée, tout à l'heure, certainement pour vous réserver un maximum de danses.

— Il fallait s'y attendre! s'exclama Sarah en levant les yeux au ciel.

— Une chose encore... Un homme l'accompagne. Il l'a présenté à la ronde comme étant le shérif idéal, racontant partout que Sommers City avait besoin de quelqu'un pour faire respecter la loi.

— C'est la vérité. J'ai abordé la question en réunion et la ville a le projet d'embaucher quelqu'un cet été.

— Je me rappelle, oui, mais figurez-vous que le type qu'il présente à tout le monde, c'est ce Joe Keller, le shérif de Cheyenne, à l'époque... Oui, si vous voyez ce que je veux dire... Harding et lui ont des accointances, et on dirait que Harding voudrait nous l'imposer.

L'angoisse étreignit Sarah qui jeta des coups d'œil affolés à la salle où la fête battait son plein.

— Ce Joe Keller m'horripile, Buck. Je me méfie de lui comme de la peste. Et je n'ai aucune confiance en Harding non plus.

— Harding a rudement chauffé la salle. Ils sont tous emballés par Keller qui se défend bien lui aussi. Harding leur a raconté que maintenant que son père est mort, il est obligé de s'absenter souvent pour aller superviser ses autres affaires. Comme il a ouvert une banque, un shérif, ça l'arrangerait bien. Ça les a impressionnés, nos concitoyens, qu'un ancien de Cheyenne accepte de monter ici.

— Si bien qu'en m'opposant à sa nomination, je me ridiculiserais. Je n'ai aucune preuve pour accuser ces deux gredins d'être intervenus dans la disparition de Vince ; uniquement des intuitions, auxquelles personne ne croirait. Ah, Buck, cette affaire sent le coup monté ; Harding cherche à s'emparer de la ville en impressionnant les habitants avec sa fortune, ses affaires, la banque. Il manœuvre dans l'ombre depuis longtemps, j'en suis sûre.

— Si on est obligés d'accepter Keller pour shérif, on le fera. Mais s'il ne fait pas convenablement respecter la loi, s'il se rend antipathique, il ne sera pas réélu, n'ayez pas peur, m'dame Beaumont.

— Eh bien, il était temps que vous arriviez !

L'intrusion de Tod Harding les interrompit. Joe Keller marchait dans son sillage. Promenant sur Sarah un regard de propriétaire des plus indécents, Harding s'exclama :

— Pourquoi cacher au monde tant de beauté ? Il est temps de danser, de profiter de la vie, de prendre du bon temps, Sarah Beaumont ! Je tiens à ce que vous m'accordiez toutes les danses.

Sans s'occuper de lui, Sarah se concentra sur Joe Keller. Sa méfiance se ranima instantanément. Il portait deux revolvers au ceinturon et dans sa face grêlée à l'expression dure, ses yeux noirs braqués sur elle la dévisageaient avec intensité. Il lissa du bout des doigts sa fine moustache, la salua d'un coup de tête en lui adressant l'ébauche d'un sourire conquérant.

— Que fait Joe Keller ici, monsieur Harding ?

— Madame le maire, Sommers City a besoin d'un shérif et Keller connaît bien son métier. Je vous garantis qu'il fera un excellent travail. Allons, pas de rancune. Cet incident ridicule, à Cheyenne… bon sang, c'était il y a des lustres ! Joe le déplore, d'ailleurs. Pas vrai, Joe, que vous le regrettez ?

— Sûr.

Sa désinvolture la confirma dans ses soupçons. Elle se planta bien en face de Harding.

— Il ne regrette rien du tout. Si je ne peux pas vous empêcher de convaincre mes concitoyens que c'est le shérif idéal, il a intérêt à exercer ses fonctions avec équité, loyauté, sinon nous ne le garderons pas. Ce que je pense de lui ne vous a pas empêché de l'amener ici, monsieur Harding, alors inutile de compter sur moi pour vous accorder la moindre danse.

Elle le planta là, prit la direction de l'entrepôt et répondit par des sourires à ceux qui lui faisaient fête. Harding et Keller se rabattirent alors sur Buck :

— Occupez-vous des chevaux et mêlez-vous de vos affaires, mon vieux, lui lança Harding. Et puisque Sarah et vous êtes si bons amis, pourquoi ne pas lui expliquer que Sommers City a besoin du shérif Keller ? Quant à son espoir de revoir ce sang-mêlé qu'elle a eu la bêtise d'épouser, démontrez-lui qu'elle espère en vain.

— Comment ça se fait que vous en sachiez autant, vous ? rétorqua Buck en se croisant les bras.

— Ça tombe sous le sens ! Depuis combien de temps est-il parti ? Quatre ans ? Revenez à la raison, vous autant qu'elle.

Buck l'examina de la tête aux pieds. Lui aussi eut l'impression que Harding savait quelque chose.

— J'aime Sarah Beaumont comme ma fille, Harding, alors je vous déconseille de lui nuire, sinon vous me le payeriez.

Harding ricana.

— Et vous, c'est le shérif Keller qui vous le ferait payer, dit-il, avant de tourner les talons pour rattraper Sarah.

Keller toisa Buck d'un air menaçant avant de regagner la salle et ceux sur qui il s'apprêtait à faire régner sa loi, un ramassis d'incapables, selon lui. Une fois en poste grâce à ce manipulateur de Harding, il embaucherait des adjoints à sa façon, d'excellents tireurs, et, en un rien de temps, il se rendrait maître de la ville. D'ici là, Harding serait arrivé à ses fins avec Sarah Beaumont.

28

Le juge Isaac Parker avait enfin donné audience à Vince ! Malgré la honte que lui inspiraient sa maigreur, sa barbe de plusieurs jours, la saleté de sa tenue rayée que les prisonniers n'avaient le droit de changer qu'une fois par semaine, il tâchait de faire bonne figure pour profiter de la chance qui lui était donnée de se défendre. Le magistrat portait le surnom de « Juge la Pendaison » parce que chaque fois qu'on avait recommandé la corde pour un prisonnier, il avait confirmé la sentence. Il vidait systématiquement les geôles de la prison, libérant toutefois certains prisonniers. Et le tour de Vince était arrivé. Les chasseurs de primes, lui ayant affirmé détenir des documents recommandant la pendaison, Vince ne doutait guère de la sentence. Malgré tout, il était déterminé à plaider sa cause.

Rond comme une boule, le juge Parker portait le bouc et fixait ses interlocuteurs avec un regard perçant.

— Vous avez l'air indien, Vince Beaumont, attaqua-t-il.

— Ma mère était sioux et dans mon peuple, je m'appelle Tall Bear.

Le juge accueillit l'information d'un coup de menton et, tirant sur sa barbiche, braqua un regard dur sur Vince à qui il finit par décréter :

— Je dois vous dire, monsieur Beaumont, que je n'ai trouvé aucun dossier vous concernant.

Une lueur d'espoir le traversa.

— Si je puis me permettre, monsieur le juge, je crois pouvoir vous en donner la raison.

Les sourcils de Parker se haussèrent et il demanda, intrigué :

— Vous parlez bien notre langue... quoique avec une pointe d'accent. Français ?

— En effet, monsieur le juge. Mon père était français et trappeur sur le cours supérieur du Missouri.

— Ah ! Et comment expliquez-vous que je n'aie pas l'ombre d'un document vous concernant ? De quoi vous accuse-t-on ?

— D'un meurtre que je n'ai pas commis. On m'a jeté au cachot sans procès. Celui qui prétendait m'avoir vu tuer la victime ne s'est jamais manifesté, n'est jamais venu m'accuser publiquement. On ne m'a même jamais dit son nom.

— Comment vous êtes-vous retrouvé en prison, dans ce cas ? demanda Parker d'un air contrarié.

— On m'a arrêté en pleine rue, sous une fausse accusation, on m'a battu. On m'a blessé, et deux soi-disant chasseurs de primes, dont je n'ai jamais su le nom, m'ont traîné jusqu'ici. D'après eux, on devait me pendre mais au lieu de cela, j'ai passé... Excusez-moi, mais en quelle année sommes-nous ?

Un ricanement fusa dans la salle. Le marteau du juge s'abattit aussitôt avec fracas.

— Il n'y a vraiment pas de quoi rire ! Monsieur a subi une peine de prison sans même y avoir été condamné et le fait qu'il ait perdu le compte des années a de quoi affliger, gronda-t-il. Nous sommes en août 1872, monsieur Beaumont.

Vince ferma les yeux. Quatre ans! Que devait penser Sarah? Qu'avait-elle dit à Johnny? Et si elle avait renoncé à le revoir jamais? Et si elle était remariée?

— On m'a jeté en prison en 1868, monsieur le juge.

Parker se laissa aller contre son dossier, lissa sa barbiche.

— J'en suis navré, monsieur Beaumont. Qui vous a envoyé ici? L'armée? L'homme qui vous a accusé? Le shérif de Cheyenne? Qui a payé les chasseurs de primes si votre tête n'était pas mise à prix?

— Je sais seulement qu'à l'époque, il y avait à Cheyenne un homme riche qui était en très bons termes avec le shérif... et qui... qui s'intéressait à ma femme.

— Votre femme serait-elle blanche?

— Oui. Sarah Beaumont vit au relais Sommers, dans le Wyoming. On ne m'a pas permis de la recontacter et je crois qu'elle n'a pas idée de ma situation.

— Comment s'appelle-t-il, cet homme fortuné?

Vince soutint son regard et répondit:

— Je préfère ne pas le révéler, monsieur le juge. Je ne veux pas qu'il sache que je suis toujours en vie. D'autant que le shérif et lui nieraient tout en bloc. Ces papiers qu'ils étaient censés avoir envoyés au tribunal pour qu'on me pende, je soupçonne cet homme de les avoir fabriqués et d'avoir donné à votre prédécesseur des pots-de-vin pour qu'il m'accepte dans sa prison sans rien dire à personne. Non que je veuille insulter les magistrats mais il y en a d'autres ici qui pourraient témoigner que ce juge...

— Je suis au courant de ce qui se déroulait avant mon arrivée puisque c'est pour cette raison qu'on m'a nommé. J'ai la ferme intention de changer la situation. Mais ce n'est pas votre problème. Le mien, c'est que si vous êtes coupable, ce n'est pas ici qu'on aurait dû vous incarcérer et s'il y avait un dossier vous condamnant à la pendaison, il a disparu. Contrairement à ce que vous avez sans doute entendu dire de moi, je suis un juge équitable, ajouta-t-il en s'avançant sur son siège. Si bien que je trouve répréhensible qu'on vous ait expédié ici sans procès, qu'on vous ait tiré dessus, roué de coups quand vous étiez prisonnier, que vous ayez passé quatre ans dans une geôle insalubre. Je vais donc prendre contact avec l'armée pour vérifier si Vince Beaumont, alias l'éclaireur Tall Bear, est recherché pour le meurtre de l'officier Balen. Si l'armée vous accuse, vous passerez en cour martiale et j'insisterai pour que celui qui vous a accusé témoigne et qu'on vous laisse plaider votre cause. S'il n'y a aucune trace du meurtre, je vous libérerai... mais à une seule condition.

Vince retint de justesse un hurlement d'allégresse.

— Oui, monsieur le juge.

— Je vous interdis de courir dans le Wyoming assassiner cet homme que vous soupçonnez. Si je vous exonère de ce meurtre, monsieur Beaumont, ne me prouvez pas que j'ai eu tort en vous hâtant de tuer pour de bon, cette fois.

Précisément, Vince ne rêvait que de plonger un couteau dans le ventre de Harding et de l'ouvrir jusqu'à la gorge. Difficile de promettre au juge de se priver d'une si belle vengeance. Mais si cela lui permettait de retrouver Sarah...

— Vous avez ma parole, monsieur le juge.

Il trouverait bien un moyen de lui faire regretter de ne pas être mort.

— Souhaitez-vous que je prévienne votre épouse ?

Sarah ! Se trouvait-elle encore là-bas ? La revoir... la toucher... Y penser le faisait défaillir.

— Je ne sais pas quelle est sa situation à l'heure

actuelle. Elle avait un fils d'un premier mari décédé, si bien qu'elle s'est peut-être remariée. Je préférerais attendre que vous ayez reçu le rapport de l'armée. Si on me libère, je rentrerai lui raconter mes mésaventures de vive voix ; si on décide de me garder en prison, dans ce cas, oui, il faudra la prévenir. A quoi bon lui donner de faux espoirs ?

— Entendu. C'est à vous de décider.

Un coup de marteau et il ordonna à un gardien de reconduire le prisonnier dans sa cellule. Vince fit halte au passage devant son estrade, le cœur débordant d'une folle allégresse.

— Merci, monsieur le juge. Ils ne sont pas nombreux, les Blancs qui m'inspirent du respect, mais vous avez gagné mon estime.

Le juge lui secoua le doigt sous le nez, le menaçant :

— Veillez à ce que je ne sois pas obligé de vous pendre, monsieur Beaumont.

— Mais vous ne le feriez que parce que c'est votre devoir. Du moment que j'ai un procès équitable, que demander de plus ? Au moins, ma femme saura ce qui m'est arrivé.

Le juge acquiesça, scrutant Vince de son regard perspicace, et enfin il décréta :

— Il y a en vous une sincérité qui me plaît, monsieur Beaumont.

Vince hocha la tête, tout en songeant qu'il lui restait toujours la ressource de torturer Harding. Et dans le riche éventail des tortures sioux, il en choisirait une qui soit particulièrement cruelle à M. Tod Harding. Mais avant tout, il lui fallait sortir de sa geôle, espérer que le juge Isaac Parker ne trouverait jamais dans les archives de l'armée un avis de recherche pour le meurtre de Nathan Balen.

Sarah introduisit Tod Harding au salon. Il refusa le thé qu'elle lui proposait. Après une absence de deux mois, c'est en qualité de représentant de l'Union Pacific qu'il revenait frapper aux portes de ceux qui avaient pris une option sur la vente des terrains du chemin de fer. Le voyant ouvrir son porte-documents d'où il sortit quelques feuillets, elle s'écria :

— Vous voulez que nous parlions affaires tout de suite ? Eh bien j'ai l'argent : vingt-cinq hectares à six dollars vingt-cinq, cela fait cent cinquante-six dollars vingt-cinq. Je suis contente que le chemin de fer se décide enfin à liquider cette vente. Vous avez les contrats sur vous ?

— En effet. Malheureusement, il y a quelques petits changements, Sarah.

— Quels changements ? s'affola-t-elle.

Les chemins de fer constituaient désormais une entité politico-financière extrêmement puissante. Le journal de Cheyenne parlait même de corruption, de pots-de-vin à des politiciens. Sarah se souvint d'avoir lu un article où le journaliste s'indignait : « Enfin nous l'avons, notre Intercontinental, mais à quel prix ? Combien de politiciens de Washington, Président inclus, ont accepté des pots-de-vin pour céder aux directeurs du chemin de fer infiniment plus de terres qu'il n'en fallait pour construire la voie, faisant de ces directeurs de riches propriétaires aux dépens du Domaine ? Bon nombre de ces directeurs possèdent les sociétés de construction et de fournitures de matériel auxquelles on a fait appel pour bâtir la voie. Et si on avait gonflé les factures pour que ces directeurs de société s'en mettent plein les poches... alors que, simultanément, le gouvernement était obligé de subventionner le chemin de fer prétendument déficitaire ? »

— Le prix a monté, j'en ai bien peur, déclara

Harding. Le gouvernement a autorisé le chemin de fer à vendre les terres excédentaires concédées avant la construction, afin de permettre à l'Union Pacific et à la Central Pacific d'éponger les dettes accumulées durant la construction. Comme ces dettes dépassent de loin les prévisions, on a décidé de vendre plus cher les terres en concession. Soixante dollars l'hectare.

Un frisson glacé la parcourut, auquel se substitua une sourde rage.

— Soixante dollars ! Mais c'est du vol ! Je ne crois pas un instant que le chemin de fer se soit à ce point endetté. Vous avez reçu de multiples subventions du gouvernement ! Et moi je détiens les documents disant qu'on me vendrait six dollars vingt-cinq l'hectare les terres sur lesquelles j'avais pris une option !

— C'est en effet ce qui est écrit sur ces documents signés par vous. Mais nous n'avions pas promis que le prix ne changerait pas. Il s'avère que nous avions sous-estimé les coûts. Je n'y peux rien : tout le monde a soixante dollars à payer par hectare.

— Cela ferait mille cinq cents dollars ! Vous savez bien que je n'ai pas cette somme ! s'insurgea Sarah, réprimant son envie de crier, de hurler.

— Augmentez donc les loyers... Vendez-moi ces terrains ! Tenez ! je vous les achète sept dollars l'hectare et puis je payerai au chemin de fer les soixante dollars qu'ils en demandent. Vous n'y perdrez rien.

— Et vous ferez payer le prix fort à mes locataires, j'imagine.

Harding la dévisagea alors, et dans son regard elle lut la jubilation que lui procurait cette sournoise victoire. Elle perdait sa ville, son rêve lui glissait entre les doigts. Le shérif Keller avait embauché des adjoints qui ressemblaient plutôt à des repris de justice. Ils traînaient leur mine patibulaire de par la ville, arrêtaient le passant sous des prétextes fallacieux, condamnaient à des amendes astronomiques. La semaine précédente, le bazar de Clancy Dee avait brûlé, incendie qui ne s'était heureusement pas propagé puisque le commerce était un peu à l'écart, mais, lors d'une réunion secrète chez Sarah, quelques-uns de ses concitoyens avaient parlé d'incendie criminel. Clancy avait révélé que depuis quelque temps, le shérif le harcelait pour qu'il s'acquitte d'une prétendue amende pour s'être montré en public en état d'ivresse. En fait, Clancy avait bu deux bières, un soir, au Flowers & Ben, et, rentrant chez lui, il avait trébuché sur un obstacle et était tombé. On l'avait arrêté pour ivresse sur la voie publique, alors qu'il protestait de son innocence. Il affirmait qu'on lui avait incendié son magasin pour faire un exemple... et favoriser Harding qui était en train de construire un bazar bien plus grand. Ecœuré, Clancy Dee avait décidé de quitter Sommers City.

— Pourquoi agissez-vous ainsi, monsieur Harding ?

La colère brillait dans son regard et il fulmina :

— Vous devriez vous décider à m'appeler Tod !

Elle flanqua les documents sur la table, marcha vers une fenêtre.

— C'est donc ça ! Vous êtes furieux de ce que je ne vous appelle pas Tod, de ce que je n'aie jamais accepté vos invitations et que j'aie refusé de danser avec vous au bal du printemps ?

Il se cala confortablement sur son siège et, avec condescendance :

— Vous avez une trop haute idée de vous-même, Sarah. Nous sommes simplement en train de parler affaires.

Ah, comme elle aurait aimé avoir un fusil entre les mains pour le descendre !

— Combien d'autres petites villes vous êtes-vous appropriées grâce à vos manigances ? lui demanda-t-elle, se croisant les bras pour le regarder bien en face. Chez quels autres braves villageois avez-vous implanté vos affaires, sachant que vous finiriez par vous approprier le terrain sur lequel elles s'élevaient ? Dans combien d'autres villes avez-vous introduit votre milice, pour qu'elle harcèle les citoyens ? Vous manœuvrez depuis longtemps pour faire main basse sur ma ville, avouez. Et vous espériez que je serais maintenant à votre merci, dans votre lit, même, ce qui vous faciliterait infiniment la tâche !

— Votre imagination s'emballe, ma pauvre amie ! s'esclaffa-t-il.

— Vous croyez ? Eh bien pas moi, monsieur Harding ! Vos manipulations sont transparentes. Vous saviez depuis le début que jamais je n'aurais le terrain pour six dollars vingt-cinq l'hectare. A moins... Vous en seriez-vous contenté si je m'étais montrée plus... affectueuse ? Si je n'avais pas épousé Vince Beaumont ?

Il rassembla ses papiers de ses mains tremblantes et les glissa dans son porte-documents.

— Croyez ce que bon vous semble. Je renonce à discuter avec vous. J'en ai assez de vous voir attendre le retour de votre métis de mari, de vous entendre raconter que la ville vous appartient. Sommers City vous échappe, madame Beaumont. C'est la vie. Quant à votre défunt mari...

— Défunt ? Qu'est-ce qui vous permet d'affirmer qu'il est mort ?

Une ombre de culpabilité lui troubla le regard, avant qu'il ait pu afficher le masque de l'innocence. Haussant les épaules avec indifférence :

— Pure supposition. Mais après quatre ans, s'il n'est pas mort, c'est qu'il n'a vraiment pas l'intention de revenir.

Elle fit un pas vers lui.

— Figurez-vous, monsieur, que je n'ai jamais répondu à vos avances parce que je suis convaincue que vous êtes mêlé à la disparition de Vince. Vous et le shérif Keller. Et je sais pertinemment que ce n'est pas moi qui vous intéresse mais mon projet de ville. En moi vous avez vu une occasion de venir vous installer comme le coucou dans un nid tout bâti. Avec d'autres, certainement, vous m'avez trompée pour que j'accepte de me procurer des terrains du chemin de fer, attendant que j'investisse jusqu'à mon dernier sou dans cette affaire, que j'attire une population de bons et honnêtes travailleurs qui à leur tour ont placé jusqu'à leur dernier cent dans leur boutique. Une fois achevée la petite ville modèle, vous arrivez avec vos gros bras et vous faites main basse sur Sommers City. Pour couronner vos forfaits, vous m'annoncez que mes concessions valent près de dix fois le prix convenu au départ, et que je n'ai plus les moyens de les acheter !

Sentant les larmes lui embuer les yeux, elle se détourna et poursuivit :

— Si vous continuez vos machinations, tout le monde fuira et vous ne serez plus propriétaire que d'une ville fantôme. Or, peut-on posséder ce qui n'existe pas ? Vous avez fait incendier le bazar de M. Dee et maintenant il nous abandonne, conformément à vos plans, vous qui bâtissez un bazar concurrent.

S'armant de courage, elle se campa devant lui pour un ultime face-à-face.

— Qu'est-ce qui suivra ? L'écurie de Buck ? La taverne de Bret et Ben ? Le but ultime, c'est moi, évidemment. Eh bien, je vous garantis que je serai la dernière à partir et quand je m'en irai, il ne vous restera rien. Vous aurez perdu tout ce que vous avez investi dans Sommers City.

Le porte-documents se referma avec un claquement sec. Tod Harding se redressa, ricanant.

— Quelle fougue, madame Beaumont… Je ne sais d'où vous tirez vos idées, mais vous avez l'imagination fertile.

— Comment osez-vous me dire cela, vous qui manigancez depuis si longtemps ? Vous qui avez écarté Vince Beaumont de votre chemin quand vous avez deviné qu'il aurait l'intelligence et le cran de torpiller votre plan ?

Il railla de plus belle :

— Je crois sincèrement que vos années de tribulations vous ont dérangé le cerveau. Pensez ce que vous voulez : le chemin de fer accorde deux mois aux détenteurs de concessions pour trouver l'argent ; vous avez la possibilité de payer à crédit. Comment voulez-vous régler ?

Une haine féroce, plus terrible que celle dont elle avait poursuivi Cletus Brown, bouillonnait en elle :

— Je n'en sais rien ! Si je n'ai pas le pouvoir de lutter contre vous et vos voyous, mes concitoyens trouveront le moyen de vous chasser, et moi je tiendrai bon !

— Bon courage, dans ce cas ! Je repars deux semaines, toujours pour affaires. Donnez-moi une réponse à mon retour.

Il sortit sans un mot, l'abandonnant à sa détresse et à sa solitude.

29

« Vous voilà libre, monsieur Beaumont. J'ai vérifié : personne n'a jamais porté plainte contre vous. En fait, loin d'être mort, le lieutenant Nathan Balen a été promu colonel. C'est vrai qu'il a été touché lors d'une bataille contre des Sioux, comme vous le disiez, mais il s'est rétabli. » Ces paroles magiques prononcées par le juge, Vince se les répétait constamment.

Libre ! Il était libre de respirer l'air pur, de regagner les montagnes ! Libre de retourner auprès de Sarah ! Mais non. Il ne pouvait décemment se présenter à elle dans un tel état de maigreur, d'épuisement. Il lui fallait récupérer des forces, trouver un moyen d'acheter des vêtements décents, un cheval... un fusil. Et avant de revoir sa femme, vérifier si, de guerre lasse, elle ne s'était pas remariée, parce qu'il ne pourrait supporter de la retrouver en compagnie d'un autre homme.

Pour l'heure, Sarah l'aurait trouvé bien changé ! Il acheva de se laver la figure dans le cours d'eau au bord duquel il avait passé la nuit et retourna à son bivouac. On l'avait libéré en lui remettant une tenue qui n'était pas à sa taille, un manteau usé, une paire de bottes, deux couvertures, un petit paquet de nourriture plus une casserole, une assiette, une timbale, une cafetière et dix dollars. Pas grand-chose pour se relancer dans la vie, mais quel paradis, après quatre ans d'enfer ! Au moment de son départ, le juge Parker avait donné le feu vert pour la construction d'une prison décente.

Il nettoya l'emplacement de son camp, serra ses ustensiles dans une couverture, jeta le baluchon par-dessus son épaule et remonta la rive. Arrivé en haut de la pente, il découvrit, droit devant sur la piste, poussant un petit troupeau, un cavalier aux cheveux nattés, vêtu toutefois à la mode des Blancs. Vince pressa le pas. Arrivé à sa hauteur, il constata que c'était bien un Indien. Dans le visage large, le regard restait méfiant mais sans excès. Entre Indiens, on s'entraidait, les mieux lotis partageaient avec ceux qui n'avaient rien, ce qui devait être le cas dans toutes les tribus.

— Que puis-je pour vous ? demanda le cavalier.

— J'ai besoin d'un travail, d'un endroit où vivre provisoirement.

L'homme l'étudia de la tête aux pieds.

— Vous êtes malade ?

— Non, simplement on m'a relâché de la prison de Fort Smith il y a quatre jours.

L'Indien fit la grimace.

— Pas très recommandable…

— Je n'ai rien fait de mal et j'ai des papiers prouvant qu'on m'a emprisonné à tort. Vous pourriez m'indiquer où trouver du travail ?

L'Indien poussa un soupir et, jetant un coup d'œil à ses bêtes :

— Comment vous appelez-vous ?

— Vince Beaumont. Mon père était un trappeur français, ma mère sioux.

— Un Sioux, dans ce coin ? Qu'est-ce que vous y faites ? s'étonna l'homme.

Vince fit glisser son balluchon de son épaule.

— C'est une longue histoire. Ma seule envie est de retourner chez moi, auprès de ma femme et de mon fils mais avant, il faut que je me refasse des forces, ce qui demande du temps. J'ai besoin d'un cheval, de vêtements de rechange. Vous pourriez m'aider ?

L'homme l'étudia d'un air sceptique avant de soupirer :

— Peut-être. Je possède un ranch, non loin d'ici. Vous pourriez travailler pour moi.

— Je vous en serais reconnaissant. A quelle tribu appartenez-vous ?

— Aux Cherokees, dit-il avec une immense fierté. Nous avons nos propres colonies, maintenant, dans la région, et nous y avons bâti des fermes, installé des écoles. Pour le gouvernement, je m'appelle Charlie Jefferson alors que mon nom indien est Runs with Horses — Court-avec-les-chevaux. Quel est votre nom sioux ?

— Tall Bear, Grand Ours. J'ai vécu dans le Minnesota plusieurs années, jusqu'à ce qu'ils chassent mon peuple vers les Dakotas, toujours plus loin vers l'ouest.

— Oui. Un jour, il ne nous restera plus de terres.

Vérité terriblement poignante, mais son avenir était trop préoccupant pour que Vince s'attarde à réfléchir au sort des Sioux.

— Les chevaux, ça me connaît. Je pourrais vous en capturer, les débourrer si vous voulez.

— Entendu. Il faudra aussi apprendre à vous occuper des vaches, vous couperez le bois et l'herbe.

— On peut commencer tout de suite, si vous voulez, parce que je voudrais pouvoir rentrer chez moi au printemps. Je travaillerai pour vous cet hiver.

Charlie lui désigna un cheval qui paissait au milieu des vaches.

— Vous montez à cru ?

— A un Sioux, demander s'il monte à cru ? s'esclaffa Vince.

Charlie pouffa à son tour, avouant :

— Question ridicule. C'est mon cheval de rechange. Si vous voulez le prendre pour aller chez moi... Ma famille vous recevra bien.

Vince ramassa son paquetage et, plein d'entrain,

marcha vers la robuste jument qu'il enfourcha d'un bond.

— Belle bête, dit-il.

— Je l'ai baptisée Trottinette, parce qu'elle n'a pas sa pareille pour rassembler le troupeau au petit trot et le faire marcher droit ! plaisanta Charlie. Ces vaches m'avaient échappé. Je les ramène rapidement chez moi sinon les Blancs qui s'installent sur nos terres avec la complicité du gouvernement nous les volent. Et après, c'est nous qu'ils traitent de chapardeurs !

— Je connais l'attitude des Blancs. Quand on aura le temps, je vous raconterai mon infortune.

— C'est la faute des Blancs ?

Vince acquiesça, poussa la jument à la hauteur du Cherokee à la main secourable.

— Savez-vous écrire ?

— Pourquoi ?

— Parce que j'aurais besoin d'envoyer une lettre à ma femme, dans le Wyoming, pour la rassurer, lui dire où me joindre. Je parie qu'on ne lui a jamais révélé ce qui m'était arrivé.

Charlie talonna sa monture pour poursuivre une vache et la pousser dans le troupeau.

— J'ai un fils de seize ans qui est allé à l'école. Il vous écrira votre lettre.

Reprendre contact avec Sarah, enfin... Mais si elle lui répondait qu'elle ne voulait plus de lui ?

— Merci, dit-il, avant de se lancer à son tour à la poursuite d'une vache égarée.

Quel bien-être de se retrouver à cheval ! d'être enfin libre. Avoir des nouvelles de Sarah... être sûr qu'elle voulait encore de lui, et son bonheur serait total.

Ensuite, il partirait à la recherche de Harding. Ah, la jubilation quand il verrait son visage se décomposer de terreur...

Bret Flowers rechargea le poêle ventru qui diffusait sa chaleur au centre du saloon. En ce mois de mars, l'hiver ne lâchait toujours pas prise. Pire que les frimas de saison, une noire dépression pesait comme un couvercle sur les habitants. Tous savaient que Sarah avait été contrainte de vendre à Tod Harding ses parcelles du chemin de fer, ce qui l'obligeait à payer pour le terrain sur lequel se dressaient l'ancien relais et sa maison. Harding avait augmenté les loyers de tout le monde, et cela, ajouté aux harcèlements de Joe Keller et de son gang, incitait les citoyens à partir.

La plupart avaient quand même décidé de rester dans cette ville parce qu'ils la considéraient comme étant la leur et parce qu'ils ne voulaient pas laisser Sarah affronter seule Harding et ses hommes de main.

Bret était convaincue qu'ils trouveraient le moyen de s'en sortir. Lors de réunions secrètes, Sarah et les citoyens de Sommers City avaient envisagé d'embaucher un tireur d'élite pour braver Keller. En revanche, ils ne savaient comment se débarrasser de Harding qui restait propriétaire de la moitié de la ville.

Bret referma la grille du poêle, augmenta le tirage, et en profita pour épier un petit jeune à peine sorti de l'enfance qui était apparu en ville la veille. Il jouait aux cartes depuis le début de la soirée et commandait whisky sur whisky. Plus préoccupante encore était la présence d'un des adjoints de Keller dans son saloon. Keller avait commencé à poster ses gros bras dans toute la ville sous prétexte de maintenir le calme — de faire régner la terreur, songeait Bret. Lors d'une de ces réunions secrètes chez Sarah, Sam Kettering, propriétaire d'un magasin de produits agricoles, leur avait révélé que Keller l'avait menacé de réduire son commerce en cendres, comme celui de Clancy Dee, s'il ne lui versait pas une somme hebdomadaire pour s'assurer sa protection. Il avait inquiété jusqu'à Buck, pour lequel Bret et Sarah se faisaient du souci : têtu et courageux comme l'était Buck, il ne se laisserait pas intimider sans réagir violemment.

— Qu'il vienne me chercher, ce salaud de Keller, je l'attends de pied ferme, avait-il grommelé à la réunion.

Bret se doutait que Keller ne tarderait pas à venir exiger une part de ses bénéfices. Dave Kuzak, l'adjoint qu'il avait ce jour-là envoyé faire le planton à la porte de la taverne, était un grand costaud dont le regard noir effrayait Bret elle-même.

Le jeune flambeur la sortit alors de ses pensées en réclamant un énième whisky. Bret se douta que l'homme de main de Keller en profiterait pour jeter le gosse en prison sous prétexte d'ivrognerie et exigerait de lui une sacrée amende.

— Vous en avez suffisamment bu, jeune homme. Fini le whisky pour ce soir.

Elle lui confisquait son verre vide quand il lui happa le poignet.

— Hé, ma jolie, vous n'avez pas le droit de me refuser un verre !

— Désolé mon mignon mais je n'ai pas envie que tu passes la nuit en prison.

— Attendez ! s'écria-t-il, retenant Bret qui s'éloignait. J'ai commandé un verre. Z'êtes obligée de me le porter.

Bret posa le verre sur le bar. Les conversations s'interrompirent. Bret revint vers le jeune homme.

— Personne ne me force à rien, mon mignon. Et maintenant, si tu décampais avant d'avoir des ennuis ? A ton âge tendre...

— Hé, j'suis pas un môme! brailla-t-il, lui empoignant les bras. Attends que je te montre que je suis un homme — un vrai! T'as bien une chambre, à l'étage?

Bret se dégagea et rétorqua:

— C'est une taverne, ici, et moi je fais tourner mon affaire. Pas de prostitution. Et maintenant, va finir ta partie de poker en buvant ce que tu voudras, mais plus d'alcool.

— Allez, mon chou, tu peux bien faire une entorse au règlement, quand même!

Il s'enhardit jusqu'à glisser son doigt entre les seins généreux qui débordaient du décolleté de sa robe en taffetas. Bret repoussait la main baladeuse quand le cliquetis d'un revolver la figea sur place. Une voix graillonnante ordonna:

— Suffit, môme! Tu vas venir au poste avec moi. Et vous aussi, Bret Flowers.

Bret s'écarta vivement du jeune importun pour affronter Dave Kuzak.

— Qu'est-ce qui vous prend? Je n'ai rien fait, moi!

Les partenaires du jeunot abandonnèrent leur table et reculèrent vers le fond de la taverne.

— Ce jeune homme est soûl et vous, vous étiez en train de le racoler, annonça-t-il, le sourire arrogant. Vous le savez que c'est interdit, à Sommers City, alors, mademoiselle Flowers, on va être obligés de vous expulser de la ville.

— Je n'étais pas en train de lui faire des propositions, à ce gamin, vous le savez parfaitement!

— J'ai des yeux pour voir.

— Vous n'emmènerez Bret nulle part! intervint Ben, du bar.

— Je t'en supplie, Ben, ne t'en mêle pas.

— Je veille au grain pour toi depuis qu'on est mômes, alors j'ai bien le droit! Keller cherche à profiter de ce prétexte pour nous racketter. Moi je dis non!

Kuzak agita son revolver en direction du jeune homme ivre et de Bret et tonna:

— C'est moi qui commande, ici: ils vont tous les deux en cabane.

Bret se tourna vers Ben, l'ami fidèle qui avait l'art d'arranger toutes les situations. Il avait jugé plus sûr de sortir de sous le comptoir son fusil à canon scié et il le braqua sur l'adjoint en grommelant:

— Moi, je vous dis que Bret ne bougera pas d'ici.

Le silence s'abattit sur la salle. Les traits de Kuzak se tordirent de rage. Il ne s'attendait visiblement pas à une contre-attaque.

— Posez ce flingue, Carson!

— Range ton fusil, Ben, supplia Bret. Ça m'est égal d'aller en prison.

— Mais puisque tu ne lui faisais pas des avances, à ce gamin!

— Quelle différence, mon ami? Qu'est-ce qu'une petite nuit au poste? Pas la peine de courir des risques pour si peu. Qu'est-ce que je ferais sans toi?

Ben braqua sur Kuzak un long regard de haine.

— Vous avez intérêt à la traiter correctement.

Avec lenteur, Kuzak leva son arme sur Ben.

— Et vous, vous risquez gros à menacer un adjoint du shérif dans l'exercice de ses fonctions. Posez votre arme, Carson.

— Ben, s'il te plaît! Si tu le tues, les autres te pendront.

Comprenant que Bret avait raison, Ben se décida à poser le fusil sur le comptoir. Juste avant qu'il le lâche, Kuzak fit feu. Tout s'était déroulé si vite... comme si Kuzak avait brutalement décidé qu'il lui fallait du sang! Ben partit à la renverse contre une étagère, le front percé d'un trou sanglant, entraînant dans sa chute une cascade de verres qui se fracassèrent autour de lui. Avec un hurlement d'effroi, Bret se rua vers son ami. Le jeunot, dont on ne savait même pas le nom, fila en direction de la sortie.

Kuzak tira. Le garçon piqua du nez, une balle dans le dos. Les clients se massèrent contre le mur du fond, épouvantés. Kuzak pivota comme un forcené, agita le canon de son arme et beugla :

— Vous l'avez vu, hein, tous ! Ben Carson m'a menacé avec son fusil ! Et ce gars-là s'enfuyait alors que j'allais l'arrêter.

Il fit le tour du bar et trouva Bret à genoux, serrant contre son cœur le corps de Ben dont elle balbutiait le nom en pleurant, sans se rendre compte qu'elle s'entaillait les genoux sur les éclats de verre répandus autour d'eux.

— Debout, vous ! Vous êtes toujours en état d'arrestation pour racolage de la clientèle.

Bret se redressa lentement et lui hurla en pleine figure :

— Salaud d'assassin ! C'est un meurtre, oui ! Il venait de poser son arme.

Les larmes traçaient de longs sillons sur son visage fardé. Kuzak l'empoigna.

— A Keller de trancher pour savoir qui est dans son droit et ce qu'on fera de vous. Et maintenant, en cabane !

Il l'éloigna de force, pendant que Bret criait le nom de Ben entre deux sanglots. Au passage, elle fixa le jeune inconnu et seulement alors se rendit compte qu'il s'était lui aussi fait abattre. Et dans le dos. Alors qu'il n'était pas armé.

— Assassin ! hurla-t-elle. La ville vous le fera payer ! On appellera l'armée. On fera tout ce qu'on peut pour les venger, espèce d'ordure !

Sans se soucier que les genoux de sa prisonnière

ruisselaient de sang, sans même lui laisser passer un châle, il la poussa dehors dans le vent glacial qui charriait de la neige fondue.

Sarah tenait Alexandre par la main. Le petit comprenait qu'il ne fallait ni bouger ni faire de bruit. Johnny, huit ans à présent, se tenait de l'autre côté de sa mère et fixait la tombe ouverte entre les monticules de terre blanchie par la neige. Au fond était posé un cercueil en pin. Toute la ville était là pour accompagner Ben, le sans-famille, à sa dernière demeure.

La colère montait, à Sommers City, depuis que le shérif Keller avait décrété que son adjoint avait agi en toute légitimité. Quant à Bret, les citoyens s'étaient cotisés pour payer sa caution et la sortir de prison. Appuyée sur une canne car ses genoux recousus restaient douloureux, toute de noir vêtue, elle se tenait de l'autre côté de Johnny. Bret Flowers la désinvolte n'était plus qu'une femme éplorée, cachant son chagrin sous un voile noir. Pas un mot n'avait passé ses lèvres. C'était Sarah qui avait organisé l'enterrement ainsi que celui du jeune homme, arrivé ici pour y trouver la mort, et que la ville entière avait porté en terre, par solidarité, par haine pour Keller et ses hommes. On n'avait trouvé aucun papier sur le garçon dont la pierre tombale mentionnait « A un inconnu ».

Sarah s'approcha de Bret pour l'enlacer : elle venait de fondre en larmes en entendant le pasteur prononcer l'oraison funèbre. Puis on entonna un psaume que Sarah, étranglée de douleur, ne put chanter que par bribes. Il fallait contrer Keller. Mais comment ? Elle avait bien écrit au commandant du fort de Laramie. Il lui avait répondu que l'armée était trop occupée par les incidents qui se poursuivaient avec les Indiens pour régler les différends entre une ville et son shérif. Il avait suggéré d'organiser des élections pour le remplacer.

Le service funèbre s'acheva ; la ville défila pour présenter ses condoléances à Bret, bouleversée par cette compassion sincère. Maud emmena les enfants pour que Sarah puisse rester auprès d'elle. Et Bret ramassa une poignée de terre pour la répandre lentement sur le cercueil.

— Adieu, Ben, souffla-t-elle.

Quel soulagement de l'entendre enfin s'exprimer ! Le vent vif qui secouait leurs jupes rabattit le capuchon de Sarah. Elle le remonta pour se protéger du froid et donna le bras à Bret.

— Venez, il faut rentrer se mettre au chaud.

Bret se tourna vers elle. Le voile n'arrivait pas à masquer les cernes qui lui creusaient le regard.

— C'était mon meilleur ami, avoua-t-elle, la voix brisée.

— Je sais bien...

— Je l'aimais tant... Non pas comme on aime un amant mais comme le père ou le frère qu'on n'a jamais eu. Ben, c'était... différent.

Sarah prit entre les siennes ses mains froides.

— Vous avez des amis plein la ville, désormais. Nous vous aiderons à vous en sortir et la Bret que je connais ne se laissera pas abattre. Ce serait jouer leur jeu, Bret ; ne leur concédez pas une pareille victoire. Je lutte, moi, et j'ai besoin de votre aide, autant que vous de la mienne.

Elle hocha la tête, ravalant un sanglot.

— Ce n'est pas... seulement d'avoir perdu Ben. Si vous saviez ce qui m'est arrivé... On pourrait croire que pour quelqu'un comme moi, c'est impossible.

— Qu'est-ce qui est impossible ?

Bret eut un instant d'hésitation avant de se moucher.

— Que je... balbutia-t-elle, secouée de sanglots. Il... il m'a violée, Sarah. Cette ordure de Kuzak... m'a violée en prison.

— Mon Dieu !

— Ce n'était pas... vous savez... comme si j'étais avec quelqu'un parce que c'était mon travail et que j'avais accepté. C'était... terrible. Vous comprenez ?

Sarah la prit entre ses bras.

— Je crois que oui, Bret.

— Soyez très prudente, Sarah. Il a dit... il a dit qu'ils vous auraient, vous aussi. Je crois qu'ils attendent seulement... que Tod Harding leur donne le feu vert.

Sarah crut qu'elle allait vomir. Que faire si ces ordures s'attaquaient à elle ? Sortir le fusil pour leur tirer dessus ? Avec deux petits garçons à la maison ? Impossible. Curieusement, à l'époque où elle assurait seule la garde du relais, elle se sentait nettement plus en sécurité, malgré les hors-la-loi et les Indiens qui rôdaient.

— Il faut rentrer se mettre à l'abri du vent et se reposer, Bret.

— Je ne peux pas l'abandonner, tout seul dans le froid, mon Ben.

— On n'a malheureusement pas le choix. Et puis il faut que la taverne reste ouverte, en hommage à la mémoire de Ben. Ne lâchez pas, Bret.

Ces exhortations, c'était pour se donner à elle aussi du courage que Sarah les prononçait, parce qu'elle se sentait près de renoncer à lutter. Elle se reprochait d'avoir invité Bret et Ben à s'installer dans sa ville pour ne leur offrir, finalement, qu'ennuis et malheurs en chaîne. Combien d'autres la quitteraient encore ?

Elle réussit à arracher Bret à la fascination de la

tombe pour la reconduire chez elle. Elle l'installa au salon, tout à côté du poêle qu'elle commençait à tisonner, quand Maud arriva avec une lettre qu'un des fils du postier venait de lui remettre.

— Merci, Maud. Ça vous ennuierait de préparer du thé pour Bret ? dit Sarah en décachetant le pli.

Maud hocha la tête et gagna la cuisine. Après avoir réprouvé l'arrivée de Bret Flowers, elle plaignait maintenant de tout son cœur celle qu'elle considérait comme une bien brave femme.

— Une lettre de Fort Gibson, en Territoire indien ? s'étonna Sarah en lisant l'adresse qui figurait au dos du pli.

Sans prendre le temps d'ôter sa cape en laine, elle s'installa dans le fauteuil face à celui de Bret. Ôtant ses gants, elle ouvrit l'enveloppe souillée à force d'avoir circulé de main en main et qui portait même des traces de boue. Elle déplia le feuillet un peu jauni... et son désespoir la quitta d'un seul coup.

Elle dévora le premier paragraphe en retenant sa respiration, se leva d'un bond, tomba à genoux. Les mains jointes, elle bredouilla :

— Merci, mon Dieu !

Puis elle fondit en larmes.

Sidérée, Bret se débarrassa de son manteau de fourrure et de son voile noir.

— Encore un malheur, mon petit ? C'est votre père ?

Quand Sarah releva le visage, elle souriait à travers ses larmes. Une grande joie éclairait son regard.

— C'est Vince, lâcha-t-elle dans un souffle, jetant un coup d'œil inquiet par la fenêtre. Il est vivant !

30

Bret se leva et, passant le buste dans le couloir, cria à Maud :

— Le thé peut attendre. Si ça ne vous ennuie pas, nous aimerions ne pas être dérangées pendant un petit moment. Pourriez-vous surveiller les garçons en même temps ?

Elle ferma soigneusement les portes à double battant et courut vers Sarah qui tenait la lettre dans ses mains tremblantes.

— Vous ne plaisantez pas ? Vince est toujours vivant ?

— Je n'ai lu que les deux premières phrases, répondit-elle, secouée d'un frisson. Je... je n'arrive pas à finir, Bret.

Bret lui prit la lettre miraculeuse, et se sentit soudain ragaillardie. Sans connaître Vince, elle se réjouissait pour sa chère Sarah.

— Relevez-vous ! Tenez, je vais vous la lire, votre lettre, et on décidera de la marche à suivre. Mais prudence ! Si Harding et son homme de main ont vraiment tenté d'éliminer Vince, ils ne savent peut-être pas qu'il est toujours en vie. N'en parlez à personne pour l'instant. Et puis qui nous prouve que cette lettre n'est pas un piège ?

— Oh, Bret, mais non ! Il faut que ce soit vrai !

Bret aida Sarah à se rasseoir, elle approcha son fauteuil du sien et, penchée en avant, elle dit :

— Elle est datée du 16 novembre 1872. Il y a quatre mois ! Elle a dû s'égarer... « Ma très chère Sarah, Cette lettre va te faire un choc. Je n'ai pas la moindre idée de ce qu'on t'a raconté à mon sujet mais laisse-moi te dire que je suis bien vivant et que je voudrais revenir. Le fils d'une famille de Cherokees du Territoire indien pour laquelle je travaille a accepté d'écrire cette lettre sous ma dictée. J'ai demandé à une estafette de Fort Gibson de te l'envoyer et j'espère qu'elle te parviendra. J'aurais pu te télégraphier mais c'était trop risqué, au cas où le télégramme aurait été intercepté par des indésirables. Une lettre, c'est plus personnel. Sarah, je t'en prie, méfie-toi comme de la peste de Tod Harding et du shérif Keller, de Cheyenne. C'est à cause d'eux que j'ai si longtemps disparu. L'histoire serait trop longue à raconter mais il faut me croire : je ne t'ai pas quittée de mon plein gré. J'ai été en prison durant ces quatre ans mais maintenant je suis libre. »

— Merci, mon Dieu, gémit Sarah. Quel crime ont-ils bien pu lui mettre sur le dos ? Comment a-t-on pu oser ?

— Chut, dit Bret en lui tapotant le genou. Je continue : « Je t'expliquerai tout quand je te reverrai. D'abord, il faut que je sache si tu souhaites que je revienne. Tu as peut-être cru que je t'avais abandonnée, que j'étais mort ; tu as peut-être épousé quelqu'un d'autre. Je ne souhaite pas gâcher ton bonheur mais je prie pour que tu m'aies attendu pendant ces longues années. Chacune des nuits que j'ai passées en prison, je me suis transporté mentalement auprès de toi. J'espère que tu n'as jamais renoncé à moi comme je n'ai, moi, jamais renoncé à toi. Quand on m'a libéré, je n'étais pas en grande forme. Je pensais donc passer l'hiver ici et revenir au printemps, parce que je ne me sens pas la vigueur d'entreprendre le voyage dans la neige et l'hiver.

« Je n'ai jamais cessé de t'aimer, Sarah. Je t'en prie, envoie ta lettre aux bons soins de Fort Gibson, en Territoire indien, et dis-moi si tu désires que je rentre. »

— Comment peut-il imaginer que je ne voudrais plus de lui ici ?

— Parce qu'il se demande ce qu'on vous a raconté, ce que vous pensez de sa disparition, mon petit. Il ne voulait pas vous faire mourir d'émotion en frappant à votre porte. De plus, il agit avec bon sens, Sarah, en ne remontant pas la grand-rue sur son cheval, alors qu'il soupçonne Tod Harding d'avoir fait main basse sur Sommers City. A nous de décider de ce que nous allons lui répondre.

— Moi, je lui réponds de revenir bien vite à la maison. Il est vivant, Bret, vous imaginez ? S'il avait été là, Keller n'aurait pas commis la moitié des atrocités qu'il a perpétrées. Vince l'en aurait empêché. Vince aurait...

— Du calme, Sarah. Réfléchissons, la raisonna Bret en lui saisissant affectueusement les poignets. Il faut le prévenir de rester sur ses gardes.

Sarah essuya furtivement ses larmes.

— Oh, Bret, comment voulez-vous que je réfléchisse, après une nouvelle pareille ? Mon mari est vivant, comme je l'ai cru depuis le début ! Mes prières ont été exaucées, ce qu'on peut considérer comme un extraordinaire présage. Quand on pense qu'il ne sait pas qu'il a un fils ! Il faut absolument le lui dire. Et s'il croyait que je ne veux plus de lui, après quatre mois que la lettre a mis à nous parvenir ? S'il a quitté Fort Gibson ? S'il a renoncé à moi ?

Elle se dressait. Bret la força à se rasseoir.

— S'il n'a pas renoncé à vous après quatre ans de prison, il attend, Sarah, c'est évident. Il se doute bien que le mauvais temps a ralenti le courrier et il vous a dit qu'il resterait là-bas jusqu'au printemps. Nous allons l'avertir de ce qui se trame à Sommers City. Mais comment ? En lui télégraphiant ? Non. Pas d'ici : le télégraphiste risquerait de vendre la mèche à Harding. Ah ! le temps presse.

— Eh bien, je pars le prévenir !

— Surtout pas !

Au tour de Bret de se dresser. Elle se mit à faire les cent pas, se tapotant les lèvres tout en réfléchissant. A la grande surprise de Sarah, cette femme brisée par le deuil de son ami d'enfance avait retrouvé une raison de vivre, le goût pour l'action. Oui, Vince rendrait espoir à leur ville. Il constituait la preuve de la corruption de Harding et Keller qu'il pourrait dénoncer devant un agent de la police fédérale, l'armée, n'importe quelle autorité ; il détenait des documents émanant de la prison pour étayer ses accusations. L'ennui, c'est que Harding avait le bras long, des amis haut placés ; dès lors, à qui se fier ?

— Malheureuse ! Tout le monde sait que vous seriez la dernière à partir de Sommers City, si bien que cela éveillerait les soupçons. Keller et ses gangsters devineraient qu'il y a anguille sous roche et vous fileraient. Non. C'est moi qui irai.

— Vous ?

— Bien sûr ! s'écria Bret, plus survoltée que jamais. Keller et Harding croiront m'avoir anéantie quand je quitterai la ville. Si je ne reviens qu'avec un message, je raconterai que je n'ai pu me résoudre à abandonner mes amis. Croyez-moi, Sarah, je suis toute désignée pour cette mission. Parce que personne ne se doutera de rien et puis... je penserai moins à mon pauvre Ben, à tout ce que j'ai perdu. Pendant quelques semaines au moins, ma vie aura un sens. Je vais gagner Denver, d'où j'enverrai un câble à votre mari pour lui fixer rendez-vous et lui expliquer la situation. Ainsi il pourra décider de la marche à suivre.

Elles échangèrent un long regard, ces deux femmes qui se comprenaient profondément, dans la joie comme dans la peine.

— Vous me faites là un cadeau merveilleux, Bret.

Le regard de Bret prit un éclat dur et froid et elle rectifia :

— Je ne crois pas avoir jamais eu de meilleure amie que vous, Sarah, mais ce n'est pas uniquement pour vous que je le fais. C'est pour Ben et Sommers City. Si Vince Beaumont trouve le moyen de prouver que Harding et sa bande ne sont que des crapules, s'il débarrasse la ville de ce satané Keller, j'aurai l'impression d'avoir un peu vengé mon ami.

Sarah lui sauta au cou.

— La disparition de Ben me peine profondément, Bret, mais n'oubliez pas que vous avez une foule d'amis dans notre ville. Sentez-vous libre d'y rester et de continuer votre activité à la taverne, tout le monde vous aime ici.

— Je sais... et merci, soupira Bret en se dégageant. Je cours préparer mon balluchon. A propos, auriez-vous un daguerréotype de Vince ?

Sarah ferma les yeux, sourire rêveur aux lèvres, et serra la lettre contre son cœur.

— Non, mais vous le reconnaîtrez tout de suite : un homme grand, basané, les cheveux noirs, les yeux verts... comme Alexandre. Le genre d'athlète que les femmes remarquent... quoique quatre ans de prison l'aient sans doute un peu changé.

Bret sourit à travers ses larmes.

— Quatre ans... et quatre mois sans femme ! Ouh là là, il sera intenable ! Le voyage vaut la peine, fit-elle avec un clin d'œil appuyé avant de gagner la sortie à petits pas.

Un long frisson voluptueux parcourut Sarah : retrouver les bras, le corps puissant et vigoureux de Vince, être à nouveau réchauffée par ses étreintes, être possédée par lui...

— Dites-lui que je n'ai pas cessé de l'aimer, recommanda-t-elle, priant intérieurement pour que la lettre ne soit pas une ruse. Et dites-lui que je l'ai senti, quand il pensait très fort à moi, la nuit. Je n'ai jamais cessé de croire qu'il vivait toujours et me reviendrait.

— Je le lui dirai. Et Sarah, vous savez, j'ai retrouvé de l'énergie. Pas la peine que Maud nous serve le thé : je vais de ce pas à la taverne offrir une tournée générale ! A la mémoire de Ben. Rappelez-vous : ne vous pavanez pas dans toute la ville, rayonnante de bonheur. Et moi, je vais remettre mon voile pour ne rien laisser transparaître, conclut-elle en récupérant son chapeau qu'elle s'enfonça sur la tête avant de laisser retomber le voile. Et cachez cette lettre.

— Promis. Merci, Bret.

Après son départ, Sarah relut la lettre, pleurant et soupirant. Non, ce n'était pas un piège : le ton était trop juste ; seul Vince pouvait lui dire qu'il la rejoignait la nuit, par la pensée. Quand elle la replia, ce fut pour la glisser dans sa chemise, tout contre son cœur.

En sautant du train, Vince fut sidéré par l'énormité de la ville de Denver. L'Ouest se développait à grande vitesse. Tout cela à cause du chemin de fer.

Dans la cohue des voyageurs et de ceux qui étaient venus les accueillir dans la gare de Denver & Rio Grande, Vince dominait presque tout le monde d'une tête. Ce qui facilitait ses recherches. Son regard tomba vite sur une personne qui correspondait à la description que la Bret Flowers du télégramme lui avait donnée d'elle-même : elle était blonde et portait une houppelande à capuchon en velours vert.

Son sac de voyage au poing, il se fraya un passage à coups de coude et, à mesure, reconnut en cette Mlle Flowers le genre de femme qui a l'expérience de la vie. Comment pouvait-elle être la meilleure amie de Sarah ? Bret pivota lentement et, l'apercevant, promena sur lui un regard admiratif. Malgré la houppelande, on devinait une femme aux formes généreuses. Sous la couche de rouge et de poudre de riz, elle gardait de fort beaux traits, bien qu'elle eût le regard endurci des femmes qui ont trop hanté les saloons. Il avait été terriblement déçu que Sarah n'accoure pas vers lui mais, comme le télégramme spécifiait que Keller était shérif de la ville, il avait vite compris.

— Mademoiselle Flowers ?

Malgré elle, Bret ressentit une troublante attirance pour cet homme puissant, au visage encore un peu creusé, au regard hanté par les épreuves passées. Elle se contenta d'acquiescer tant elle admirait la perfection de son visage à la peau mate, aux lèvres pleines, aux pommettes hautes. Et ce regard d'un vert extraordinaire filtrant sous les sourcils d'un noir bleuté ! Il portait un feutre à large bord et ses cheveux étaient attachés par un lacet.

— Elle-même. Moi qui soupçonnais Sarah de me raconter des histoires quand elle vous prétendait fort bel homme, ses louanges étaient même en dessous de la vérité.

Souriant jusqu'aux oreilles, il regarda dans la direction des wagons à bestiaux et bagages, annonçant :

— Je vais récupérer mes affaires et les chevaux que m'a offerts l'ami cherokee pour qui j'ai travaillé. J'avais l'intention de prolonger mon séjour chez lui, jusqu'à ce que j'aie retrouvé toutes mes forces, mais en apprenant que Keller est shérif du relais... de Sommers City, j'ai décidé de rentrer en toute hâte.

— On se retrouve au buggy garé juste en face. Je suis descendue au Brown Palace où je vous ai retenu une chambre. Un cadeau que je suis contente de pouvoir faire à Sarah.

A ce nom, le regard de Vince se fit de velours et il s'inquiéta :

— Comment va-t-elle ? Ils ne lui ont pas fait de mal, j'espère.

— Elle va bien... sur le plan de la santé, répondit Bret, touchée de cette expression d'amour dans les beaux yeux verts. On en parlera à l'hôtel. Dépêchez-vous de récupérer votre bien, qu'on se protège de ce froid épouvantable.

Il s'éloigna, et Bret admira la souplesse de sa démarche. Sous le lourd manteau de toile, on devinait un colosse dans toute sa puissance, mais il boitait légèrement, détail que Sarah n'avait pas mentionné. Peu après qu'elle eut grimpé dans le buggy, Vince la rejoignit, chevauchant un colossal hongre noir et traînant à la longe un cheval de bât. La procession s'ébranla jusqu'à l'hôtel, établissement de quatre étages devant lequel Vince s'arrêta, de plus en plus surpris par le gigantisme de Denver et de ses bâtiments.

— Très luxueux, votre hôtel ! dit-il en aidant Bret à descendre de voiture.

— Le meilleur de la ville, s'il vous plaît ! Après le mal qu'on vous a fait, vous méritez bien un jour ou deux de détente. Ne vous inquiétez pas pour la note : avant de partir, j'ai retiré toutes mes économies de la banque de Tod Harding, ce truand qui s'est approprié mon saloon !

— Un saloon à Sommers City !

— Oui, grâce à Sarah, le relais s'est transformé

en une vraie ville. Et le saloon… Je sais ce que vous pensez de moi, Vince, et vous avez raison, mais chez Sarah, on a une taverne tout ce qu'il y a de régulier. On y boit, on y joue aux cartes, rien de plus. Allez, entrons. Et rendez-vous dans votre chambre, ou dans la mienne, pour faire le point. Et rassurez-vous : Sarah vous aime plus que tout et veut que vous rentriez à la maison le plus tôt possible. Elle m'a demandé de vous dire qu'elle a souvent senti votre présence, la nuit surtout, quand vous essayiez de la retrouver par la pensée. Moi, les rituels indiens, les esprits et tout le reste, je n'y connais rien mais ce qui est sûr, c'est qu'elle vous a senti près d'elle. C'est peut-être à cause du petit, qui sait ?

— De Johnny ?

— Non, mon ami. Son second fils. Un garçon prénommé Alexandre, comme le grand-père Beaumont.

Vince fixa Bret et la ville, sa rumeur, les passants, tout s'estompa brusquement sous l'explosion de joie qui le bouleversa.

— J'ai un fils ?

— Et il ressemble comme deux gouttes d'eau à son père ! Alexandre aura quatre ans le mois prochain.

Les yeux verts s'embuèrent et Bret sentit son cœur chavirer. Elle eut aussi peur que la paternité lui donne une raison supplémentaire de se venger des hommes qui l'avaient privé de tant de bonheur. Elle lui effleura le bras et conseilla :

— Prenez le temps de réfléchir, Vince. Ce ne serait pas très malin de foncer droit sur Sommers City. Sarah a plus que jamais besoin de vous.

Il traversa la réception à la suite de Bret, grimpa l'escalier sans même s'en rendre compte, bouleversé par le mélange de joie et de haine qui tourbillonnait en lui. Il la suivit jusqu'à sa chambre, ignorant les regards indignés des clients qui croisaient cette femme trop fardée accompagnée d'un Indien.

Dans la chambre de Bret, Vince jeta chapeau et manteau sur le premier fauteuil. Sans même remarquer le raffinement du décor, il gagna une des fenêtres d'où il scruta la ville, exemple supplémentaire de l'invasion de l'Ouest par les colons blancs. Et les Sioux, que devenaient-ils ? Charlie Jefferson lui avait appris que de nouveaux incidents s'étaient produits quand les Blancs, ces insatiables, avaient exigé davantage de terres. Red Cloud vivait désormais dans une réserve, tandis que Sitting Bull et le guerrier Crazy Horse avaient pris la relève pour donner du fil à retordre aux envahisseurs. On avait envoyé dans l'Ouest un nouvel officier qui faisait beaucoup parler de lui et empoisonnait la vie des Indiens. Un certain George Custer, d'après Charlie...

— Et maintenant, racontez-moi tout, ordonna-t-il. Sarah, mon fils, Sommers City, tout ce qui s'est passé là-haut. Parlez-moi de Tod Harding, du nombre d'affaires qu'il y a implantées, de ce qu'il a infligé à Sarah, de la façon dont Keller est devenu shérif.

Il entendit le froissement de sa robe en taffetas et de ses nombreux jupons sur le parquet tandis qu'elle ôtait sa houppelande de velours et traversait la chambre pour l'accrocher à une patère.

— Commençons par vous : comment un petit voyage à Cheyenne a-t-il pu vous mener au fond d'une geôle en plein Territoire indien ?

Vince se détourna de la fenêtre. Il avait deviné juste : la cape dissimulait un corps aux formes voluptueuses, un buste généreux... mais ce visage trop fardé, ces cheveux décolorés... Bret éclata de rire.

— Vous vous demandez comment une femme de mon genre a pu devenir l'amie de Sarah, pas vrai ? Eh bien, grâce à elle je me transforme en honnête femme. C'est la première robe à col montant que je porte depuis des années.

Ces aveux tirèrent un sourire à Vince qui plaisanta :

— Mon petit doigt me dit que tout au fond, vous n'avez pas tant changé.

— Bigre, vous avez un sourire très séducteur ! s'écria Bret en éclatant de rire à son tour. Dommage que vous soyez le mari de ma meilleure amie !

Poings sur les hanches, elle se rapprocha à petits pas d'un canapé où Vince la rejoignit.

— J'avais vendu mes chevaux un bon prix, à Cheyenne. Je m'apprêtais à acheter des cadeaux à Sarah, quand Keller et son complice m'ont attaqué par-derrière.

Quand il eut achevé le récit de ses quatre ans de misère, entendu le compte rendu de Bret, il conclut :

— Il faut liquider Keller et ses hommes de main. Harding payera, lui aussi, pour m'avoir fait jeter en prison sans raison mais surtout pour avoir forcé Sarah à lui vendre ses terres. Si j'ai promis au juge de ne pas le tuer, ça ne signifie pas que je renonce à me venger.

Bret se leva pour arpenter la chambre.

— Je vous répète qu'il vous faut un plan d'action, Vince. Keller a embauché des hommes de main qui ne ratent pas leur cible.

— Moi non plus, renchérit Vince en se dressant à son tour, si bien que la chambre parut plus petite. Je dispose également de deux armes puissantes : ma haine féroce et l'effet de surprise, car ils me croient mort. Combien sont-ils ?

— Keller a six adjoints. Imaginez un peu : sept hommes de loi, dans une petite ville comme Sommers City ! Ils sont venus faire main basse sur toute la ville et le rêve de la pauvre Sarah part en fumée.

D'autant plus que ceux qui ouvrent le bec finissent avec leur commerce incendié, quand on ne les jette pas, eux aussi, en prison.

Vince marcha sur elle et lui demanda avec passion :

— Si je trouvais le moyen de la débarrasser de ces gredins, la population me soutiendrait-elle ou bien me passerait-on la corde au cou ?

— Ils vous décoreraient et vous nommeraient shérif, fit Bret en gloussant. Tiens, ce ne serait pas une mauvaise idée ! Vous avez un plan pour neutraliser sept tueurs ?

— Bah, en jouant sur l'effet de surprise et en me trouvant deux alliés dans la place... Buck Jones est-il toujours en vie ?

— Pour sûr ! Il voulait s'opposer à Keller, mais Sarah refuse, de peur qu'il ne se fasse tuer lui-même. Buck n'a pas froid aux yeux et il a fichtrement d'expérience en matière de lutte contre les hors-la-loi et les In...

— Les Indiens. N'ayez pas peur de prononcer le mot. Je suis content que Buck ait consenti à rester, d'autant plus qu'il l'a fait par respect pour Sarah. Si vous pouviez lui demander de trouver deux autres hommes sur qui on puisse compter... Le seul moyen de se débarrasser de ces gangsters, c'est de provoquer Joe Keller en duel. Ses complices éliminés, il faudra que Harding me rende des comptes à moi !

L'éclair glacial de son regard mit Bret mal à l'aise.

— Entendu, j'en parlerai à Buck. Nous reprendrons tous les deux le train pour Cheyenne, puis vous, vous regagnerez Sommers City à cheval, par la route. Arrivez de nuit, installez vos chevaux à l'écurie de louage que Buck tient toujours. Il vous guettera. Sarah habite derrière le relais.

— La maison que nous étions en train de faire bâtir quand j'ai pris la route de Cheyenne ?

— Oui. Surtout, attendez la nuit noire pour aller chez Sarah et, une fois dans la maison, vous y attendrez Buck et ceux qui auront accepté de l'épauler. Et j'espère que vous ne vous ferez ni blesser ni tuer parce que Sarah... ne s'en remettrait pas.

— Ne vous inquiétez pas. Ce n'est pas moi qui mourrai.

— Etes-vous certain de vouloir faire justice vous-même, au lieu d'appeler les autorités fédérales ou les soldats ?

— Oui, c'est à moi de m'en occuper.

Vince retraversa la chambre, prit son chapeau et son manteau et ajouta :

— Vous le récupérerez, votre saloon, Bret. On le reprendra à Tod Harding.

Il semblait si calme et si plein d'assurance que Bret partit d'un petit rire nerveux.

— Si facilement que ça ?

Vince hocha la tête, s'approcha d'elle et lui piqua un baiser affectueux sur la joue.

— Si facilement, oui. Vous vous sentez d'attaque pour reprendre la route demain matin ?

— Oui. Vous ne voulez pas vous reposer un peu plus ? demanda-t-elle.

— Non. Je suis trop pressé de revoir Sarah. Le soir de nos retrouvailles, je ne veux pas de réunion, je veux me retrouver seul avec elle.

— Et elle aussi, elle ne rêve que de se retrouver seule avec vous, diable d'homme ! Figurez-vous que j'en viens presque à croire que vous nous restituerez notre ville. J'ai hâte que Harding découvre que ses hommes de main sont morts et enterrés !

Les prunelles de Vince s'embrasèrent d'une haine féroce. Et Bret, qui avait entendu narrer certaines des tortures sioux, se réjouit de ne pas être son ennemie.

— Comment vous vengerez-vous de Harding sans le tuer ?

— Il vaut mieux que vous ne le sachiez pas, grogna-t-il, l'air mauvais. Quel est mon numéro de chambre ?

— Deux cent seize, trois portes plus loin, dit-elle en lui remettant la clé.

— Vous êtes une femme bonne et généreuse, Bret, déclara-t-il avant de sortir.

— Ça par exemple, c'est bien la première fois que j'entends de telles sornettes ! s'esclaffa-t-elle, rougissant de fierté.

31

Sarah vérifia que ses enfants dormaient sagement, ajouta une couverture à chacun avant de regagner la cuisine. Là, elle ranima la cuisinière en fonte qui chauffait les deux chambres adjacentes et son bureau, voisin de la chambre des garçons. Le temps restait instable, en ce mois d'avril, et le froid alternait avec des journées tièdes. Malgré le vent qui hurlait dans la nuit, une chaleur douillette régnait chez Sarah Beaumont. La bouilloire qu'elle laissait en permanence sur le feu chantait. Elle décida de se préparer du thé.

Impossible de dormir. Vince pouvait arriver d'une minute à l'autre. A l'angoisse de l'attente s'ajoutait celle de le perdre après une ou deux nuits dans ses bras. Si elle comprenait sa soif de vengeance, les risques qu'il courait la traumatisaient d'avance.

Il aurait à tout le moins des gens pour le seconder. Buck avait vite essuyé une larme quand il avait appris que Vince était vivant ; aussitôt il s'était porté volontaire, s'engageant à trouver deux hommes de confiance, assez braves pour aider à liquider Keller.

Elle remplit une petite passoire de feuilles de thé, la plaça au-dessus d'un bol et y versa l'eau de la bouilloire, attendant, les yeux dans le vague, que le breuvage infuse. Les idées se bousculaient ; elle avait tant à confier à Vince !... Soir après soir elle attendait qu'il frappe à la porte et se baignait, se poudrait un peu, brossait sa longue chevelure... et guettait son pas. Aurait-il changé physiquement ? La gêne s'installerait-elle entre eux ? Comment la trouverait-il, après cinq ans ?

Comme prévu, le shérif n'avait rien trouvé de suspect aux explications que Bret avait données de son retour. Mais dans le saloon qu'elle avait été contrainte de brader à Tod Harding avant son départ, elle n'était plus que simple serveuse.

— Dès que votre bel Indien aura nettoyé la ville de ses malfrats, je vous garantis que je récupérerai ma taverne ! avait-elle proclamé à Sarah.

Sarah frissonna à la perspective de l'affrontement. Elle remonta le col de la douillette ouatinée qu'elle avait enfilée par-dessus sa chemise de nuit en flanelle, but une gorgée de thé. La maison en bois craquait sous les rafales du vent du Wyoming. Fermant les yeux, elle se réchauffa à la vapeur qui montait de la timbale, se perdant dans ses songeries. Soudain, elle perçut un coup discret frappé à la porte de derrière...

Le cœur lui manqua. Elle réussit à poser calmement son bol. Le rêve allait devenir réalité : ouvrir la porte... tomber dans les bras de Vince. Et si c'était au contraire Keller ou l'un de ses voyous venus la tourmenter comme ils avaient tourmenté Bret ? Ils cherchaient à la broyer, elle aussi, et depuis que son amie lui avait avoué que Kuzak l'avait violée, elle vivait dans la peur. Les jambes tremblantes, elle gagna le placard, se hissa sur la pointe des pieds pour récupérer le pistolet qu'elle y cachait, hors de portée des garçons.

— Qui est là ? demanda-t-elle d'une voix sonore.

— C'est moi, Vince.

Sarah faillit s'évanouir au son de cette voix grave et mélodieuse qu'elle reconnaissait si bien. Par précaution, elle entrouvrit la porte, à peine, pointant son arme. C'était bien vrai ! Vince était vivant !

— Ô mon Dieu ! gémit-elle en s'écartant vite du passage.

Il se coula prestement à l'intérieur, referma la porte sur lui. Il était saupoudré de neige du chapeau aux épaules et jusqu'aux sacs de selle qu'il jeta dans un coin. Ils restèrent là, se fixant interminablement pendant qu'il ôtait son couvre-chef et le lourd manteau en toile qu'il laissa tomber sur le dos d'une chaise.

— Je... je n'arrivais pas à le croire, bredouilla-t-elle, le poing toujours crispé sur le pistolet.

Il avait maigri, paraissait plus dur, plus fort aussi. Figée, elle se laissa faire quand il lui retira l'arme des mains. Il la déposait sur la table quand elle l'arrêta :

— Au-dessus du placard, là. Hors de portée des enfants.

Vince se détourna, le rangea à sa place. « Les enfants », avait-elle dit. Il se retourna vers elle, si belle à la lumière tamisée de la lampe. Elle n'avait pas changé, son adorable Sarah, rayonnante de douceur et de détermination. La mère de son fils.

— Je m'en veux du traitement qu'ils t'ont fait endurer.

— Tu t'en veux ? Tu n'y pouvais rien.

Pourquoi ces retrouvailles, dont elle rêvait depuis

presque cinq ans, se déroulaient-elles avec tant de gaucherie ? Les années de séparation avaient-elles creusé entre eux un fossé infranchissable ?

— Je m'en veux de ne pas avoir vu venir l'attaque. J'aurais dû rester davantage sur mes gardes ; deviner où Harding voulait vraiment en venir.

— Non, c'est moi qui m'en veux, et tu n'as pas à te faire de reproches. Moi aussi j'aurais dû prévoir ce drame. J'imagine tout ce que tu as enduré...

Le vent secoua la vitre.

— J'aimerais voir mon fils.

Sarah hocha la tête. Munie de la lanterne posée sur la table de la cuisine, elle le conduisit à la chambre adjacente, éleva la lumière au-dessus du petit lit d'Alexandre. Un cri étranglé échappa à Vince. Il s'agenouilla à côté du lit et, effleurant le petit bras potelé de son fils, il resta là, pleurant silencieusement. Enfin il s'essuya les yeux et se releva, murmurant :

— Il est magnifique.

— Bien sûr, puisqu'il ressemble comme deux gouttes d'eau à son père.

Vince s'approcha du lit de Johnny et l'admira en hochant la tête.

— Ce qu'il a grandi... Il a perdu ses traits de bébé.

— Il a huit ans. Pas un jour n'a passé sans qu'il me demande si tu allais revenir. Je lui répondais que tu avais été obligé de partir pour un long voyage, que tu l'aimais tendrement, que tu reviendrais. Il ne t'a pas oublié.

Vince poussa un long soupir, sortit de la chambre. Quand ils se retrouvèrent dans le couloir, une soudaine gêne les saisit.

— Je te montre le reste de la maison, bien qu'il n'y ait pas beaucoup de pièces, suggéra Sarah pour dissiper le malaise.

Lanterne au poing, elle l'entraîna vers son bureau, le salon, où elle frissonna parce que la chaleur de la cuisinière n'était pas assez forte pour atteindre le bout du couloir. Elle revint sur ses pas et le guida vers la seule pièce qu'elle ne lui avait pas montrée.

— Voici ma... notre chambre.

Elle posa la lanterne sur la commode et, se tournant face à lui, croisa son regard.

— La pièce où je me suis sentie le plus seule.

Ils attendirent, face à face, sans rien dire. Vince tendit la main ; elle la prit. A l'instant où ils se touchèrent, ils surent que rien n'avait changé. Les années de séparation n'avaient rien brisé de leur intimité. En un instant elle fut dans ses bras, en savourant la force rassurante. La joue nichée contre son torse musclé, blottie contre lui, elle se laissa embrasser les cheveux, caresser le dos.

— Sarah, ma douce, mon amour...

— Vince... je savais bien que tu ne pouvais m'abandonner comme ça. Rester sans savoir ce qui t'était arrivé, ça a été affreux.

Elle leva le visage vers lui. Leurs lèvres se touchèrent. Toute gêne se dissipa. Il n'y eut plus que le besoin dévorant de recevoir en elle son désir d'homme. Vince la souleva et la porta sur le lit. Ils se caressèrent à pleines mains, s'embrassèrent, se pressèrent l'un contre l'autre. Il trouva sa féminité sous la chemise de nuit et elle s'ouvrit à la puissance de son désir. Le visage enfoui dans sa chevelure, gémissant à chaque coup de reins, il retrouvait sa femme avec une impétueuse virilité. Oui, il était bien vivant, et soudé à elle charnellement. Le plaisir vint très vite... La dévorant de baisers, il lui enleva sa chemise de nuit, se défit de ses propres vêtements. Il lâcha ses lèvres pour la goûter tout entière, semer une pluie de baisers le long de son cou, prendre le bout de son sein qui avait nourri son fils. Il avait retrouvé son épouse bien-aimée, sa famille.

Bouleversée de sentir à nouveau les caresses qu'elle aimait tant, Sarah se cambrait pour lui offrir l'autre sein qu'il titilla jusqu'à l'affoler de passion. Elle glissa les doigts dans ses cheveux quand il descendit vers son ventre, ses cuisses, donnant de petits coups de langue au plus secret de sa féminité. Il remonta vers ses seins, et revint en elle, la caressant de sa virilité. Elle gémit son nom tandis qu'il l'aimait lentement, prenant le temps de la savourer, de lui donner ce plaisir dont ils avaient été trop longtemps privés, de lui montrer qu'il était plus viril que jamais, son mari retrouvé.

Ce fut une nuit de rêve et de volupté. Vince était rentré à la maison. Elle était en sécurité. Trois fois encore ils s'aimèrent, sans pouvoir se rassasier l'un de l'autre. Sarah se délectait de la chaude étreinte de ses bras, de la paix qu'elle goûtait contre son corps, de la béatitude d'être aimée par un homme doté d'une telle virilité, d'une telle tendresse. Ils saccagèrent le lit dans la fureur de leur passion. Enfin, au petit matin, ils s'endormirent, épuisés, repus.

Quand ils se réveillèrent, le soleil était au rendez-vous... ainsi que les deux petits garçons qui, plantés au chevet du lit, fixaient Vince. Le pépiement de leurs voix fluettes avait réveillé les amoureux :

— Je crois que c'est lui ; c'est notre papa, expliquait Johnny.

— Papa ?

Alexandre, les yeux ronds, observait le dormeur si grand et si fort qui couchait dans le lit de maman. La bouche boudeuse, il réfléchissait, tentant de décider si ce papa lui plaisait ou pas. Il avait toujours eu sa maman pour lui tout seul et ce monsieur, il ne le connaissait pas ; et puis il avait des bras tellement puissants que c'en était intimidant.

— Tu l'aimeras, tu verras, le rassura Johnny. Il t'apprendra à galoper sur un cheval et...

Vince ouvrit les yeux. Le petit s'interrompit tout net. Vince se dressa sur son séant, tirant la couverture pour se couvrir, et réveilla discrètement Sarah. Il s'assit au bord du lit pour observer de plus près les deux garçonnets qui hésitaient entre la curiosité et la peur.

— Bonjour, lança-t-il. Je voudrais vous serrer dans mes bras, fils, parce que vous m'avez manqué.

— C'est vrai que t'es mon papa ?

Vince crut que l'émotion allait l'étrangler. Il était magnifique, son petit garçon, et il paraissait si robuste.

— Oui. Pardon d'être parti si longtemps ; ce n'était pas ma faute. Des hommes méchants m'ont capturé et enfermé, si bien que je n'ai pas pu revenir vous voir plus tôt.

— Pourquoi ? s'étonna Johnny.

— Parce qu'ils ne voulaient pas que je les empêche de voler sa ville à ta maman. Maintenant je suis libre et je rentre à la maison. Je vous aime, mes petits, et je voudrais vous serrer dans mes bras.

La frimousse de Johnny s'éclaira alors d'un radieux sourire. Il embellissait en grandissant, ce petit, songea Vince. Il se jeta à son cou et, lui faisant mille baisers :

— Nous aussi, on t'aime, papa. Maman, elle nous le disait bien que tu reviendrais bientôt.

Alexandre gardait une prudente réserve, observant l'inconnu d'un air songeur. Sarah se drapa à son tour dans une des couvertures et vint s'agenouiller près de lui.

— Tout va bien, Alexandre. C'est ton père et il t'aime. Il faut lui pardonner s'il n'a pas pu revenir plus vite. Allez, tu ne lui fais pas un gros baiser, à ton papa ?

Alexandre battit des paupières, s'approchant à petits pas. Vince embrassa Johnny sur la joue et tendit les bras à Alexandre. Le bambin demanda :

— C'est vrai que tu m'apprendras à galoper sur un cheval ?

— Je t'apprendrai beaucoup de choses, mais d'abord, il faut que tu me donnes ce baiser, sinon j'aurai beaucoup de chagrin.

Alexandre interrogea sa mère du regard.

— Tu ne veux pas que ton papa ait du chagrin, quand même !

L'enfant fit non de la tête avant de revenir à Vince.

— C'est ma maman. Tu me la prendras pas, alors ?

— Non, Alexandre, je ne l'emmènerai pas d'ici, le rassura-t-il en souriant. On va vivre tous ensemble. Ta maman sera toujours là pour toi et tu pourras la prendre dans tes bras, être avec elle autant que tu voudras.

— Tu seras gentil avec maman ?

— Bien sûr que je serai gentil avec elle puisque je l'aime ! Je suis là pour veiller sur elle, maintenant, m'occuper de vous tous et vous protéger.

Le petit garçon posa sa menotte sur la grande main de Vince.

— D'accord, je te permets de me faire un câlin.

Il se mordit la joue pour ne pas rire de ce ton autoritaire et, le cœur débordant d'amour, attira le petit contre lui. Il le serra passionnément, pleurant intérieurement d'avoir manqué sa tendre enfance, l'étreignant jusqu'à ce qu'Alexandre décide qu'il s'était suffisamment abandonné à ce monsieur qu'il ne connaissait pas et se tortille pour se libérer.

— Allez vous habiller, les garçons, pendant que papa et moi faisons notre toilette, leur enjoignit

Sarah. Et vous restez ici. Il fait très froid dehors, aujourd'hui.

— On ne devrait pas aller à l'école ? s'inquiéta Johnny.

S'ils les envoyaient à l'école, les enfants raconteraient à tout le monde que leur père était de retour, alors qu'il fallait garder le secret.

— Non, dit-elle en mentant. Il n'y a pas école pendant quelques jours. On s'amusera à la maison.

— Oh, et moi qui voulais jouer dans la neige avec papa ! J'avais envie qu'il apprenne à Alexandre à monter à cheval.

— Ça viendra, le rassura Vince. Pour le moment, je dois régler une affaire ; ça ne prendra pas plus de deux jours.

Les enfants quittèrent la chambre en boudant et Sarah referma la porte puis, se retournant vers Vince :

— Je commence à avoir sérieusement peur.

La douceur dont il avait fait preuve disparut brusquement. Une haine impitoyable embrasa ses yeux verts.

— Inutile, Sarah. Demain, tu auras récupéré ta ville. Si tu pouvais aller chercher Buck, nous avons à mettre le plan au point. Harding est-il ici ?

— Non. Je ne sais d'ailleurs jamais à l'avance quand il passe. Il ne reste que le temps de récolter les loyers, superviser ses affaires, et il repart.

— Parfait. La première chose, c'est de poster des hommes de confiance au bureau du télégraphe pour qu'aucun des sympathisants de Harding ne puisse le mettre en garde. Quand j'aurai réglé leur sort à Keller et à ses sbires, nous lui enverrons un télégramme lui annonçant qu'une urgence le réclame immédiatement à Sommers City. Je l'attendrai alors de pied ferme ! conclut-il, coulant à la ronde des regards d'une férocité inquiétante.

Buck était posté sur le toit d'un des bâtiments situés en face du saloon et Stu Herron, l'armurier et tireur d'élite, en surveillait l'entrée depuis sa boutique, de l'autre côté de la rue. Jack Delaney, le forgeron, s'était caché sur le toit de l'hôtel de luxe de Harding d'où il avait une vue d'ensemble de la grand-rue. Lors d'une réunion secrète, la veille au soir, Vince leur avait garanti que ce serait vite réglé. Pour garder l'avantage de la surprise, et de peur que cela ne vienne aux oreilles de Keller, au lieu d'avertir la population, on avait simplement soufflé aux quelques passants de se mettre prudemment à l'abri, sans leur expliquer pourquoi.

Il était trois heures de l'après-midi. Un vent froid et vif balayait la rue toujours saupoudrée de neige. Si le soleil brillait, Buck espérait que le froid mordant ne lui ferait pas manquer sa cible.

Vince apparut enfin dans son champ de vision. Il entra au saloon. Un instant plus tard, Dave Kuzak en sortait. Vince, qui était entré lui demander d'aller chercher Keller, en ressortit à son tour et attendit sur le trottoir de planches. Le shérif quitta son bureau quelques minutes plus tard, flanqué de Dave Kuzak et d'un autre adjoint. Buck pointa son fusil sur le troisième adjoint qui, du bout de la rue, observait la scène avec curiosité. Les trois autres constituant l'équipe de nuit, ils devaient être en train de dormir dans le baraquement que Keller leur avait fait construire. On leur réglerait leur sort ultérieurement.

Keller s'arrêta devant le saloon. Si la rue était vide, Buck vit frémir les rideaux de quelques fenêtres. Bret Flowers surveillait la scène à travers les doubles portes vitrées du saloon, fermées à cause du froid. Un coup de vent fit s'envoler le chapeau de Keller à l'instant où Vince descendait du trottoir de planches.

— Comment va, Joe ?

Vince eut le plaisir délectable de voir le shérif se décomposer.

— Nom de D...

— Etonnant, pas vrai ? On ne m'a pas pendu, finalement, Joe. Au contraire, j'aurais pu porter plainte pour que la justice vous envoie croupir en prison, Harding et toi, mais finalement je préfère te tuer. Es-tu prêt à mourir, Joe ?

Les deux adjoints eurent un haut-le-corps. Celui qui portait un long manteau de toile en coinça un pan derrière son revolver pour pouvoir dégainer sans entrave. Kuzak l'imita, dégageant son fusil à canon scié. Joe Keller portait une courte veste en peau de mouton qui ne gênait pas ses mouvements. Malgré le froid, et pour être sûr de tirer en souplesse, Vince ne portait qu'une épaisse chemise par-dessus ses tricots de peau bien chauds.

— Par le diable ! Comment t'es entré en ville ?

— Quelle importance ?

— Comment t'es sorti de prison ?

— Le premier juge a été remplacé par un magistrat qui n'a trouvé aucun acte d'accusation contre moi. Il s'est aperçu que Nathan Balen n'était pas mort. Depuis le moment où tu m'as arrêté, à Cheyenne, où tu m'as battu et blessé, avant de m'expédier en Territoire indien pour y être pendu, je mets au point ma vengeance. L'heure de rendre la justice — la vraie — a sonné. Terminés, maintenant, Joe, tes mauvais coups. Tu vas rendre sa ville à Sarah.

La pomme d'Adam de Keller montait et descendait, et sa main, sur la crosse de son revolver, tremblait imperceptiblement.

— Il ne lui reste rien que sa pension et la maison où elle habite. Et encore, tout ça c'est bâti sur du terrain qui appartient à Harding.

— Plus pour longtemps.

— Croire que tu peux t'attaquer à Tod Harding, avec toute la fortune qu'il a, toi, un métis ? T'es malade, mon pauvre. Si tu me tues, ça ne changera rien parce qu'il rameutera une armée de ses hommes à lui.

— Pas quand je lui aurai réglé son compte.

Sous ses airs bravaches, l'angoisse de Keller était évidente quand il contre-attaqua :

— Tu te crois vraiment de taille à nous liquider tous les quatre, moi, mes deux adjoints et celui qui se trouve dans ton dos ?

— J'en cours le risque. Ce qu'il y a de sûr, c'est que tu y passeras le premier. Dégaine, si tu oses.

Keller jeta un coup d'œil à la ronde et se rendit compte qu'il était cerné.

— Ça te vaudra la prison pour de bon, cette fois, Beaumont. Tue un de mes hommes, et ce sera la corde.

— Je doute que dans cette ville tu en trouves un seul qui me pende pour avoir descendu un de tes voyous. Ils seront ravis d'être débarrassés de toi, et si tes hommes ont envie de quitter la ville, rien ne les empêche de sauter sur un cheval.

— Sale petit prétentieux ! J'ai encore trois hommes.

— On se charge d'eux.

— Qui ça, on ?

— Ne sous-estime pas la population ni l'admiration qu'elle a pour Sarah, Keller.

Le shérif transpirait. Il avait compris que Vince voulait sa peau. S'était-il vraiment trouvé des alliés dans cette ville de couards ? Bah, que craindre de cet homme qui sortait de prison, affaibli par la captivité ? se rassura-t-il. Il fallait continuer à le faire parler, le distraire.

— Ça te plaît tant de retourner en prison, Beaumont ?

— Du moment que tu meurs avant, tout m'est égal.

Keller referma la main sur la crosse de son fusil et dégaina. Mais Vince tira avant lui. Un jet de feu... Le coup porta en pleine poitrine... Keller s'écroula, mortellement touché.

Le duel s'était achevé en un éclair. Keller n'avait pas mordu la poussière que Vince se jetait déjà à plat ventre et, d'un roulé-boulé, échappait aux balles des deux adjoints. Il fit feu à nouveau et abattit Kuzak. L'autre adjoint tomba sous une balle tirée du toit et qui lui ressortit par la bouche. Vince roula sur le dos, levant le poing pour féliciter Buck qui brandit son fusil en poussant un cri de guerre... ce dont profita le troisième adjoint pour le viser. Vince l'abattit à l'instant où une autre détonation partait, cette fois, de l'armurerie. Stu Herron en sortit, fusil encore fumant : ils avaient tiré en même temps.

— Attention ! hurla Jack Delaney, du toit de l'hôtel.

Kuzak se relevait, fusil braqué sur Vince. Ils se visèrent simultanément. Kuzak se cassa en deux, tué sur le coup. Sa balle avait lacéré la joue gauche de Vince qui tournoya sous la violence de cette gifle avant de s'écrouler, du sang plein la bouche.

Du porche de sa maison, Sarah tendait l'oreille pour tenter d'interpréter la fusillade. Maud et Sandra Bellings, l'institutrice, se trouvaient avec elle et sursautaient à chaque coup de feu. Tout à coup, le silence se fit.

— Il faut que j'aille voir ! Surveillez mes garçons.

Le temps de s'envelopper dans sa cape en laine et

Sarah sortit en courant, morte d'angoisse. La veille, Vince et elle ne s'étaient endormis qu'après s'être aimés avec tendresse et passion, sachant que la mort risquait de les séparer. Elevant vers le ciel une prière silencieuse, elle courut vers l'ancien relais, tourna le coin, remonta la grand-rue. Un attroupement s'était formé, d'où montait un bourdonnement euphorique. Elle découvrit le corps d'un des adjoints étalé dans la poussière près de la forge. Un soupir de soulagement lui échappa. Mais le plus gros de la foule s'était rassemblé plus loin. Et elle n'apercevait pas Vince.

Elle accéléra, folle d'angoisse, et découvrit les cadavres de Keller, Kuzak et d'un autre adjoint étalés au milieu de la rue. Des coups de feu éclatèrent, venant de la baraque des adjoints. Elle sursauta. Accéléra l'allure... et vit Vince et Buck faire avancer à coups de crosse les trois adjoints dont l'un avait le bras en sang. Vêtus de leur seul caleçon, pieds nus, claquant des dents entre deux jurons, ils suppliaient qu'on leur permette d'enfiler un manteau.

La ville était libérée de Keller et de ses voyous ! Elle allait pouvoir retrouver Vince, s'endormir blottie au creux de ses bras. Une foule euphorique se referma sur le groupe ; on parlait de pendre les coupables survivants. Le visage de Vince ruisselait de sang, sa chemise était tachée. Sarah se figea. C'est Bret qui se précipita vers lui avec une serviette dont il épongea la plaie qui lui ouvrait la joue gauche.

— Rien de grave. Une simple égratignure, dit-il pour rassurer Sarah quand il se trouva à sa hauteur.

— Un centimètre de plus et la balle vous faisait sauter la cervelle, soupira Bret en les prenant tous les deux dans ses bras. Il s'en est sorti presque indemne, tout va bien, Sarah. Il nous a débarrassés de Keller et de Kuzak !

La foule se remettait progressivement du choc, et se reformait autour des trois adjoints en caleçon.

— Pendez-les, ces crapules ! cria quelqu'un.

Sarah laissa partir Vince qui, très inquiet, tenta d'arrêter la meute en colère. A bout d'arguments, il tira un coup de feu en l'air.

— Pas de violence, je vous en supplie ! intervint Sarah. Vince nous a aidés à purger la ville d'un voyou qui y avait imposé sa terreur. Si vous pendez ces hommes, vous n'êtes pas mieux que Keller.

— Bigre ! Qu'est-ce qu'on fait d'eux, alors ? cria une voix.

— Ça vous dérangerait de filer d'ici pour ne plus jamais revenir ? demanda Vince aux trois larrons en caleçon.

— N... non... non, bégaya l'un des prisonniers en se frottant les bras, tremblant autant de froid que de peur.

— Pourquoi on resterait, vu que Keller est mort ? fit un autre.

Vince se tourna alors vers Bret :

— L'un de ces trois hommes était-il celui de la prison ?

Sarah eut la surprise de voir Bret rougir et elle répondit, coulant un regard vers le cadavre de Kuzak :

— Non. C'était celui-là. Vince, je vous remercie. Ben aurait été fier de vous connaître.

Vince se borna à hocher la tête, empli de compassion. Buck s'approcha alors et lui enlaça amicalement les épaules.

— Regagnons la taverne. Vous allez attraper mal, là dehors, ma pauvre Bret.

— Allons, Buck, faudrait voir à ne pas me prendre pour une mauviette ! Vous ne savez pas que je n'attrape jamais mal ?

Buck partit de ce gloussement proche du caquètement célèbre dans toute la ville et guida Bret dans son saloon.

— Qu'ils se rhabillent. On va les garder en prison en attendant que j'aie réglé son affaire à Tod Harding. Ensuite, ils pourront filer, décréta Vince.

Pendant qu'on entourait les trois ex-adjoints, certains des citoyens, saisis par une soudaine bravoure depuis qu'on les avait débarrassés de leur shérif tant haï, parlaient de les lyncher, surenchérissant si bien que Sarah redouta de ne pouvoir les calmer.

— Allons envoyer ce télégramme pour faire venir Harding à Sommers City.

— Vince, ta blessure ! Il faudrait aller voir un médecin.

— Après le télégramme, dit-il, et, s'adressant à la foule : Surveillez tous ceux qui travaillent pour Harding ; ne les laissez pas échapper. Je veux le prendre par surprise et s'il sait ce qui s'est passé ici, jamais il ne viendra.

— Mais qui vous êtes, vous, bon Dieu ? demanda quelqu'un.

Sarah se rappela soudain que la plupart des habitants n'étaient pas au courant du complot.

— Je vous présente Vince Beaumont, mon mari, lança-t-elle. J'ai appris il y a quelques jours qu'il était toujours en vie alors que Harding et Keller l'avaient fait jeter en prison sous une fausse accusation, il y a cinq ans.

Murmures, chuchotements parcoururent la foule.

— Ce qu'a fait mon mari, il l'a fait pour Sommers City que nous venons de récupérer. Il va m'aider à persuader Harding de me restituer la propriété des anciennes terres du chemin de fer, mais d'abord, il faut l'attirer ici sans qu'il sache que Vince est vivant.

Large sourire aux lèvres, les gens s'approchaient de Vince, lui serraient la main, le remerciaient, pendant que le fossoyeur local emmenait les corps. Puis Sarah prit le bras de son mari et, collée à lui, le suivit vers le bureau du télégraphe.

— Tu sais que tu n'as pas le droit de tuer Harding ! lui rappela-t-elle. Non seulement il est trop puissant mais la justice te rattraperait. Tout le monde te soutiendra, te blanchira pour le règlement de comptes qui vient de se produire ici, mais Harding, c'est une autre histoire.

— Ne t'inquiète pas, je respecterai la promesse faite au juge Parker. Il y a bien d'autres moyens d'extorquer les terres à ce type.

— Ah oui ? Quels moyens ?

— Souviens-toi que je suis à moitié sioux !

Il était grand temps que Harding plie devant plus fort que lui. Son règne de terreur avait assez duré.

32

Sur le quai de la gare, Sarah attendait, le cœur battant. Si Vince tombait aux mains de Harding, il risquait gros. Aussi avait-il décidé de ne pas l'attendre lui-même à la descente du train.

Dans un énorme nuage de vapeur, un tintement de cloche, un chuintement de locomotive, le train arriva en gare, dépassa Sarah et s'arrêta. Des voyageurs descendirent. Enfin Harding apparut, tiré à quatre épingles comme à son habitude, portant un sac en tapisserie très luxueux et un porte-documents. Feignant une amicale sollicitude, elle se hâta vers lui, sa robe en velours brun clair traçant des arabesques sur le quai enneigé.

— Monsieur Harding…

Harding observa d'un air intrigué son visage autour duquel elle serrait le capuchon de sa cape de laine.

— Que se passe-t-il ? Le caissier de ma banque m'a télégraphié à Omaha d'accourir pour une urgence. Qu'il fallait que je me munisse de mes titres de propriété. Y a-t-il eu un cambriolage ? Pourquoi a-t-on besoin de mes titres ?

— Vous les avez ?

— Oui, mais…

— Suivez-moi, je vous expliquerai.

Elle le mena au buggy stationné devant la gare et, prenant les rênes, au lieu de descendre la grand-rue, fit le tour par-derrière et lança l'attelage dans une rue parallèle. Harding mit ce détour sur le compte de l'urgence de la situation. La voiture passa au grand trot derrière la maison de rapport, la maison de Sarah, les magasins, le saloon, la forge, l'écurie de louage.

— Hé, une minute ! On ne va pas chez vous ? glapit Harding.

— Avant ça, vous avez quelqu'un à voir.

— Mais enfin, Sarah…

— Vous ne tarderez pas à comprendre.

— Ecoutez, si vous avez trouvé quelqu'un qui vous prête l'argent pour me racheter vos terrains, oubliez-le : je n'ai pas l'intention de vendre.

— C'est ce que nous verrons, monsieur Harding.

Sarah tourna pour engager la voiture face à l'écurie dont la porte de derrière s'ouvrit. Quand le buggy se fut engouffré à l'intérieur, Buck la referma.

— Bon Dieu, mais qu'est-ce qui se passe, ici ? rugit Harding.

Sarah se retourna, pistolet au poing.

— Descendez de voiture, monsieur Harding !

Il fixa l'arme, les yeux écarquillés de surprise.

— A quoi vous jouez, bon sang ?

— Des hors-la-loi de votre espèce, j'en ai déjà tué, monsieur Harding, alors faites attention. Vous n'êtes qu'un menteur, un voleur. Allez, descendez !

— Eh bien c'est dit : je vous chasse de la ville ! grommela-t-il, braquant sur elle un regard lourd de haine, avant de mettre pied à terre.

Sarah jeta du buggy son porte-documents pendant que Buck ouvrait la porte de devant. Un claquement de rênes, et la voiture s'élança dans la grand-rue. Buck referma la porte et Harding, complètement ahuri, se retrouva pris au piège.

— Vous allez m'expliquer ce qui se trame ? demanda-t-il à Buck.

— Pas moi. Quelqu'un d'autre va s'en charger.

Harding pivota, scrutant la pénombre de l'écurie pour deviner ce qui s'y dissimulait. L'odeur de fumier et de foin l'incommodait au point qu'il se pinça le nez.

— Qu'est-ce que c'est que cette comédie ? Je ne vois pas...

Vince émergea de la sellerie adjacente où Buck passait souvent la nuit. Il portait une veste en loup et pointait le canon de son fusil droit sur Harding.

— Comme on se retrouve !

L'autre en resta bouche bée et il perdit contenance pendant un court instant. Il se reprit, soufflant d'une voix étranglée :

— Vince Beaumont ! Ecoutez, le soldat m'a affirmé que vous aviez tué le lieutenant... Son nom m'échappe mais l'accusation était fondée. Vous méritiez...

— Taisez-vous, Harding ! grogna Vince en armant son fusil. La vérité, on la connaît tous les deux, au point que j'ai du mal à me retenir de vous tuer.

Votre ivrogne de juge ne m'a pas pendu, malgré vos pots-de-vin, et son remplaçant m'a fait un procès équitable. Il a appris la vérité et m'a libéré.

— Assassinez-moi et vous retournerez directement en prison jusqu'à ce qu'on vous passe la corde au cou.

— Je ne vous tuerai pas, Harding, non. Je me bornerai à vous faire regretter de ne pas être mort.

— Qu'est-ce que c'est que ces sorcelleries, encore ?

— On part pour une petite promenade à cheval. Votre monture est déjà sellée et si vous ne l'enfourchez pas vous-même, un bon coup de crosse sur le crâne vous permettra de partir en travers de la selle comme un sac de pommes de terre. Comment voulez-vous sortir ?

— Pour aller où ?

— Vous le saurez bientôt.

Buck approcha, tenant les deux chevaux par la bride.

— En selle ! ordonna-t-il.

Harding continua de fixer Vince.

— Vous avez idée du froid qu'il fait dehors ? Où va-t-on ?

— Un froid de canard. Et notre destination ne vous regarde pas. Fourrez-vous ça dans la bouche, lui enjoignit-il, lui tendant un bandana propre.

— Quoi ?

— Mettez-le dans votre bouche ! grogna Vince en lui collant le pistolet sous la gorge.

Malgré le froid, Harding était en sueur.

— Où se trouvent Joe Keller et ses hommes ? Ils vous pendront.

— Keller et trois de ses adjoints sont morts, répondit Buck. Les trois autres ont été expulsés. Alors, ce bandana, vous l'avalez !

Harding comprit qu'il n'avait plus d'alliés dans la ville. Les yeux dans ceux de Vince, il demanda :

— Qu'est-ce que vous voulez, exactement ?

— Vous avez fait de la vie de ma femme un enfer ; vous lui avez brisé son rêve. Vous nous avez volé cinq ans et m'avez privé d'un fils dont je ne connaissais même pas l'existence. Si le juge avait exécuté vos consignes, je serais mort et Sarah ruinée. Alors maintenant, arrêtez de discuter et fourrez-vous le bandana dans la bouche. Je vous dirai ce que je veux quand on sera sortis de la ville.

Harding n'eut que le choix de se bâillonner. Quand Buck lui noua un autre chiffon sur la bouche et lui passa les menottes, sa terreur ne connut plus de bornes. L'Indien allait l'abattre comme un chien ! Il était agité de tels soubresauts qu'il crut ne jamais pouvoir se hisser en selle. Quand il y parvint, Buck tendit à Vince les rênes de son cheval, le porte-documents et leur ouvrit la porte de derrière.

— Nooon ! Pas ça ! Vous n'avez pas le droit, supplia Harding. Ayez pitié, Beaumont. Je gèle !

Il trébucha, tomba dans la neige, s'écorcha le genou sur une pierre, ce qui lui arracha un hurlement de douleur. Il était en caleçon, torse nu et pieds nus. Vince lui avait ôté ses vêtements qui étaient restés dans la grotte creusée à flanc de falaise où il avait installé le camp. Harding avait trépigné, lancé des coups de poing ridicules : il ne faisait pas le poids face à Vince qui le dépassait par la taille, la carrure et la force, avantages décuplés par la haine vengeresse qui le rongeait. L'Indien en lui se délectait de la terreur abjecte de Harding, de sa veulerie devant la souffrance. Cet homme incarnait tout ce qu'il haïssait chez les Blancs. En plus, il avait osé tourmenter Sarah.

Il lui avait attaché une corde aux menottes et, du haut de son cheval, le tirait depuis plus d'une heure. Un vent mordant soufflait des sommets, charriant la neige. Le caleçon de Harding était tout trempé.

— Le feu brûle toujours dans la caverne où on serait bien au chaud, cria Vince pour se faire entendre malgré le vent. Si vous vouliez aller vous y réchauffer, vous n'auriez qu'à rebrousser chemin et transférer tous vos actes de propriété au nom de Sarah.

— J'ai acheté ces terres en toute honnêteté ! Je les ai payées au chemin de fer soixante dollars l'hectare et j'ai même donné à Sarah sept dollars par hectare pour les aménagements qu'elle y avait effectués !

— Vous saviez depuis le début qu'on ne consentirait jamais à les lui vendre six dollars vingt-cinq l'hectare. Malgré tout, vous l'avez laissée investir ses espoirs et ses rêves dans ces terrains qu'ensuite vous lui avez soufflés ! Vous avez aggravé votre cas en amenant Keller et ses sbires pour mieux faire main basse sur la ville !

— Au secours ! hurla le prisonnier. A l'aide, quelqu'un !

— Allez-y, hurlez. Personne ne vous entendra dans ces solitudes. Encore moins avec ce vent, railla Vince qui mit son cheval au trot pour forcer Harding à courir. Acceptez de transférer les titres au nom de Sarah, promettez de ne plus nous causer d'ennuis et vous pourrez profiter de la chaleur du feu, dans la grotte, douillettement enveloppé dans une couverture, hurla-t-il. Vous avez de la chance qu'on soit au printemps ; qu'il fasse assez bon. Vous préféreriez que je vous débarrasse de votre caleçon trempé pour vous laisser courir tout nu dans le vent ? J'ai vu des Indiens le faire et je l'ai fait moi-même : ça endurcit un homme. Il est vrai que vous, c'est plutôt le traitement dans le coton que vous avez connu. Tiens, une idée ! Pour vous rendre coopératif, je pourrais vous entailler la plante des pieds : les coupures gèleront, puis vos pieds, et qui sait, ensuite, on sera peut-être obligé de vous amputer.

— Aaah ! c'est bon. Ramenez-moi à la grotte. Je vous en supplie. Je vous signerai ces maudits titres.

Vince arrêta son cheval. Il avait bien chaud, lui, avec ses bottes de peau et sa veste en fourrure de loup bien épaisse.

— A votre place, je me garderais de changer d'avis, lui lança-t-il, se retournant pour se régaler du spectacle.

— Je ne changerai pas d'avis !

— Si vous envoyez quelqu'un me harceler, je raconterai sur tous les toits ce que je sais de vos malversations : me faire jeter en prison pour voler sa terre à Sarah et vous emparer de la ville ! Le juge Parker me soutiendra dans mes accusations.

— Je ne pouvais pas deviner que Keller se livrerait à de tels excès, se défendit Harding. Je le jure ! Je lui ai simplement donné le poste de shérif parce que, à Cheyenne, on ne l'avait pas réélu, et qu'il m'avait rendu quelques petits services, là-bas.

— Je suis bien placé pour le savoir ! ricana Vince.

— Je vous assure que je ne savais pas que Keller se conduisait si mal avec la population. Il a abusé de ma confiance. Je le jure devant Dieu ! Le seul mal que j'ai fait, c'est d'acheter la terre sur laquelle Sarah s'était installée.

— Et vous m'avez éliminé de la circulation pour que je ne puisse pas l'aider. Quel sort lui réserviez-vous encore, hein ? Vous savez très bien que les gens de votre espèce ne l'intéressent pas.

— Vous avez raison ! approuva Harding avec

véhémence, espérant calmer son adversaire en abondant dans son sens. Jamais elle ne me laisse l'approcher. Elle est trop fine, trop intelligente. C'est une femme fantastique, Beaumont ! C'est ce qui m'a attiré chez elle. Ce n'est pas une femme comme les autres, elle aime se débrouiller seule. Mais je n'ai jamais eu de geste déplacé, Beaumont, vous le savez, j'espère !

— Je sais quelles étaient vos intentions cachées. Je sais également ce que Keller et ses gangsters mijotaient. Ils vous ont dit que Kuzak avait violé Bret Flowers après l'avoir jetée en prison ? Qu'ils ont assassiné son ami Ben sans raison et tiré dans le dos d'un jeune gars qui n'était même pas armé ? tonna Vince, les traits tordus de fureur.

— Je ne savais pas qu'ils faisaient ces mauvais coups, je le jure !

Vince fit volter son cheval pour se rapprocher du prisonnier.

— Combien y en a-t-il qui, comme vous, ont incité de malheureuses victimes à mettre les terres du chemin de fer en valeur, à y faire venir une population qui les a rentabilisées plus encore... pour finir par les déposséder ? Combien de gredins de votre acabit se sont rempli les poches en trompant à la fois le gouvernement et les colons ?

Harding se mit à pleurer :

— Je... je ne sais pas. J'ai fait une bêtise. Je m'en rends compte à présent. Allez, je vous en supplie, reconduisez-moi à la grotte. Ne m'entaillez pas la plante des pieds. Je signerai le transfert des titres de propriété et puis je disparaîtrai à jamais de Sommers City. Vous avez ma parole.

— Que vaut-elle, hein ?

Harding reniflait. Le vent gelait la neige fondue dans ses cheveux.

— Vous pourrez convoquer tous les témoins que

vous voudrez. Quand on reviendra en ville, vous organiserez une réunion ; j'annoncerai en public que je restitue la terre à Sarah et que je pars sans plus vous causer d'ennuis. Je laisserai des employés pour gérer mes affaires et je payerai le loyer que Sarah exigera pour mes bureaux.

Un frisson le secoua, lui arrachant un cri d'angoisse. Vince délaça les lanières de cuir qui retenaient à sa selle une couverture et une paire de bottes de peau qui tombèrent sur le sol poudré de neige, sauta de selle pour lui ôter les menottes et lui détacher les poignets.

— Vous avez de la chance que j'aie promis au juge Parker de ne pas vous abattre. Enfilez les bottes, enveloppez-vous dans la couverture et montez sur mon cheval. Je marcherai.

Secoué de sanglots, Harding s'empara des bottes qu'il enfila avec précipitation, s'enroula la couverture autour du corps et avança en trébuchant vers le cheval. Vince l'empoigna et le percha sur la selle. Puis il prit son cheval par les rênes et rebroussa chemin. Il fallut près d'une heure, au pas, pour regagner la grotte où Vince relança le feu. Harding s'assit tout près des flammes, recroquevillé sur lui-même, geignant et tremblant de froid.

— Allongez-vous et tendez les pieds. Je vais les entourer de pierres chaudes.

Harding obéit, l'œil égaré de peur. Beaumont s'apprêtait-il à lui taillader les pieds ? Avait-il infligé cette torture à d'autres ? C'était peut-être un mari aimant, un tendre père, sinon Sarah ne l'aurait pas choisi, mais il représentait aussi toute la sauvagerie de l'Ouest. Quelle abomination, cette contrée sans foi ni loi, qui vivait dans la terreur des raids d'Indiens, cette terre peuplée de métis, mi-hommes mi-fauves ! Dès que Beaumont l'aurait relâché, il repartirait jusqu'à Chicago pour retrouver enfin le monde civilisé.

Il le leur signerait, leur transfert de propriété, et ficherait le camp, leur laissant cet Ouest maudit, aux Sarah et aux Vince Beaumont et à tous leurs pareils ! Pour lui, le coin n'avait été bon qu'à faire de l'argent. Il les avait tous spoliés ! Quand les pauvres prospecteurs avaient trouvé de l'or, Harding leur rachetait la concession pour en extraire le précieux métal de façon rentable et se remplir les poches de millions. Quand les colons cherchaient à bâtir la ville de leurs rêves, Harding et ses acolytes arrivaient avec leur ligne de chemin de fer, leurs terres domaniales et leurs investissements et s'enrichissaient du rude labeur de ces pauvres idiots. Il y avait du bois de charpente qui attendait d'être débité et les hommes comme lui avaient les moyens d'envoyer des bûcherons le couper. Que les fermiers se débattent contre les Indiens et les éléments pour implanter leurs élevages ; les riches comme lui passaient ensuite acheter les troupeaux et gagnaient des millions sur la viande vendue à l'Est puisqu'ils possédaient non seulement les abattoirs à Chicago et Omaha, mais aussi des voies ferrées qui l'acheminaient. Colons et fermiers avaient-ils besoin d'argent ? Ils étaient obligés d'en passer par eux, qui possédaient les banques !

Oui, l'Ouest, c'était la mine d'or des riches de son espèce. L'ennui, c'est qu'il existait aussi des Sarah Beaumont, capables de s'enrichir sans l'aide de personne. Des gens comme elle, indépendants et entêtés, qui émigraient dans l'Ouest, prêts à tout risquer pour vivre mieux. Mais pour l'heure, Harding se trouvait à la merci de Vince Beaumont, et son heure de gloire à Sommers City était terminée.

Il frissonna de plus belle mais se laissa entourer pieds et jambes de pierres chaudes.

— Dormez, maintenant. Demain matin, vous signerez les actes. Ensuite je vous reconduirai. Vous monterez dans le premier train, et adieu !

C'était un ordre, certainement pas une suggestion. Pourtant, Harding ne put que bredouiller en claquant des dents :

— Tout ce que vous voudrez.

Le ciel nocturne s'illuminait de gerbes de couleurs fantastiques, au grand ravissement des quatre enfants de Sarah et Vince. Johnny, douze ans, Alexandre, huit ans, avaient en effet une petite sœur de deux ans, Sadie, et un petit frère de six mois, Matthew. Ils portaient tous deux le prénom de leurs grands-parents.

Matthew, le père de Sarah, leur avait fait l'immense plaisir de leur rendre visite avec Benny, son épouse et leurs trois enfants. Ils étaient arrivés par l'Union Pacific à Sommers City qui voyait désormais passer trois trains par jour : un de l'Ouest et deux en provenance de l'Est.

Pour la première fois, Sarah connaissait un bonheur sans nuage. Installée dans le kiosque à musique, à côté de son mari, elle portait dans ses bras le petit Matthew. C'était le 4 juillet 1877, et cette année-là, la joie était d'autant plus au rendez-vous à l'occasion de la fête de l'Indépendance que Vince venait de se faire réélire pour trois ans au poste de shérif.

Ses origines indiennes dérangeaient d'autant moins la population qu'il s'était rendu populaire par son intégrité et l'équité avec laquelle il réglait leur sort aux fauteurs de troubles. Nul ne contestait la bravoure, l'adresse, l'endurance de celui qui les avait débarrassés de Keller et de ses gangsters et avait trouvé le moyen de forcer Harding à restituer à Sarah les terres du chemin de fer. Mieux : les citoyens acceptaient de bonne grâce de payer un supplément d'impôt pour lui verser son salaire.

Buck, son adjoint, avait étonné toute la ville en épousant, deux ans auparavant, non pas l'institutrice mais Bret Flowers. Buck était un mari ravi. A cinquante ans, c'était toujours un dur et un coriace et, d'après les confidences de Bret, infiniment plus jeune que son âge dans l'intimité ! Sarah sourit au souvenir des secrets d'alcôve que lui chuchotait son amie.

Sarah avait trente ans ; à quarante, Vince ne faisait pas non plus son âge. Leurs nuits étaient toujours aussi amoureuses, toujours aussi fougueuses, et le cercle de famille s'élargissait, pour leur plus grand bonheur. Sarah éclatait de beauté et de fierté aux côtés des siens et au cœur de cette ville qu'elle avait fondée. Elle aimait cet Indien beau et généreux qui, depuis qu'il l'avait sauvée, douze ans auparavant, n'avait cessé de l'épauler, de la protéger. L'année précédente s'était produit l'épouvantable massacre de Little Big Horn, dans le Montana. Elle savait que la mort du général Custer et de deux cents soldats, tombés sous la main des Sioux, avait été un rude choc pour Vince. Ce massacre signait la fin du peuple sioux. Cette vie-là, pour lui, était terminée ; il avait opté pour la vie de famille sédentaire, le métier de shérif... ce qui ne l'empêchait pas de porter souvent le collier en griffes d'ours du grand-père sioux.

Alexandre et Johnny accueillirent avec des cris perçants le pétard qui explosa dans un ruissellement d'étoiles rouges et vertes. Johnny donnait la main à son grand-père et Benny portait dans ses bras la petite Sadie tandis que son épouse surveillait leurs enfants.

— Félicitations, shérif Beaumont, murmura Sarah en enlaçant la taille de son mari.

Il sourit, lui caressant l'épaule.

— C'est toi qui m'as entraîné dans l'aventure. Si je n'étais pas tombé sur la voyageuse endormie au bord de l'eau...

— Tu serais en train de fuir pour échapper aux soldats, acheva-t-elle. Tu es aussi blanc qu'indien, ne l'oublie pas. Et c'est une richesse.

— N'oublie pas que c'est toi le maire. Et la population te fête, consciente de ta bravoure et de ta détermination... qui surpassent celles de plus d'un homme.

— Bravoure, détermination, je n'en sais trop rien. C'est surtout mon tempérament rebelle qui m'a poussée jusqu'ici, Vince, l'envie de vivre à ma guise. Pour ça, on se ressemble.

Il la tira à l'écart pour mieux la serrer contre lui sans gêner toutefois le petit Matthew :

— Le rebelle est fou amoureux de toi, ma chérie. Et ce soir, j'ai hâte de conduire ma belle-famille à la pension de Maud puis de coucher nos enfants pour te le prouver.

Une vague de désir intense la balaya, si violente qu'elle se retint à Vince pour ne pas défaillir. Il avait un tel pouvoir érotique sur elle...

Il lui prit la bouche en un long baiser, prometteur de mille plaisirs.

Pouvait-on rêver vie plus merveilleuse ? se demanda-t-elle en regardant passer le défilé des habitants déguisés derrière une diligence parée de guirlandes et de banderoles.

Elle se dégagea de l'étreinte de son mari pour admirer.

— Le comble, c'est que j'ai commencé dans un

relais, accueilli des milliers de diligences de la Wells Fargo... et que jamais je ne suis montée dans l'une d'elles.

Matthew tendit ses petits bras vers son père qui le prit à Sarah.

— L'heure de prononcer ton discours approche, madame le maire, souffla-t-il à son épouse.

Sarah le quitta pour s'avancer vers la balustrade du kiosque ornée de deux banderoles proclamant : « Vive Sarah Beaumont, maire de Sommers City » et : « Réélisez Vince Beaumont shérif. »

Les habitants se rassemblaient pour écouter leur maire évoquer l'avenir de leur ville et Sarah fut émue de voir son père si fier de la réussite de sa fille.

Qui l'eût cru, quand elle s'était enfuie de Pennsylvanie ?

Quand elle pensait à son malheureux Johnny, perdu quelque part dans la forêt, une vague de compassion la submergeait...

Le destin l'avait poussée plus loin, et elle s'était établie là, malgré les heures difficiles et les larmes de douleur.

— Vive madame le maire ! s'écria la foule massée au pied du kiosque illuminé par des lampions. Un discours ! Un discours !

Les larmes aux yeux, Sarah chercha parmi eux ses familiers, ceux qui, les premiers, avaient répondu à l'annonce et découvrit Bret et Buck, blottis l'un contre l'autre, Maud et son mari, l'institutrice, le pasteur, le forgeron, Stu Herron... et jusqu'au journaliste qui avait fondé le journal local, *Sommers Info*. Un médecin avait ouvert un cabinet, et tant d'autres, commerçants, banquiers, hôteliers, restaurateurs, fermiers... Elle les aimait tous ; et ces gens le savaient.

Ouvrant grands les bras, elle sourit à travers ses larmes et s'écria :

— Citoyens de Sommers City... mes amis très chers, merci d'avoir uni votre rêve au mien pour bâtir notre cité. Et bienvenue à tous les bâtisseurs d'avenir !

Découvrez les prochaines nouveautés
de la collection

Aventures et Passions

Le 4 mai

Les aventuriers de Bahamas de Patricia Cabot (n° 7691)

Payton Dixon a grandi sur le voilier de son père, un armateur, et est devenue un vrai garçon manqué. Mais elle est aussi amoureuse depuis toujours du capitaine Connor Drake.
Lorsque celui-ci hérite d'un titre de baron et annonce son intention d'épouser une jeune aristocrate comme l'exige son titre, Payton se retrouve en plein cauchemar. Elle surprend alors la future mariée en train de conspirer avec le pire ennemi de son fiancé ! Coûte que coûte, elle doit empêcher ce mariage et sauver Connor. En route ! Direction les Bahamas !

Le 17 mai

Où le vent te mène de Rosanne Bittner (n° 5189)

À 18 ans à peine, Sarah Kelly est veuve. Que faire ? Poursuivre sa route vers le Montana ? Retourner chez elle ? Hors de question, jamais elle ne retournera parmi les Quakers de Pennsylvanie, rigides et étroits d'esprits. Alors elle continue, indécise, perdue au milieu de cette plaine... Soudain, un homme, vêtu en tout et pour tout d'un pagne, surgit à quelques mètres d'elle. S'agit-il d'un de ces redoutables guerriers sioux dont elle a entendu parler ?
Terrifiée à son approche, elle se jette sur son fusil...

Le 17 mai

Les blessures du passé de Lisa Kleypas (n° 7614)

Lady Aline Mardsen et John McKenna, un domestique, grandissent ensemble et tombent amoureux l'un de l'autre. Défiant la société, ils s'avouent leurs sentiments. Mais lorsque les liens qui les unissent sont découverts, ils sont brutalement séparés. Aline est obligée de dire à John qu'elle ne l'a jamais aimé afin de le sauver. La rage au cœur, il part vers d'autres horizons.
Quelques années plus tard, John est de retour en homme fortuné et bien décidé à se venger ! Mais il s'avère difficile de détester la magnifique jeune femme qu'Aline est devenue. Surtout quand celle-ci dissimule une terrible blessure...

Le 25 mai

Les justiciers de Londres de Julie Beard (n° 7615)

Lydia, jeune veuve, n'a jamais oublié l'humiliation et la douleur d'avoir été reniée par sa famille en raison d'un amour incompris. Elle avait été sauvée par son mariage avec le vieux comte de Beaumont, atteint d'une terrible maladie. Sur son lit de mort, Lydia promet à son époux de retrouver sa fille disparue. Mais un détective a été engagé pour la même tâche : Hugh Montgomerry, son grand amour !

Ce mois-ci, retrouvez également les titres de la collection

Amour et Destin

Des histoires d'amour riches en émotions déclinées en trois genres :

Intrigue ***Romance d'aujourd'hui*** ***Comédie***

Le 1er avril *Romance d'aujourd'hui*

Blue Bayou – 2 :

Le cas Julia Summers de JoAnn Ross (n° 7581)

Julia Summers est une actrice à succès. Lorsqu'un fan la harcèle et la menace, son producteur insiste pour lui fournir un garde du corps. L'heureux élu est Finn Callahan, agent du FBI mis à pied pour avoir blessé un témoin au cours d'une enquête. Celui-ci accepte de rendre service à son frère, le maire de la ville, et de protéger la starlette. À la première rencontre, l'attraction est immédiate. Mais avant de succomber, Finn doit la protéger…

Le 8 avril *Intrigue*

Rêves en noir de Beverly Barton (n° 7582)

Jazzy Talbot tente avec hargne de sortir de sa vie son ex-petit ami, Jamie Upton. Malgré le fait qu'il soit fiancé à une autre, il accumule les conquêtes. Mais ses mœurs dissolues le conduiront à sa perte : il se fait assassiner. Les soupçons se portent aussitôt sur Jazzy, qui voit sa vie complètement chamboulée… car, au même moment, elle tombe amoureuse du videur de son restaurant. Quand le tueur frappe à nouveau, la peur s'insinue dans la petite communauté de Cherokee Point. Jazzy s'interroge : Jamie a laissé derrière lui beaucoup de femmes bafouées très en colère… L'une d'elles serait-elle coupable ?

Le 25 avril *Comédie*

La caverne de Delilah d'Amanda Lees (n° 7654)

Delilah pensait que sa vie était bien assez compliquée comme ça, surtout avec l'ouverture de sa nouvelle boutique de décoration chic et coquine. Mais une carte postale intrigante, légèrement parfumée d'after-shave et sans signature arrive sur le pas de sa porte. Delilah se perd en conjectures. Et s'il s'agissait d'un jeune célibataire bourré de charme, cultivé, intelligent, plein aux as… ? « Quelqu'un vous admire en secret. » Ces simples mots risquent de lui faire perdre pied ! Et, après tout, pourquoi pas ?…

ainsi que les titres des collections

Amour et Mystère

Sous le charme d'un amour envoûtant

Le 15 avril

La communauté du Sud – Quand le danger rôde

de Charlaine Harris (n° 7684)

Sookie est jolie, mais célibataire. C'est le problème lorsque l'on est télépathe. Lorsque Bill, un séduisant vampire, se présente, les choses changent : Bill est la seule personne au monde dont Sookie ne peut lire les pensées. Tout aurait pu être parfait, si quelqu'un n'assassinait pas systématiquement les filles qui sortent avec les vampires. Bill saura-t-il la protéger ?

et

Passion intense

Quand l'amour vous plonge dans un monde de sensualité

Le 15 avril

Séduction en ligne

d'Erin McCarthy (n° 7657)

Kindra Hill comble son vide affectif en échangeant des e-mails très chauds avec des correspondants anonymes. Jusqu'au jour où le beau Mack la surprend...

Jared et Candy travaillent ensemble, mais se détestent cordialement. Leur patron leur fait suivre une séance de thérapie de couple par Internet...

Halley Connors est terrifiée : elle découvre sur le site web de sa société une image d'elle entièrement nue. Evan Barrett, qui s'occupait de son site, lui promet de retrouver les coupables !

5189

Composition Interligne B-Liège
Achevé d'imprimer en France (La Flèche)
par Brodard et Taupin
le 17 avril 2005. 28815
Dépôt légal avril 2005. ISBN 2-290-34621-7

Éditions J'ai lu
84, rue de Grenelle, 75007 Paris
Diffusion France et étranger : Flammarion